LES MATINS D'ÉMERAUDE

EVA IBBOTSON

LES MATINS D'ÉMERAUDE

BELFOND

Titre original : *THE MORNING GIFT*
publié par Century, Londres.

Traduit de l'anglais par
Claire Mulkai

ISBN 2-266-08513-1

PROLOGUE

Vienne a toujours été une ville mythique.

Avant la Première Guerre mondiale, il y avait l'empereur François-Joseph, qui dormait sur un lit en fer, n'ouvrait jamais un livre et lavait rituellement, le Jeudi saint, les pieds de douze vieux messieurs. « Rien ne me sera épargné », avait-il coutume de dire. Et en effet il eut plus que son lot de malheurs. Son épouse, créature fantasque et névrosée, fut poignardée au bord du lac de Genève par un anarchiste fou. Son fils, le prince héritier Rodolphe, se tua et — après un laps de temps plus long que nécessaire — tua sa maîtresse dans son pavillon de chasse de Mayerling. Événements tragiques, certes, mais de ceux même qui tissent les légendes, et sont excellents pour le tourisme.

Telle était la Vienne qui gouvernait treize nationalités. La cité des fastes et des parades, où l'on pouvait admirer chaque soir à l'Opéra les plus fringants militaires du monde, vêtus de blanc, de bleu et d'argent : tout officier en service avait en effet sa place réservée en permanence au parterre. La cité des lipizzans, ces chevaux chéris qui, logés dans des écuries Renaissance et suivis par de dignes valets ramassant avec des pelles en or leurs nobles excréments, transformèrent les funestes prémices de la guerre en un gracieux ballet équestre.

Le carnage et l'horreur de la Grande Guerre mirent un terme à cette époque. La ville survécut tant bien que mal à la mort de François-Joseph, à l'abdication de son neveu, à la défaite écrasante de l'Autriche, à la perte de l'Empire. De nouveaux mythes attendaient maintenant les visiteurs. On pouvait apercevoir, certains jours, Freud buvant une bière à la terrasse du café Landtmann. Arnold Schönberg, l'inventeur de la musique atonale, donnait des concerts peut-être pas très compréhensibles mais de toute évidence importants. Et même si personne ne savait très bien ce qu'était le positivisme logique, il était entendu que les philosophes qui l'avaient inventé œuvraient pour la gloire de la cité.

Leonie Berger venait d'une famille installée à Vienne depuis un siècle et elle avait fait siens les mythes de la ville.

« Personnellement, je n'ai jamais vu le Pr Freud au café Landtmann, répondait-elle aux visiteurs curieux. Tout ce que j'y ai vu, c'est ma cousine Fritzi et ses enfants, des gamins mal élevés qui courent entre les tables. »

Son père, issu d'une lignée de riches négociants en laine originaires de Moravie, possédait un grand magasin dans Mariahilferstrasse, mais Leonie avait épousé un homme de l'intelligentsia. Kurt Berger était assistant à l'Université et avait déjà dépassé la trentaine lorsque, traversant la place Saint-Étienne, il entendit les cris de désespoir d'une jeune fille, perdue sous une nuée de pigeons affamés. Après avoir chassé les redoutables volatiles, il découvrit une ravissante blonde griffée de partout qui se jeta dans ses bras en pleurant.

« Je voulais être comme saint François d'Assise », gémissait Leonie qui avait acheté six paquets entiers de graines au vieil homme de la place.

Kurt Berger ne pensait pas se marier mais se maria pourtant, et ne put s'en prendre qu'à lui-même lorsqu'il s'aperçut que Leonie — comment dire ? — n'offrait jamais un seul sac de graines lorsqu'elle pouvait en donner six.

Quant à Leonie, elle adorait son mari, qui devint professeur en zoologie des vertébrés, directeur du muséum d'Histoire naturelle et conseiller d'État. Elle orchestrait les journées de son époux avec la précision d'un Toscanini, lui tendait son porte-documents et son parapluie à pommeau d'argent quand il partait le matin à huit heures, lui servait son déjeuner dans les cinq minutes qui suivaient son retour et obligeait les domestiques à observer le silence pendant qu'il faisait la sieste. De l'amidon de ses faux cols au fonctionnement de ses intestins, Leonie connaissait tout de son mari dans les moindres détails ; elle le protégeait contre les étudiants importuns et, lorsqu'ils allaient à l'Opéra, elle emportait dans une flasque d'argent son eau minérale préférée. Ce qui ne l'empêchait pas de s'occuper des maladies, des anniversaires et des histoires d'amour des innombrables parents qu'elle recevait, secourait et à qui elle rendait visite, souvent plusieurs fois par jour.

Les Berger habitaient dans la Ville intérieure, au premier étage d'un immeuble massif construit autour d'une cour où trônait un châtaignier. La vieille mère du professeur occupait deux des douze pièces, et sa sœur célibataire, Hilda, une anthropologue spécialisée dans les systèmes de parenté des Mi-Mi du Bechuanaland, avait ses propres appartements. Quant à l'oncle de Leonie, Mishak, un petit bonhomme chauve au passé romantique, il était installé à l'entresol. Mais, bien entendu, ils n'auraient pas été de vrais Viennois si, le dernier jour de l'année universitaire, ils n'étaient pas partis pour la montagne. Car les Autrichiens avaient conservé les terres domaniales de l'ancien empire des Habsbourg : le Tyrol, la Carinthie, la Styrie... et le très pluvieux Salzkammergut où les Berger possédaient un chalet au bord d'un lac d'un vert profond dénommé le Grundlsee.

Les préparatifs de la « vie simple » qu'ils menaient là-bas prenaient des semaines à Leonie. On remontait de la cave les paniers d'osier qu'on remplissait de vaisselle, de lits de plume et de linge de maison. On rangeait les vêtements de ville et on ressortait les grandes jupes amples, les manteaux en loden et les chapeaux. Enfin, on mettait les bonnes dans le train.

Et là, sous une véranda qui dominait le lac, le professeur poursuivait la rédaction de son ouvrage sur *L'Évolution du cerveau des fossiles,* Hilda écrivait ses articles pour la Société d'anthropologie et oncle Mishak pêchait. Mais l'après-midi était dévolu au plaisir. En compagnie d'amis, de membres de la famille et d'étudiants venus pour un séjour, ils se rendaient en canot sur des îles peu accueillantes ou bien se promenaient dans des prairies parsemées de fleurs en s'extasiant : *« Alpenrosen ! »* ou *« Enzian ! »* Étant donné que nombre de médecins, d'avocats, de théologiens et de musiciens possédaient des chalets au bord du lac, une discussion de très haut niveau s'élevait parfois au milieu des gentianes et des rhododendrons. On se faisait piquer par les insectes, on attrapait des échardes aux pieds dans les cabines de bains, on avait les dents tachées par les myrtilles, et chaque soir on se réunissait pour regarder le soleil se coucher derrière les montagnes aux sommets enneigés et crier : *« Wunderbar ! »*

Puis, le dernier jour du mois d'août, on rangeait les jupes larges, on remballait les paniers en osier, et tout le monde rentrait à Vienne pour l'ouverture de la saison théâtrale au Burgtheater, la première représentation à l'Opéra et la rentrée universitaire.

C'est dans cette famille heureuse que, alors que le professeur était déjà presque quadragénaire et que son épouse avait abandonné l'espoir d'avoir un enfant, leur naquit une fille qu'ils appelèrent Ruth.

Le bébé fut mis au monde par le plus éminent obstétricien de Vienne et un détachement de *Herr Doktor, Herr Professor,* présidents d'université et lauréats du prix Nobel s'en vinrent admirer l'enfant, pointer sur elle de doctes doigts et citer abondamment Goethe.

Malgré ce défilé d'intellectuels, Leonie fit venir du Vorarlberg sa vieille nourrice, qui apporta avec elle le berceau en bois qu'on se transmettait de génération en génération. L'enfant fut installée sous le châtaignier de la cour et bercée au son de ces douces chansons un peu stupides qui parlent de roses, d'œillets et de bergers, et que les enfants de la campagne boivent avec le lait de leur mère. Et l'on aurait pu penser au début que Ruth deviendrait une de ces petites Autrichiennes nourries de berceuses. Ses cheveux — quand ils se décidèrent à pousser — avaient l'éclat du soleil, son nez en bouton était parsemé de taches de rousseur et elle avait un sourire franc et gentil. Mais on ne vit jamais une petite paysanne s'agripper avec tant de farouche détermination aux bords de son berceau, ni avoir dans le regard tant de curiosité et de soif de vivre.

« Une laitière avec les yeux de Néfertiti », dit un jour un éminent égyptologue devant les yeux marron foncé de l'enfant.

Ruth adorait parler, voulait tout savoir et était persuadée de pouvoir refaire le monde.

« Elle ne devrait pas connaître de tels mots », disaient les amis de Leonie, choqués.

Mais Ruth avait besoin de connaître les mots. Elle avait besoin de tout connaître.

Le professeur, un patriarche à la haute stature et à la barbe grise, habitué à l'adulation de ses étudiants, faisait visiter lui-même à l'enfant le muséum d'Histoire naturelle, où il avait un bureau. A six ans,

Ruth était déjà familiarisée avec les affres et les complications liées à l'acte reproducteur.

« Le sexe est un petit peu triste, non ? » disait-elle en tenant la main de son père et en observant dans les bocaux les araignées femelles qui arrachaient la tête de leurs partenaires pour qu'ils s'accouplent plus vite. « Et le pauvre poulpe... obligé de rester cramponné à la femelle pendant vingt-quatre heures pour déposer ses œufs dans les tentacules. »

De sa tante Hilda, détachée des réalités de ce monde et capable d'aller à l'université avec sa jupe devant derrière, Ruth apprit la valeur de la tolérance.

« On ne doit pas juger les autres cultures selon les critères de la sienne propre », affirmait tante Hilda qui écrivait une monographie sur ses chers Mi-Mi. Et Ruth admit sans peine la coutume qui voulait que les membres de certaines tribus consomment rituellement leurs grands-mères.

A l'université, tout le monde — étudiants et chercheurs — la connaissait, de même qu'au muséum les taxidermistes et les préparateurs. A huit ans, on la jugea capable d'aider son père à classer les dents des ours fossiles qu'il avait trouvées dans la grotte du Dragon, et il était entendu que plus tard elle deviendrait son assistante, taperait ses manuscrits et l'accompagnerait sur le terrain.

Avec son oncle Mishak, un petit homme chauve qui pleurait encore la mort de sa femme, Ruth pénétrait dans un monde bien différent. Mishak avait passé sans broncher vingt ans au service du personnel du magasin de son frère, mais c'était au fond un homme de la campagne, et il arpentait la ville comme autrefois les forêts de la Bohême de son enfance. Avec lui, Ruth était toujours en train de donner à manger à un animal (un canard au Stadtpark, un écureuil), de caresser un cheval de fiacre fatigué devant les grilles du Prater, ou les orteils de pierre du dieu Neptune à la fontaine de Schönbrunn.

Et, bien sûr, il y avait sa mère, Leonie, qui ne cessait de la prendre dans ses bras, de l'embrasser, de la gronder. Leonie qu'une remarque acide de la part d'une grand-tante blessait profondément, qui vouait ladite grand-tante aux gémonies, pour se réconcilier bruyamment avec elle à grand renfort de bouquets de fleurs... Qui emmenait Ruth au magasin de son grand-père pour l'équiper en costumes marins, chaussures vernies à boucles et jupes plissées en soie, et qui criait quand Ruth rentrait de l'école : « Pourquoi n'es-tu pas première en anglais ? Tu t'es laissé dépasser par cette imbécile d'Inge », avant de l'emmener chez Demel manger des éclairs au chocolat pour la consoler. « Enfin... elle est curieuse comme une fouine, alors pourquoi ne serait-elle pas première en anglais ? » concluait-elle, mais l'année suivante elle faisait venir une répétitrice écossaise pour être sûre que personne ne parlerait mieux anglais que sa fille chérie.

Et l'enfant grandissait. Pétillante de vie, intelligente, passionnée, elle était capable de recommander le contrôle des naissances pour la chatte de sa grand-mère, mais pleurait comme une Madeleine parce que, dans le spectacle de Noël de son école, on lui avait donné le rôle d'un glaçon et pas celui de la Reine des Neiges.

« Elle ne s'arrête jamais de parler ? » demandaient les amis de Leonie. Pourtant, il fallait peu de chose pour l'abattre : une rebuffade, une remarque blessante la réduisaient aussitôt au silence.

Autre chose aussi la réduisait au silence... La musique.

Le besoin de musique de Ruth faisait si bien partie de son ascendance viennoise que personne au début ne remarqua à quel point il était fort. Dès sa petite enfance, on avait toutes les peines du monde à l'arracher d'un endroit où se jouait de la musique et elle avait déjà ses coins à musique, comme elle les appelait, où elle allait s'abreuver tel un animal assoiffé.

Il y avait la fenêtre du rez-de-chaussée de la vieille École supérieure de musique, toute délabrée, où répétait le Quatuor Ziller, et la salle de concert du Musikverein, près du marché aux fruits, où, si le concierge avait eu l'amabilité de laisser la porte ouverte, on pouvait entendre l'Orchestre Philharmonique. Parmi tous les mendiants qui jouaient de la musique dans les rues de la ville, un seul avait le pouvoir de la fasciner : c'était un violoniste aveugle et, lorsqu'elle l'écoutait, elle pâlissait sous l'effet de la concentration, comme les enfants dans leur sommeil. Ses parents, compréhensifs, lui faisaient suivre des leçons de piano ; elle adorait cela, passait tous les examens, mais avait une exigence de perfection qu'elle ne pouvait elle-même atteindre.

C'est pourquoi, pendant longtemps, elle écouta

avec des yeux écarquillés les histoires qu'on lui racontait sur son cousin Heini de Budapest.

Heini, plus âgé que Ruth d'un an à peine, était un personnage de conte de fées. Sa mère, la demi-sœur de Leonie, avait épousé un journaliste hongrois dénommé Radek, et Heini vivait dans une villa aux murs jaunes qui dominait le Danube, dans un quartier qui s'appelait la Colline des Roses. Un pacha turc était enterré dans un tombeau situé en contrebas et, du balcon de Radek, on pouvait admirer le large fleuve qui décrivait une grande boucle avant de se diriger vers les plaines hongroises, ainsi que les ponts aux arches gracieuses et les flèches du Parlement qui avait l'air d'un palais de rêve. Car à Budapest, contrairement à Vienne, le Danube traverse le cœur même de la cité.

Mais ce n'était pas tout. A l'âge de trois ans, Heini avait grimpé sur le tabouret de piano de son père. « Ce fut comme si j'avais toujours joué », devait-il raconter plus tard aux journalistes. A six ans, il donnait son premier récital dans la salle de concert où Franz Liszt avait joué. Deux ans plus tard, un professeur de l'Académie invita Bartók à l'écouter et le grand homme hocha la tête d'un air approbateur.

Mais dans les contes de fées il y a toujours une part de malheur. Heini perdit sa mère quand il avait onze ans et le merveilleux enfant prodige devint presque un orphelin parce que son père, qui dirigeait un journal en langue allemande, travaillait tout le temps. Il fut donc décidé que Heini continuerait ses études à Vienne pour préparer son entrée au Conservatoire. Il devait loger chez son professeur de piano, un éminent pédagogue, mais passer ses moments de loisir avec les Berger.

Ruth n'oublia jamais la première fois où elle le vit. Elle rentrait de l'école et posait son cartable lorsqu'elle entendit la musique. Un morceau lent et triste mais, au-delà de la tristesse, on éprouvait un sentiment de consolation.

Son père et sa tante étaient encore à l'université et sa mère discutait avec la cuisinière. Attirée par la musique, Ruth traversa lentement l'enfilade des pièces et ouvrit la porte du bureau.

Elle n'aperçut tout d'abord que le couvercle du Bechstein, telle une voile sombre emplissant la pièce. Puis elle regarda mieux, et elle le vit.

Il avait un visage fin, des cheveux noirs bouclés qui lui retombaient sur le front et de grands yeux gris. Quand il l'aperçut, il lui sourit et lui dit « Bonjour », sans cesser de jouer. Elle sourit à son tour, saisie d'admiration et de respect, enchantée d'entendre cette musique dans sa propre maison, subjuguée par l'autorité et la supériorité qui émanaient de ce garçon malgré son jeune âge.

« C'est Mozart, n'est-ce pas ? » dit-elle dans un souffle. Car elle savait déjà que tout est dans Mozart et que, à celui qui s'accroche à lui, rien de mal ne peut arriver. Deux ans plus tôt, elle s'était mise — dans ses rêveries — à s'occuper de lui, et elle le maintenait en vie, bien après sa trente-sixième année, grâce à ses soins et à ses petits plats.

« Oui. L'*Adagio en* si *mineur.* »

Il s'arrêta de jouer, la regarda et la trouva absolument charmante. Il aimait ses cheveux blonds coiffés à l'ancienne en une grosse natte, son nez retroussé, son corsage blanc amidonné et sa jupe plissée. Par-dessus tout, il aimait l'admiration qu'il lisait dans ses yeux.

« Il ne faut pas que je vous dérange », dit-elle.

Il secoua la tête. « Cela m'est égal que vous restiez, si vous ne faites pas de bruit », déclara-t-il.

Puis il lui parla du sansonnet de Mozart.

« Mozart avait un sansonnet. Il le gardait dans une cage, dans la pièce où il travaillait, et cela ne le dérangeait pas de l'entendre chanter. En fait, il aimait sa présence et il utilisa son chant dans le finale du *Concerto pour piano en* sol *majeur.* Vous le saviez ?

— Non », répondit-elle en hochant la tête, et Heini regarda la lourde tresse se balancer de gauche à droite.

« Vous pourriez être *mon* sansonnet », dit-il alors.

Ruth acquiesça. C'était un honneur qu'il lui faisait, un immense cadeau — elle le comprit tout de suite. « J'aimerais beaucoup », affirma-t-elle.

A partir de ce jour, chaque fois qu'elle le pouvait, elle s'installait sans bruit dans la pièce où il travaillait ; parfois elle apportait ses devoirs ou un livre, mais la plupart du temps elle écoutait. Elle tournait pour lui les pages des partitions avec la légèreté d'un papillon. Elle allait l'attendre après ses cours, et elle portait chez le relieur ses recueils de sonates de Beethoven en lambeaux.

« La voilà totalement dévouée », observait Leonie, pas très contente.

Mais Ruth ne négligeait ni ses devoirs de classe ni ses amis, elle s'arrangeait pour trouver le temps de tout faire.

« Je veux que ma vie soit comme une musique », avait-elle déclaré un jour en sortant d'un concert au Musikverein.

En servant Heini, en l'aimant, elle se rapprochait de cet idéal.

Heini resta donc à Vienne et, cet été-là, précédé par un piano de location, il alla rejoindre les Berger sur le Grundlsee.

Cet été-là, également — l'été 1930 —, un jeune Anglais du nom de Quinton Somerville vint travailler avec le Pr Berger.

Quin avait alors vingt-trois ans, mais il avait déjà passé dix-huit mois à Tübingen pour travailler sous la direction du célèbre paléontologue Freiherr von Huene, et il arrivait à Vienne avec non seulement une solide connaissance de l'allemand, mais aussi une réputation remarquable pour quelqu'un de son âge. Alors qu'il était encore à Cambridge, il s'était débrouillé pour participer à une expédition qui devait étudier les reptiles fossiles de Tendaguru au Tanganyika. L'année suivante, il se rendait au Cap où la découverte, dans une carrière de chaux, du crâne de l'*Australopithecus africanus* avait déclenché une violente polémique sur l'origine de l'homme ; il fut influencé par Robert Broom, un paléontologue brillant et excentrique qui partait nu à la chasse aux fossiles et encouragea l'intérêt de Quin pour les hominidés. Se méfier des hypothèses extravagantes, à une époque où les expéditions dites du chaînon manquant se battaient au sujet des « os de dragon » de Chine, et où les savants en venaient aux mains à propos de l'authenticité de l'homme de Piltdown, n'était pas chose facile ; mais la thèse de doctorat de Quin sur les amas d'os de mammifères de la gorge d'Olduvai était à la fois érudite et sensée.

Le Pr Berger avait rencontré Quin lors d'un congrès et l'avait invité à venir à Vienne pour assurer la conférence annuelle de la Société de paléontologie ; il lui avait aussi suggéré de rester quelques semaines de plus pour l'aider à la rédaction d'une nouvelle publication de zoologie des vertébrés.

Quin vint. La conférence fut un succès. Il rentrait tout juste du Kenya, et parla sans cacher son enthousiasme de l'excitation que provoquaient les fouilles et de la beauté du site. Son intention était de prendre une chambre à l'hôtel, mais le professeur ne voulut pas en entendre parler.

« Bien entendu, vous logerez chez nous », lui dit-il, et il l'emmena à l'appartement de Felsengasse. Sa famille fut surprise. En effet, il était bien connu que les Anglais, surtout ceux qui partaient en exploration et se suspendaient à des cordes, étaient grands et blonds, avaient des yeux bleus, un regard perçant, et parlaient d'une voix forte et assurée, en personnes habituées à rembarrer indigènes et subalternes. Ou au mieux, quand ils étaient très bien élevés, ils étaient blêmes et émaciés, pareils aux croisés qu'on voit sur les tombeaux, avec leur long nez majestueux et leurs mains maigres serrées sur leur épée.

Sous tous ces aspects, Quin était une déception. Ses traits semblaient avoir besoin d'un bon coup de fer à repasser, son grand front se plissait parfois brusquement de façon alarmante, son nez paraissait légèrement cassé, et ses yeux amusés et curieux étaient d'un brun presque méditerranéen. Seules ses belles mains qui bourraient, ramonaient, raclaient (mais rarement allumaient) une vieille pipe auraient pu figurer sur un tombeau.

« Mais ses chaussures sont faites main, déclara Miss Kenmore, la préceptrice écossaise de Ruth. Donc, c'est certainement un aristocrate. »

Leonie était encline à le croire à cause des taxis. Lorsque Quin les accompagnait au spectacle, il lui suffisait, à la sortie du théâtre ou de l'Opéra, de lever les doigts d'une seule main pour qu'un taxi fasse demi-tour sur le Ring et vienne s'arrêter devant lui.

« Et il y a le tir », ajoutait Ruth, parce que l'Anglais, à la foire du Prater, avait gagné une coupe en verre taillé, un poisson rouge et un gigantesque lapin bleu, avant de s'entendre prier par le propriétaire de la baraque de tir, furieux, d'aller se fournir ailleurs. Et qu'est-ce que cela pouvait bien signifier, sinon l'habitude d'agréables parties de chasse dans des landes ventées, à abattre faisans, perdrix et grouses ?

La réalité était différente. La mère de Quin était morte à sa naissance ; son père, attaché d'ambassade en Suisse, s'était engagé en 1916 et avait été tué dans la Somme. Envoyé au domaine familial de Bowmont, dans le Northumberland, Quin s'était retrouvé dans une maison où tout le monde était vieux. Un grand-père irascible et autoritaire, le terrifiant « Cogneur » Somerville, avait présidé aux premières années de l'enfant à Bowmont ; quant à sa tante, une femme célibataire qui avait pris le relais après la mort du grand-père, elle n'avait guère l'air plus jeune. Mais s'il n'y avait eu personne pour témoigner de l'affection à l'orphelin, il lui avait été donné quelque chose qu'il avait su apprécier : sa liberté.

« Laissez-le courir sans contrainte, avait recommandé avec bon sens le médecin de famille lorsque Quin, peu après son arrivée, avait eu une fièvre prolongée et partiellement inexpliquée. Il aura tout le temps d'aller à l'école plus tard, il est suffisamment intelligent. »

Quin n'eut donc pas tout de suite à subir l'ennui des pensionnats anglais et il se créa un monde secret qui le comblait pleinement. La plupart des enfants, surtout les enfants uniques, s'inventent un camarade qui les accompagne tout au long de la journée. Celui de Quin, à partir de l'âge de huit ans, n'était pas un frère imaginaire ou un ami compréhensif, c'était un dinosaure. Cet animal — un brontosaure que Quin appelait Harry — mesurait vingt mètres de long ; sa tête, quand il la passait par la fenêtre de la chambre d'enfant, occupait toute la pièce ; et il n'y avait aucune menace dans son sourire réconfortant, car il ne mangeait que les bambous et les plantes humides du bosquet qui bordait la pelouse.

C'est grâce à un article du *Journal des garçons* que Quin avait fait la connaissance de Harry ; *Le Monde perdu* de Conan Doyle le plongea encore davantage dans l'univers fabuleux de la Préhistoire. Il devint le chef des dinosaures, un Mowgli des marais jurassiques, capable d'apprivoiser jusqu'au terrible tyrannosaure, sur le dos duquel il montait.

« Je dois dire qu'on n'a pas besoin de le distraire », disait sa nurse, sans réaliser que rien ne pouvait rivaliser avec les histoires que Quin jouait dans sa tête. A partir des dinosaures, il allait et venait dans le temps. Ses lectures portaient sur les strates géologiques de la Terre, les poissons à nageoires lobées et les mammifères du Pléistocène. Dès l'âge de onze ans, il risquait presque tous les jours sa vie à dégringoler carrières et falaises à la recherche de fossiles incrustés dans la roche, et il avait commencé une collection dans les anciennes écuries pompeusement baptisées « Le muséum d'Histoire naturelle Somerville ». Quand Quin fut plus âgé et que Harry commença à s'effacer de son esprit, le muséum s'agrandit pour recevoir les spécimens marins que le garçon trouvait partout. Car la maison de Quin donnait sur la mer du Nord et sur la baie de Bowmont, où le gamin pataugeait depuis son plus jeune âge ; les animaux qu'il découvrait dans les flaques d'eau entre les rochers étaient bien plus intéressants que n'importe quel jouet.

Quin aurait été surpris si on lui avait dit qu'il « faisait des sciences » ou qu'il était en train de s'instruire ; mais plus tard, à Cambridge, il s'amusa de la solennité avec laquelle on leur apprenait des faits qu'il connaissait avant l'âge de onze ans, et des préparatifs compliqués pour des voyages d'étude dans des endroits qu'il avait escaladés en chaussures de tennis.

Il obtint avec une aisance confondante la mention très bien à sa licence d'histoire naturelle, mais son enfance sans entraves le disposait peu à accepter un poste permanent à l'Université. Financièrement indépendant depuis l'âge de dix-huit ans, il s'était arrangé pour passer le plus clair de son temps en expéditions dans des parties inaccessibles du monde. Et pourtant, voilà qu'il tomba amoureux de Vienne.

Pas la Vienne des opérettes et des gâteaux à la crème — encore qu'il les acceptât poliment venant de son hôtesse —, mais celle des austères cours à arcades de l'université, avec ses bustes d'anciens élèves comme un rappel de la longue liste des exploits de la science. Il y avait là Doppler, Semmelweis qui délivra les femmes de la fièvre puerpérale et Billroth, le chirurgien ami de Brahms. Dans la bibliothèque de la Hofburg, Quin fit tourner l'énorme globe monté sur un support en or que l'empereur Ferdinand avait consulté avant de lancer ses explorateurs dans le monde. Et, au muséum d'Histoire naturelle, il découvrit une toute petite figurine, pas belle, avec un gros ventre : la *Venus de Willendorf,* une statuette bien gardée, d'une valeur inestimable, faite de la main de l'homme à l'époque où mammouths et smilodons rôdaient encore à travers le pays.

A la fin de l'année universitaire, les Berger insistèrent pour que Quin vînt avec eux sur le Grundlsee. « C'est tellement beau, dit Ruth. La pluie et les salamandres... Et quand on se met à plat ventre sur le ponton, on voit des centaines de petits poissons à travers les planches, comme dans un cadre. »

Quin était attendu à Cambridge, mais il les rejoignit et se révéla un excellent cueilleur de myrtilles, un fervent rameur et un homme capable de crier *« Wunderbar ! »* comme pas un. S'ils apprécièrent sa compagnie, lui, de son côté, engrangea des souvenirs inoubliables de la vie campagnarde autrichienne : tante Hilda en costume de bain à rayures, nageant une brasse énergique sans bouger de place... La vieille mère du professeur coursant dans son fauteuil à roulettes une chèvre indiscrète... Et Klaus Biberstein, le second violon du Quatuor Ziller — qui était amoureux de Leonie mais avait l'estomac fragile —, sortant en douce à minuit pour aller donner aux poissons les quenelles qu'il n'avait pas mangées.

Quant à Ruth, il la vit peu car son cousin Heini travaillait le piano dans une de ces cabanes en bois qu'adorent les musiciens autrichiens, et la jeune fille passait son temps à faire des allées et venues pour lui apporter des pichets de lait et des assiettes de biscuits. Un jour, Quin la trouva assise au bord de l'eau avec une pile de livres quelque peu surprenants : la *Pathologie sexuelle* de Kraft-Ebbing, *Les Quatre Filles du Dr March* et une histoire de cow-boys avec une horrible couverture, qui avait pour titre *La Dernière Bataille de Jake.* Les sourcils froncés, elle était plongée dans l'ouvrage de Krafft-Ebing.

« Grand dieux ! s'exclama Quin. Êtes-vous autorisée à lire cela ?

— Oui, dit Ruth en hochant la tête. Je suis autorisée à tout lire. A condition de tout manger, aussi, même la semoule. »

Mais la veille de son départ, Quin ne put décliner l'invitation transmise par Miss Kenmore, qui lui annonça que Ruth réciterait en son honneur l'*Ode à un rossignol* de Keats après le dîner. « Elle le sait en entier par cœur, monsieur Somerville », précisa Miss Kenmore et Quin, réprimant un soupir, alla rejoindre la famille dans le salon aux grandes baies vitrées ouvertes sur le lac.

Les cheveux blonds de Ruth étaient bien peignés et retenus par un ruban de velours — manifestement, l'occasion était importante —, et au début Quin eut du mal à ne pas sourire, car la jeune fille récitait le célèbre poème avec l'accent écossais.

Ce n'est qu'aux tout derniers vers, dans cette partie du poème qui appartenait en propre à Ruth puisqu'il y était question de son homonyme, que Quin leva la tête, saisi par l'intonation de sa voix.

Peut-être fut-ce le même chant qui trouva le chemin du cœur douloureux de Ruth lorsque, évoquant nostalgiquement sa patrie, elle se tenait tout en larmes parmi les blés de l'étranger[1]...

Vers rabâchés, qui l'avaient ennuyé en classe, et qui eurent cependant le pouvoir de le toucher.

Pourtant, personne parmi les gens qui étaient présents, aucun des familiers de la jeune fille, ni Quin, ni Ruth elle-même, charmés par la tristesse du poème, n'eut la moindre prémonition. Il n'y eut ni cheveux dressés sur la tête, ni spectres marchant sur les eaux calmes du lac. Que cette enfant chérie et protégée dût un jour quitter sa terre natale était inimaginable.

1. Traduction de René Lalou, in *John Keats,* par Georges-Albert Astre, éditions Seghers, 1966, collection « Écrivains d'hier et d'aujourd'hui ». *(N.d.T.)*

Le lendemain, Quin regagnait l'Angleterre. Toute la famille assista à son départ et lui demanda de revenir bientôt. Mais il ne revit pas Vienne avant huit années, et c'était alors une autre ville, et un autre monde.

1

Le jour où Hitler entra dans Vienne, le Pr Somerville, à la tête d'une expédition en Asie centrale, conduisait son équipe — pas vraiment ravie — dans un défilé si étroit qu'on apercevait tout juste une petite bande de ciel bleu entre les énormes parois rocheuses. « Vous ne pourrez jamais faire descendre les bêtes par ce chemin », avait protesté un géologue belge que Quin avait été contraint d'emmener avec lui.

Mais Quin s'était contenté de répondre qu'il pensait que cela pourrait aller, ce qui signifiait que, si tout le monde se tuait à l'effort et faisait exactement ce qu'il disait, il y avait une chance pour que cela marche. Et en effet, voilà que le passage s'élargissait et qu'apparaissaient les premiers arbres. Ils traversèrent des forêts de pins et de cèdres, et atteignirent enfin le bas de la vallée.

« Nous camperons ici », déclara Quin en désignant un endroit où un fleuve paisible coulait paresseusement entre des saules, et où l'herbe était constellée d'orchidées et d'asphodèles. Plus tard, tandis que les mules broutaient et que la fumée du feu de camp s'élevait dans l'air tranquille, il s'adossa à un arbre et sortit la pipe cabossée que bien des femmes avaient tenté de remplacer. Il avait trente ans maintenant, son front et les coins de sa bouche s'étaient creusés de rides, et ses yeux sombres pouvaient paraître durs ; mais, à ce moment, il était parfaitement heureux. Car il ne s'était pas trompé. Malgré les sombres prévisions du Belge dont les lunettes avaient été piétinées par un yack, malgré les porteurs qui affirmaient qu'on ne pouvait atteindre au printemps les vallées les plus reculées de la chaîne des monts Siwalik, il avait découvert un fabuleux ensemble de fossiles du Miocène. Enveloppé dans de la toile et des copeaux de bois, ce trésor plus précieux que tout l'or des tombes apportait la preuve irréfutable de l'existence du *Ramapithecus,* l'un des premiers ancêtres de l'homme.

Ils avaient encore trois semaines de voyage le long de la vallée du fleuve, avant de déposer leurs trouvailles dans des camions qui iraient ensuite à Simla ; mais les difficultés allaient maintenant être d'ordre social : boire l'horrible thé avec les villageois, dormir dans des lits infestés de punaises, recevoir les marques d'hospitalité...

Un gypaète formait un point dans le ciel, les clochettes des troupeaux résonnaient au loin, et l'on entendait la plainte d'une flûte. Quin ferma les yeux.

Lorsque les nouvelles du monde extérieur arrivèrent enfin, à l'auberge au-dessus de Simla, ce fut par l'intermédiaire d'un officier de l'armée indienne, qui les annonça par ordre d'importance. Oxford avait remporté la course d'avirons, un outsider dénommé Battleship avait gagné sans difficulté aux courses d'Aintree.

« Ah, et Hitler a annexé l'Autriche. Il est entré dans Vienne sans qu'un coup de feu soit tiré.

— Tu iras quand même ? demanda Milner, l'assistant de Quin et un ami en qui il avait toute confiance.

— Je ne sais pas.

— Je suppose que c'est un très grand honneur. Je veux dire, ils ne distribuent pas les diplômes comme ça, dans ce genre d'endroit. »

Quin haussa les épaules. Ce n'était pas la première fois qu'il se voyait décerner un diplôme honorifique. Ayant fini par accepter une chaire à Londres, trois ans plus tôt, il s'arrangeait quand même pour poursuivre ses recherches dans les coins les plus exotiques du monde, et il avait eu de la chance dans ses découvertes.

« C'est Berger qui en a décidé ainsi. Il est doyen de la faculté des sciences, maintenant. Si ce n'était pas pour lui, je crois que je n'irais pas : je n'ai aucune envie de me trouver dans les parages des nazis. Mais je lui dois beaucoup, et sa famille a été très gentille avec moi. »

Quin sourit en pensant aux Berger, ces gens affectueux et passionnés, aux copieux repas dans l'appartement viennois et au chalet de bois sur le Grundlsee. Il se souvenait d'une anthropologue sujette aux accidents et d'une petite fille qui portait une tresse et un prénom biblique — quel était donc son nom ? Rachel ? Hannah ?

« J'irai, décida-t-il. Si j'arrive à quitter le bateau à Izmir, je rejoindrai l'*Orient-Express.* Ça ne me retardera que de deux jours environ. Je sais que je peux te faire confiance pour passer les trucs à la douane, mais s'il y a le moindre problème je m'en occuperai dès que j'arriverai. »

Les pigeons étaient toujours là, tournoyant comme au son d'une valse, dans cette ville ridiculement éprise de musique. Il apercevait à chaque détour de rue la flèche de la cathédrale Saint-Étienne. Quand il baissa la vitre du taxi, il sentit une odeur de vanille, et le parfum des lilas et des cytises, dans le parc.

Mais des bannières marquées de la croix gammée pendaient maintenant aux fenêtres, vestiges de l'accueil fait par Vienne au Führer, des groupes de soldats portant l'insigne des SS se tenaient aux carrefours et, quand le taxi tourna dans une ruelle étroite, Quin vit les horribles inscriptions sur les portes des boutiques des Juifs, et les vitrines brisées.

A l'hôtel Sacher, il constata que sa réservation avait été honorée. L'accueil fut aimable ; le portrait de l'empereur François-Joseph, avec ses favoris, était toujours suspendu dans le hall — pas encore remplacé par le visage banal du Führer. Mais au bar, trois officiers allemands en compagnie de blondes décolorées parlaient fort, avec l'accent de Berlin. Même s'il avait eu le temps de prendre un verre, Quin ne se serait pas mêlé à eux. En fait, il n'avait pas une minute à perdre, parce que l'inconcevable s'était produit : le célèbre *Orient-Express* avait eu une panne de locomotive. Quin se changea en vitesse, mit un costume sombre et fila à l'université. Le secrétaire de Berger lui avait écrit pour lui dire qu'on lui louerait une toge. D'ailleurs toutes les cérémonies de ce genre étaient à peu près semblables, et il suffisait de suivre la personne qui était devant, un peu à la manière des pingouins.

Tout de même, il était encore plus tard qu'il ne pensait. Des groupes d'hommes habillés de rouge et d'or, de noir et de pourpre, avec des capuchons bordés d'hermine ou des toques à pompons, se tenaient sur les marches. Les familles, vêtues de leurs plus beaux atours, franchissaient avec fierté les portes monumentales. Le secrétaire accueillit Quin avec soulagement.

« Ah, professeur Somerville, vous êtes attendu, tout est prêt. Je vais vous conduire directement au vestiaire. M. le Doyen espérait vous recevoir avant la cérémonie, mais il est déjà dans la salle ; vous le rencontrerez lors de la réception.

— Je suis impatient de le voir. »

La toge de Quin — une robe de soie écarlate bordée d'un col de fourrure pourpre — était posée sur une table à côté d'un carton sur lequel était inscrit son nom. La toque de velours était trop grande, mais il la rabattit sur la nuque et alla rejoindre les autres candidats qui attendaient dans le vestibule.

L'organiste attaqua une passacaille de Bach ; et Quin, entre une grosse dame professeur en Argentine et sans doute le plus vieil entomologiste du monde, s'avança dans l'allée centrale vers le trône du président de l'université.

Comme il s'y attendait, dans cette ville où même les chevaux de fiacre étaient caparaçonnés, la cérémonie se déroulait avec la plus grande pompe. Les hommes se levèrent, ôtèrent leur toque, se saluèrent en s'inclinant, puis se rassirent. L'orgue ronflait. Les anciens élèves morts depuis longtemps observaient la scène du haut de leurs cadres en or.

Assis à droite de l'estrade, Quin chercha Berger parmi la rangée de professeurs, de l'autre côté, mais il était gêné par le chapeau de la dame d'Argentine qui semblait porter sur la tête une gigantesque soupière.

Les candidats qu'on allait honorer étaient appelés un à un, la liste de leurs réalisations était lue en latin, on leur tapait sur l'épaule avec une saucisse en argent qui contenait la charte conférée à l'université par l'empereur Maximilien, et on leur remettait un rouleau de parchemin. Quin aida l'entomologiste à se lever ; le vieux monsieur survivrait-il, si on le frappait avec quoi que ce soit ? Apparemment, oui. Ce fut ensuite le tour de la grosse dame. La vue étant dégagée, Quin scruta la rangée des universitaires de haut rang, vêtus de leurs toges voyantes, mais pas trace de Berger. Il ne l'avait pas vu depuis huit ans, mais il était sûr de reconnaître le visage du professeur aux traits austères empreints de sagesse.

C'était à lui, maintenant.

« Il a été décidé de conférer le titre de docteur ès sciences *honoris causa* à Quinton Alexander St. John Somerville. L'orateur public va maintenant vous présenter le Pr Somerville. »

Quin se leva et vint se placer devant le président, dont un œil était à moitié caché par le gland doré qui pendait de sa toque. Au fur et à mesure de l'énoncé grandiloquent de ses travaux, Quin sentait son malaise grandir ; soudain, ce qui lui était apparu comme une tentative archaïque — mais non dépourvue de dignité — de maintenir les traditions du passé se transformait en une grotesque pantomime jouée par des fantoches.

Le discours prit fin. Quin se retrouva le plus jeune professeur de l'université de Thameside, membre de l'Académie des sciences, titulaire de la médaille d'or de la Société de géologie, le Sherlock Holmes de la Préhistoire, dont le génie de l'enquête avait permis de dévoiler les secrets du passé.

Quin prit un air renfrogné et monta sur l'estrade. Le président leva la saucisse d'argent... et recula.

« J'ai cru qu'il voulait me tuer », devait dire Quin plus tard. Mais Quin se maîtrisa, prit le rouleau et retourna à sa place. Enfin c'était fini, et il put poser la question qui l'avait taraudé tout au long de cette cérémonie assommante.

« Où est le Pr Berger ? »

Le secrétaire général à qui il s'était adressé détourna les yeux.

« Le Pr Berger n'est plus parmi nous. Mais le nouveau doyen, le Pr Schlesinger, souhaite vous saluer.

— Peut-être, mais pas moi. Où est le Pr Berger ? Répondez-moi, je vous prie. »

Le secrétaire parut gêné.

« Il a été relevé de ses fonctions.

— Pourquoi ?

— Les lois de Nuremberg ont été appliquées tout de suite après l'Anschluss. Les postes élevés sont réservés aux personnes de race pure. Ce n'est pas ma faute, ajouta-t-il en reculant d'un pas, je ne suis que...

— Où est Berger ? Est-il toujours à Vienne ? »

Le secrétaire secoua la tête.

« Je ne sais pas. Beaucoup de Juifs ont tenté d'émigrer.

— Trouvez-moi sa dernière adresse.

— Oui, professeur, certainement, après la réception.

— Non, pas après la réception. *Tout de suite.* »

Quin se souvenait de la rue mais pas de l'immeuble, jusqu'à ce qu'un porche orné de deux plantureuses cariatides l'invite à entrer dans la cour. La concierge n'était pas dans sa loge, et nul ne l'empêcha de gravir le grand escalier de marbre.

Au premier étage, la plaque de cuivre du Pr Berger était toujours fixée à la porte mais celle-ci, bizarrement, était entrouverte. Quin la poussa. Autrefois, il était accueilli par une soubrette en tablier blanc, mais maintenant il n'y avait personne. Le parapluie et les cannes du professeur étaient toujours à leur place dans le porte-parapluies, et son chapeau était accroché à la patère. Quin s'engagea dans le couloir recouvert d'un épais tapis turc, frappa à la porte du bureau et l'ouvrit. Il avait passé de longues heures dans cette pièce, à travailler au bulletin scientifique de Berger, plein d'admiration et de respect pour l'érudition du professeur et la générosité avec laquelle il partageait ses idées. Les livres de Berger étaient alignés contre le mur, et la Remington sous sa housse noire était posée sur le bureau.

Le silence, pourtant, était inquiétant. Quin pensa à la *Marie-Céleste,* ce navire qu'on avait retrouvé, abandonné en plein océan, avec la table encore mise et la nourriture non consommée. Une porte à deux battants séparait le bureau de la salle à manger, avec son immense table et ses chaises à dossier de cuir ; les plats en porcelaine de Meissen étaient toujours dans le vaisselier, une coupe que le professeur avait gagnée à l'escrime était rangée sur le buffet. De plus en plus perplexe, Quin passa au salon. Les tableaux représentant des paysages alpestres n'avaient pas été déplacés, les médailles de guerre du professeur reposaient dans leur vitrine. Le palmier dans son pot de cuivre avait été arrosé. Et pourtant, jamais Quin n'avait éprouvé une telle impression de désolation et de vide.

Non, pas de vide, en fin de compte. Dans une pièce éloignée, quelqu'un jouait du piano — jouer était beaucoup dire, car la même phrase était répétée à l'infini, une phrase incongrue, une sorte de pépiement, comme un chant d'oiseau.

Il se trouvait maintenant dans la partie de l'appartement qui donnait sur la cour. Ouvrant une dernière porte, il découvrit d'où venait la musique. Une jeune fille, la tête enfouie dans l'un de ses bras qui reposait sur le piano, effleurait les touches avec son autre main. Elle ne le vit pas tout de suite, et il remarqua à quel point elle semblait lasse et désespérée. Puis elle leva la tête et le regarda, et soudain il se rappela son nom.

« Vous devez être la fille du Pr Berger. Vous devez être Ruth. »

Il avait un certain mérite à l'avoir reconnue, parce que la belle et joyeuse fillette à la chevelure de lin avait bien changé. Un ouragan avait dévasté ses cheveux : au lieu d'être nattés comme autrefois, ils pendaient sur ses épaules, et leur blondeur avait pris des nuances indéfinissables — cendre, bronze, kaki presque. Et de cette tignasse émergeaient un pâle visage triangulaire et des yeux sombres au regard brouillé. Elle lui fit penser à Raiponce, l'héroïne du conte de Grimm, qui attendait son prince, seule dans sa tour.

« Qu'étiez-vous en train de jouer ? »

Elle contempla le clavier avant de répondre : « C'est le thème du dernier mouvement du *Concerto pour piano en sol majeur* de Mozart. On dit qu'il s'est inspiré du chant d'un sansonnet qui... » Sa voix se brisa, et elle se réfugia un instant dans le désordre de ses cheveux. Mais soudain elle aussi se rappela le passé. « Bien sûr ! Vous êtes le Pr Somerville ! Je me souviens quand vous êtes venu, autrefois, et que nous étions si déçus : nous vous imaginions avec des genoux brûlés par le soleil et une voix à la Richard Cœur de Lion.

— Quel genre de voix avait-il ?

— Oh, *forte* ! Les chevaux s'agenouillaient lorsqu'il criait, vous ne le saviez pas ? »

Quin secoua la tête, mais il n'en revenait pas, car

elle avait ramené ses cheveux en arrière et elle lui souriait ; en un instant, la prisonnière de la tour disparut ; c'était l'été, on était à la montagne et il y avait des vaches. On ne remarquait plus ses yeux, maintenant, mais son nez retroussé, sa grande bouche et ses taches de rousseur. « C'est vrai, c'était la cérémonie de remise des diplômes aujourd'hui, n'est-ce pas ? Mon père a essayé de vous joindre quand il avait encore le droit de téléphoner. Cela s'est bien passé ? »

Quin haussa les épaules.

« Où est votre père ?

— Il est en Angleterre. A Londres. Ma mère aussi et ma tante... et oncle Mishak. Ils sont partis il y a huit jours. Heini aussi ; il est allé à Budapest chercher son visa, il les rejoindra ensuite.

— Et ils vous ont laissée ? »

Cela paraissait impossible. Il se souvenait d'elle comme d'une enfant surprotégée, trop gâtée.

Elle secoua la tête. « Ils m'ont fait partir avant. Mais tout est allé de travers. » Fini, l'instant bucolique dans la montagne avec les vaches. Les yeux de la jeune fille se remplirent de larmes ; elle ferma le poing et le pressa contre sa joue comme pour réprimer la douleur. « Cela a complètement raté. Et je suis bloquée ici, maintenant. Il n'y a plus personne.

— Racontez-moi, demanda Quin. J'ai tout mon temps. Dites-moi en détail ce qui s'est passé. Laissez ce piano et installons-nous confortablement, ajouta-t-il car il avait compris que le piano était à sa façon une source de chagrin.

— Non. » Elle restait une fille d'universitaire qui connaissait le rituel. « C'est le banquet du président.

Il y a toujours un dîner après la remise des diplômes. On va vous attendre.

— Vous ne vous figurez pas que je vais dîner avec ces gens, répondit-il d'un ton tranquille. Allez-y, commencez. »

Le père de Ruth avait essayé, dès avant l'Anschluss, de lui obtenir un visa d'étudiante.

« Nous espérions encore que les Autrichiens résisteraient à Hitler, mais mon père avait toujours voulu que je fasse mes études en Angleterre — c'est pour cela qu'il m'avait inscrite à l'École anglaise, ici, après le départ de ma préceptrice. J'étais en seconde année et j'étudiais les sciences naturelles. Je devais aider mon père jusqu'à ce que Heini et moi puissions...

— Qui est Heini ?

— C'est mon cousin. En fait, il est... Lui et moi... »

Apparemment, les phrases concernant Heini étaient de celles qu'elle ne terminait pas. Mais Quin se souvenait maintenant du jeune prodige dans sa cabane en bois. Impossible de mettre un visage sur son prénom — seul lui restait présent à la mémoire le son interminable du piano —, mais il revit soudain la petite fille aux cheveux tressés qui arrivait à la cabane les mains remplies de fraises des bois. Ainsi, son amour pour le garçon surdoué durait toujours.

« Continuez.

— Cela n'a pas été trop difficile. Quand on n'a pas l'intention d'émigrer pour de bon, les Britanniques n'y voient pas d'inconvénient. Je n'ai pas eu besoin d'avoir un "J" sur mon passeport, parce que je ne suis pas entièrement juive. Les quakers ont été formidables ; ils se sont arrangés pour que je fasse le voyage avec un groupe d'étudiants au départ de Graz. » Sitôt le départ de Ruth organisé, ses parents l'avaient envoyée attendre à Graz. « Ils voulaient que je m'éloigne parce que j'avais donné un coup de pied à une chemise brune et...

— Grands dieux ! »

Elle eut un geste fataliste.

« Quoi qu'il en soit, après mon départ, mon père a été brusquement arrêté. On l'a emmené dans cet horrible endroit près du canal du Danube — la Maison de la Gestapo. On l'a gardé là pendant plusieurs jours, et personne ne m'en a informée. Puis on l'a relâché en lui disant de quitter le pays dans les huit jours avec sa famille, sinon on le mettrait dans un camp. Ils n'ont eu le droit d'emporter qu'une valise chacun et dix marks allemands — ça ne suffit même pas pour vivre un seul jour, mais bien sûr rien n'avait d'importance du moment qu'ils pouvaient s'enfuir. J'étais partie deux jours plus tôt avec le groupe d'étudiants.

— Que s'est-il donc passé ?

— Nous sommes arrivés à la frontière, et là tout un groupe de SS est monté dans le train. Ils voulaient voir nos "certificats d'innocence".

— Vos *quoi* ? »

Elle passa la main sur son front, et il songea qu'il n'avait jamais vu un être de cet âge avoir l'air aussi fatigué.

« C'est un nouveau papier, ils en inventent sans

cesse. C'est pour prouver qu'on n'a pas eu d'activités politiques. Ils ne veulent pas envoyer à l'étranger des gens qui risquent de causer du tort au régime.

— Et vous n'aviez pas ce certificat ? »

Elle secoua la tête.

« A l'Université, il y avait un garçon qui était allé en Russie. J'avais lu Dostoïevski, bien sûr, et je faisais partie de ceux qui pensaient qu'il fallait être du côté du prolétariat, aller en Sibérie avec les exilés, et tout ça. J'ai toujours été gênée du fait que nous possédions trop. Je veux dire, ce n'est pas juste que quelques personnes aient tout, et les autres rien.

— Non, ce n'est pas juste. Mais savoir comment faire n'est pas aussi simple.

— De toute façon, je ne suis pas devenue communiste comme lui, parce qu'ils ne cessaient pas de s'appeler "camarade" et après ils se disputaient ; mais j'ai rejoint le parti social-démocrate, nous avons organisé des manifestations et nous nous sommes bagarrés avec les chemises brunes. Cela me paraît un peu puéril, maintenant, on se croyait tellement féroces. Et, bien sûr, pendant tout ce temps-là, les autorités m'avaient fichée comme dangereuse extrémiste !

— Alors, au moment où on vous faisait descendre du train, vos parents avaient quitté Vienne ?

— Non, en fait non. J'ai appelé une de leurs amies — on nous avait coupé le téléphone —, qui m'a dit qu'ils devaient partir le lendemain. Je savais que, s'ils réalisaient que j'étais toujours en Autriche, ils ne partiraient pas ; alors je suis allée chez notre ancienne cuisinière à Grinzing en attendant leur départ.

— C'était courageux », déclara Quin d'une voix douce.

Elle haussa les épaules.

« Ç'a été très dur, je dois dire. C'est la chose la plus difficile que j'aie jamais faite.

— Et, avec de la chance, la plus difficile que vous ayez jamais à faire.

— Je ne crois pas, répliqua-t-elle en hochant la tête, d'une voix presque inaudible. Je crois que, pour les miens, la nuit est venue.

— Absurde, dit Quin d'un ton volontairement enjoué. Nous trouverons un moyen de vous aider. J'irai au consulat de Grande-Bretagne demain matin. »

Elle secoua de nouveau la tête, et son incroyable masse de cheveux blonds voltigea sur ses épaules.

« J'ai tout essayé. Il y a un homme nommé Eichmann qui dirige un truc appelé le département de l'Émigration. Il est supposé aider les gens à quitter le pays, mais en réalité, il ne fait que s'assurer qu'ils sont dépouillés de tout ce qu'ils possèdent. Vous ne pouvez pas savoir ce que c'est — les gens pleurent et crient... »

Il s'était levé, et se mit à arpenter la pièce car il avait besoin de réfléchir.

« Cet appartement est immense !

— Douze pièces. Ma grand-mère en occupait deux, mais elle est morte l'année dernière. Quand j'étais petite, je parcourais les couloirs dans tous les sens sur mon tricycle, expliqua-t-elle en suivant Quin dans une autre pièce. Là, c'est mon père dans son uniforme du 14e régiment de uhlans. Il a été décoré deux fois pour actes de bravoure — il n'arrivait pas à croire que cela ne comptait pas.

— Il est juif à cent pour cent ?

— De naissance, oui. Je ne crois pas qu'il y ait jamais pensé. Sa religion, c'étaient les gens... c'étaient tous ceux qui s'efforcent de donner le meilleur d'eux-mêmes. Il croyait en un Dieu qui appartient à tout le monde. Il pensait que chacun doit entretenir l'étincelle qu'il a en soi et la transformer en flamme. Quant à ma mère, elle a été élevée dans la religion catholique, ce qui rend les choses deux fois plus dures pour elle. Elle est à moitié juive seulement, ou peut-être au quart, on ne sait pas très bien. Sa mère était une pure Aryenne — une gardeuse de chèvres.

— Par conséquent, vous êtes... quoi ? Trois quarts ? Cinq huitièmes ? Difficile à croire. »

Elle sourit.

« A cause de mon nez retroussé, c'est cela que vous voulez dire ? Et de mes cheveux blonds ? Ma grand-mère venait de la campagne — la gardeuse de chèvres. Mon grand-père l'a réellement trouvée en train de garder des chèvres — enfin, presque. Elle arrivait d'une ferme. Nous nous moquions un peu d'elle et nous l'appelions Heidi. Elle n'a jamais ouvert un livre de sa vie, mais je lui suis reconnaissante aujourd'hui, parce que je lui ressemble et que personne ne m'embête jamais. »

Ils étaient parvenus dans une véranda qui donnait sur la cour. Dans un coin, à côté d'un laurier-rose en pot, il y avait un berceau en bois peint à décor de lis et de roses. A la tête du lit, on avait soigneusement écrit en lettres curvilignes ces mots : « Berceau de Ruthie ».

Quin balança le petit lit du bout de son pied. Près de lui, Ruth était devenue silencieuse. En bas, dans la cour, un arbre solitaire — un châtaignier en fleur — étendait les bras. A l'une de ses branches était accrochée une balançoire ; sur un fil à linge étaient suspendus des torchons à carreaux rouge et blanc et une brassière de bébé pas plus grande qu'un mouchoir.

« J'ai joué là durant toute mon enfance, ajouta la jeune fille. Je m'y sentais en sécurité. C'était à mes yeux l'endroit le plus sûr du monde. »

Il n'avait rien dit, et pourtant quelque chose la poussa à le regarder. Elle avait toujours considéré l'Anglais comme un homme gentil et civilisé. Or, voilà que son visage avait pris une expression démoniaque — la bouche tordue, les os saillant sous la peau. Cette transformation effrayante ne dura qu'un instant, après quoi il posa légèrement la main sur le bras de Ruth.

« Vous verrez, affirma-t-il. Nous trouverons une solution. »

Ruth n'avait pas exagéré. Il n'existait pas de mots pour décrire le chaos et le désespoir qu'avait engendrés l'Anschluss. Quin était arrivé de bonne heure au consulat de Grande-Bretagne, mais il y avait déjà des files de gens. Les uns mendiaient des papiers — visas, passeports, permis —, les autres mendiaient du pain.

« Je regrette, monsieur, dit l'employé en examinant les papiers de Ruth. Je ne peux rien faire. Ce ne sont pas les Anglais qui refusent de la laisser entrer, ce sont les Autrichiens qui ne veulent pas la laisser sortir. Elle devra refaire une demande d'émigration, et cela peut prendre des mois, ou des années. Le quota est atteint, comme vous le savez.

— Et si j'étais prêt à la cautionner ? A garantir qu'elle ne serait pas une charge pour l'État ? Ou à lui procurer un permis de travail en qualité d'employée de maison ? Ma famille pourrait lui fournir un emploi.

— Il vous faudrait faire cela d'Angleterre, monsieur. Tout est sens dessus dessous ici depuis que l'Autriche n'est plus un État indépendant. L'ambassade est sur le point de fermer, et on a déjà commencé à rapatrier le personnel.

— Écoutez, cette fille a vingt ans. Toute sa famille est en Angleterre. Elle est seule au monde.

— Je regrette, monsieur, répéta le jeune homme d'un air las. Croyez-moi, les choses que j'ai vues ici... mais il n'y a rien à faire, en définitive. Du moins, rien que vous puissiez envisager.

— Et qu'est-ce que je ne puis pas envisager ? »

Le jeune homme le lui dit.

Oh, la barbe avec cette fille, pensait Quin. Il avait une couchette réservée dans le train de nuit. Les examens commençaient dans moins de huit jours. En prenant son congé sabbatique, il avait promis d'être de retour pour la fin de l'année universitaire. Il n'avait pas prévu de laisser son remplaçant corriger les copies de ses étudiants.

Il retourna à l'appartement de Felsengasse et monta au premier étage. La porte était grande ouverte. Dans le couloir, le miroir était brisé, le porte-parapluies renversé. Le mot « Juif » avait été barbouillé à la peinture jaune sur la photographie qui montrait le Pr Berger serrant la main de l'empereur. Dans le salon, les tableaux avaient été arrachés des murs ; le palmier, sorti de son pot, gisait sur le tapis ; les bibelots en argent avaient disparu, le tapis afghan... Dans la salle à manger, les portes du vaisselier avaient été démolies, la porcelaine de Meissen n'était plus là.

Dans la véranda, le berceau en bois peint de Ruth avait volé en éclats sous les coups de pied.

Quin avait oublié ce qu'étaient les manifestations physiques de la rage. Il dut inspirer plusieurs fois à fond avant de ne plus éprouver de vertiges et de pouvoir redescendre l'escalier.

Cette fois, la concierge était dans sa loge.

« Qu'est-il arrivé à l'appartement du Pr Berger ? »

La femme jeta un coup d'œil nerveux vers une porte derrière laquelle Quin aperçut un homme âgé qui lisait le journal.

« Ils sont venus... des chemises brunes... rien qu'une bande de voyous. Ils font ça quand un appartement est abandonné. Ce n'est pas légal, mais il n'y a personne pour les en empêcher, dit-elle avec un reniflement. Je ne sais pas quoi faire. Le professeur m'a demandé de veiller sur son appartement, mais comment ? Un diplomate allemand va emménager la semaine prochaine.

— Et Fräulein Berger ? Que lui est-il arrivé ?

— Je ne sais pas. (Nouveau coup d'œil en direction de la porte.) Je ne peux rien vous dire. »

Il avait parcouru la moitié de la rue quand il entendit la concierge le rappeler de sa voix fêlée. Il se retourna ; la vieille femme approchait à toute allure, toujours en tablier.

« Elle m'a donné ça pour vous. Mais vous ne direz rien, n'est-ce pas, *Herr Doktor* ? Mon mari est nazi depuis des années, il ne me le pardonnerait jamais. Je pourrais avoir de graves ennuis. »

Elle lui tendit une enveloppe blanche d'où tombèrent, quand il l'ouvrit, deux clés.

2

Ruth avait toujours aimé la statue de l'impératrice Marie-Thérèse sur son socle en marbre. Entourée de ses généraux, de quelques chevaux et de haies de buis, elle contemplait les passants avec l'air satisfait d'une bonne ménagère qui a laissé son garde-manger bien garni et ses placards en ordre. Tous les écoliers savaient que c'était elle qui avait fait la grandeur de l'Autriche, qu'elle avait tenu sur ses genoux le jeune Mozart âgé de six ans, que sa fille Marie-Antoinette avait épousé le roi de France et avait été guillotinée.

Mais, aux yeux de Ruth, l'impératrice aux formes généreuses et aux manières simples représentait plus que cela : elle était la gardienne des deux grands musées, de chaque côté de la place qui portait son nom. A gauche, le musée d'Histoire de l'art, un énorme bâtiment néo-Renaissance qui abritait les fameux Titiens, les Rembrandts, les plus beaux Bruegels du monde. A droite, réplique exacte du précédent, jusqu'au moindre pilier et à la coupole richement décorée, le muséum d'Histoire naturelle. Quand elle était enfant, Ruth adorait les deux musées. Le musée d'Histoire de l'art était du domaine de sa mère, plein d'élévation, de souffrance et d'amour — beaucoup d'amour, en fait. Les madones aimaient leurs enfants, Jésus aimait les pauvres pécheurs, et saint François aimait les oiseaux.

Au muséum d'Histoire naturelle il n'y avait pas d'amour, seulement du sexe, mais il y avait des histoires et des voyages imaginaires, et puis il y avait le *travail.* C'était l'univers de son père et Ruth y était une enfant à part. Quand elle en avait assez du casoar sur son nid, de l'éléphant de mer à l'énorme poitrine cambrée et des serpents aux anneaux luisants — chacun dans son bocal de liquide coloré —, elle avait la possibilité de pousser une porte magique et de pénétrer, comme Alice, dans un monde secret, labyrinthique.

En effet, au-delà des ors et du silence des galeries avec leurs gardiens en uniforme gris se trouvait un dédale de salles de préparation, de laboratoires, d'ateliers, d'arrière-cuisines et de bureaux. C'était ici que se faisait le véritable travail du muséum, ici que se situait le centre nerveux du savoir et de la compétence, dont les ramifications s'étendaient à tous les pays du monde. Depuis qu'elle était toute petite, Ruth avait le droit d'observer et de participer. Parfois on assemblait un dinosaure sur son support ; parfois ou autorisait l'enfant à pulvériser du produit sur une peau d'animal, ou à nettoyer les plaques du microscope pour un histologiste qui dessinait les tissus mauve et rouge d'une cellule ; et la pièce où travaillait le professeur était aussi familière à sa fille que son bureau de Felsengasse.

A une époque plus ancienne, Ruth aurait pu chercher asile dans un temple ou une église. Aujourd'hui, sans logis et sans espoir, c'est ici qu'elle vint se réfugier.

On était jeudi, jour de fermeture du muséum au public. Elle ouvrit sans bruit la porte latérale et grimpa l'escalier.

La pièce de travail de son père était exactement telle qu'il l'avait laissée. Sa blouse était accrochée à la porte et ses notes étaient étalées sur le bureau, à côté d'une pile de livres. Sur une table près de la fenêtre, un plateau contenait les os de fossiles qu'il triait au moment de son départ. Personne n'avait encore dévissé la plaque sur la porte, ni confisqué les deux jeux de clés dont l'un avait été confié par Ruth à la concierge.

« Mon Dieu, faites qu'il vienne », implora la jeune fille.

Mais pourquoi viendrait-il, cet Anglais qui ne lui devait rien ? Pourquoi même prendrait-il les clés qu'elle avait laissées à la concierge ? Dans une semi-inconscience, elle approcha un siège du plateau où étaient éparpillés les os et se mit, avec des doigts experts, à séparer les vertèbres et à les débarrasser de la terre et des fragments de roche qui y adhéraient. Comme elle se penchait en avant, ses cheveux tombèrent sur le plateau ; elle les releva en chignon et y planta un pinceau. Heini aimait qu'elle laisse pendre ses cheveux et elle avait appris cette astuce d'une Japonaise à l'université.

Le silence était palpable. C'était le début de la soirée, maintenant, et tout le monde était rentré chez soi. On n'entendait plus aucun bruit, pas même celui des tuyaux ni de l'ascenseur. Ruth continua son inutile et laborieux travail, attendant sans y croire l'arrivée de l'Anglais.

Pourtant, quand elle entendit la clé dans la serrure, elle n'osa pas tourner la tête. Il y eut ensuite un bruit de pas qui, déjà, bizarrement, lui était familier, puis un bras passa par-dessus son épaule, et elle sentit un instant le tissu de sa veste contre sa joue.

« Non, pas celui-ci, dit une voix calme. Vous allez voir, il ne correspond pas à l'espèce. Regardez la taille du tube neural. »

Elle se laissa aller contre le dossier de la chaise, soudain rassurée, et songea aux mains de son professeur de piano se posant sur les siennes pour l'aider à trouver un accord.

Quin, pendant ce temps, notait un certain nombre de traits révélés par la coiffure improvisée de Ruth : les oreilles... la courbe de la mâchoire... et ces creux vulnérables à la base du cou, qui empêchent les parents de tuer leurs petits enfants.

« Comme vous avez fait vite, dit Ruth en observant les longs doigts de Quin qui fouillaient parmi les os de l'ours des cavernes. Vous n'avez pas eu de chance, au consulat ?

— Non, je n'ai pas eu de chance. Mais nous vous

ferons sortir de Vienne. Que s'est-il passé, à l'appartement ? Avez-vous pu sauver quelque chose ? »

Elle désigna sa valise.

« Frau Hautermanns m'a prévenue de leur arrivée.

— La concierge ?

— Oui. J'ai emporté quelques affaires et je suis descendue par l'escalier de secours. Ils n'en avaient pas après moi. Pas cette fois. »

Il continua machinalement à trier les fragments de squelette, sans rien dire. Puis il repoussa le plateau.

« Avez-vous avalé quelque chose, aujourd'hui ? »

Elle secoua la tête.

« Bon. J'ai apporté un pique-nique. Un pique-nique un peu spécial. Où allons-nous manger ?

— Ici, je crois bien. Je peux débarrasser la table, et il y a une autre chaise dans la pièce d'à côté.

— J'ai dit un *pique-nique,* répliqua Quin d'un air sévère. En Angleterre, pique-niquer veut dire s'asseoir par terre, inconfortablement, et de préférence sous la pluie. Bon, quelle destination choisissons-nous ? L'Afrique — vous avez une belle collection de lions, à ce que je vois ; un peu mités, peut-être, mais les socles sont très beaux... ? Ou l'Amazonie — j'ai un faible pour les anacondas, pas vous ? Non, attendez, et si on essayait l'Arctique ? J'ai apporté un chablis exceptionnel qui doit être servi frais.

— L'ours polaire était presque mon préféré quand j'étais petite, mais je n'ai pas envie d'attraper des engelures, je risquerais de lâcher mes sandwiches. Vous ne voulez pas revenir plus loin dans le temps ? Dans la salle des dinosaures ?

— Non. J'aurais l'impression de travailler. Et franchement, je n'apprécie pas trop cet ichtyosaure. Je ne sais pas qui a assemblé ce squelette, mais c'est quelqu'un qui avait *beaucoup* d'imagination.

— C'est le vieux Schumacher, dit Ruth en rougissant. Il était très malade et il voulait absolument le terminer avant de mourir... Je sais ! Allons à Madagascar ! L'"ancien continent des lémuriens" ! Il y a là un bébé aye-aye, minuscule, et qui a l'air tellement triste ! Je suis sûre que vous l'adorerez.

— D'accord pour Madagascar, répondit Quin. Peut-être pourriez-vous trouver un torchon ou un journal, nous n'avons besoin de rien d'autre. Je suis sûr que manger ici est contraire au règlement, mais nous n'allons pas nous en faire pour cela. »

Ruth disparut au vestiaire et en revint avec un torchon, et les cheveux flottants. On ne pouvait deviner ses pensées sur son visage, remarqua Quin, à cause de ses traits changeants, mais son incroyable chevelure, indisciplinée, hors mode, était, elle, très révélatrice. A présent, les derniers rayons du soleil y apportaient de chauds reflets dorés qui réjouissaient le cœur.

Ce fut une étrange promenade qu'ils firent à travers les immenses salles plongées dans l'ombre, sous l'œil d'animaux fixés pour toujours dans leur éternité. Des antilopes pas plus grosses que des chats levaient une patte, prêtes à s'enfuir dans les vastes steppes. Les singes du Nouveau Monde étaient suspendus aux branches, mélancoliquement blottis les uns contre les autres. Et, près d'une fenêtre, un dodo — pauvre oiseau disparu, à l'air stupide — se tenait sur un nid d'œufs reconstitués.

Madagascar correspondait tout à fait à ce que Ruth avait promis. Des lémuriens à queue zébrée et à tête bigarrée tenaient des noix dans leurs mains étonnamment humaines. Un couple d'indis, duveteux comme des animaux en peluche, se faisaient l'un l'autre leur toilette. De minuscules lémurs-souris étaient agglutinés autour d'une noix de coco.

Et, tout seul, près de la vitre, le aye-aye... Une créature hideuse et mélancolique, parvenue seulement à mi-croissance, avec d'immenses yeux désespérés, des oreilles sans poils et un doigt tendu de façon inquiétante, tel un doigt de sorcière.

« Je ne sais pas pourquoi je l'aime tant, dit Ruth. Sans doute parce que c'est une espèce de paria — tellement laid, solitaire, et triste.

— Il a toutes les raisons d'être triste, déclara Quin. Les indigènes en ont terriblement peur ; ils s'enfuient en hurlant dès qu'ils en voient un. Pourtant, j'ai rencontré une tribu qui croit que les ayes-ayes ont le pouvoir d'emmener les âmes des morts au ciel.

— Bien sûr ! s'exclama-t-elle en se tournant vivement vers lui. Vous y êtes allé, n'est-ce pas ? Avec l'expédition française ? Ça doit être tellement beau !

— Oui. Cela ne ressemble à rien au monde. Des plantes grimpantes et des orchidées s'entremêlent aux arbres, vous ne pouvez imaginer le parfum... Et les colibris, et les caméléons...

— Quelle chance vous avez ! Je devais voyager avec mon père dès que j'aurais eu l'âge, mais maintenant... » Elle chercha son mouchoir, puis reprit en se tournant de nouveau vers l'aye-aye : « Je suis sûre que cette tribu a raison. Je suis persuadée qu'ils peuvent emmener au ciel les âmes des morts. » Elle se tut un instant en contemplant le pathétique animal embaumé. « Tu peux avoir mon âme, ajouta-t-elle tout bas. Tu peux l'avoir quand tu veux. »

Quin la regarda sans rien dire. Il prit le torchon et l'étala sur le parquet, puis se mit à déballer le contenu du panier. Il y avait une terrine de pâté et des blancs de faisan, des petits pains tout frais enveloppés dans une serviette d'une blancheur éclatante et des coquilles de beurre sur une petite assiette. Il y avait des griottes et du raisin, et deux soufflés au chocolat dans des pots cannelés. Les assiettes étaient en vraie porcelaine, les hauts verres à pied en verre véritable.

« Je pense que vous allez aimer le vin, dit Quin en sortant une bouteille d'un coffret en bois. Et je n'ai pas oublié le tire-bouchon !

— Mais *comment* avez-vous fait pour trouver tout ça ? Et comment avez-vous eu le temps ?

— Je suis simplement entré dans une boutique et j'ai dit ce que je voulais. Cela ne m'a pris que dix minutes. Tout ce que j'ai eu à faire, c'est payer. »

Elle le regarda disposer le pique-nique, surprise de constater qu'il avait l'intention de faire le service. Était-ce une habitude britannique, ou bien quelque chose qui lui était personnel ? Le père de Ruth — et tous les hommes qu'elle connaissait — se seraient assis en attendant que leurs femmes les servent.

Quand tout fut prêt, on aurait dit un banquet de conte de fées ou une dînette pour enfants, songea Ruth. Mais quand elle commença à manger, elle ne pensa plus à rien d'autre : elle était affamée, tout simplement.

« Oh, que c'est *bon* ! s'exclama-t-elle. Et ce vin est délicieux. Il n'est pas fort, n'est-ce pas ?

— Euh... » Il allait lui conseiller de se méfier, mais il se ravisa. Ce soir, elle avait le droit de se détendre — peu importait par quel moyen. « Où sont vos parents ? demanda-t-il au bout d'un moment, alors qu'ils étaient assis côte à côte, le dos appuyé contre le radiateur. Je veux dire, dans quelle partie de Londres ?

— Belsize Park. C'est au nord-ouest de la ville, vous connaissez ?

— Oui. » Il vit en esprit les rues mornes, les rangées d'immeubles victoriens délabrés et les jardins infestés de chats, de ce qui avait été autrefois un faubourg prospère de Londres. « Beaucoup de réfugiés vivent là, reprit-il d'un ton enjoué. Et c'est tout près de Hampstead Heath, qui est très joli. » (Près, mais pas tout près... Hampstead, au sommet de la colline, était un autre monde, avec ses belles villas, ses magnolias, et les plaques bleues indiquant que Keats avait vécu là, et Robert Louis Stevenson, et un célèbre amiral de France.) « Heini va aussi y aller ?

— Oui, très bientôt. Il s'est rendu à Budapest pour chercher ses papiers d'émigration et faire ses adieux à son père, mais il n'y aura aucun problème. Il est hongrois, et les nazis n'ont rien à redire à ça. Il a dû partir rapidement d'ici parce qu'il est juif à part entière. Après la mort de la gardeuse de chèvres, mon grand-père a épousé la fille d'un rabbin, une veuve qui avait une petite fille — c'était la mère de Heini, nous ne sommes donc pas parents par le sang... C'est un pianiste extraordinaire. Un vrai artiste. Il aurait fait ses débuts avec l'Orchestre Philharmonique... trois jours après l'entrée d'Hitler.

— C'est dur.

— Oui. Il était dans tous ses états. Je ne savais vraiment pas comment le consoler. »

Elle se réfugia un moment derrière ses cheveux.

« Et vous allez vous marier ?

— Oui... Enfin, Heini ne parle pas beaucoup de mariage parce que c'est un musicien... un artiste... et les artistes ne parlent pas de ces choses bourgeoises comme le mariage. Mais nous allons vivre ensemble. Vraiment, je veux dire. Nous devions nous rendre tous les deux en Italie, après le concert. Je serais partie plus tôt, mais mes parents sont très vieux jeu... et puis, il y avait aussi cette histoire de Chopin et de ses *Études*.

— Excusez-moi, dit Quin, la fourchette en l'air, mais je crains de ne pas vous suivre. Qu'est-ce que les *Études* de Chopin viennent faire ici ? »

Ruth réalisa — trop tard — sur quel terrain elle s'engageait. Elle regarda d'un air horrifié son verre vide, et connut cet instant douloureux où l'on comprend que ce qui a été bu est bel et bien bu. Cela avait été si agréable, ce vin, c'était comme boire du concentré d'espoir ou de bonheur, et voilà que maintenant elle bavardait sans retenue ; elle finirait alcoolique, on la ramasserait dans le caniveau et on la mettrait à la fosse commune.

Mais Quin attendait et elle se lança.

« Un professeur de Heini lui a dit que Chopin

pensait que, chaque fois qu'il faisait l'amour, il privait le monde d'une *Étude.* C'est-à-dire que... vous comprenez... c'est la même énergie qui sert à composer et à... à l'autre chose. Une espèce de force vitale. Et ce professeur pensait que Heini devait attendre. Mais Heini s'est aperçu que le professeur en question se trompait sur le doigté de l'*Appassionata,* alors il s'est dit que peut-être il se trompait aussi sur Chopin. Parce qu'il y a eu George Sand, n'est-ce pas ?

— En effet », répondit Quin, que ce babillage amusait au plus haut point. C'est seulement quand ils eurent fini de manger et que Ruth, se déplaçant avec aisance dans l'obscurité grandissante, eut tout rangé dans le panier, que Quin ajouta : « J'ai réfléchi à ce que nous allons faire. Je pense que vous devez quitter Vienne et vous rendre dans un endroit tranquille et sûr, à la campagne. Ensuite, nous recommencerons les démarches à partir de l'Angleterre. Je connais une ou deux personnes au Foreign Office, je ferai jouer mes relations. Je doute que qui que ce soit vous empêche de quitter la ville et je ferai en sorte que vous ayez tout l'argent nécessaire. Avec votre père et nous tous qui travaillons là-bas, nous arriverons à vous faire venir sous peu. Mais il faut que vous partiez d'ici. Y a-t-il quelqu'un chez qui vous puissiez aller ?

— Il y a ma vieille nourrice. Elle vit près de la frontière suisse, dans le Vorarlberg. Elle me prendrait chez elle, mais je ne sais pas si je dois imposer ma présence à qui que ce soit. Si je suis impure...

— Ne parlez pas comme cela, répliqua-t-il d'un ton rude. Et n'insultez pas les gens qui vous aiment et qui seront désireux de vous aider. A présent, dites-moi exactement où elle habite et je m'occuperai de tout. Comment allez-vous faire pour cette nuit ?

— Je resterai ici. Il y a un lit de camp. »

Quin s'apprêtait à protester et à lui proposer de venir à l'hôtel Sacher, mais en se souvenant des officiers allemands au bar il s'abstint.

« Dans ce cas, faites attention. Et le veilleur de nuit ?

— Il ne viendra pas dans le bureau de mon père. Et de toute façon, il me connaît depuis que je suis bébé.

— Vous ne pouvez vous fier à personne.

— Si je ne peux pas me fier à Essler, dit Ruth, alors je n'ai plus qu'à mourir. »

A deux heures du matin, Quin sauta du lit en se demandant comment il avait pu laisser une fille à peine sortie de l'enfance passer la nuit seule dans un bâtiment désert plein d'ombres et de fantômes. Il s'habilla en vitesse, prit le Ring, traversa la place Marie-Thérèse et entra dans le muséum par la porte latérale.

Ruth était endormie sur le lit de camp dans le laboratoire. Ses cheveux étaient répandus sur le sol et elle serrait quelque chose dans ses bras, pareille à un enfant serrant son jouet favori. Le passe-partout du Pr Berger ouvrait aussi les vitrines. C'était le aye-aye aux yeux immenses que Ruth tenait contre elle ; la longue queue de l'animal était enroulée autour de sa main, et son museau reposait contre son épaule.

Quin, en la regardant, pria pour que l'aye-aye emmène l'âme de la jeune fille, pendant son sommeil, jusque dans les rues mouillées de pluie de Belsize Park, au pays qui abritait maintenant tous ceux qu'elle aimait.

3

Leonie Berger se leva avec précaution et retourna l'oreiller pour que son mari, qui feignait de dormir à l'autre bout du lit défoncé, ne voie pas la trace humide laissée par ses larmes. Puis elle fit sa toilette et s'habilla avec le plus grand soin — escarpins à hauts talons, bas de soie, jupe noire et corsage blanc repassé de frais — parce qu'elle était viennoise et qu'on doit se vêtir correctement même quand on voit son univers s'écrouler.

Puis elle entreprit d'être *bonne.*

Leonie avait fait preuve de courage en quittant Vienne : elle avait dissimulé dans son corset une broche en diamant, ce qui était extrêmement téméraire. En femme aimante et sensée, car telle était sa nature, elle s'était assurée que l'unique valise que son mari était autorisé à emporter contenait toutes ses notes pour son ouvrage sur les *Mammifères du Pléistocène,* ses pilules pour l'estomac et sa pince à ongles spéciale, la seule avec laquelle il pouvait se couper les ongles des pieds. Elle avait été patiente avec sa belle-sœur Hilda, qui émigrait avec un permis de travail comme domestique, mais qui était tombée à cause de ses lacets défaits en embarquant pour traverser la Manche ; et elle avait bercé dans ses bras le bébé d'une réfugiée qui avait le mal de mer. Même en voyant le logement loué pour eux par leur garant — un parent éloigné qui avait émigré des années plus tôt, un dentiste qui s'était constitué une bonne clientèle dans le West End —, Leonie avait juste un peu grommelé. L'appartement, au dernier étage d'un minable hôtel meublé de Belsize Close, était froid et sinistre, les meubles affreux, la cuisine commune épouvantable, mais ce n'était pas cher.

A ce moment-là elle pensait que Ruth les attendait dans un camp d'étudiants de la côte sud. Puis ils avaient reçu la lettre de la Société de secours des quakers, disant que Ruth n'était pas dans le train, et Leonie avait commencé à être *bonne.*

Cela signifiait ne jamais, à aucun moment, critiquer la moindre chose. Respirer avec délices l'odeur de chou-fleur en provenance de la cuisine qu'ils partageaient avec une psychanalyste de Breslau. Admirer les matous scrofuleux qui miaulaient dans le tas de gravats baptisé jardin. Se réjouir en entendant siffler l'appareil de chauffage au gaz qui engloutissait les pièces de monnaie et ne produisait que de la fumée et des flammes bleues. Ne fâcher aucun être vivant, sauf les mouches, consommer avec gratitude une espèce de sauce brune en bouteille appelée café. Cela signifiait enfin dire à Dieu — ou à quiconque pouvait l'écouter à toute heure du jour et de la nuit — qu'elle ne se plaindrait plus jamais, quoi qu'il arrive, pourvu que Ruth soit saine et sauve et vienne les rejoindre.

A sept heures et demie, Leonie avait préparé le petit déjeuner pour la famille — des tartines de margarine, produit qu'ils n'avaient jamais goûté jusqu'à ce jour — et regardé Hilda partir, les yeux rougis, faire son travail de femme de ménage chez une certaine Mrs. Manfred à Golders Green. Si elle n'avait pas été aussi désespérée au sujet de Ruth, Leonie se serait beaucoup apitoyée sur sa belle-sœur, qui ne cessait d'être mordue par le carlin de Mrs. Manfred et n'arrivait pas à comprendre qu'une baignoire, une fois nettoyée, devait également être *séchée.* Mais pour l'heure, elle était bien contente que Hilda ne soit pas là pour l'« aider » dans ses tâches ménagères.

A huit heures oncle Mishak, son dictionnaire d'anglais dans la poche de son manteau, se mit en route pour rejoindre la longue file des étrangers qui attendaient chaque jour à la mairie de Hampstead afin d'avoir des nouvelles de leur famille, de recevoir des instructions, d'obtenir la permission de rester. Sur son passage — petite silhouette ramassée qui s'arrêtait pour examiner un rosier dans un jardin ou parler à un chien solitaire —, le charmant vieux monsieur fut salué par des gens avec qui il avait déjà fait connaissance, en dix jours d'exil.

« Vous avez des nouvelles ? » demanda le buraliste. Et, devant le signe de tête négatif de Mishak : « Vous en aurez aujourd'hui, peut-être. Il en arrive tout le temps. Elle va venir, vous verrez. »

La marchande de fleurs, qui avait une plume sur

son chapeau cabossé et à qui Mishak n'avait rien acheté, lui dit, avec son accent cockney, de ne pas se laisser abattre. Un clochard avec qui il avait partagé un banc dans un parc, un après-midi, l'aborda pour lui demander des nouvelles de Ruth.

Et tandis qu'oncle Mishak gravissait la colline, le Pr Berger, lui, la descendait, en se tenant bien droit et en se forçant à balancer sa canne, pour se rendre comme chaque jour à Bloomsbury House où un groupe de quakers, de fonctionnaires et de travailleurs sociaux essayaient de résoudre les problèmes des émigrés. Tout en parcourant les rues grises dont les pavés même suintaient le mal du pays, il soulevait son chapeau pour saluer d'autres exilés qui vaquaient à leurs occupations.

« Des nouvelles de votre fille ? s'enquit le Dr Levy, le célèbre cardiologue, qui consacrait ses journées à la bibliothèque municipale afin de pouvoir repasser en anglais ses examens de médecine.

— Avez-vous du nouveau ? » demanda Paul Ziller, le directeur du Quatuor Ziller. Il n'avait pas de permis de travail, son groupe était dispersé, mais il allait tous les jours dans un centre de soins pour Juifs, et s'exerçait dans un vestiaire non utilisé ; et chaque soir, il se drapait dans une large ceinture folklorique pour aller jouer de la fausse musique tsigane dans un restaurant hongrois, en échange d'un repas.

Une fois seule dans le triste appartement, Leonie s'attaqua au ménage et continua d'être bonne. Les occasions ne manquaient guère. En découvrant l'épaisse couche de graisse à l'endroit où le ragoût de la psychanalyste avait débordé, elle se serait en temps normal précipitée, furieuse, au deuxième étage où Fräulein Lutzenholler se morfondait sous un portrait de Freud ; au lieu de cela, elle nettoya sans rien dire. La salle de bains, partagée par tous les locataires, était particulièrement propice à l'exercice de la vertu. Le bord de la baignoire était noir de crasse ; le tapis de bain, trempé, était roulé en boule dans un coin... et Miss Bates, une institutrice de maternelle, la seule Britannique restant encore au n° 27, avait suspendu ses petites culottes dégoulinantes sur un bout de corde détendue.

Rien de tout cela n'avait d'importance. Pleine de sollicitude pour Miss Bates, souhaitant que la jeune femme trouve bientôt un mari, Leonie essora les petites culottes et récura la baignoire. Elle avait eu sa vie durant des domestiques, mais elle savait travailler. Désormais, tout ce qu'elle faisait était une offrande à Dieu : le Dieu catholique de son enfance, le Dieu juif au nom de qui tous ces gens désemparés erraient dans les rues du nord-ouest de Londres... n'importe quel Dieu, pourvu qu'il lui ramène sa fille.

Puis, à midi, elle se remaquilla et partit pour le salon de thé « Les Glycines ».

« Mauvaises nouvelles, j'en ai peur », dit Miss Maud qui remplissait le sucrier tout en regardant par la fenêtre Leonie Berger traverser lentement la place. Même de loin, il était facile de voir avec quelle précaution elle avançait, avec quelle politesse elle parlait aux pigeons qu'elle rencontrait sur son chemin.

« Mauvaises nouvelles », dit Miss Violet en apportant à la cuisine un plateau chargé de tasses vides que Mrs. Burtt attrapa en déclarant que, si Hitler lui tombait un jour entre les pattes, il aurait affaire à elle.

Les demoiselles Harper avaient ouvert « Les Glycines » cinq ans plus tôt, quand il apparut que leur général de père n'avait pas été aussi prévoyant qu'elles l'espéraient. C'était un endroit charmant, au coin d'une petite place derrière Belsize Lane, que les deux sœurs avaient joliment décoré avec des rideaux de coton, de la porcelaine chinoise, et un chat en faïence qui trônait sur le rebord de la fenêtre. Élevées dans l'idée que les étrangers étaient, au mieux, des malchanceux, les deux demoiselles avaient vaillamment résisté aux exigences des réfugiés qui arrivaient de plus en plus nombreux dans le quartier. La « Gloriette », à St. John's Wood, pouvait bien servir des gâteaux aux noms barbares et tout asperger de crème Chantilly, les patrons du « Cosmo » mettre à la disposition de leurs clients des journaux sur des supports en bois, et tolérer les conversations de table à table, aux « Glycines », en tout cas, on respectait les convenances. On proposait aux consommateurs des scones et des boudoirs et, à l'heure du déjeuner, des œufs brouillés sur des toasts, mais jamais rien qui eût une *odeur* ; et si quelqu'un s'attardait plus d'une demi-heure devant une tasse de café, il se faisait rappeler à l'ordre par un toussotement de Miss Violet — relayée en cas d'échec par Miss Maud, plus intraitable.

Pourtant, l'été 1938, quand les Autrichiens désemparés étaient venus rejoindre les réfugiés de l'Allemagne nazie, les deux sœurs avaient changé de manière imperceptible. Car qui pouvait avoir envie de chasser le Dr Levy, avec sa moustache à la gauloise et son regard pénétrant, lui qui avait diagnostiqué l'épanchement de synovie de Miss Violet ? Et qui pouvait s'empêcher de rire en voyant Mr. Ziller se parodier lui-même et jouer *Les Yeux noirs* pour une Américaine dont l'appareil acoustique fonctionnait mal ?

Et maintenant il y avait Mrs Berger, qui s'était présentée ici dès le jour de son arrivée en Angleterre, avec son mari si distingué et son délicieux vieil oncle. Elle avait félicité les deux sœurs pour leurs boudoirs et leur avait montré des photos de sa fille, une ravissante jeune femme au nez retroussé. Ruth allait venir faire ses études, et bientôt son petit ami — un pianiste brillant — la rejoindrait. Le changement qui s'était produit chez cette femme avait ébranlé même les filles du général, pourtant habituées aux récits de chagrins et de malheurs.

Leonie entra dans le salon de thé, se fraya un chemin jusqu'à la chaise que lui avançait Paul Ziller, salua d'un signe de tête l'acteur du Burgtheater de Vienne, assis dans un coin, puis la vieille Mrs. Weiss et son chapeau à plumes, et une dame anglaise qui avait un caniche...

Le Dr Levy reposa son livre sur *Les Maladies du genou,* sujet qu'il possédait à fond vingt ans plus tôt, mais qui semblait un peu moins évident, en anglais, à un cardiologue entre deux âges n'ayant pas pris de petit déjeuner.

« J'ai entendu dire que beaucoup de convois d'étudiants arrivent en Écosse, en ce moment, dit-il en anglais par égard pour la dame au caniche.

— Oui, je vous remercie, répondit Leonie d'un ton circonspect. Mon mari se renseigne. »

Miss Maud, sans que Leonie le lui ait demandé, lui apporta un café, comme d'habitude. L'acteur du Burgtheater — un homme blond d'une extraordinaire beauté, exilé pour raisons politiques et non raciales — déclara que beaucoup de gens fuyaient par le Portugal, ce que confirma un couple originaire de Hambourg.

Paul Ziller ne dit rien mais tapota la main de Leonie. Incroyablement seul sans les trois compagnons avec qui il avait fait de la musique pendant dix ans, il repensait à la drôle de petite fille qui s'était hissée hors de son lit d'enfant, la première fois que le quatuor avait joué pour l'anniversaire du Pr Berger, et qui trépignait dans le couloir, en chemise de nuit et couche-culotte, refusant absolument qu'on la remette au lit.

Mrs. Weiss, sa perruque auburn de guingois sous son chapeau, se lança alors dans un récit incohérent où il était question d'une jeune fille qui avait disparu et qu'on avait soudain retrouvée dans le premier train du matin à destination de Dieppe. Cette femme de soixante-douze ans — le fléau des « Glycines » — avait été sauvée du village de la Prusse-Orientale où elle avait toujours vécu par son fils, un avocat nanti qui possédait dans Hampstead Garden une villa en faux style Tudor, un étang à poissons et une épouse britannique ; cette dernière déposait chaque matin au salon de thé son insupportable belle-mère, avec un peu d'argent, histoire de se donner bonne conscience. Les autres habitués redoutaient la petite phrase rituelle « Je vous offre un gâteau ? », sachant ce qu'entraînait une réponse affirmative : écouter sans fin Mrs. Weiss se plaindre de ce que sa belle-fille ne la laissait pas faire frire des oignons, parler aux domestiques, ni l'*aider*.

Quand elle eut terminé, la dame anglaise, Mrs. Fowler, qui avait refusé pendant un an de se mêler à la conversation, affirma que, si Leonie était bien Verseau, l'horoscope du jour dans le *Daily Telegraph* était excellent.

« Il indique clairement que vous pouvez vous attendre à une bonne surprise », ajouta-t-elle en donnant un biscuit à son chien.

Mais quand le Pr Berger, suivi d'oncle Mishak, entra dans le salon de thé, fatigué de sa longue marche, on comprit tout de suite que l'horoscope s'était trompé.

« Eh bien, demain, peut-être, dit Miss Maud en déposant le plateau de tartines beurrées qui constituait le déjeuner des Berger.

— Oui, demain », fit en écho Miss Violet.

Et Leonie répondit oui, remercia, et pensa à s'enquérir du mariage de la nièce de Mrs. Burtt, et de la chatte qui avait fait ses petits dans un panier à linge, dans l'appartement des sœurs Harper situé au-dessus de la boutique.

Puis le Pr Berger prit son manuscrit sur *Les Mammifères du Pléistocène* et partit à la bibliothèque avec le Dr Levy. Paul Ziller alla répéter les partitas de Bach dans le vestiaire du centre de soins. Et l'acteur — qui avait déclamé des textes de Schiller sur les plus grandes scènes d'Europe — se rendit au bureau d'embauche de Wardour Street pour voir s'il n'y aurait pas un petit rôle pour lui, dans un film sur les méchants soldats allemands pendant la Grande Guerre.

« Nous allons chercher des *schnitzel* ? » proposa Mrs. Weiss en se tournant vers Leonie.

Leonie acquiesça et accompagna la vieille dame chez le boucher d'à côté, avec qui Mrs. Weiss se bagarrait quotidiennement. Parce que, aider Mrs. Weiss à choisir les meilleures escalopes de veau dans le dessein de confondre sa belle-fille, voilà qui était une entreprise longue et assommante, à classer à coup sûr parmi les *bonnes* actions.

Enfin la journée se termina. Hilda revint avec un trou à sa jupe, qui s'était prise dans l'aspirateur de Mrs. Manfred. Oncle Mishak enfila son pyjama, et se coucha dans le placard qui lui servait de chambre, en disant « Bonne nuit, Marianne », comme il l'avait dit pendant dix-huit ans et continuait de le dire maintenant que Marianne était morte. Et Leonie et son mari s'étreignirent dans leur lit cabossé, mais ne s'endormirent pas.

Pendant ce temps, une lumière brillait encore dans l'appartement au-dessus du salon de thé « Les Glycines ». Les deux demoiselles, en robe de chambre de flanelle, sirotaient leur chocolat.

« Je pense que nous pourrions servir quelques-uns de leurs gâteaux, dit Miss Maud.

— Oh, Maud !... des *strudel* ? Je suis sûre que Père n'aurait pas voulu que nous fassions une chose pareille ! » s'exclama Miss Violet. De trois ans plus jeune que sa sœur, elle était aussi moins squelettique et ses cheveux grisonnants conservaient quelques traces de châtain.

« Non, pas des *strudel,* je te l'accorde. Ce serait aller trop loin. Mais il y a un gâteau dont ils parlent tous. Ça commence par un "g", comme goulu... *gouglof,* ou quelque chose comme ça. »

Violet reposa sa tasse. « Tu veux dire que nous l'achèterions à la "Boulangerie Européenne" ?

— Certainement pas. Il n'est pas question d'acheter quoi que ce soit. J'ai jeté un coup d'œil à la recette, quand j'étais à la bibliothèque. » Maud rougit comme quelqu'un qui avouerait avoir regardé une revue pornographique. « Il faut un moule, mais ce n'est pas compliqué. »

Il existe diverses façons d'aider les autres. En cette soirée de début d'été, tandis que Ruth était perdue en Europe et que les premiers essais d'attaque aérienne avaient lieu au château de Windsor, les demoiselles du salon de thé « Les Glycines » laissèrent la compassion l'emporter sur les principes.

« Bon, si tu le crois, Maud », dit Violet. Puis elles mirent la chatte dans le panier avec ses petits, lavèrent leurs tasses à chocolat et se couchèrent.

4

La gare François-Joseph, à deux heures de l'après-midi, était relativement calme. Seuls des trains régionaux partaient du quai n° 7. Ici, pas de tragiques scènes de séparation, de parents en larmes, d'enfants qu'on envoyait en sécurité à l'étranger, avec des étiquettes sur leurs manteaux. Les wagons en bois de troisième classe étaient pleins de paysannes chargées de paquets et de bébés, et de poules dans des cages.

Penchée à la fenêtre du compartiment, Ruth était habillée comme ces femmes : jupe ample, cape en loden, foulard sur la tête. Avec ses cheveux domptés en deux nattes strictes, elle avait l'air d'une gamine de seize ans et paraissait d'excellente humeur.

« Et je me débrouille en patois. Vous verrez, tout ira bien. Mais vous n'auriez pas dû me donner tant d'argent.

— Ne soyez pas idiote, je peux le faire, je vous l'ai dit. »

Quin avait encore repoussé son départ de vingt-quatre heures ; voulant savoir la jeune fille en lieu sûr, il avait refréné son impatience devant l'accumulation de télégrammes et de messages téléphoniques qui arrivaient pour lui d'Angleterre à l'hôtel Sacher. Ruth avait passé deux nuits au muséum et personne ne l'avait chassée, ni la femme de ménage ni le gardien de nuit. Quin, soulagé à l'idée que sa tâche était presque finie, souriait à Ruth d'un air bienveillant.

« Je crois que je dois être la paysanne la plus riche d'Autriche, déclara Ruth. Mais je vous rembourserai. Je le jure sur la tête de Mozart.

— Pas la peine de déranger le cher homme », répliqua Quin avec un petit geste de la main.

Le chef de gare passa, les portières claquèrent, l'imposante locomotive cracha des nuages de vapeur et, profitant du bruit, Ruth se pencha pour glisser à l'oreille de Quin :

« S'il vous plaît, quand vous verrez mes parents, dites-leur de ne pas s'inquiéter...

— Bien sûr.

— Non, je veux dire : dites-leur que je serai auprès d'eux *très bientôt.* Dans moins d'un mois, j'espère. Je sais exactement comment je ferai.

— Que voulez-vous dire ? » demanda Quin, soudain inquiet.

Les sacs postaux avaient été chargés, une dernière portière claqua, et le visage de Ruth apparut à travers la fumée, rayonnant de confiance en soi.

« Je vais traverser à pied les montagnes pour passer en Suisse, expliqua-t-elle. Je l'ai déjà fait, quand j'ai séjourné là-bas. Il faut franchir le Kanderspitze, cela ne prend que quelques heures. Je l'ai fait avec un des garçons de la ferme, et les gardes ne se sont même pas retournés !

— Pour l'amour du ciel, Ruth, c'était avant Hitler et toutes ses infamies. Les Suisses sont en armes et sur le qui-vive. La première chose qu'ils feront, c'est vous fusiller pour espionnage.

— Non, ils ne feront pas ça. Je vous promets que tout ira bien. Ensuite, quand je serai en sécurité en Suisse, j'irai jusqu'à la frontière française, et là je traverserai la Varne à la nage — c'est un affluent du Rhône et il n'est pas large du tout, j'ai regardé sur une carte. Après tout, Piatigorsky a bien traversé le Sbruch avec son violoncelle sur la tête pour échapper aux Russes, alors je dois pouvoir me débrouiller avec un sac à dos. Je suis une très bonne nageuse, à cause de tante Hilda... Vous vous rappelez, lorsqu'elle faisait la brasse et qu'elle n'avançait pas ; c'est moi qui la poussais pour qu'elle traverse le lac. Et une fois en France, tout ce que j'aurai à faire, c'est prendre contact avec le cousin de mon père. Il a un bateau, et il me fera franchir la Manche, je le sais, alors... Mais qu'est-ce qui vous prend ? Vous me faites mal ! Lâchez-moi ! »

Quin avait ouvert la portière, saisi Ruth par le bras et l'obligeait à descendre du train.

« Vous allez vous tenir tranquille ! s'écria-t-il d'un ton furieux. Escalader le Kanderspitze, traverser la Varne à la nage... on dirait une gamine de dix ans. Vous vous croyez dans un récit d'aventures pour petites filles ? "Les Tribulations de Ruth" ? Le monde est au bord de... oh, et puis zut ! »

Ruth était sur le quai, maintenant, et se débattait.

Quin resserra son étreinte et tendit le bras pour attraper le sac à dos qu'une brave paysanne — approuvant cette mâle autorité — avait pris dans le filet à bagages. Le chef de gare, mécontent de ce tohu-bohu, referma la portière et porta son sifflet à la bouche.

« Vous n'avez pas le droit », protesta Ruth en essayant de se dégager. Puis, tournant la tête, elle vit son train démarrer, prendre de la vitesse et disparaître.

« Appelez-moi un taxi, demanda Quin en faisant signe à un porteur.

— Je ne vous le pardonnerai jamais, affirma Ruth.

— Il faudra bien que je fasse avec », répondit-il en la poussant dans le taxi.

Il avait eu le tort d'introduire le mot « morganatique » dans une conversation qui ne se déroulait déjà pas très bien. Il faut dire qu'il n'avait pas dormi de la nuit et venait de passer quarante-huit heures à affronter, menacer, amadouer, soudoyer une quantité de fonctionnaires. Sinon, il n'aurait jamais commis une erreur aussi stupide, d'autant que la discussion avait lieu en anglais. L'accent écossais de Ruth n'était plus qu'un souvenir, et elle parlait désormais couramment, mais cette jeune fille si cultivée venait de toute évidence de tomber sur un os.

« Qui est-ce, ce Morgan ? demanda-t-elle.

— Ce n'est pas une personne », répondit-il avec un soupir. Ils étaient assis dans un café du Stadtpark, et Quin s'attendait à tout instant que quelqu'un se mette à jouer une valse de Strauss. « Le mot "morganatique" vient d'une expression latine — *matrimonium ad morganaticum* — qui signifie mariage fondé sur le présent du matin. C'est un cadeau que le mari, le lendemain de la nuit de noces, offre à son épouse et par lequel il se libère de tout engagement vis-à-vis d'elle. Comme l'archiduc François-Ferdinand. Sa femme ne partageait ni ses titres ni ses responsabilités. »

S'il avait espéré se débarrasser du sujet en faisant allusion au plus impopulaire des archiducs autrichiens, il n'avait pas de chance.

« Mais vous avez dit que nous n'aurions pas de nuit de noces, donc Morgan n'a rien à faire là-dedans. »

Quin vida son verre de schnaps et le reposa sur la table. Ce n'était pas un homme à avoir des migraines, mais là il en avait une. « Oui, c'est exact. Nous serions mariés sur le papier seulement. Une formalité. Ce que je voulais simplement souligner, c'est qu'il existe toutes sortes de mariages et... » Il s'interrompit. C'était bien ce qu'il avait craint : dix ou douze femmes en uniforme à galons prenaient place dans le kiosque à musique. Pas seulement Strauss, mais Strauss joué par des femmes habillées comme des grenadiers de la garde.

« Qu'y a-t-il ?

— Est-ce qu'elles vont jouer Strauss ?

— Oui, dit Ruth, ravie. C'est l'orchestre féminin du Prater. Ce sont d'excellentes musiciennes ! » Puis, regardant Quin d'un air incrédule : « Vous n'aimez *pas* la valse ?

— Pas avant le thé », répondit-il d'un air maussade, en essayant de maîtriser son énervement. De jour, lui et Ruth, en ne parlant qu'anglais, pouvaient passer pour des touristes étrangers ; mais la nuit, elle dormait toujours au muséum et quelqu'un pouvait la dénoncer d'un moment à l'autre.

« Écoutez, Ruth. Ne perdons pas davantage de temps. Il faut que je rentre en Angleterre, et vous voulez y aller. Le consul ici peut nous marier, cela prendra quelques minutes, ce sera une simple formalité. Ensuite, vous figurerez sur mon passeport comme mon épouse — en fait, vous deviendrez sujet britannique. Une fois à Londres, nous partons chacun de notre côté, et nous annulons le mariage pour raisons de... »

Quin s'arrêta juste à temps. La non-consommation d'un mariage morganatique n'était pas le genre de question dont il avait envie de discuter, au son de la musique de Strauss, avec cette fille obstinée. Ruth, silencieuse, jouait avec son verre de limonade.

« C'est dommage qu'il n'y ait pas de Morgan, dit-elle enfin. Il pourrait aider à choisir le présent du matin. Il faudrait que ce soit vraiment un beau cadeau, pour compenser le fait de ne pas avoir de responsabilités. Un saint-bernard, par exemple.

— Peut-être, mais il n'y a pas de Morgan. De toute façon, il serait probablement gallois, et joueur de rugby.

— Gallois ? Pourquoi donc ? »

Quin se pencha et effleura la main de la jeune fille.

« Écoutez, Ruth, nous en avons fini avec Morgan, d'accord ? Le sujet est clos. Je passe vous chercher demain à onze heures au muséum ; à midi nous serons mariés, et le soir nous prendrons le train. »

Il s'était levé, mais elle restait assise.

« Ne comprenez-vous pas ? dit-elle à voix basse. Je ne peux pas vous laisser faire cela. Il doit y avoir en Angleterre quelqu'un que vous avez envie d'épouser.

— Eh bien, non. Quant à votre Heini, il préférera certainement vous savoir en sécurité et vous retrouver, même si cela implique que vous devrez attendre quelque temps avant de vous marier. Vous ne croyez pas ? Comment réagiriez-vous si la situation était inversée ?

— C'est vrai, je ferais n'importe quoi pour être avec Heini, reconnut-elle. Seulement, ce n'est pas honnête. Je ne peux pas vous demander ça et... »

Mais Quin regardait le kiosque à musique, où le pire était en train de se produire.

« Pour l'amour du ciel, partons d'ici ! s'écria-il en arrachant Ruth de son siège. Cette virago a brandi sa baguette.

— C'est *Sang viennois,* dit Ruth d'un air de reproche, tandis que s'élevait la langoureuse mélodie.

— Je me moque de ce que c'est », rétorqua Quin, en prenant ses jambes à son cou.

5

La nuit avait été orageuse, mais à présent le ciel se dégageait et une mince bande de lumière argentée apparaissait au-dessus de l'île de Lindisfarne — Holy Island, l'« île sainte » —, s'élargissait... et la mer, sombre et démontée quelques instants plus tôt, devint tout à coup d'un bleu extraordinaire. Un groupe de cormorans passa en rasant l'eau, tandis que les mouettes nichées dans les falaises faisaient entendre leurs piaillements incessants.

Mais la vieille demoiselle, vêtue d'un incroyable tailleur en tweed violet foncé, ses cheveux gris cachés sous une écharpe en laine à motifs équestres, ne contemplait ni les oiseaux de mer ni les phoques qui pointaient la tête au large de la pointe de Bowmont. Debout sur la terrasse, elle braquait ses jumelles sur la baie, dont la plage de sable doré formait un arc de cercle parfait sur près d'un kilomètre. C'était marée basse, et on distinguait nettement les grandes flaques d'eau entre les rochers à découvert. Mais cette étendue paisible et magnifique était souillée, profanée par... des gens. Trois personnes. Non, davantage. Une famille au complet, pataugeant et sans aucun doute criant — mais, Dieu merci, ils étaient hors de portée de voix. Elle apercevait un homme et une femme, et encore une femme... une grand-mère. Et un enfant. Pas des pêcheurs, ni des habitants du village vaquant à leurs occupations.

« Des *touristes* ! » proféra Miss Somerville, absolument scandalisée.

Il fallait qu'ils s'en aillent. Il fallait qu'on les chasse. Cela se produisait de plus en plus souvent. Des gens qui venaient de Newcastle ou de Berwick. Des vacanciers, des estivants, qui violaient la tranquillité des lieux, pêchaient des crevettes et portaient des accoutrements ridicules...

Bowmont avait été bâti sur un promontoire, c'était une vieille tour carrée à laquelle on avait ajouté, bien longtemps auparavant, un bâtiment de pierre ocre. L'histoire de Bowmont — isolé, battu par les vents — était celle de la région, la Northumbrie : il avait subi les attaques des Danois par la mer, des Écossais par la terre, avait été assiégé par Warwick le Faiseur de rois, avait été démoli et reconstruit.

Turner l'avait peint dans un tableau où l'on voyait un coucher de soleil tourmenté et un navire qui penchait dangereusement, au pied des falaises fouettées par les vagues. Saint Cuthbert avait fait des sermons aux eiders de l'île de Lindisfarne, et Grace Darling — la fille du gardien du phare de Longstone — était entrée dans la légende en sauvant durant une tempête des prisonniers naufragés dont le bateau s'était échoué sur les rochers de Harcar. Quin, enfant, savait très bien où habitait Dieu. Pas dans la Terre sainte représentée dans sa bible illustrée, mais dans le ciel qu'il voyait au-dessus de sa maison, ce ciel torturé, toujours changeant, écrasé de nuages.

Frances Somerville avait quarante ans, était célibataire et vivait toujours chez ses parents lorsque le vieux Quinton Somerville, le terrible et légendaire « Cogneur », retiré de la marine, l'avait convoquée.

« Je vais bientôt mourir, avait-il dit. Je veux que vous vous installiez à Bowmont pour vous occuper de l'enfant jusqu'à ce qu'il soit majeur. »

Frances avait refusé. Elle n'aimait pas le vieux, qui n'avait jamais caché qu'à ses yeux, puisqu'elle était une femme pas belle et non mariée, elle ne comptait absolument pas. Ensuite, on avait fait venir Quin, alors âgé de dix ans, et on le lui avait présenté.

« Je viendrai quand vous serez mort », avait déclaré Frances ce soir-là, sans imaginer un instant que le solide bonhomme pouvait être près de la fin.

Elle se trompait. Le « Cogneur » fut découvert mort sur un siège de jardin moins de trois mois plus tard. A sa façon, il avait agi loyalement en lui laissant une rente confortable, et elle s'était donc retrouvée gardienne et châtelaine de l'immense domaine. Ce qui voulait dire — étant donné que Quin était très souvent en voyage — repousser les envahisseurs, empêcher la propagation de l'immonde tourisme et de la vie prétendument moderne.

Maintenant elle avait soixante ans, un grand nez, des lèvres pincées, des cheveux clairsemés, un regard implacable, et une piètre opinion du genre humain. Un bébé phoque abandonné, un macareux blessé pouvaient compter sur l'aide de Miss Somerville ; un être humain en détresse devait s'estimer heureux s'il avait droit à une tasse de thé dans l'office. Autrefois, à ce qu'on racontait, c'était différent. Elle avait été demandée en mariage par un aristocrate écossais, envoyée chez lui... mais cela n'avait rien donné, et la timide jeune fille sans beauté était devenue une redoutable vieille fille que tout le monde respectait et que personne n'aimait.

Un des enfants du jardinier traversa la terrasse, un râteau sur l'épaule.

« Hé, George ! » cria Miss Somerville.

Le gamin accourut et porta la main à sa casquette.

« Oui, Miss Somerville.

— Dis à Turton qu'il y a des touristes à l'extrémité de la baie. Il faut les chasser.

— Oui, miss. »

Le garçon fila et Miss Somerville braqua ses jumelles de l'autre côté du promontoire. Là, relativement abritée par la courbe de la falaise, il y avait une autre baie plus petite — Anchorage Bay — dont la plage était hérissée de rochers et couverte de paquets d'algues brunes. Autrefois, des bateaux accostaient à la petite jetée, des pêcheurs vivaient dans les chaumières, des barques étaient tirées sur la plage.

Mais ce temps était révolu, et Quin avait transformé le hangar à bateaux et deux des chaumières en laboratoire et dortoir pour les étudiants qu'il amenait lors de son cours en plein air. Encore plus d'intrus, songeait Miss Somerville avec lassitude, encore plus de saletés et de bavardages. L'année précédente, l'une des filles portait un maillot de bain deux-pièces, et Miss Somerville, en regardant un matin à travers ses jumelles, avait aperçu la taille entièrement nue d'une fille de Surbiton.

Le fils du jardinier réapparut.

« Excusez-moi, miss, Mr. Turton dit que les gens sont entre les deux marées, alors il peut pas les chasser pour le moment. Et il m'a dit de vous dire que lady Rothley a téléphoné et qu'elle viendra à onze heures. »

Miss Somerville pinça les lèvres. Les laisses de mer... cela l'exaspérait, cette loi ancienne selon laquelle la partie du rivage entre la laisse de haute mer et la laisse de basse mer appartenait à tout le monde. C'était ridicule, évidemment. Pour y parvenir, ils avaient dû traverser les terres des Somerville : tous les champs à partir de la baie appartenaient à Quin, et elle faisait attention à ce que les barrières soient toujours bien fermées.

L'espace d'un instant, elle se sentit vieille et découragée. Ce monde-là n'était pas le sien. Au-delà du promontoire, un terrain de golf s'étalait au pied des ruines du vieux château de Dunstanburgh. Les touristes pouvaient s'introduire par là aussi et venir jusqu'à Bowmont. Elle était comme le roi Canut, luttant en vain contre la déchéance du genre humain.

Et Quin ne l'aidait pas vraiment. Elle s'efforçait de comprendre ses idées mais n'y arrivait pas.

Miss Somerville n'aimait personne ; elle s'était fait un point d'honneur de bannir de son cœur ce sentiment destructeur, mais Quin était Quin et elle aurait fait absolument n'importe quoi pour lui. Et pourtant ce garçon, qu'elle avait élevé elle-même, avait des idées et des théories pires encore que ce qu'on pouvait lire dans les ignobles journaux socialistes. Quin ne chassait pas les touristes de ses terres — il leur demandait simplement de refermer les barrières ; il avait accordé un droit de passage à travers les dunes pour aller au moulin de Bowmont ; et maintenant, il était question... peut-être pas tant qu'elle serait en vie... mais un jour... de donner Bowmont au National Trust[1].

Miss Somerville frissonna en évoquant ces deux mots. Le soleil avait pris possession du ciel, à présent ; les mouettes avaient l'air de flèches blanches sur le bleu de la mer ; les campanules, les achillées et les statices brillaient de toutes leurs couleurs sur le vert du gazon. Et pourtant, Miss Somerville, d'habitude si observatrice, ne voyait rien d'autre que la menace du futur. Un parking dans la prairie du bas, des buvettes, des autocars aux pots d'échappement puants déchargeant les touristes dans la cour. C'est ce qu'avait fait ce pauvre Frampton : il avait cédé sa maison. Maintenant, devant les grilles de Frampton Court, il y avait de vulgaires petites guérites vertes, et des espèces de gardiens à casquette qui perfo-

1. Le National Trust est un organisme comparable à la Caisse nationale des monuments historiques et des sites en France. Il a pour objectif de sauvegarder le patrimoine dans son originalité : châteaux, jardins, maisons anciennes, parcs naturels, sites d'intérêt national. *(N.d.T.)*

raient des billets, et un salon de thé, et une boutique de souvenirs. Frampton avait une excuse : il était ruiné. Mais Quin, lui, n'en avait pas. La ferme était prospère, les revenus fonciers suffisants pour assurer les réfections et les réparations, et l'héritage que lui avait laissé le vieux Somerville faisait de Quin un homme riche. Abandonner son patrimoine était de la folie et de l'irresponsabilité.

Elle fit demi-tour et entra dans une remise, près de la tour, qu'elle avait convertie en chenil pour ses labradors.

« Comment vont-ils, Martha ?

— Bien, Miss Frances. Très bien. »

Martha avait été engagée en qualité de femme de chambre, mais Miss Somerville, après la rupture de ses fiançailles, là-bas à la frontière écossaise, avait refusé de perdre du temps en toilettes et fanfreluches, et désormais Martha s'occupait des chiens.

Les cinq chiots étaient en train de téter leur mère, dont les mamelles gonflées de lait faisaient plaisir à voir ; la chienne battit de la queue et laissa retomber sa tête sur la paille.

Ils étaient de bonne race. Belle avait été saillie au pays de Galles ; c'était Miss Somerville en personne qui l'avait amenée là-bas — une vraie corvée, mais c'était toujours payant d'avoir une bonne lignée.

Pourquoi donc Quin ne se mariait-il pas ? pensait-elle en traversant la cour. Pas avec une de ces filles qu'il amenait parfois, des actrices ou des Parisiennes qui descendaient prendre le petit déjeuner en grelottant dans leurs manteaux de fourrure et s'enquéraient du chauffage central. Mais une fille de la même espèce que lui, une fille de race. Et une fois qu'il aurait un ou deux fils — des garçons vigoureux —, il oublierait toutes ces inepties au sujet du National Trust.

Plus tard, au salon, le sujet revint sur le tapis. Lady Rothley — une belle femme brune d'environ quarante-cinq ans — était la seule personne avec qui Frances Somerville s'autorisait quelque chose qui ressemblait à de l'amitié. Avec elle, pas besoin de faire de chichis. Pas besoin d'allumer du feu et de chasser les chiens des fauteuils. Ann Rothley élevait des terriers jack russell, et tous les beaux sofas de son manoir étaient recouverts de poils blancs.

« Je pensais que Quin était de retour », dit lady Rothley en dégustant son café d'un air connaisseur. Frances s'habillait peut-être comme une femme de ménage, mais elle maintenait la domesticité à un bon niveau.

« Il a été retenu à Vienne, répondit Miss Somerville. Il a reçu un diplôme honorifique et a dû rester pour régler je ne sais quelle affaire. »

Lady Rothley hocha la tête d'un air approbateur. Elle n'avait rien contre le fait que Quin soit un universitaire. Cela arrivait parfois, dans les vieilles familles. A Wallington, les Trevelyan écrivaient depuis toujours des livres d'histoire.

« Je crains, Frances, que vous ne soyez obligée de lui dire... J'ai dû tout bonnement me débarrasser de cet Allemand qu'il m'avait imposé. Le chanteur d'opéra de Dresde. Je l'ai mis à la laiterie parce qu'il n'y avait aucun emploi disponible à la maison, et ç'a été catastrophique. La laitière est tombée amoureuse de lui, et il a été incapable de se débrouiller avec les vaches. »

Miss Somerville hocha la tête.

« Un Juif, je suppose ?

— A vrai dire... il a dit qu'il l'était, mais il avait les cheveux blonds. Je ne peux m'empêcher de penser qu'il y a des gens qui se prétendent juifs pour toucher des allocations. Les quakers dépensent des fortunes en aides sociales, à ce que je sais. Ce n'est pas de gaieté de cœur que je l'ai congédié, mais les vaches n'ont rien à voir avec la *musique.* Je ferais n'importe quoi, ou presque, pour Quin, mais il doit arrêter d'essayer de caser auprès de nous tous ces horribles réfugiés. Pauvre Helen, il lui a envoyé un type de Berlin pour qu'elle le prenne comme chauffeur et homme à tout faire ; eh bien, dès qu'il a fini son travail, il fait venir des gens et ils jouent de la musique de chambre. Ça vous écorche les oreilles, c'est épouvantable. Elle a été obligée de leur dire d'aller jouer leur musique dans les dépendances. Si seulement Quin s'occupait moins d'eux ! Je veux dire, il y des tas d'autres gens à qui s'intéresser : les chômeurs, les mineurs, etc. »

Miss Somerville acquiesça.

« Bien sûr, on ne peut pas approuver la manière dont Hitler se conduit. Quel homme vulgaire ! Ce n'est pas qu'on aime les Juifs. Quand ils sont riches, ils sont banquiers ; quand ils sont pauvres, ils sont colporteurs ; et entre les deux, ils jouent du violon. Je n'en veux pas à Bowmont tant que c'est moi qui dirige ici, et je l'ai dit à Quin. »

L'un des labradors bâilla, sauta à bas du fauteuil et alla s'allonger sur les pieds de Miss Somerville.

« Vous verrez que, s'il y a la guerre, nous devrons accueillir les gens qui seront évacués de Londres ! »

Lady Rothley avait lancé cela d'un ton enjoué. Personne ne pouvait savoir ce qu'il lui en coûtait de s'exprimer ainsi, car son fils aîné Rollo, qu'elle adorait, était âgé de dix-huit ans.

« Eh bien, j'aimerais mieux avoir des enfants des bas quartiers que des réfugiés étrangers. On les logerait dans le hangar à bateaux, sur des matelas avec des bâches en plastique, et ils mangeraient à part. Tandis que les réfugiés... se mélangeraient... »

Il y eut un silence. Les deux femmes dégustèrent leur café. Le vent qui fraîchissait agita les rideaux.

« Est-ce qu'il a reparlé de... vous savez... du National Trust ? »

Qu'Ann Rothley, si franche et si directe, s'exprime avec hésitation, cela prouvait à quel point elle était embarrassée.

« En fait, je ne l'ai pas vu depuis plusieurs mois, comme vous le savez — il était en Inde —, mais d'après Turton, la direction a téléphoné pour dire qu'ils enverraient quelqu'un un peu plus tard dans l'année. Je crois qu'il y songe sérieusement, Ann.

— Oh, Seigneur ! » La profanation ne cesserait-elle donc jamais, songeait-elle, accablée. Continuerait-on de voir les forêts abattues, les propriétés vendues comme terrains à bâtir, les gens des villes béer devant les maisons des amis ? « N'y a-t-il aucun espoir qu'il comprenne où est son devoir et qu'il se marie ?

— Je n'en sais rien, répondit Miss Somerville avec un haussement d'épaules. Livy a dit l'avoir vu deux fois au théâtre avec une fille, avant qu'il ne parte pour l'étranger, mais elle n'avait pas l'impression que c'était sérieux.

— Ce n'est jamais sérieux, avec lui, fit remarquer lady Rothley d'un ton amer. Les gens s'imaginent qu'on se marie pour le plaisir. » Elle se tut en repensant à son épouvantable nuit de noces avec Rothley. Mais elle n'avait pas crié, elle ne s'était pas sauvée, elle avait enduré — comme elle avait, plus tard, enduré l'ennui de ses incursions hebdomadaires dans son lit : elle contemplait alors le plafond, ou pensait à ses travaux de broderie ou à ses chiens. Et maintenant, il y avait des enfants, et un avenir. Les chênes restaient debout et les bois étaient entretenus, parce que des filles comme elle serraient les dents. « C'est pour l'Angleterre qu'on se marie. Pour la terre.

— Oui, je sais. Mais que pouvons-nous faire de plus ? répliqua Frances d'un air las. Vous savez combien de personnes ont essayé... »

Elle n'avait pas besoin de terminer sa phrase. Des jeunes filles de toutes sortes avaient franchi les grilles de Bowmont et remonté l'allée gazonnée, les unes sur leurs pur-sang, les autres avec leurs raquettes de tennis ; vêtues d'organdi blanc ou de tulle à paillettes, elles avaient souri à Quin sur les pistes de danse.

« Vous ne pensez pas qu'il pourrait s'intéresser à quelqu'un qui comprenne son travail ?

— Pas une étudiante ! s'écria Frances, horrifiée.

— Non... mais... je ne sais pas, il est si intelligent, n'est-ce pas ? dit lady Rothley, dans un effort de tolérance. Le problème, c'est que je ne vois aucune jeune fille de bonne éducation s'intéressant à de vieux os, ce n'est donc sans doute pas une bonne idée. » Elle se leva et renoua son foulard. « Quoi qu'il en soit, dites-lui bien des choses de ma part, mais surtout *absolument plus de réfugiés* ! »

Une fois seule, Miss Somerville prit son sécateur et son panier de jardin, et se dirigea vers la terrasse ouest, dans la partie abritée de la propriété, loin de la mer. Elle s'arrêta un moment pour regarder les champs bien alignés qui s'étendaient jusqu'aux collines bleutées des monts Cheviot ; l'orge et l'avoine poussaient hautes et vertes, les moutons du Leicester récemment tondus paissaient dans la grande prairie. Le nouveau régisseur que Quin avait engagé faisait bien son travail.

Elle traversa ensuite la pelouse, ouvrit une porte encastrée dans le haut mur, et pénétra dans un autre monde. Le soleil n'était plus seulement éclat, mais chaleur ; les bourdons s'agitaient autour des fleurs de lavande ; le parfum des giroflées et du jasmin parvint jusqu'à elle, en même temps qu'une grande quiétude — le bruit incessant de la houle se transformant en doux chuchotement.

« Ah, j'aime mieux ça », dit d'un ton sévère Frances à une pensée qui, deux jours plus tôt, avait osé se montrer indécise, mais déployait maintenant ses pétales d'un bleu céleste.

C'était la grand-mère de Quin, la douce et silencieuse Jane Somerville, qui avait créé ce jardin. Fille d'un riche propriétaire de mines de charbon du comté de Durham, elle trouvait dans la religion des quakers la consolation — bien nécessaire — à son mariage forcé avec le « Cogneur ».

Jane était depuis deux ans à Bowmont quand, à sa propre surprise, alors qu'elle se trouvait au temple de Berwick, elle s'était levée et s'était sentie avec horreur poussée à parler.

« Je vais faire un jardin », avait-elle dit.

Elle n'avait plus jamais parlé au temple, mais dès le lendemain elle avait donné des ordres pour que le pré adjacent à la prairie ouest fût asséché. Elle s'était rendue à l'autre bout de l'Angleterre afin de récupérer les briques roses d'un vieux manoir démoli depuis peu ; elle avait planté des haies contre le vent, élevé des murs et fait venir des camions entiers de terreau. Les spécialistes lui dirent qu'elle perdait son temps, qu'elle était trop au nord et trop près de la mer pour le genre de jardin dont elle avait envie. Le « Cogneur », alors en permission, était furieux. Il fit des scènes, discuta chaque facture.

Jane, d'ordinaire si douce et soumise, n'en tint aucun compte. Elle lança roses, clématites et glycines à l'assaut des murs, commanda des plantes de régions bien plus froides et inhospitalières que Bowmont — camélias et magnolias de Chine, coquelicots et primevères des montagnes de l'Atlas — et les mélangea aux fleurs que les villageois faisaient pousser dans leurs jardins. Elle plaça un banc en chêne contre le mur sud et planta de chaque côté des arbres aux papillons. Et quelques dizaines d'années plus tard, le « Cogneur », qui s'était battu contre elle jusqu'au bout, vint mourir dans ce jardin.

Miss Somerville s'agenouilla près de la grande

plate-bande et ressentit au genou la douleur désormais familière de l'arthrite. Le rouge-gorge quitta la branche de l'amandier sur lequel il était perché pour venir l'observer, mais elle laissa tomber son déplantoir, alla s'asseoir sur le siège de jardin près du cadran solaire et ferma les yeux.

Qu'adviendrait-il de ce jardin si jamais Quin cédait la maison ? Il y aurait des hordes de gens qui piétineraient les allées, feraient peur au rouge-gorge, pousseraient des cris et tueraient les abeilles. Il y aurait des écriteaux partout — à croire que les gens des classes inférieures étaient incapables de trouver tout seuls leur chemin. Et contre le mur du fond, là où maintenant mûrissaient les pêches, il y aurait deux cabanons. Non, un cabanon divisé en deux : elle avait vu cela à Frampton. D'un côté serait écrit « Dames », et de l'autre, non pas « Messieurs » mais — comble de la vulgarité — « Hommes ».

« Oh, mon Dieu, pria Frances Somerville avec une humilité inhabituelle envers le Créateur. Je vous en supplie, faites cela pour moi : trouvez-la. Elle doit bien exister quelque part, la jeune fille qui peut sauver cet endroit ! »

6

Il pleuvait depuis l'aube, une pluie battante, qui avait l'air froide. En bas sur la place, les pigeons trempés se blottissaient contre les jupes vert-de-gris de Marie-Thérèse. Vienne, la ville occupée, semblait avoir tourné le dos au printemps.

Ruth n'avait presque pas dormi. Elle replia la couverture sur le lit de camp, se lava du mieux qu'elle put au robinet du vestiaire, et se prépara une tasse de café.

« C'est le jour de mes noces, se dit-elle. Un jour dont je me souviendrai toute ma vie. » Et elle se sentit prise de panique.

Elle avait placé sa jupe en loden et son pull-over en laine sous un journal lesté par un plateau de roches à fossiles, mais cette tentative de repassage maison avait échoué. Devrait-elle après tout mettre la robe qu'elle avait achetée pour les débuts de Heini avec l'Orchestre Philharmonique ? Elle l'avait rapportée de l'appartement et suspendue derrière la porte. C'était une robe en velours marron avec un chaste col de dentelle crème, qui venait du magasin de son grand-père ; tous les employés avaient aidé Ruth à arrêter son choix, et partagé son plaisir d'assister aux débuts de Heini. A présent, les vitrines du magasin étaient brisées et des pancartes avisaient les clients de ne pas faire leurs courses là. Heureusement, son grand-père était mort.

Non, ça, c'était la robe pour Heini, la robe pour tourner les pages — car pour cette tâche la tenue vestimentaire était importante : il fallait être jolie, mais effacée. C'était une robe de la couleur du Bechstein du Musikverein, et elle n'avait rien à voir avec un Anglais qui fuyait Strauss.

Elle parcourut les galeries et, dans la lueur grise de l'aube, ses vieux amis, un à un, lui apparurent. L'ours polaire, l'éléphant de mer, l'ichtyosaure aux fausses vertèbres... et le bébé aye-aye, qu'elle avait remis à sa place.

« Souhaite-moi bonne chance », dit-elle au vilain petit animal, en appuyant la tête contre la vitre.

Elle ferma les yeux et les primates de Madagascar disparurent. Elle pensa au mariage que sa mère et elle avaient si souvent évoqué. Pas ici, mais au Grundlsee ; on se rendrait en barque à la petite église à coupole — une flottille de barques, car tous ceux qu'elle aimait seraient là. Oncle Mishak ronchonnerait un peu parce qu'il serait obligé de s'habiller, tante Hilda coincerait sa fermeture Éclair... et les Ziller joueraient. « Sur le ponton », avait suggéré Ruth. Mais Biberstein avait refusé, sous prétexte qu'il était trop gros pour cela. Quant à elle, vêtue d'une robe d'organdi, un petit bouquet de fleurs de montagne à la main, elle remonterait l'allée centrale au bras de son père, et là se tiendrait Heini, avec ses cheveux bouclés et son doux sourire.

Oh, Heini, pardonne-moi. C'est pour nous que je fais cela.

Elle revint au vestiaire et regarda son reflet dans la glace. Jamais elle ne s'était trouvée aussi quelconque, aussi peu attrayante. Soudain elle détacha ses cheveux, remplit le lavabo d'eau froide, attrapa le morceau de savon vert que le muséum destinait à ses chercheurs...

Quin, qui s'était introduit sans bruit, trouva la jeune fille prête, sa valise bouclée.

« Y a-t-il une fuite au plafond ? » demanda-t-il, surpris à la vue des gouttes d'eau qui dégoulinaient des cheveux de Ruth jusqu'au sol. Elle secoua la tête.

« Je me suis lavé les cheveux, mais le radiateur électrique ne marche pas. »

Il remarqua ses yeux cernés, ses épaules résolument droites.

« Venez. Ce ne sera pas long. Et c'est moins désagréable que d'aller chez le dentiste. »

Comme ils s'apprêtaient à sortir par la porte latérale, ils virent au pied de l'escalier un petit groupe de personnes qui attendaient pour souhaiter bonne chance à Ruth. La femme de ménage, le portier, le vieux taxidermiste de l'étage au-dessous. Tous étaient au courant de sa présence dans les lieux mais n'en avaient rien dit. Il faudrait qu'elle s'en souvienne, quand elle désespérerait de ses concitoyens.

Elle s'attendait à quelque chose de grandiose de la part du consulat de Grande-Bretagne, mais l'Anschluss avait imposé une réorganisation du service diplomatique, et le taxi les déposa devant une rangée de baraquements provisoires avec des toits en tôle sur lesquels battait la pluie. Un plombier en ciré, un outil en fer à la main, tapotait d'un air désespéré la gouttière qui débordait. A l'intérieur, dans le bureau de fortune du consul, le portrait de George VI pendait légèrement de travers ; dans le couloir, quelqu'un passait l'aspirateur.

L'adjoint du consul était là, mais pas dans les meilleures dispositions. Il avait une conjonctivité aiguë et tenait un mouchoir devant son visage. Il trouvait que le Pr Somerville était, certes, un homme courtois, mais il n'approuvait pas pour autant la façon dont le consul — sans doute sur ordre de l'ambassadeur — expédiait cette cérémonie. Des procédures qui prenaient d'ordinaire des jours et des jours avaient été réglées en quelques heures : délivrance des visas, modification des passeports. Quelqu'un, se disait l'adjoint qui était issu de la classe ouvrière, avait dû aller à l'université avec quelqu'un d'autre. Le père du Pr Somerville avec le cousin de l'ambassadeur, par exemple... Il avait dû y avoir un de ces échanges au cours desquels les Anglais de la haute société flairent leurs congénères et, comme les chiens au pied d'un réverbère, reniflent les indices — corvées à Eton, raclées à Harrow — qui font d'eux des frères de race.

« Puis-je avoir vos papiers, s'il vous plaît ? »

Quin déposa les documents sur le bureau et vit les mains de Ruth se crisper sur le dossier de sa chaise. A peine vingt ans, et fille de la nouvelle Europe créée par Hitler.

« Il nous faut deux témoins. En avez-vous ?

— Non. »

L'adjoint poussa un soupir et sortit dans le couloir. L'aspirateur se tut et une femme avec une grosse verrue au menton, vêtue d'une blouse noire, entra et resta debout près de la porte. Elle avait pratiqué des fentes dans ses chaussons de feutre pour donner de l'air à ses cors aux pieds ; Ruth pensa que c'était bien pratique, et aussi qu'on ne pouvait pas attendre d'une personne qui avait des soucis de ce genre qu'elle sourie ou dise bonjour. Le plombier arriva à son tour ; il n'avait plus son ciré et sentait fort — chose, là aussi, tout à fait naturelle — à cause des égouts qu'il avait essayé de nettoyer ; lui non plus, de toute évidence, n'était pas enchanté d'avoir été interrompu dans son travail — et pourquoi l'aurait-il été ?

Le consul en personne entra, l'air distingué, en tenue de cérémonie, le livre du rituel anglican à la main.

Quin ne s'attendait pas à ce qui suivit. « Ce sera juste une formalité, avait-il expliqué à Ruth. Quelques minutes, et terminé. » Or, le consul avait beau utiliser une version abrégée de l'office du mariage, il n'en prononçait pas moins les paroles qui depuis quatre siècles unissaient les hommes et les femmes. Quin, prévoyant des ennuis, fronça les sourcils et fixa le sol.

« Mes bien chers frères, nous voici réunis devant Dieu pour unir cet homme et cette femme par les liens sacrés du mariage... »

Ruth s'agita près de lui, mal à l'aise. La femme aux chaussons découpés renifla.

« ... et par conséquent nul ne doit s'y engager à la légère, de manière inconsidérée ou irréfléchie... mais avec respect, modestie, modération et réflexion... »

Il s'y attendait. Ruth, paniquée, eut un brusque mouvement de tête, et une ultime goutte d'eau tomba de ses cheveux encore humides sur le linoléum.

Le consul énuméra les raisons pour lesquelles le mariage avait été institué. La procréation des enfants amena une expression anxieuse sur les traits de la jeune fille ; le remède contre le péché l'inquiéta moins.

On demanda ensuite au plombier et à la femme de ménage — qui ne comprenaient pas un traître mot — s'ils avaient connaissance d'un fait de nature à empêcher le mariage, puis, sans s'attarder davantage, le consul en vint à l'essentiel.

« *Quinton Alexander St. John, voulez-vous prendre cette femme pour épouse légitime... ? Jurez-vous de l'aimer, de la protéger, de la respecter, de la garder, qu'elle soit malade ou en bonne santé, et de lui rester fidèle aussi longtemps que vous serez tous les deux en vie ?*

— Oui.

— *Ruth Sidonie, voulez-vous prendre cet homme pour époux légitime... ?* »

Son « Oui » fut prononcé d'une voix claire, mais avec une trace d'accent écossais. Signe de tension, apparemment.

Le consul se racla la gorge.

« Avez-vous une alliance ? »

Ruth secoua la tête au moment même où Quin sortait de sa poche un simple anneau en or.

Lui aussi était pâle en promettant de prendre Ruth pour épouse légitime, pour le meilleur et pour le pire, riche ou pauvre, malade ou en bonne santé. Il glissa l'anneau au doigt de Ruth ; l'alliance lui allait parfaitement. Elle avait les mains glacées.

« *Par cet anneau qui nous unit, je t'épouse et je te fais don de mon corps et de tous mes biens.* » Il parlait d'une voix ferme, à présent. C'était presque terminé.

« Nous omettrons la prière, dit le consul, avant de prononcer avec toute la solennité et l'emphase requises la déclaration finale : *Ceux que Dieu a unis, l'homme ne peut les désunir.* »

C'était fini. Le registre fut signé, Quin régla les frais, donna un pourboire aux témoins, déposa un billet dans le tronc pour les orphelins de la guerre d'Espagne.

« Revenez à quatre heures ; votre passeport sera prêt, avec le nom de votre femme inscrit dessus, ainsi que son visa. »

Ruth réussit à atteindre l'allée de gravier avant d'éclater en sanglots.

« Pour l'amour du ciel, Ruth, que se passe-t-il ? Tout est fini, maintenant. Demain soir, vous serez dans votre famille. »

Elle se moucha et secoua la tête.

« Nous serons maudits, vous comprenez.

— Maudits ! De quoi diable parlez-vous ? Nous avons eu le moins possible de l'Ancien Testament, non ?

— Ah ! vous voyez... en plus, vous êtes antisémite.

— Écoutez, je crois que c'est le moment de ressembler à votre grand-mère gardeuse de chèvres, plutôt qu'au vieux rabbin sinistre. Que voulez-vous dire : nous serons maudits ?

— C'est à cause des paroles. Parce que nous les avons dites devant témoins. Je ne pensais pas que les paroles seraient si *fortes.* Et vous n'auriez pas dû dire ces choses au sujet de m'offrir vos biens, parce que même si nous devions faire l'offrande du corps, il y aurait toujours Morgan.

— Ah, Morgan. Je croyais qu'on n'entendrait plus parler de lui... Écoutez, Ruth, cela ne vous sied pas, de faire toutes ces histoires. Vous savez comment est Hitler, vous savez ce qu'il convenait de faire.

— Je me serais enfuie en passant la frontière. Je n'aurais pas dû vous laisser faire des serments qui sont des mensonges. »

Quin était très las, lui aussi. Il eut du mal à se retenir de lui dire ce qu'il pensait de l'ascension du Kanderspitze.

« Venez, allons à l'“Imperial” manger deux énormes *schnitzel.* Parce que, s'il y a une chose que vous aurez beaucoup de mal à trouver à Londres, c'est une bonne escalope panée.

— Je ne peux pas y aller avec ces vieux vêtements. Et si on me voit...

— Rien ne peut vous arriver, désormais, dit Quin avec une outrecuidance qui frisait l'inconscience. Vous êtes citoyenne britannique et sous ma protection. »

Les *schnitzel* furent une réussite. Quand ils sortirent du restaurant, les cheveux de Ruth étaient secs et formaient une masse désordonnée mais plaisante à voir. Quin avait déjà deviné que c'était une sorte de baromètre, comme les algues.

« Il nous reste encore trois heures. Où aimeriez-vous aller, pour votre dernier après-midi à Vienne ? »

A sa surprise, elle suggéra de prendre le tram pour aller jusqu'au Danube. Quin n'ignorait pas que les Viennois ne s'intéressaient pas à ce large fleuve gris qui serpentait à travers les faubourgs industriels de la ville. Le mélancolique Johann Strauss, avec sa moustache teinte et son incapacité de sourire, avait peut-être composé la valse la plus célèbre du monde en hommage au Danube, mais les terribles inondations du fleuve avaient, depuis des siècles, provoqué le ressentiment des habitants.

Lorsqu'ils furent sur le pont du Reich, cependant, Quin comprit que Ruth accomplissait à l'évidence un pèlerinage.

« Vous voyez cette petite anse, là-bas, juste à côté de l'entrepôt ? »

Il acquiesça.

« Eh bien, mon oncle Mishak — en fait, c'est mon grand-oncle — avait l'habitude de venir pêcher ici. C'était il y a très, très longtemps. Vous imaginez, l'empereur était encore sur le trône, et l'Autriche et la Hongrie étaient réunies. On pouvait prendre une péniche et aller jusqu'à Budapest : pas de passeport, pas de restrictions. Enfin... Oncle Mishak travaillait au magasin de mon grand-père, mais il aimait le plein air et tous les dimanches il allait à la pêche.

Mais voilà que, ce dimanche-là, au lieu d'attraper un poisson, il a remonté une bouteille ! » Ruth se tourna vers Quin, en narratrice imbue de son importance. « C'était une bouteille de limonade, et à l'intérieur il y avait un message ! »

Quin était impressionné, car il savait que les messages dans les bouteilles sont rarement lus.

« Il était écrit : "*Je m'appelle Marianne Stichter, j'ai vingt-quatre ans et je suis très triste. Si vous êtes un homme bon et gentil, venez me chercher.*" Et elle avait indiqué l'adresse de l'école où elle enseignait. C'était dans un village au bord du Danube, à Dürnstein, vous savez, où Richard Cœur de Lion a été emprisonné.

— Continuez.

— L'école était dirigée par son père, une brute sadique. Elle avait une sœur plus âgée qui s'était mariée et avait fui, mais Marianne était réservée, pas belle, timide, et elle bégayait. Son père la faisait enseigner aux petits, et bien sûr tous les enfants se moquaient d'elle ; chaque fois qu'elle entrait dans la classe, elle avait envie de mourir. »

Ruth fit une pause et regarda Quin, se délectant pour lui de ce qui allait suivre.

« Et puis, un jour, elle était en train de faire un cours de géographie sur les fleuves d'Amérique du Sud, quand la porte s'ouvrit et un petit monsieur en costume sombre et chapeau mou entra, un porte-documents à la main. »

Les enfants commencèrent à ricaner, mais elle ne les entendait même pas, elle restait là, à regarder le petit monsieur. Alors mon oncle Mishak a soulevé son chapeau — il était déjà pas mal chauve à l'époque, et portait un pince-nez en or — et il a dit : “Êtes-vous Fräulein Stichter ?” Ce n’était pas vraiment une question, il savait que c’était elle, mais il attendit qu’elle eût fait oui de la tête, puis il dit : “Je suis venu vous chercher.” Exactement comme ça : “Je suis venu vous chercher.” Ensuite, il a ouvert son porte-documents et a sorti le message de la bouteille.

— Et elle est venue ? »

Ruth sourit et se passa la main dans les cheveux avant de continuer son récit.

« Elle n’a rien dit. Pas un mot. Elle a pris le chiffon et a effacé soigneusement du tableau les fleuves d’Amérique du Sud — le río Negro, le Madeira et l’Amazone. Puis elle a remis la craie dans la boîte, a ouvert un placard, a pris son chapeau et l’a mis sur sa tête. Les enfants avaient cessé de ricaner et regardaient, bouche bée, mais elle, elle est passée entre les rangées de pupitres sans même les voir : ils n’*existaient* pas. A la porte, oncle Mishak lui a offert son bras, ils ont traversé la cour — il lui arrivait à peine à l’épaule —, ils sont allés jusqu’au Danube et sont montés sur un bateau à aubes qui les a amenés à Vienne, et plus personne ne les a jamais revus là-bas !

— Et ils ont été heureux ? »

Ruth mit sa main devant ses yeux.

« Incroyablement. Les gens se moquaient d’eux : ils étaient toujours tellement aux petits soins l’un pour l’autre. Quand elle est morte, il a voulu mourir aussi, mais il n’y a pas réussi. C’est à ce moment-là que ma mère l’a fait venir chez nous. »

De retour dans la Ville intérieure, Ruth désigna

le balcon sur lequel, à l'âge de neuf ans, elle était restée complètement nue, dans l'espoir qu'une pneumonie la délivrerait de la honte et du déshonneur.

« C'était l'appartement de ma grand-tante, et je venais d'apprendre que j'avais eu seulement le prix d'honneur au lieu du prix d'excellence à mon examen de musique. Oh, et regardez, voilà le banc où ma mère a été attaquée par les pigeons et mon père l'a sauvée.

— Il semble y avoir eu beaucoup de mariages heureux dans votre famille, dit Quin.

— Je ne sais pas... Oncle Mishak a été heureux, mes parents aussi... mais d'une manière générale, je ne pense pas qu'ils considéraient le mariage comme quelque chose qui rend heureux.

— Comme quoi, alors ? »

Ruth plissa le front et enroula une mèche de cheveux autour d'une de ses oreilles qui avait rougi.

« Comme ce que chacun en faisait... ce que chacun se proposait d'en faire... C'était... du travail. De même que labourer un champ ou peindre un tableau : on ne cesse d'ajouter des couleurs ou de rectifier la perspective. Les femmes, en particulier. Ma tante Miriam avait un mari infidèle, et elle téléphonait sans cesse à ma mère en lui disant qu'elle allait le tuer ; mais quand on lui suggérait de divorcer, elle était très choquée. » Ruth leva les yeux et porta sa main à sa bouche. « Je suis vraiment désolée... Je ne pensais pas à nous, bien sûr. Je parlais de vrais mariages, pas de ceux avec Morgan. »

Leur dernière visite fut pour la cathédrale Saint-Étienne, le cœur et le symbole même de la ville.

« J'aimerais allumer un cierge », dit Ruth, et Quin la laissa remonter seule la nef plongée dans l'obscurité et le parfum d'encens.

Comme il l'attendait à la porte de l'église, il aperçut de l'autre côté de la place deux garçons terrorisés — ils avaient des cheveux blonds et des têtes de paysan — qu'un groupe de soldats traînait vers un camion de l'armée.

« Ils sont en train de ramasser tous les sociaux-démocrates », dit une grosse dame entre deux âges qui portait un chapeau à plume. Il n'y avait pas de reproche dans sa voix, ni d'émotion dans ses pâles yeux ronds.

Quin se dirigea vers l'endroit où Ruth se tenait agenouillée, bien décidé à la faire sortir par une porte latérale. Elle avait allumé non pas un cierge, mais deux. Pas la peine de demander pour qui : pour cette fille, tous les chemins menaient à Heini.

« Vous croyez que je reviendrai un jour ? »

Quin ne répondit pas. Il ignorait si Ruth reviendrait dans cette ville damnée, mais lui et ses semblables y seraient sans doute obligés ; en effet, il ne voyait pas ce qui pourrait arrêter le monstre, sinon la guerre.

7

Heini était à Budapest depuis dix jours. C'était bon de revenir dans sa ville natale, de déambuler sur les quais et de lever les yeux vers le château, perché sur la colline de Buda. C'était bon de contempler les bateaux qui descendaient le Danube en direction de la mer Noire, et de goûter à nouveau la saveur puissante du goulasch — plat que les Viennois croyaient, à tort, savoir préparer. Il y avait ici une espèce de pétillement de l'esprit qui manquait à la capitale autrichienne, et puis les femmes étaient vraiment les plus belles du monde. Ce n'était pas que Heini fût tenté ; rien ne lui était plus facile que d'être fidèle à Ruth — et puis, il fallait faire attention aux maladies.

Son père habitait toujours la villa aux murs jaunes sur la Colline des Roses ; dans le jardin les pommiers étaient en fleur, et ils prenaient leurs repas sous la véranda d'où l'on voyait le tombeau du pacha, les bois qui couvraient la colline et, au-delà du fleuve, l'architecture gothique du Parlement et les toits des maisons de Pest.

Heini n'aimait pas beaucoup sa belle-mère — elle manquait d'âme — mais, avec son père, qui continuait à publier le seul journal libéral allemand de la ville, il pouvait s'estimer heureux d'avoir quelqu'un qui se préoccupe de lui.

Il n'y avait pas non plus de problème pour obtenir un visa d'entrée en Grande-Bretagne. La Hongrie était toujours indépendante, les gens ne se ruaient pas pour émigrer et le quota n'était pas encore atteint. Les formalités seraient peut-être un peu plus longues que prévu — quelques semaines —, mais il n'avait aucune raison de s'inquiéter.

Et surtout, son ancien professeur de piano de l'Académie de musique s'était débrouillé pour lui organiser un concert.

« J'aurais voulu mettre sur pied pour toi quelque chose d'important, au Vigadó, lui avait déclaré le Pr Sandor, faisant allusion à la fameuse salle de concert où Rubinstein avait joué et où Brahms avait dirigé un orchestre. Mais les délais étaient trop courts ; et, qui sait ? si tu joues ici, à l'Académie, Bartók viendra peut-être et cela pourra donner quelque chose... »

Heini lui était très reconnaissant. Il se souvenait avec tendresse du vieux bâtiment dont la tradition remontait à Liszt, et qui s'enorgueillissait aujourd'hui de la présence de Bartók, Kodály et Dohnányi — un groupe de professeurs aussi brillants que dans n'importe quelle académie musicale du monde. Heini allait jouer en soirée, dans la grande salle, et toucherait la moitié de la recette. Tout bien considéré, le Pr Sandor s'était montré très utile et très généreux.

Mais il y avait un hic. Le comité des concerts avait demandé à Heini d'inclure dans son programme la sonate que les étudiants en troisième année de piano étudiaient en ce moment : l'*opus* 99 de Beethoven, une œuvre difficile et magnifique. Il n'y voyait pas d'objection mais il avait beau savoir par cœur les dix dernières sonates de Beethoven, il serait obligé de jouer celle-ci avec la partition, ce qui signifiait qu'il lui faudrait quelqu'un pour tourner les pages.

C'est là que les choses avaient commencé à se gâter. Car le Pr Sandor avait une fille qui étudiait le piano et qu'il avait proposée à Heini pour ce rôle.

« Vous verrez, elle est très intelligente », avait dit fièrement le professeur. Mali était venue à la première répétition... et cela avait été un désastre.

Mali n'était pas seulement laide — une fille au physique ingrat mais discret n'aurait pas dérangé Heini —, elle était d'une laideur agressive : ses lunettes brillaient dans la lumière et elle avait des dents de lapin. En plus, elle l'exaspérait avec son humilité, son désir éperdu de bien faire et de se rendre utile ; elle avait beau lire parfaitement la musique, elle hésitait tellement, elle était si terrifiée à l'idée de tourner les pages trop vite, que Heini avait été plusieurs fois obligé de lui faire un signe de tête en arrivant au bas de la page. Et, le pire de tout, Mali *transpirait.*

Ruth lui manquait depuis le moment où il était arrivé à Budapest, mais les quelques jours précédant le concert son absence devint pour Heini une souffrance de tous les instants. Ruth tournait les pages avec tant de grâce et d'adresse qu'on s'apercevait à peine de sa présence ; elle sentait bon — une discrète odeur de shampooing à la lavande —, et jamais, durant les années où elle s'était assise à son côté, il n'avait eu besoin de lui faire signe.

Et puis, il y avait sa belle-mère, totalement inconsciente de la tension que représentait pour lui le fait de jouer en public. Les mains de Heini étaient assurées, bien entendu, et c'était devenu pour lui une seconde nature que d'y faire attention ; mais un pianiste joue avec tout son corps, et il ne pouvait s'empêcher d'être contrarié quand il trébuchait sur une pelle à ordures qu'elle avait laissé traîner dans l'escalier.

« Ce n'est pas que je sois maniaque, disait-il à Marta, mais si je me foule la cheville, je ne pourrai pas appuyer sur la pédale pendant un mois. »

C'était tout à fait différent dans l'appartement des Berger, qui était devenu son second foyer. Non seulement Ruth, mais sa mère et les domestiques étaient heureuses de le servir, et lui, à son tour, servait la musique.

Mais c'est le jour même du concert que l'absence de Ruth lui parut presque intolérable.

La journée avait mal commencé : il avait été réveillé à neuf heures par la bonne qui passait l'aspirateur dans le couloir. Il dormait toujours tard un jour de concert mais, quand il se plaignit, sa belle-mère dit qu'il fallait bien que la fille fasse son travail, et elle souligna que Heini avait déjà passé dix heures au lit.

« Au lit, mais pas endormi », répondit-il d'un ton amer, sans s'attendre qu'elle comprenne.

Et puis il y avait la question du déjeuner. Heini était incapable de manger quoi que ce soit de lourd avant un concert et, à Vienne, Ruth ne manquait jamais de se rendre de bonne heure au café du Muséum pour réserver une table dans un coin et s'assurer que la soupe de bœuf et légumes — la seule chose qu'il pouvait avaler — était soigneusement passée, et le pain légèrement grillé. Alors que Marta semblait croire qu'il pouvait jouer après avoir ingurgité du rôti de porc et des boulettes !

Il sortit plus tôt que prévu et, une fois dans Váci utca — une belle avenue pleine de magasins à la mode —, il fut confronté à un autre problème : l'achat d'une fleur pour sa boutonnière. Un gardénia serait sans doute trop cérémonieux pour l'Académie, un camélia aussi, mais un œillet — un œillet blanc — serait dans le ton. C'était Ruth, bien sûr, qui se chargeait de cela, d'habitude ; il l'avait observée, une fois, tandis qu'elle recherchait une fleur sans défaut, entraînant la vendeuse, qui la connaissait bien, dans l'exaltation de sa quête.

Bravement, Heini entra seul dans la boutique et trouva une jeune fille pour l'aider. Ce n'est qu'une fois ressorti, sa fleur bien protégée par la Cellophane, qu'il réalisa qu'il n'avait pas d'épingle.

Le Pr Sandor attendait dans le hall de l'Académie de musique.

« Il y a beaucoup de monde, c'est presque plein. Étant donné que nous avons eu moins de quinze jours pour la publicité, et qu'il y a une première à l'Opéra, nous pouvons être satisfaits. »

Heini approuva d'un signe de tête et se rendit au foyer. Mali était là, vêtue d'une affreuse robe en crêpe rouge écarlate qui lui collait à la poitrine et découvrait ses clavicules. Cette tache de couleur distrairait l'attention des spectateurs, même de ceux placés au fond. Ruth choisissait toujours des robes qui se fondaient avec les couleurs de la salle, des robes discrètes qui lui allaient pourtant merveilleusement bien.

« Avez-vous une épingle ? » questionna-t-il. Au moins, elle avait cela, et elle réussit, avec des mouvements gauches et nerveux, à fixer l'œillet à la boutonnière de Heini. « J'ai besoin d'être tranquille, maintenant », dit-il d'un ton ferme, en s'asseyant aussi loin que possible de la jeune fille. Ce qui ne lui assura pas pour autant le calme dont il avait besoin : Mali ne cessa pas de tripoter le recueil de partitions, de vérifier les pages, puis elle se racla la gorge...

Ruth savait exactement comment apaiser Heini juste avant un concert ou un examen. Elle apportait un jeu de dominos et ils jouaient un moment, ou bien elle s'assayait sans rien dire, les mains croisées sur les genoux, ses beaux cheveux brillants attachés avec un ruban de velours pour les empêcher de retomber et de distraire l'attention du public. Ruth veillait toujours à ce qu'il ait de la citronnade fraîche à l'entracte ; il n'avait jamais à s'occuper des partitions, elles étaient là, et dans le bon ordre. Et voilà que, jetant un coup d'œil dans le miroir, il s'aperçut que l'œillet de sa boutonnière penchait nettement vers la gauche !

« Cinq minutes ! » annonça l'huissier en frappant à la porte.

« Mon mouchoir ! » s'écria Heini, soudain pris de panique. La pochette blanche était bien là, sur son smoking, mais l'autre mouchoir, celui avec lequel il s'essuyait les mains entre deux morceaux...

Mali piqua un fard et se leva d'un bond. « Excusez-moi... je ne savais pas que je...

— Cela n'a pas d'importance. » Heini trouva le mouchoir que sa belle-mère avait lavé, mais il était en coton, pas en lin. Chez les Berger, ses mouchoirs étaient toujours donnés à blanchir aux servantes, ils sentaient bon le frais, avec juste une touche d'amidon : Ruth y veillait.

C'était le moment d'y aller. Le Pr Sandor passa la tête dans l'embrasure de la porte. « Bartók est là ! » annonça-t-il, rayonnant, et Heini se leva.

Il fut accueillir par des applaudissements nourris et enthousiastes. Heini Radek était un jeune homme extrêmement séduisant ; avec ses cheveux noirs et bouclés, son corps mince et élégant, il avait le physique parfait du pianiste, or dans la patrie de Liszt il était facile de faire des comparaisons.

Heini s'inclina, sourit à une jeune fille au premier rang, salua le dernier balcon, puis fit un signe de tête respectueux en direction du plus grand compositeur hongrois. Il se retourna ensuite pour aller s'installer au piano et vit que Mali, dont la pomme d'Adam montait et descendait sans répit, était assise avec le buste penché en avant. Il lui avait dit et redit qu'elle devait se tenir appuyée au dossier, pour que le public n'ait conscience d'aucune autre présence que de celle du pianiste. Mali fit un brusque mouvement en arrière. C'était incroyable, comment pouvait-on être aussi gauche ? En plus, elle s'était aspergée d'un parfum affreusement écœurant qui ne réussissait pas à masquer l'odeur de transpiration.

Mais maintenant, place à la musique, et à elle seule. Heini ferma les yeux un instant pour se concentrer, les rouvrit et commença à jouer.

Et le Pr Sandor, qui s'était glissé au premier rang, hocha la tête d'un air approbateur. Ce garçon, en dépit de tout, était vraiment très, très doué, et les efforts déployés par le professeur pour organiser le concert n'avaient pas été vains.

Ce fut après trois *bis,* plusieurs rappels, des fleurs lancées sur la scène par un groupe de collégiennes excitées, que Heini pensa de nouveau à Ruth. Elle l'attendait toujours, partout où il jouait, discrète, tranquille, mais tellement jolie ; elle se tenait tout près, si bien qu'il pouvait lui sourire et la solliciter, mais elle ne s'immisçait jamais quand des gens venaient pour le féliciter. Et après, elle le ramenait à Felsengasse, où Leonie avait fait préparer les plats qu'il préférait, et on parlait du concert, on revivait la soirée jusqu'à ce qu'il soit suffisamment détendu pour pouvoir dormir. Ou bien, s'il était invité chez des gens susceptibles de lui être utiles, Ruth se retirait discrètement, sans un mot de reproche.

Alors que Mali attendait maintenant des compliments, le regard anxieux derrière ses lunettes. « Est-ce que ça allait ? interrogea-t-elle d'une voix coupée par l'émotion. Cela allait, n'est-ce pas ?

— Oui, oui », répondit-il en s'efforçant de sourire. Puis il se tourna pour saluer ses admirateurs, qui exprimaient leurs compliments avec une exubérance bien différente des poignées de main polies des Viennois et de leurs claquements de talons.

Mais plus tard dans la soirée, en rentrant chez lui, il se sentit à nouveau complètement désemparé. Que son père soit obligé de rester tard au journal, il le comprenait bien, mais sa belle-mère aussi était sortie. Elle avait laissé un petit mot, c'est vrai, et une casserole de goulasch sur la cuisinière, mais jamais Heini ne s'était vu obligé de revenir dans une maison vide.

Il était dehors sous la véranda éclairée par la lune quand son père le rejoignit en apportant deux verres de vin.

« Comment cela s'est-il passé ?

— Très bien, je pense.

— J'ai déjà entendu de bons échos. Tu iras loin, Heini. »

Heini sourit et prit son verre.

« Ruth me manque, déclara-t-il.

— Oui, je m'en doute, dit son père qui avait rencontré Ruth à Vienne. A ta place, je me dépêcherais de l'épouser, avant qu'un autre ne me la prenne.

— Oh, ils ne feraient pas une chose pareille. Nous sommes fiancés. »

Radek contempla sans rien dire les lumières de cette ville dans laquelle il avait vécu toute sa vie. A cinquante ans, il paraissait plus vieux que son âge et avait l'air soucieux.

« Comment ça se passe, avec ton visa ?

— Tout va bien, autant que je sache.

— Hum... Ne tarde pas, Heini. Je n'aime pas la tournure que prennent les choses. Si Hitler s'attaque aux Tchèques, les Hongrois essaieront d'avoir leur part du gâteau ; ce qui signifie qu'ils devront courber l'échine devant les Allemands. Il n'y a pas encore de lois contre les Juifs, mais ça va venir. » Puis, brusquement : « J'ai trouvé un travail en Suisse. Marta part dans huit jours pour chercher un appartement. »

Resté seul à nouveau, Heini se sentit plein d'inquiétude. Pour que son père abandonne sa patrie et renonce au prestige dont il jouissait en Hongrie, il fallait qu'il y ait vraiment un danger. Heini n'aimait pas l'Angleterre, le pays sans musique, le pays du brouillard, le pays des hommes en chapeau melon qui, au pensionnat, s'étaient infligé les uns aux autres des traitements inqualifiables. Mais apparemment, il avait intérêt à y aller en vitesse. Et il retrouverait Ruth, son sansonnet, sa tourneuse de pages, son amour. Heini, le regard perdu sur les lumières d'un bateau qui passait sous le pont Elisabeth, reconnut avec humilité qu'il avait eu un peu trop tendance à considérer que Ruth lui était acquise. Eh bien, tout cela allait changer. Non seulement il la ferait sienne — physiquement et mentalement —, mais il était prêt — oui, il était presque prêt, maintenant — à l'épouser. A vingt et un ans, il était bien jeune pour prendre une telle décision, et son agent de Vienne n'y était pas favorable. Il y avait tant à attendre, au début d'une carrière de musicien, de la protection de riches matrones particulièrement bien disposées à l'égard des jeunes gens célibataires. Mais tant pis. Heini était prêt à faire le sacrifice.

Sur une impulsion, il prit une feuille de papier, alluma une lampe dans le coin de la véranda, et s'installa pour écrire une lettre. Il parla à Ruth du concert et de la prestation catastrophique de Mali, lui affirma son amour avec émotion et sans détours. Connaissant toutefois l'esprit pratique de Ruth et la sachant très désireuse de rendre service, il lui écrivit aussi ce qu'il attendait d'elle.

J'aurais besoin d'un piano dès mon arrivée, ma chérie. Je ne te demande pas d'en acheter un, bien sûr — je me doute que l'argent risque d'être un peu rare tant que ta famille n'est pas établie —, mais de le louer. Un demi-queue serait idéal, mais si le salon de tes parents n'est pas assez grand, je me contenterai d'un piano droit pour le moment. Le mieux serait un Bösendorfer — tu sais que j'ai une nette préférence pour cette marque —, mais un Steinway ou un Bechstein feront l'affaire ; toutefois, si c'est un Bechstein, il faut que ce soit un Modèle 8, et aucun des modèles plus petits. Peut-être pourrais-tu ne le faire accorder que la veille de mon arrivée. Et surtout, Ruth, pas de piano anglais, même pas un Broadwood. Je sais que je peux m'en remettre entièrement à toi, mon amour ; jamais tu ne m'as déçu, et jamais tu ne me décevras.

Heini signa, puis s'attarda encore un instant à respirer l'odeur du réséda.

« Je t'aime, Ruth », dit-il tout haut, et il se sentit grandi, purifié, *bon,* comme on se sent quand on s'est engagé envers quelqu'un. Il serait bien resté plus longtemps, sans le susurrement d'un moustique, quelque part au-dessus de lui. Un jour, au lac de Grundl, un moucheron l'avait piqué dans le gras de l'index et ça s'était infecté. Heini rentra en hâte dans la maison, referma la fenêtre et alla se coucher.

8

C'est seulement une fois sur le quai, en voyant les wagons bleu roi, les écussons et l'inscription « Compagnie internationale des wagons-lits » peinte sur les vitres, que Ruth comprit qu'ils allaient voyager dans l'*Orient-Express.*

A présent le train filait dans la campagne autrichienne baignée par le crépuscule, et Ruth, assise en face de Quin dans la voiture-restaurant, regardait autour d'elle d'un air émerveillé. Elle s'était attendue à un cadre luxueux, mais les panneaux de Lalique, la marqueterie en bois de rose des cloisons, la décoration végétale du plafond étaient d'une splendeur inouïe. Sur la nappe damassée, les serviettes étaient pliées en forme de papillon, une rangée de verres en cristal était disposée devant les assiettes, et des branches d'hibiscus jetaient des éclats rouges dans la lumière de la lampe.

« Je n'arrive pas à y croire, s'écria Ruth en

essayant de prendre un air coupable — sans succès. C'est comme une vraie lune de miel. Vous n'auriez pas dû faire cela.

— Oh, ce n'est rien », dit Quin en lui tendant la carte.

Mais en réalité, il lui avait fallu dépenser une énergie et une somme d'argent considérables pour obtenir à la dernière minute un compartiment. Il l'avait fait dans le désir d'offrir à la jeune fille un intermède de bien-être, entre les jours passés à se cacher au muséum et la période de pauvreté qui l'attendait à Londres. Pour l'heure, elle était penchée sur le menu, et Quin demanda au serveur de baisser le store, car on approchait de la région qu'elle aimait tant, celle du lac de Grundl.

« Je devrais être une comtesse hongroise, déclara Ruth en regardant les autres dîneurs. Ou au moins une espionne. » Elle avait observé les voyageurs qui montaient dans le train, et sorti de ses bagages la robe pour tourner les pages. Malgré cela, elle se sentait affreusement mal habillée, tandis que Quin, dans son smoking impeccable, avait l'élégance mystérieuse de ces Anglais qui reviennent de la brousse. « Regardez l'étole de cette dame ; elle est en zibeline ! ajouta-t-elle à voix basse.

— Je parie qu'elle ferait bien l'échange avec vous, répliqua Quin en jetant un coup d'œil à leur voisine, une dame d'un certain âge, au maquillage très appuyé.

— Pourriez-vous m'aider à choisir ? dit alors Ruth. Il y a tellement de choses !

— J'espérais que vous me le demanderiez. En

fait, voyez-vous, je pense que nous devrions accorder une attention particulière au vin. »

Et le vin arriva, présenté par le sommelier qui déroula une serviette et tendit la bouteille à Quin, un peu comme une sage-femme présenterait à un duc l'héritier tant attendu.

« Goûtez-le », proposa Quin à Ruth, en échangeant un regard complice avec le sommelier.

Ruth leva son verre... but une gorgée... ferma les yeux... but encore une gorgée... rouvrit les yeux. Un instant, elle parut sur le point de dire quelque chose — d'émettre un jugement, ou de faire une comparaison. Mais elle se contenta de hocher la tête d'un air émerveillé, puis elle sourit.

Tous les gens qui connaissaient Ruth, à Vienne, savaient que la musique pouvait lui imposer silence. Il revenait à Quinton Somerville, grâce à un pouilly-fuissé, de découvrir que le vin aussi avait cet effet sur elle.

« Vous savez, je regrette de ne pas pouvoir continuer votre éducation. Vous êtes douée.

— Mais nous pourrons quand même être amis, non ? Je veux dire, après le divorce ? »

Quin ne répondit pas. Les cheveux de Ruth retombaient en boucles dorées sur ses épaules et une mèche caracolait au-dessus de son sein gauche. Ses yeux étaient pleins de rêves. Quin avait des amies, certes, mais pas vraiment du même genre.

On apporta le vol-au-vent de Ruth, une merveille de légèreté, mélange de foie gras et d'huîtres ; elle ne pensait qu'à manger, s'extasier et jeter des coups d'œil admiratifs à Quin qui expédia avec une aisance confondante, et sans se salir les doigts, ses écrevisses flambées. Mais quand on eut débarrassé les assiettes et apporté les rince-doigts, elle dit : « A propos de... de notre mariage...

— Oui ?

— Verriez-vous un inconvénient à ce que nous n'en parlions à personne ? Absolument personne ? »

Quin reposa son verre. « Non, pas le moins du monde. En fait, je préfère cela. J'ai horreur des histoires. » Mais il était surpris : les Berger n'avaient rien d'une famille à secrets. « Vous pensez pouvoir le cacher à vos parents ?

— Oui, je crois. Plus tard, je suppose, ils le découvriront, puisque j'aurai un passeport à moi et qu'il sera britannique, mais nous serons divorcés, à ce moment-là. » Elle hésita un instant. « Vous savez, ils sont très vieux jeu, et ils pourraient ne pas comprendre qu'un mariage ne signifie rien. Et je ne supporterais pas qu'ils essaient de... de vous obliger à... » Elle secoua la tête avant de continuer. « Ils ont été très bons pour Heini, il vivait pratiquement avec nous, mais je ne suis pas sûre qu'ils aient vraiment compris, à son sujet... ma mère en particulier. Elle pourrait penser que vous... que nous... »

Non, elle ne pouvait pas lui expliquer qu'elle redoutait que ses parents approuvent ce mariage et manifestent une gratitude qui embarrasserait Quin et lui donnerait le sentiment d'être pris au piège. Lui laisser penser qu'il était encore lié à elle, une fois qu'ils seraient arrivés en Angleterre, serait une horrible manière de le remercier de sa bonté.

Le sommelier revint en adressant à Ruth un sourire radieux, comme à une élève douée qui aurait réussi un examen avec les félicitations du jury. Après avoir de nouveau consulté la carte, Quin et lui décidèrent à regret que, vu la jeunesse de mademoiselle, le château-margaux qui aurait été parfait avec la pintade n'était peut-être pas à recommander.

« Mais il y a un tokay pour le dessert, monsieur, une cuvée 1905 absolument exceptionnelle, je vous assure. »

Quand son nouvel ami se fut éloigné, Ruth demanda : « Est-ce ainsi que vous vivez, chez vous ? Avez-vous une merveilleuse cuisinière, une cave à vins extraordinaire, et tout le reste ?

— J'ai une cave, répondit Quin en hochant la tête. Mais chez moi c'est très différent. Ma maison est perchée sur une falaise ventée, surplombant une mer grise, dans la partie la plus au nord de l'Angleterre, à la frontière avec l'Écosse.

— Oh », dit Ruth. Cela ne semblait pas très engageant. « Et qui y vit, quand vous n'êtes pas là ? Reste-t-elle vide ?

— J'ai une vieille tante qui s'en charge à ma place. En fait, c'est une cousine, mais je l'ai toujours appelée "tante". C'est elle qui est venue s'occuper de la maison après la mort de mes parents et de mon grand-père. Je lui suis très obligé, parce que je peux m'absenter autant que je veux, en sachant que tout se passe bien.

— Vous étiez attaché à elle, quand vous étiez enfant ?

— Elle me laissait livré à moi-même. »

Ruth plissa le front, dans un effort pour assimiler cette notion. Jamais personne ne l'avait laissée livrée à elle-même, ni sa mère, ni son père, ni sa tante Hilda, ni les domestiques... ni même oncle Mishak, qui lui avait appris les noms des plantes. Quant à Heini...

« Et vous aimiez cela ? questionna-t-elle. Être livré à vous-même ? »

Quin sourit. « C'est quelque chose d'assez britannique. On aime ça, dans l'ensemble. Mais ne vous tourmentez pas. Je ne crois pas que cela vous conviendrait.

— Non, en effet, je ne le pense pas. Miss Kenmore — ma préceptrice écossaise, vous vous souvenez d'elle ? — adorait Milton, et elle m'a appris ce sonnet, vous savez, sur les gens qui ne font rien. Le dernier vers est très connu, et très triste. *C'est aussi le servir que d'attendre, immobile.* Je ne suis pas très douée pour cela. »

Le dessert — un soufflé au citron — arriva, accompagné du tokay servi dans d'élégants verres à pied. Puis une coupe de fruits frais sortie tout droit d'une nature morte flamande, des truffes au chocolat, et pour finir un café noir comme la nuit.

« Oh, c'est divin ! Si j'étais très riche, je crois que je passerais ma vie à parcourir le monde en train, sans jamais me fixer nulle part, sans jamais m'arrêter !

— Beaucoup de gens rêvent de cela, répondit Quin en décortiquant avec soin une noix qu'il posa sur l'assiette de Ruth. Arriver, ça veut dire vivre, et vivre, c'est difficile.

— Même pour vous ?

— Pour tout le monde. »

Ruth le regarda. Que pouvait-il y avoir de difficile, pour un homme qui jouissait d'une telle indépendance, d'une telle réussite, et qui était citoyen d'un pays libre et puissant ? « C'est étrange, même avant l'horreur... avant les nazis, les gens me disaient souvent : Oh, tu es jeune et en bonne santé, tu ne peux pas avoir de problèmes. Et pourtant j'en avais, parfois. Cela paraît ridicule, aujourd'hui, alors que tout ce que chacun souhaite, c'est rester en vie. Mais vous savez... avec Heini... Je l'aime beaucoup, et je veux le servir, pas en attendant immobile, mais en faisant des choses. Seulement, quelquefois, je n'y arrive pas bien.

— Comment cela ?

— Eh bien, Heini est un musicien. Il est obligé de pratiquer presque toute la journée, et il aime que je sois auprès de lui. Mais moi, j'adore être dehors... tout le monde aime cela, je suppose, seulement on ne peut pas jouer du piano dehors — sauf si on fait partie de l'orchestre féminin du Prater... » Ruth lança un regard de reproche à Quin, qui lui sourit sans une once de remords. « Et Heini n'en fait pas partie. Alors il y avait des jours où j'étais très contrariée de devoir rester assise pendant des heures et des heures, avec les fenêtres fermées parce que les courants d'air sont mauvais pour le piano. C'est affreux, quand j'y pense maintenant, parce que je me rends compte de la chance que j'avais, et nous étions tous en sécurité. Vous croyez que nous serons de nouveau aussi mesquins, si le monde redevient normal ?

— Si c'est être mesquin que de vouloir vivre à l'air libre, alors oui, je le crains. »

Mais il n'était plus possible de différer davantage ; les dîneurs partaient, les serveurs saluaient en empochant leurs pourboires, et Ruth se retrouva confrontée au fait qu'elle était en voyage de noces avec le Pr Quinton Somerville, et qu'elle devait maintenant se mettre au lit.

« Je vais rester un moment au bar pour fumer la pipe », dit Quin. Ruth se leva, traversa les couloirs plongés dans le silence et la demi-obscurité, et parvint jusqu'au compartiment 23.

Inutile de chercher la moindre ressemblance avec les compartiments dans lesquels elle avait déjà voyagé, à deux couchettes superposées reliées par une petite échelle. Pas question de monter se cacher jusqu'au lendemain matin, car elle avait devant elle, à n'en pas douter, deux lits séparés seulement par un petit tapis. S'il s'était agi d'une vraie lune de miel, elle aurait pu tendre la main dans la nuit pour prendre celle de son mari. L'employé des wagons-lits s'était activé. Le pyjama de Quin et la chemise de nuit en coton de Ruth — une ridicule chemise de petite fille — étaient disposés sur les oreillers ; rasoir et blaireau côtoyaient la brosse à dents de la jeune fille dans une conjugalité troublante.

A part cela, le compartiment ressemblait à la caverne d'Ali Baba : les draps d'un blanc immaculé, les abat-jour roses, les cloisons en bois... Il y avait aussi des carafes d'eau en verre strié, et des grappes de raisin dans une coupe en argent ciselé.

Elle se déshabilla, enfila sa chemise de nuit, s'imagina, en un instant de débauche, dans un pyjama de soie vert pâle gansé de noir. Personne ne l'aurait *vu,* bien sûr — elle serait restée enfouie sous les draps —, mais elle aurait su qu'elle le portait.

En sécurité dans le lit, elle éteignit la lumière pour préserver l'intimité de Quin, ralluma de peur qu'il ne trébuche dans l'obscurité, puis s'aperçut que ce train extraordinaire offrait une troisième possibilité, sous la forme d'une veilleuse dont la douce lumière semblait émaner des pétales d'une rose.

Lorsque Quin arriverait, elle se tournerait contre le mur et ferait semblant de dormir. Mais pour l'instant, son cerveau fatigué lui envoyait des images de nuits de noces à travers les âges... Des vierges qu'on amenait dans la couche de rois étrangers, qu'on installait dans des lits à colonnes grands comme des maisons et qui attendaient un époux qu'elles ne verraient qu'une fois, en habit doré... Chez les Mi-Mi, la nuit de noces était publique : de vieilles femmes chantaient devant la case du couple, des jeunes gens et des jeunes filles dansaient et lançaient des encouragements... Et ces pauvres filles de l'époque victorienne, dans les romans, à qui on avait appris trop tard — ou pas du tout — les choses de la vie, et qui essayaient de s'échapper en grimpant aux rideaux ou en se cachant dans une armoire...

Aurait-elle cherché une armoire où se cacher, si cela avait été une vraie nuit de noces ? Au moins, elle connaissait les choses de la vie, et ce, depuis l'âge de six ans. A présent, elle se demandait si elle n'avait pas poussé le zèle un peu trop loin : Kraft-Ebbing, Havelock Ellis, Sigmund Freud... Tant de choses pouvaient mal se passer, tous ces messieurs étaient d'accord là-dessus. La frigidité, par exemple. La frigidité préoccupait beaucoup Ruth qui, enfant, avait toujours préféré le feu à la glace. Mais cela ne se serait sans doute pas produit ici... pas avec quelqu'un qui était capable à tout moment de la faire rire.

Elle s'agitait dans son lit. Cela faisait une heure qu'elle avait quitté le wagon-restaurant. Elle se tourna sur le côté, ferma les yeux et fit semblant de dormir. Mais il se passa encore une heure, puis une autre. Il ne venait toujours pas.

Elle finit par s'endormir, mais fut réveillée par une violente secousse. Le train s'était arrêté, on entendait des pas à l'extérieur, des voix s'élevaient.

Elle fut brusquement saisie de frayeur. C'était arrivé. On allait la forcer à descendre du train et à faire demi-tour, comme cela s'était déjà produit. Le lit à côté du sien demeurait vide. Sans réfléchir, elle se rua, éperdue, dans le couloir.

Quin était debout près de la fenêtre et contemplait le clair de lune ; pour une fois, sa pipe était allumée.

« Ils arrivent ! cria Ruth. Mon Dieu, je savais bien que ça tournerait mal ! Ils viennent me chercher pour me ramener ! »

Quin se retourna et, la voyant encore à moitié endormie mais terrorisée, il ouvrit spontanément les bras et elle, tout aussi spontanément, s'y précipita.

« Chut, fit-il en la serrant contre lui et en posant sa pipe sur le rebord de la fenêtre. Tout va très bien. Il y a quelque chose sur les rails, c'est tout. Une vache, peut-être.

— Une vache ? répéta Ruth en clignant les paupières et en secouant la tête d'un air désespéré.

— Une de ces vaches noir et blanc, comme sur

les tablettes de chocolat. De chocolat au lait, bien sûr ; ce sont de bonnes laitières, les vaches noir et blanc. » Il continua à débiter des bêtises jusqu'à ce qu'elle commence à moins trembler. « Nous avons passé la frontière », ajouta-t-il alors. Nous sommes absolument hors de danger. Nous sommes en France. »

Mais elle ne pouvait y croire. « Vraiment ? dit-elle en levant les yeux sur lui. Vous me dites la vérité ? Mais comment sommes-nous passés ? Personne n'est venu nous fouiller. D'habitude, ils viennent et... » Elle se remit à trembler, en pensant à la brutalité dont avait preuve la police des frontières à l'encontre d'autres réfugiés, à la façon dont elle les dépouillait des maigres trésors qu'ils avaient réussi à emporter.

« J'ai laissé notre passeport au chef de train. La frontière n'est qu'une formalité pour nous. »

Notre passeport... Le passeport dans lequel le ministre de Sa Majesté britannique stipulait *à qui de droit de laisser le porteur passer librement et sans entraves...* L'espace d'un instant, Ruth ne souhaita rien d'autre que d'appartenir à cet homme et à son monde. Avec Quin, et ceux qui le protégeaient, elle serait toujours en sécurité. Elle accepterait même de vivre dans une maison glacée sur une falaise du nord de l'Angleterre ; et elle supporterait la tante qui la laisserait livrée à elle-même.

Puis, sa frayeur se dissipant, elle prit conscience qu'elle était dans ses bras, dans le couloir d'un train, en chemise de nuit. Et quelle chemise de nuit ! Un vêtement de petite fille, avec un ruban fripé. Elle s'était jetée à la tête de Quin avec une totale impudeur, alors que ce qu'elle lui devait, c'était de s'effacer à tout jamais, de ne rien exiger de lui, de ne rien lui demander, pas même une minute supplémentaire de son temps. Il croyait sans doute... Oh, mon Dieu, non, quand même pas...

« Excusez-moi, j'ai été stupide, dit-elle en s'écartant brusquement de lui. Vous devez penser...

— Je ne pense rien du tout », répliqua-t-il, mais il était vexé de la véhémence de son mouvement. Elle ne s'imaginait tout de même pas qu'il allait profiter d'elle... une gamine. N'avait-il pas été parfaitement clair quant à la signification de ce mariage ? « Vous devriez aller vous recoucher », conclut-il d'un ton sec. Et Ruth vit dans l'expression de son visage la confirmation de ses craintes ; elle rentra en vitesse dans le compartiment et referma la porte.

Quand elle se réveilla, le lendemain matin, Quin était allongé tout habillé, les mains derrière la nuque, et regardait le soleil se lever.

Deux heures plus tard, ils arrivaient à Calais. Des mouettes virevoltaient dans le ciel, des porteurs hurlaient sur le quai, des grues se balançaient au-dessus de leurs têtes. C'était un univers propre, blanc, aussi différent que possible de l'univers clos et luxueux du train.

« Je commence vraiment à croire que nous allons parvenir à destination, dit Ruth.

— Bien sûr que nous allons y parvenir. »

Ils montèrent à bord du bateau. Même pour une traversée aussi courte, il avait réservé une cabine. « Vous aurez besoin d'un autre chandail, remarqua-t-il. Il va faire froid sur le pont, et vous vous devez de saluer les “blanches falaises de Douvres”. »

Ruth fit oui de la tête et ouvrit sa valise. Sur le dessus, enveloppée avec soin, il y avait une photo encadrée qu'elle avait eu l'intention d'emporter avec elle, dans son sac à dos, pour passer la frontière française à la nage. Délibérément, elle la sortit et la mit dans les mains de Quin. C'était l'occasion de lui faire comprendre qu'elle était vraiment engagée avec quelqu'un d'autre, et qu'elle ne se laisserait plus jamais aller comme la nuit précédente.

« C'est Heini. »

Quin le savait bien. C'était une photo en couleurs, prise le jour de la remise des diplômes au Conservatoire, qui mettait en valeur les cheveux noirs et bouclés du jeune homme, et ses yeux gris clair bordés de longs cils. Debout près d'un Bösendorfer de concert, une main posée sur le dessus du piano, il souriait. Dans le coin droit de la photographie, il avait écrit en lettres gothiques hautes et pointues : *À mon petit sansonnet, bien affectueusement, Heini.*

« Qu'est-ce que les sansonnets ont à voir ici ? » Quin voulait savoir ; il se rappelait le désarroi qu'avait provoqué chez Ruth l'évocation de ces volatiles.

Elle le lui expliqua. « Mozart en avait un. Il l'avait acheté au marché pour trente-quatre kreutzers et il le gardait dans une cage, dans la pièce où il travaillait. Le sansonnet pouvait chanter aussi longtemps et aussi fort qu'il voulait, cela ne le dérangeait jamais... » Elle avait le visage en feu, en racontant l'histoire ; jamais elle n'oublierait cette première fois où Heini l'avait sollicitée.

Quin écoutait poliment. « Et qu'est-il arrivé à cet oiseau ? demanda-t-il à la fin.

— Il est mort, admit Ruth.

— Forcément.

— Pourquoi dites-vous cela ?

— Eh bien, ce ne sont pas des oiseaux qu'on met en cage, n'est-ce pas ? Peut-être Mozart ne le savait-il pas ?

— Mozart savait *tout !* » répliqua-t-elle.

Quin sourit et la laissa. Elle enfila un gilet pour aller sur le pont. Au moment où elle sortait du salon de première classe, elle aperçut deux femmes en manteau de fourrure — de toute évidence des dames de la haute société — installées dans des transats en prévision du mal de mer.

« Ce n'était pas Quin Somerville ? dit l'une d'elles.

— Vous croyez ? Je n'ai pas fait attention.

— J'en suis à peu près certaine. Ce visage buriné... si séduisant. Il m'a semblé l'apercevoir sur le quai en compagnie d'une fille. Une de ces petites paysannes avec une cape en loden.

— Doux Jésus ! Vous croyez que c'est sérieux ?

— Cela m'étonnerait. Elle n'est pas du tout son genre. Pas assez soignée. »

Un steward passa et les dames réclamèrent des plaids.

« Si c'est sérieux, cette pauvre Livinia en fera une maladie. Elle espère toujours lui mettre le grappin dessus pour Fenella.

— Ma foi, on ne peut guère la blâmer. Tout cet argent, et puis... »

Ruth se retira et sortit par un autre côté. Quin

était debout à l'avant du bateau, les cheveux au vent, absorbé dans la contemplation de l'eau. Je savais qu'il était riche, pensa Ruth, et j'aurais dû me douter qu'il y avait dans le monde tout un tas de Fenella désireuses de l'épouser. Eh bien, je leur souhaite bonne chance — un homme qui se moque de Mozart et qui fuit Strauss comme s'il avait le diable aux trousses...

« Je suppose que nous ne nous reverrons plus, une fois arrivés, déclara-t-elle d'un air résolu.

— J'aimerais vous voir en sécurité à Belsize Park, mais ensuite il vaudrait mieux que nos chemins se séparent. Si vous avez besoin de quoi que ce soit, prenez contact avec mon avocat — pas seulement pour l'annulation, mais pour n'importe quoi d'autre. C'est un vieil ami. »

Oui, songea-t-elle. Votre avocat. Pas vous.

« Je vous dois tant, dit-elle. Pas juste de m'avoir fait sortir, mais de l'argent, aussi. Beaucoup d'argent. Je dois vous rembourser.

— Oui, en effet. » Elle se tourna vers lui, surprise. Il avait parlé d'un ton dur, sévère, auquel elle ne s'attendait pas. Il s'était montré si généreux, jusqu'à maintenant. « Et vous savez ce que cela signifie ?

— Que je dois trouver du travail et...

— Justement pas ! Rien ne serait plus stupide que de prendre n'importe quel emploi pour gagner vite de l'argent. Je vous imagine vendeuse, ou je ne sais quoi d'aussi absurde ! La seule chose sensée à faire, c'est de retourner à l'université le plus tôt possible. Si on vous a acceptée à l'université, c'est ce qu'il y a de mieux pour vous. Rappelez-vous qu'il existe toutes sortes de bourses pour les personnes dans votre situation ; le monde prend enfin conscience de ce qui se passe en Europe. Une fois votre diplôme en poche, vous trouverez un travail correct et vous me rembourserez quand bon vous semblera. »

Elle digéra cela, mais Quin, notant qu'elle ne promettait rien, redouta quelque donquichotterie de sa part, et Ruth, devant l'air préoccupé de Quin, pensa à un autre cadeau qu'il lui avait fait.

« Et l'alliance ? demanda-t-elle. Que vais-je en faire ?

— Ce que vous voudrez, répondit-il d'un air indifférent. Vendez-la, mettez-la en gage, gardez-la. »

Interdite, elle regarda sa main.

« De toute façon, il vaut mieux que je l'enlève avant que mes parents ne me posent des questions. Ou Heini, s'il est déjà arrivé. » Elle tira sur la bague, la tourna, la tira de nouveau. « Elle est coincée, dit-elle, déconcertée.

— Ce n'est pas possible. Elle a glissé très facilement quand je vous l'ai mise.

— Pourtant, elle est coincée, insista Ruth, furieuse.

— Peut-être que vos doigts sont gonflés par la chaleur.

— Je ne vois pas comment. Il fait *glacial* ! » En effet, ils étaient loin du port, maintenant, et le vent était piquant.

Quin posa doucement sa main sur celle de Ruth. « Non, vos mains ont l'air froides, mais je ne vois pas d'engelures. Essayez avec du savon. »

Elle ne répondit pas, et il la regarda s'éloigner d'un pas rageur, les cheveux volant autour d'elle. Elle ne revint pas avant un long moment et, lorsqu'elle posa sa main sur le bastingage, Quin vit avec stupeur non seulement que son annulaire était tout rouge, mais qu'il avait l'air d'avoir été passé dans une essoreuse.

« Grands dieux ! s'écria-t-il. C'était si difficile que cela ? »

Elle fit un signe de tête affirmatif. Elle semblait encore fâchée. Comprenant qu'elle s'était retranchée dans son univers biblique de présages et de calamités, il la laissa tranquille.

Quand il reprit la parole, ce fut pour dire : « Regardez ! Les voilà ! »

Et en effet, elles étaient là, les blanches falaises de Douvres, ce symbole de la liberté, tant célébrées, tant chantées. Beaucoup moins impressionnantes que ne l'imaginaient les étrangers : pas très hautes, pas très blanches... Et pourtant Quin, qui avait bien souvent dédaigné ce banal échantillon du Crétacé, se sentit sincèrement ému. Après les horreurs qu'il laissait en Europe, il éprouvait un immense soulagement de se retrouver dans son pays.

9

Les Berger étaient depuis quinze jours à Belsize Park quand Hilda se fit renvoyer. Elle s'était juchée sur un escabeau pour épousseter un objet en haut de la bibliothèque de Mrs. Manfred, et le meuble lui était tombé dessus. C'était la seule bibliothèque de la maison — Mrs. Manfred ne lisait pas beaucoup —, mais elle était vitrée et un éclat de verre avait blessé le chien.

Personne ne fut surpris, et personne ne blâma Mrs. Manfred, mais Hilda prit très mal la chose et dut rester au lit, couverte d'un emplâtre au zinc. Elle écrivit au gouvernement du Bechuanaland pour demander des informations sur les Mi-Mi, mais elle ne pouvait pas envoyer ses lettres car elle n'avait pas d'argent pour les timbres ; et elle avait l'impression que Leonie se trouverait mal si on lui demandait quoi que ce fût.

Oncle Mishak, voyant que les jours passaient et que Ruth n'arrivait toujours pas, se levait à l'aube et marchait. Il parcourait de longues distances, de sa démarche lente de paysan ; il savait que c'était risqué parce qu'au bout d'un mois, deux peut-être, ses chaussures seraient usées, mais il avait besoin d'être dehors.

Son épouse bien-aimée ne pouvait plus souffrir. Il avait emporté en exil une poignée de terre de sa tombe, bien qu'il n'eût pas besoin de cela pour se souvenir d'elle. Elle était à l'intérieur de son âme. Mais Ruth, dans ce monde de cauchemar qu'était devenu leur pays, était exposée aux pires maux.

Mishak n'avait pas voulu s'installer à Felsengasse, après la mort de Marianne. Il était reconnaissant à Leonie de sa bonté, mais il voulait rester dans la maison qu'il avait bâtie pour sa femme, sur les pentes du Wienerwald. Il était venu à l'appartement pour remercier Leonie et lui faire part de son refus. Mais Leonie était sortie, et c'est la petite Ruth, alors âgée de six ans, qui l'avait accueilli ; elle sortait tout juste du bain et elle s'était jetée à son cou en disant : « Oh, vous venez vivre avec nous, ça va être *merveilleux* ! Vous m'emmènerez au Prater, n'est-ce pas — mais au Luna-Park, pas dans la partie où il y a du bon air ? Et on ira voir les lamas au zoo de Schönbrunn ? Inge a dit qu'ils crachent et qu'ils aspergent les gens. Et puis vous me laisserez me pencher à la fenêtre du téléférique, quand on montera au Kahlenberg, n'est-ce pas ? *Vous* ne me retiendrez pas par les jambes ? »

Cette merveilleuse avidité à dévorer le monde, cet égoïsme tranquille d'une enfant désireuse de tout connaître, Mishak ne devait jamais les oublier. Ruth n'était pas triste pour lui, elle voulait simplement qu'il vienne pour satisfaire ses désirs à elle. Mishak avait changé d'avis et il était venu. Ils avaient vu les lamas, et bien d'autres choses encore...

Maintenant, assis sur un banc dans Kensington Gardens, à regarder les enfants faire naviguer leurs bateaux, ce vieux monsieur tranquille qui n'aurait pas fait de mal à une mouche se sentait prêt à tuer sans hésiter quiconque ferait du mal à sa nièce.

Le Pr Berger parlait peu de sa fille égarée. Il allait tous les matins à Bloomsbury House, travaillait tous les après-midi à la bibliothèque, mais personne, maintenant, ne l'aurait pris pour un homme de cinquante-huit ans. Puis, un matin, il monta dans le bus pour Harley Street où son garant, le Dr Friedlander, avait son cabinet dentaire.

« Je retourne à Vienne, annonça-t-il. Je vais chercher Ruth, et je dois vous demander de me prêter l'argent pour le voyage. »

Personne n'imaginait ce que cela représentait pour lui de réclamer de l'argent.

« Bien volontiers, dit Friedlander. Je vous le prête, je vous le donne. Ces pauvres Anglais sont si heureux de trouver un dentiste qui ne soit pas un simple arracheur de dents qu'ils se bousculent à ma porte. Mais vous êtes fou, Kurt. Ils ne vous laisseront pas ressortir, et que deviendra Leonie ? Vous croyez que c'est ce que souhaite Ruth ?

— Je ne peux rien faire, dit le professeur, rien.

— En avez-vous parlé à Leonie ?

— Pas encore. Il y a un important convoi d'étudiants qui arrive jeudi. J'attendrai jusque-là, mais après... »

Pendant ce temps, Leonie continuait à faire de bonnes actions. Elle aborda Fräulein Lutzenholler, la psychanalyste de Breslau, dans l'espoir qu'elle lui permettrait de l'aider à faire la cuisine — le but étant d'assurer une agonie moins lente aux malheureux légumes qui constituaient le régime de cette femme aux cheveux et aux idées sombres. Leonie passait prendre les chemises de Paul Ziller, trois maisons plus loin, les lavait, les amidonnait. Et elle allait rendre visite à d'autres émigrés, en lointaine banlieue. Mais au bout de quinze jours, son corps commença à protester : elle avait des vertiges et ses vêtements flottaient tant elle avait maigri. Ce qui l'effrayait le plus, c'est qu'elle trouvait de plus en plus difficile d'être bonne. Elle avait envie de taper sur les gens, d'étrangler Miss Bates et ses petites culottes dégoulinantes. Mais si elle arrêtait ses bonnes actions, le mince fil qui la reliait à la Providence casserait, et sa fille serait précipitée en Enfer.

Mrs. Burtt essuyait les tasses dans l'arrière-cuisine du salon de thé « Les Glycines ». Elle était de mauvaise humeur. Personnellement, elle ne se souciait ni des Juifs, ni des Tsiganes, ni des témoins de Jéhovah ; quant aux cocos, partout dans le monde, ils n'avaient que ce qu'ils méritaient. Mais ce matin il y avait dans les journaux encore plus d'horreurs que d'habitude : des rafles à Berlin et à Vienne, de vieux professeurs obligés de nettoyer les rues avec des brosses à dents. Elle avait beau tout ignorer du couloir de Danzig et des Sudètes, elle avait l'impression qu'il était temps de faire quelque chose au sujet d'Hitler. Et ça lui tournait les sangs, une fois de plus, parce que, parmi ceux qui feraient quelque chose, il y aurait son fils de dix-neuf ans, Trevor, qui lui avait dit ce matin même que l'aviation lui plaisait bien.

Les clients n'avaient pas trop le moral, non plus, elle l'entendait d'ici. Ils ne bavardaient pas comme d'ordinaire, ils lisaient les revues que les deux demoiselles rapportaient désormais de chez elles. C'était curieux comme ces gens adoraient regarder les photos de châteaux et de filles au long cou qui devaient épouser M. de Ceci ou de Cela ; on n'aurait pas cru ça de ces professeurs et docteurs bardés de diplômes et de savoir.

En tout cas, le *goulu* était très réussi. Miss Maud l'avait fait cuire la veille au soir, Miss Violet l'avait glacé, et même si ça ressemblait au biscuit de Savoie que confectionnait sa tante — à part le moule, qui était différent —, les clients seraient contents. C'est Miss Violet qui avait eu l'idée d'attendre que Mrs. Berger arrive, ainsi elle serait la première à y goûter — un peu comme le lancement d'un navire — et c'était bien normal, avec ce qui arrivait à sa fille.

Seulement, ce matin, Mrs. Berger était en retard.

Mrs. Burtt ne se trompait pas. Il y avait à nouveau du désespoir dans l'air. Tout le monde savait que Ruth ne faisait pas partie du convoi d'étudiants et que le Pr Berger avait l'intention de retourner à Vienne. Maintenant il fallait affronter le week-end, tant redouté des exilés, parce que tous les services d'aide étaient fermés, ainsi que leurs refuges habituels, bibliothèques et cafés.

Paul Ziller essayait de se plonger dans la lecture d'un article sur le graissage des canons. Il avait encore rêvé de son second violon, Klaus Biberstein, ce gros garçon frisé qui agaçait tous les membres du quatuor avec ses plaisanteries détestables, dont l'insuccès auprès des blondes à longues jambes était légendaire, mais qui n'avait qu'à mettre son Amati sous son menton pour devenir un dieu. Ses autres musiciens lui manquaient aussi ; le violoncelliste jouait maintenant dans un orchestre de danse à New York, et l'altiste — un pur Aryen — était resté là-bas ; mais Biberstein, c'était différent, car il était mort. En entendant les sections d'assaut nazies monter à son appartement du quatrième étage, il avait crié aux passants dans la rue de s'écarter, et il avait sauté.

Le Dr Levy jouait aux échecs avec l'acteur blond du Burgtheater, mais il avait du mal à se concentrer parce qu'il était sûr désormais de ne jamais repasser ses examens en anglais. A quarante-deux ans, il était trop âgé pour recommencer, et de toute façon ils inventeraient encore d'autres lois pour l'empêcher de pratiquer. Il ne condamnait pas le corps médical ; à Vienne, les médecins avaient fait la même chose, en se regroupant pour refouler les émigrés venus de l'Est.

« Je vais prendre votre cavalier », dit-il à von Hofmann, qui n'avait pas réussi à décrocher le moindre rôle dans un film sur le Grande Guerre. Le syndicat des acteurs était contre, et de plus, comme il allait sans doute y avoir une autre guerre, personne ne voulait plus de ce genre de films. Ce que les gens voulaient, c'étaient Fred Astaire et Rita Hayworth, les paquebots de luxe et les appartements new-yorkais — et qu'est-ce que les soldats allemands viendraient y faire ?

La dame au caniche entra, au désappointement de Mrs. Weiss, qui espérait que ce serait quelqu'un à qui elle pourrait payer un gâteau et parler de sa belle-fille. Le matin même, celle-ci avait ouvert de force la fenêtre de la chambre de Mrs. Weiss, sous le prétexte absurde qu'il fallait aérer. Jamais Mrs. Weiss n'avait laissé de l'air humide pénétrer dans une pièce où elle dormait, et elle l'avait dit à Moira, et à Georg aussi (George, maintenant) ; mais lui, au lieu de prendre la défense de sa mère, s'était esquivé et était parti à son travail.

Le banquier de Hambourg et sa femme étaient assis à la table à côté du portemanteau, plongés chacun dans un magazine. En Allemagne, ils formaient un ménage à trois réussi et reconnu, mais l'amant de Lisa, un vendeur de voitures radicalement pur, était resté là-bas ; et le banquier avait beau essayer de le remplacer, il se rendait bien compte qu'il n'y arrivait pas. Les cloisons de leur chambre étaient minces, le lit étroit, et Lisa, après, soupirait toujours.

Enfin Leonie entra dans le salon de thé, et la tristesse que tous ressentaient se concentra sur elle. Pas besoin de poser de questions. C'était Déméter ayant abandonné tout espoir de ramener sa fille des Enfers. Ruth, telle Perséphone, était perdue, et dans les rues de Londres, l'hiver était arrivé.

Soutenue par son mari et son oncle, Leonie

avança jusqu'à sa table et s'assit. Aujourd'hui on n'osait la saluer que d'un signe de tête, même un sourire paraissait déplacé.

Dans la cuisine, Miss Violet prit un couteau, Miss Maud découpa un morceau du kouglof inentamé, Mrs. Burtt apporta une assiette... et la procession se mit en route.

« Avec les compliments de la direction », dit Miss Maud en posant l'assiette devant Leonie.

Leonie regarda le gâteau et comprit. Elle comprit ce qu'il signifiait de principes sacrifiés, et l'honneur qu'on lui faisait. Elle inspira profondément, comme un nageur avant de plonger. Ses traits se crispèrent, ses épaules s'affaissèrent, et elle éclata en sanglots déchirants, désespérés. Elle incarnait l'affliction même, ses larmes semblaient ne jamais devoir s'arrêter. Le Pr Berger lui prit la main, mais pour la première fois de sa vie elle le repoussa. Elle voulait pleurer jusqu'à en mourir.

Personne, dans le salon de thé, n'osait rien dire ni rien faire. Le Dr Levy ne proposa pas ses services ; von Hofmann, d'habitude si galant, n'offrit pas son mouchoir ; quant à Miss Maud et Miss Violet, elles se regardaient, horrifiées de ce qu'elles avaient fait.

C'est alors que Paul Ziller, qui était installé à une table près de la fenêtre, repoussa brusquement sa chaise.

« O ciel », dit Miss Maud.

L'expression était faible, de la part d'une fille de général, car les dégâts étaient considérables. Le pot de café sur la table des Berger s'était renversé, la nappe était tachée, trois assiettes chinoises cassées... Mrs. Berger, en se levant, avait fait tomber sa chaise sur les œufs brouillés du Dr Levy. Même le caniche avait trouvé le moyen de s'en mêler : avec des aboiements furieux, il s'était cogné dans le portemanteau qui avait basculé sur le rebord de la fenêtre, manquant le chat en porcelaine mais hélas pas la coupe de fleurs séchées ni le joli cendrier bleu et blanc que les demoiselles avaient rapporté du Gloucestershire.

Au milieu de ce naufrage, Leonie se tenait debout, serrant sa fille contre elle. Plus exactement, elle ne formait qu'un avec elle. Leurs larmes se mêlaient, aussi, et on avait l'impression qu'aucune intervention humaine ne pouvait séparer ces deux êtres. Leonie était incapable de lâcher Ruth, même pour son mari, à qui elle tendit cependant une main pour l'amener à elle. Elle avait connu la joie dans le mariage, la joie dans l'enfantement, mais aujourd'hui c'était une joie pareille à nulle autre au monde.

Oncle Mishak fut le premier de la famille à remarquer le désastre : Miss Violet épongeait les tables, Miss Maud ramassait les débris de vaisselle, Mrs. Burtt était à genoux sur le sol. Pour ajouter à ce chaos, tante Hilda, qui était sortie de son lit après avoir dirigé Ruth sur le salon de thé, avait trébuché sur le seau dans lequel les deux demoiselles essoraient leurs nappes.

« Je suis désolée », dit Leonie qui émergeait et avait bien du mal à saisir cette idée de « désolation » et à évaluer les dommages.

C'est alors que Mrs. Weiss se leva. Son visage

ravagé était empreint d'une dignité inaccoutumée, sa voix était ferme.

« *Je paierai* ! annonça-t-elle. Je paierai pour *tout* ! »

Et elle paya. Les deux sœurs acceptèrent son offre. Tout le monde comprit que la vieille dame avait besoin d'être partie prenante dans les événements. Elle déversa le contenu de son affreux porte-monnaie en crin de cheval et paya non pas pour un pot à café, mais deux, non pas pour trois assiettes chinoises, mais six. Pour la première fois depuis que Mrs. Weiss était en Angleterre, sa bourse était vide : il ne restait rien — pas un billet, pas une pièce — de l'argent que sa belle-fille lui donnait pour soulager sa conscience. Elle la referma d'un coup sec. C'était son heure de gloire et personne, aux « Glycines », ne la lui contesta.

« Alors ! dit Leonie un quart d'heure plus tard. Raconte, maintenant. Comment es-tu arrivée ? Comment as-tu fait ? »

On avait débarrassé les tables, mis des nappes propres, apporté du café frais. Leonie avait besoin de sentir encore sa fille contre elle — elle s'était assise de façon que leurs épaules se touchent —, mais elle était en état d'écouter.

Ruth avait répété son histoire. Assise entre son père et sa mère, elle sourit à Mishak et à ses amis de Vienne, et commença : « Quelqu'un m'a secourue. Un Anglais qui aide les gens à fuir.

— Comme dans Walter Scott ? questionna Paul Ziller, impressionné.

— Oui, un peu. Seulement, je ne dois plus jamais reprendre contact avec lui. Ni moi ni aucun d'entre nous. Cela fait partie du marché.

— Il n'y a rien eu d'illégal ? demanda le professeur, sévère malgré son grand bonheur. Pas de faux papiers, ou quelque chose de ce genre ?

— Non, rien d'illégal. Je le jure sur la tête de Mozart », dit Ruth, et son père, sachant la place qu'occupait la tête de Mozart dans la vie de sa fille, fut satisfait.

Leonie, elle, n'était pas satisfaite du tout. « Mais c'est terrible ! Comment pourrons-nous le remercier de ce qu'il a fait pour nous ? » s'écria-t-elle. Et une quantité de choses qu'elle aurait pu faire pour exprimer sa gratitude lui vinrent à l'esprit : lui confectionner des gâteaux, broder ses chemises, lui écrire des lettres de reconnaissance éperdue. Elle avait envie de courir dans les rues derrière ce bienfaiteur inconnu, et de lui laver les pieds comme Marie Madeleine avec Jésus.

« Il faut que ce soit comme ça, expliqua Ruth, sinon nous risquons de mettre en danger d'autres personnes qu'il pourrait aider. » Consciente que sa mère avait du mal à accepter la chose, elle cita le sonnet favori de Miss Kenmore : « *C'est aussi le servir que d'attendre, immobile* », ce qui n'impressionna guère Leonie, laquelle n'était pas du genre à attendre immobile.

Ruth, qui avait voulu consacrer ses premiers instants entièrement à ses parents, osa enfin poser la question qui lui brûlait les lèvres.

« Et Heini ? » demanda-t-elle.

Elle avait fait ce geste antique de croiser les

mains sur sa poitrine en signe d'appréhension. Elle vit son père sourire.

« Tout va bien, ma chérie, répondit le professeur. Il est encore à Budapest, mais nous avons reçu une lettre. Il arrive. »

Le salon de thé était très calme, après le départ de la famille Berger. Un à un, les autres clients se levèrent pour le quitter, mais les trois hommes qui avaient connu les Berger à Vienne restèrent encore un moment.

« Ainsi, Perséphone est revenue », dit l'acteur.

Le Dr Levy approuva d'un signe de tête, mais son expression était grave. Les deux autres échangèrent un coup d'œil. Le docteur avait lui aussi sa Perséphone : une fille aux cheveux filasse et aux yeux bleus, une idiote qu'il aimait néanmoins. Hennie avait été trop heureuse d'épouser cet éminent spécialiste qu'elle lorgnait quand elle était encore jeune infirmière, mais elle ne semblait pas pressée de le rejoindre en exil.

« Et si nous allions fêter ça ? proposa Ziller, qui ne jugeait pas souhaitable que Levy se retrouve seul avec *Les Maladies du genou.*

— Voyons quel film ils passent », dit von Hofmann.

Ils sortirent, traversèrent la place et montèrent la colline pour se rendre au cinéma Odéon. Le film qui passait était *Top Hat,* avec Fred Astaire et Ginger Rogers. Sans discuter davantage, les trois distingués messieurs, qui ne pouvaient se permettre cette dépense, entrèrent au cinéma — et à l'Élysée.

Une fois dans la cuisine des « Glycines », Miss Maud et Miss Violet rendirent leur jugement.

« C'est une fille très bien élevée, dit Miss Maud.

— Elle aurait plu à Père », dit Miss Violet.

Les compliments s'arrêtèrent là mais ce fut, comme souvent, Mrs. Burtt qui eut le dernier mot.

« Et elle est jolie comme un cœur ! »

10

Quand il n'était ni à Bowmont ni en expédition, Quin vivait dans son appartement de Londres, situé au premier étage d'une maison du début du XVIIIe siècle, sur le Chelsea Embankment. Les murs du salon étaient couverts de livres, une aquarelle de Constable était accrochée au-dessus de la cheminée, des tapis persans jonchaient le parquet. Mais ce n'était pas sur la décoration intérieure que s'attardaient les visiteurs ; tous, sans exception, se dirigeaient vers la véranda à treillis d'où l'on découvrait, au-dessus des branches d'un mûrier, le panorama sur la Tamise.

« Vous vivez toujours au bord de l'eau, n'est-ce pas, chéri ? lui avait dit un jour une femme. C'est très freudien, vous ne trouvez pas ? »

Quin ne trouvait pas. Il aimait Chelsea, avec ses petites échoppes — marchands des quatre-saisons, magasins de chaussures, encadreurs —, et aussi ses pubs où venaient encore les mariniers. Et même s'il n'allait pas par bateau donner ses cours à Thameside, cela l'amusait de savoir que c'était possible.

De même qu'un homme reconnaît ses amis dans ceux qui, arrivés les premiers, refusent de s'en aller, de même il reconnaît ses domestiques dans ceux qui, une fois installés, ne peuvent, pour une raison ou une autre, être renvoyés. Ayant été maître d'hôtel à Bowmont, Lockwood n'aurait pas dû faire les courses, la cuisine et servir de valet de chambre à Quin, ce qui signifiait une perte considérable de salaire et de prestige. Cependant, depuis le jour où Quin, à l'âge de huit ans, avait rapporté de la plage ses premières découvertes et demandé qu'on installe le « muséum d'Histoire naturelle Somerville » dans les écuries, Lockwood s'était considéré comme responsable de l'enfant. Ce qui n'impliquait pas de sa part des démonstrations d'amabilité. Lockwood était un homme grand et maigre, au crâne néandertalien et aux yeux couleur de boue ; certains affirmaient que, si Quin n'était pas marié, c'était parce que le maître d'hôtel dépeçait les prétendantes au titre de « Mrs. Somerville » et jetait leurs morceaux dans la Tamise.

Quin arriva en milieu d'après-midi, après avoir déposé Ruth à Belsize Park. Malgré son absence de cinq mois, l'accueil de Lockwood fut réservé. « Je vous ai vu aux actualités », dit-il, puis il prit la valise de Quin et la porta dans sa chambre.

Mais les meubles étaient astiqués, le courrier disposé en piles bien nettes, il y avait des fleurs dans les vases, et le maître d'hôtel revint avec le plateau du thé et une assiette de muffins.

« Dînerez-vous ici, ce soir ? » En quittant Bowmont, Lockwood avait abandonné l'obséquiosité du domestique de grande maison, et il s'adressait désormais à Quin comme si celui-ci était un neveu insoumis mais doué.

« Oui, Lockwood. Ce n'est pas l'odeur du *bœuf en daube*[1] que je sens, par hasard ? »

Lockwood grimaça un sourire et acquiesça. Quin, conscient d'avoir fait plaisir à Lockwood — qui était un excellent cuisinier —, se mit à dépouiller son courrier. Il y avait une quantité d'invitations de dames qui voulaient lui présenter leurs filles, organisaient des bals pour elles, ou donnaient des réceptions à l'occasion de telle course de chevaux ou de telle régate. Savoir qu'il avait échappé à tout cela sans avoir besoin de refuser était bien agréable. Son courrier professionnel lui parvenait à l'université ; pourtant il trouva une lettre en provenance du Saskatchewan, qui lui offrait une chaire de zoologie, sans compter les missives habituelles de gens qui avaient découvert des os dans leur jardin et qui étaient persuadés qu'il s'agissait de mammouths ou de mastodontes. Sur la liste des personnes qui avaient téléphoné, le nom de Mlle Fleury, de retour de Paris, se détachait des autres.

Quin sourit en pensant à Claudine Fleury ; pourtant ce ne fut pas elle qu'il appela, mais son adjoint à Thameside, un homme d'une patience à toute épreuve, le maître assistant Roger Felton.

1. En français dans le texte. *(N.d.T.)*

Quin n'avait pas voulu d'un poste de professeur. Ce qui l'intéressait dans son métier, c'étaient les voyages, la liberté de suivre des pistes, où qu'elles mènent ; et, même s'il avait un bureau au muséum d'Histoire naturelle, il avait toujours refusé une chaire à l'université.

Celui qui avait changé cela, c'était lord Charlefont, le président de Thameside, un despote éclairé qui avait transformé un établissement d'enseignement supérieur respectable mais modeste en une université ayant sa propre charte et une réputation dans tout le pays. Sous le règne de Charlefont, Thameside avait fusionné avec une école des beaux-arts de Pimlico, absorbé l'Institut de sciences naturelles et emménagé dans un élégant bâtiment de style palladien, situé sur la rive sud de la Tamise, qu'il avait extorqué au ministère des Travaux publics.

« Je sais que vous n'avez pas besoin de ce travail, avait-il dit à Quin en lui offrant la chaire de zoologie des vertébrés, mais nous, nous avons besoin de vous. Je veux l'excellence. Je veux quelqu'un qui ait une réputation internationale. On ne vous empêchera pas de partir en voyage — je trouverai toujours quelqu'un pour vous remplacer un trimestre ou deux —, et je suis sûr que vous aimerez enseigner. »

Quin avait donc accepté, précisant qu'il voulait être professeur à titre personnel, avec un salaire minimal et aucune tâche administrative, et cet arrangement avait très bien marché. Il s'était rendu compte qu'en effet il aimait enseigner. Il avait trouvé en Roger Felton un adjoint efficace et plein de bonne volonté, et le cours sur le terrain qu'il avait organisé à Bowmont était devenu un modèle du genre. De plus, lord Charlefont s'était révélé non seulement l'employeur idéal, mais aussi un ami. La maison du président de l'université était située dans la cour principale, et Charlefont tenait ouvert à n'importe qui le salon tout en longueur avec sa terrasse donnant sur le fleuve. Un étudiant de première année qui avait des problèmes était accueilli de la même façon que le plus éminent professeur, et Quin avait connu là quelques-unes des conversations les plus passionnantes de sa vie.

Mais six mois plus tôt, juste avant que Quin parte pour l'Inde, Charlefont était mort brusquement d'une crise cardiaque. Une belle fin pour un homme fort et actif, mais un rude coup pour Thameside et pour Quin. Quin ne savait encore rien de son successeur, Desmond Plackett, qui avait travaillé dix ans dans les services éducatifs indiens et, en récompense, avait été fait chevalier.

Quin fit le numéro de l'université, et on lui passa tout de suite Felton dans son laboratoire. Felton enseignait la biologie marine et s'occupait aussi des inscriptions. C'était un homme bienveillant, toujours très attentif envers les étudiants. Il portait des lunettes à monture d'écaille qui avaient la particularité de foncer ou d'éclaircir selon son humeur.

« Ah, vous voilà de retour », dit-il.

Ayant lui-même aboli le protocole et les rapports hiérarchiques toujours en vigueur dans bien des universités, Quin était maintenant obligé de subir certaines remarques au sujet des professeurs qui laissaient leurs subordonnés corriger les copies d'examen à leur place pendant qu'ils allaient batifoler dans des villes étrangères.

« Ce n'était pas vraiment ça, mais je suis désolé pour le surcroît de travail. Comment s'en sont-ils sortis ?

— Oh, brillamment sur vos sujets de cours, bien sûr. Je crois que vous pourriez enseigner la paléontologie à un chimpanzé, il obtiendrait sa licence avec mention très bien ! Les nouvelles recrues n'ont pas l'air mal non plus. Les effectifs remontent.

— Avez-vous reçu des demandes d'inscription de la part d'organisations de réfugiés ? Je sais que le Conseil de l'Université prend des étudiants étrangers.

— Pas jusqu'à présent.

— Bon, si vous en avez, acceptez-les. C'est l'enfer, là-bas, je peux vous l'assurer. Même si ça signifie les faire travailler dans un placard à balais, dites oui.

— D'accord. Mais je ne sais pas ce qu'en pensera le président ; il n'a pas l'air du genre à aimer les masses en quête de liberté.

— Plackett est un raté, non ?

— C'est un de ces hommes sans personnalité. Il adore les comités. La paperasserie a triplé depuis son arrivée. Mais ce n'est pas un mauvais homme ; le problème, c'est sa femme. Elle veut relever le niveau moral de l'université et fait faire ses courses par les employés. Elle est née Croft-Ellis — les Croft-Ellis du Rutland. Ça vous dit quelque chose ?

— Alors, cela n'a rien de surprenant.

— Mais ce n'est pas tout, déclara Felton d'un ton lugubre. Il y a une fille !

— Il y a toujours une fille, je m'en suis rendu compte, répliqua Quin, résigné.

— Ah, mais c'est pire que cela ! Elle vient chez

nous pour faire un diplôme de zoologie, et elle entre directement en troisième année parce qu'elle a étudié la plupart des sujets en Inde. J'ai eu un entretien avec elle la semaine dernière, et elle a eu la bonté de me dire qu'elle pensait que notre cours serait acceptable.

— Grands dieux !

— Comme vous dites. »

Quin consacra les deux jours suivants au muséum d'Histoire naturelle, à superviser l'installation des spécimens que Milner avait fait passer sans encombre à la douane. Puis il décida d'aller d'abord à Bowmont, et seulement après à Thameside pour préparer la session d'automne, quand le professeur qui le remplaçait serait rentré aux États-Unis. Le Pr Robinson était sujet à l'anxiété — le fait que le nom de Quin figure toujours sur la porte de son bureau l'avait tracassé, tout comme la longueur de sa toge —, et ce serait faire preuve de diplomatie que de le laisser terminer son remplacement sans intervenir.

Mais Quin voulait, avant de quitter Londres, s'attaquer à une corvée : l'annulation de son mariage.

Les affaires de Bowmont étaient aux mains d'un cabinet d'avocats de Berwick-upon-Tweed — une maison vénérable et quelque peu assoupie ; cependant, pour cette affaire tout à fait personnelle qui réclamait une action rapide, Quin avait choisi Dick Proudfoot, du cabinet Proudfoot, Buckley and Snaith, qu'il avait connu à Cambridge.

Proudfoot, un homme affable, d'une trentaine

d'années, rondouillard et chauve, perdit beaucoup de son affabilité lorsque Quin commença à parler.

« Tu as fait quoi ?

— J'ai épousé une jeune fille autrichienne pour lui permettre de partir de là-bas. Elle est en partie juive et elle était en danger ; il n'y avait pas d'autre solution. Maintenant, je veux que tu m'obtiennes le divorce aussi vite que possible. Je te fournirai les preuves, bien entendu. Je suppose que le truc d'être surpris au lit dans une chambre d'hôtel marche toujours ?

— C'est drôle, je te croyais intelligent, répliqua Mr. Proudfoot d'un ton déplaisant. On le disait, à Cambridge, je me rappelle. Mais qu'est-ce que c'est que cette ineptie chevaleresque ? Même si tu arrivais à convaincre le juge que ce genre de galipettes est un véritable adultère — or, ils deviennent très méfiants, ces temps-ci —, ça ne te garantirait pas un divorce rapide. Tu ne pourras même pas engager la procédure avant trois ans.

— Je croyais que la loi Herbert avait modifié tout cela, dit Quin en fronçant les sourcils. Le pauvre homme s'est donné assez de mal.

— La loi a autorisé de nouveaux motifs de divorce, mais la clause des trois ans reste valable.

— Eh bien, dans ce cas, il va falloir demander l'annulation, lança Quin d'un air joyeux. C'était ma première idée, mais ça avait un côté un peu... ecclésiastique. »

Mr. Proudfoot soupira et nota quelque chose sur un bout de papier. Les lois concernant la nullité étaient archaïques et complexes, et son domaine, à lui, c'était le droit des affaires. « Qu'est-ce que tu suggères ? La nullité peut être déclarée si l'une des parties — ou les deux — a moins de seize ans au moment du mariage, si elle est déjà mariée, si les parties ont des liens de parenté interdisant le mariage, si l'une des parties est atteinte d'une maladie mentale que l'autre ignorait au moment du mariage, ou si l'épouse est une religieuse. »

Quin eut un geste d'impatience. « Écoute, ce n'est pas ma sœur, ce n'est pas une religieuse, et elle n'est pas folle, à moins que le fait de vouloir passer la frontière suisse à la nage avec un sac sur le dos puisse être considéré comme un dérangement mental. Quoi d'autre ?

— Il y a la non-consommation, répondit Mr. Proudfoot à contrecœur, prévoyant pas mal de complications.

— Parfait ! s'écria Quin, ravi. J'ai passé notre nuit de noces dans le couloir de l'*Orient-Express*.

— Il faudra que tu le prouves. » L'avocat prit quelques notes supplémentaires avant d'ajouter méchamment qu'il supposait que Quin préférerait plaider le refus volontaire de consommer le mariage, plutôt que l'incapacité. « Et il y a encore un problème.

— Quoi donc ?

— Eh bien, tu as épousé cette fille pour qu'elle ait la nationalité britannique. Mais si tu prouves la nullité *ex causa precedenti* — c'est-à-dire si tu obtiens l'annulation pour des motifs préexistant au mariage —, alors il se peut que la nationalité britannique découlant du mariage soit remise en cause. Bien entendu, la non-consommation n'entre pas dans cette catégorie, mais si la fille a moins de vingt et un ans, nous risquons d'avoir des problèmes. La naturalisation des mineurs est en cours de révision, mais à mon avis il serait imprudent d'engager une demande d'annulation avant qu'elle ait obtenu confirmation de sa nationalité britannique et qu'elle ait son propre passeport. »

Quin consulta sa montre. « Écoute, Dick, fais ce que tu peux, et le plus rapidement possible. Elle est très jeune et elle est amoureuse d'un pianiste sentimental. Ah, et puis écris-lui, s'il te plaît, pour lui dire que nous nous occupons de régler cela le plus vite possible. Donne-lui tout ce dont elle peut avoir besoin et mets-le sur mon compte, mais je pense qu'il vaut mieux que je ne la revoie pas.

— Non seulement ça vaut mieux, mais c'est absolument indispensable. S'il y a quelque chose qui peut faire capoter un divorce ou une annulation, c'est bien les trois C.

— Les trois quoi ?

— Connivence. Collusion. Consentement. Si jamais le tribunal vous soupçonne d'avoir arrangé les choses entre vous, il rejettera la preuve sur-le-champ.

— Grands dieux ! Tu veux dire qu'ils aimeraient mieux que nous nous séparions fâchés, plutôt que de façon raisonnable et d'un commun accord ?

— C'est exactement ce que je veux dire », répondit Mr. Proudfoot.

11

Il faisait chaud, l'été 1938. Dans les rues de Belsize Park, de Finchley et du Village suisse, les trottoirs luisaient et les poubelles dégageaient des odeurs rabelaisiennes. Dans les cuisines mal équipées des meublés, le lait tournait et les mouches agonisaient avec un bourdonnement lamentable sur des bandes de papier collant. On montait la colline de Hampstead Heath avec des poussettes, pour emmener les enfants pique-niquer dans l'herbe jaunissante ou attraper des petits poissons dans l'étang de Whitestone. En Espagne, les fascistes de Franco remportaient victoire sur victoire ; en Allemagne, Hitler multipliait ses diatribes concernant les Sudètes et s'apprêtait à attaquer les Tchèques. Quant à Mussolini, il commençait à singer, bien qu'avec un succès moindre, les mesures d'Hitler contre les Juifs.

Les Britanniques auraient trouvé vulgaire de laisser les délires de ces étrangers mal élevés entamer leurs plaisirs. On creusait des tranchées dans les parcs, on distribuait des prospectus sur l'utilisation des masques à gaz, et la flotte se tenait prête. Mais les riches partaient, sans le moindre signe d'inquiétude, pour leurs terrains de chasse ou leurs villas au bord de la mer. Les pauvres, comme toujours, restaient dans la capitale et prenaient le soleil sur le seuil de leurs maisons ou dans leurs minuscules jardins.

Les réfugiés, étant pauvres, restaient donc.

L'arrivée de Ruth avait permis aux membres de sa famille d'essayer de reconstruire leur vie. Le Pr Berger allait désormais chaque matin à la bibliothèque. Il s'installait entre le Dr Levy et un clochard aux souliers troués qui venait lire le journal, cachant à Leonie — et un peu à lui-même — sa certitude que, sans les références et les notes qu'il avait laissées à Vienne, son ouvrage serait très éloigné de ce qu'il aurait pu être. Tante Hilda, ayant découvert que l'entrée au British Museum était gratuite, passait des heures à se promener dans le département d'anthropologie et découvrit, parmi les objets du Bechuanaland exposés, une erreur qui provoqua en elle cette espèce d'exaltation mélancolique si fréquente chez les savants lorsqu'ils sont confrontés aux aberrations des autres.

« Ce n'est *pas* une coupe à boire mi-mi, disait-elle chaque soir. J'en suis tout à fait sûre. L'attribution est erronée.

— Eh bien, va le leur dire, Hilda, répondait Leonie.

— Non. Je suis dans ce pays à titre d'invitée. Je n'ai aucun droit. »

Oncle Mishak avait maintenant ses bancs à lui dans les parcs, et des amis parmi les jardiniers qui entretenaient les espaces verts de Londres. Comme un petit garçon, il rapportait ses trésors à la maison : un bouquet de giroflées trouvées sur un tas de compost mais qui n'avaient pas perdu leur parfum ; quelques cerises tombées d'une branche qui dépassait, et qu'il avait ramassées sur le trottoir. Leonie, pour sa part, une fois admis le miracle du retour de Ruth, se mit à reconstituer le réseau d'amis et de relations, de bonnes causes et de chiens perdus, qui remplissaient sa vie à Vienne. Ils avaient beau être disséminés un peu partout, il lui restait encore la sœur de sa marraine, récemment arrivée au Village suisse, une amie d'enfance mariée à un relieur de Putney, et un vieil oncle de son mari, originaire de Moravie ; le brave homme, qui avait la tête un peu dérangée, allait s'asseoir sous la statue de la reine Victoria, sur l'Embankment, persuadé que c'était l'impératrice Marie-Thérèse et qu'il était encore à Vienne.

Quant aux demoiselles des « Glycines », elles réagirent à la détérioration de la situation en Europe par un geste d'une grande audace. Elles décidèrent de demeurer ouvert le soir, jusqu'à une heure quasi inavouable : vingt et une heures. Mais cela voulait dire engager une nouvelle serveuse, et là elles eurent beaucoup de chance.

Le premier souci de Ruth, en arrivant, avait été de cacher son acte de mariage et toute preuve de ses liens avec le Pr Somerville, à qui elle ne pouvait rendre meilleur service que de ne jamais l'approcher ni mentionner son nom.

Ce ne fut pas aussi simple. Le 27 Belsize Close n'avait pas pour préoccupation majeure l'intimité de ses locataires et, d'autre part, Ruth n'avait jamais eu de secrets pour ses parents. Par chance, elle avait lu beaucoup de romans d'aventures anglais, dans lesquels des garçons et des filles intrépides dissimulaient des trésors sous les lattes disjointes des planchers de leur maison. Habituée aux solides parquets de sa ville natale, cela l'avait laissée perplexe, mais maintenant elle comprenait. Le plancher du salon des Berger — hideusement meublé d'un canapé défoncé, d'une table en chêne fumé et de rideaux de chenille marron — était recouvert d'un linoléum ; et la chambre des parents de Ruth, voisine, ne pouvait évidemment pas convenir. Mais dans la chambre du fond, qui comportait deux petits lits et que Ruth partageait avec sa tante Hilda, seul un tapis sale et loqueteux couvrait le plancher. Ruth déplaça la table de toilette, réussit à soulever une des lattes fendues et aménagea un espace où elle déposa une boîte à biscuits ornée d'un portrait des princesses Elizabeth et Margaret Rose caressant un chien. La boîte contenait ses papiers et l'alliance qu'elle avait l'intention de vendre, mais plus tard.

Ensuite, elle alla à la poste se faire attribuer un numéro de boîte postale, et écrivit à Mr. Proudfoot pour l'en informer. Enfin, elle se mit à chercher du travail. Il restait presque deux mois avant la rentrée universitaire et, même si elle tenait compte des remontrances de Quin et attendait avec impatience de reprendre ses études, elle voulait d'ici là consacrer tout son temps à aider sa famille.

Les gardes d'enfants étaient faciles à trouver.

Moins d'une semaine plus tard, Ruth déambulait dans Hampstead Heath avec les trois enfants d'une tisserande adepte des méthodes d'éducation modernes. Indifférente aux théories éducatives, Ruth avait de la peine pour ces pauvres gamins mal fagotés, pâles, désorientés, affreusement mal élevés, qui cherchaient de façon désespérée à faire tout ce qui était interdit. Quand celui du milieu, un garçon de six ans, traversa en courant une rue passante, elle lui donna un grand coup sur la jambe, ce qui fit hurler les deux autres.

« On veut que tu nous le fasses à nous aussi, dit l'aîné. Pareil. Qu'on voie la marque, comme Peter. »

Ruth fit ce qu'ils demandaient et bientôt les promenades devinrent très agréables. Mais évidemment, ce n'était pas très bien payé, et quand Ruth annonça qu'elle voulait être serveuse le soir au salon de thé « Les Glycines », la période de sainteté de Leonie prit brusquement fin.

Pendant plusieurs jours après que Ruth lui eut été rendue, Leonie avait tenu sa promesse de ne plus jamais se disputer avec sa fille. Le simple fait de pouvoir lui toucher la main à travers la table, de l'entendre fredonner dans la salle de bains, était une joie si intense que cela excluait la moindre possibilité d'aller contre la volonté de Ruth. Mais là, tout de même, c'en était trop.

« Tu ne feras rien de pareil ! hurla-t-elle. Jamais ma fille ne se fera pincer le derrière par de vieux messieurs, ni n'acceptera de pourboires ! »

Mais Ruth fut inflexible. « Si Paul Ziller joue de la musique tsigane en costume folklorique, je peux être serveuse. Et puis, toi, tu fais bien le repassage de cette horrible bonne femme de l'autre côté de la rue ! »

Leonie déclara que ce n'était pas la même chose et chercha auprès de ses amis du salon de thé un soutien qui ne vint pas.

« Bien sûr, quand elle commencera l'université, ce sera différent », dit Ziller, lequel pensait — comme le Dr Levy, et von Hofmann, et le banquier de Hambourg — que se voir apporter le plateau du soir par cette jeune fille à la chevelure flamboyante était un plaisir qui ne se refusait pas.

Ruth devint donc serveuse aux « Glycines ». Elle faisait à coup sûr marcher le commerce, car aux yeux des exilés las et désenchantés, elle était le signe qu'il y avait encore de l'espoir dans le monde. Elle avait été mystérieusement secourue par un Anglais et cela, en soi, était une pensée qui réchauffait le cœur. Et non seulement Ruth était jeune, jolie et drôle, mais en plus elle était amoureuse !

« J'ai reçu une lettre ! » annonçait-elle, et bientôt chacun au salon de thé et sur la place était au courant pour Heini et demandait de ses nouvelles. A l'annonce que son visa était presque délivré, tous se réjouirent comme ils l'auraient fait pour eux-mêmes, et ils comprenaient qu'il était capital que Heini, quand il arriverait, ait son piano.

C'est la question du piano de Heini qui eut raison des derniers lambeaux de sainteté de Leonie. Car l'instrument ne pouvait loger ailleurs que dans le pseudo-salon des Berger, et Leonie avait tout à fait raison de dire que la pièce serait terriblement encombrée.

« D'accord, il pourra dormir sur le canapé jusqu'à

ce qu'il trouve un logement, mais Heini *et* le piano... Ruth, sois raisonnable. »

Cependant, depuis quand l'amour est-il raisonnable ? Devant la détresse de sa fille, Leonie consulta son mari, certaine que sa rigueur prévaudrait. Mais les huit jours durant lesquels ils avaient cru leur fille perdue avaient transformé le professeur.

« Nous nous débrouillerons, dit-il. Je travaille à la bibliothèque, de toute façon, et nous prendrons une des chaises dans notre chambre. »

Ruth avait donc mis un pot à confiture sur le rebord de la fenêtre, avec une étiquette « Pour le piano de Heini ». Elle en était fort satisfaite ; c'était un pot de confiture très anglais, qui avait contenu de la marmelade d'Oxford et qu'elle avait récupéré dans la poubelle de l'institutrice de maternelle du rez-de-chaussée. Seulement, il ne se remplissait pas très vite. Ruth s'était renseignée sur la caution demandée, en plus de la location hebdomadaire, pour le genre de piano que réclamait Heini, et il fallait prévoir aussi les frais de livraison. Elle donnait à sa mère l'argent qu'elle gagnait en gardant les enfants de la tisserande progressiste, et elle s'était dit que son salaire de serveuse serait pour le piano. Mais il y avait toujours une urgence : tante Hilda avait besoin de pastilles pour la gorge, ou alors le bec de la théière était cassé. Elle avait beau ne rien acheter pour elle-même — ni un ruban pour les cheveux ni une glace au plus fort de l'été —, le tas de pièces dans le pot à confiture restait lamentablement bas.

Si Ruth montrait à tout le monde les lettres de Heini, qui offraient une occasion de se réjouir, il n'en était pas de même de celles qu'elle recevait de Mr. Proudfoot à sa boîte postale. L'avocat avait cru bon d'exposer à Ruth les conditions de nullité d'un mariage, et elle les avait trouvées décourageantes.

« Vous êtes *certains* qu'il n'y a pas de cas d'aliénation mentale dans la famille ? demanda-t-elle à ses parents perplexes. Et la grand-tante Miriam ?

— Croire que l'empereur était la réincarnation de Toutânk-hamon, c'est peut-être de l'excentricité, mais ce n'est pas de l'aliénation mentale », répondit son père d'un ton ferme.

Mais si les chances d'annulation étaient faibles dans l'immédiat, Mr. Proudfoot faisait ce qu'il fallait pour obtenir la confirmation de la naturalisation de Ruth, lui faire parvenir des formulaires avec enveloppes préaffranchies, et il continuait de lui offrir son aide. Que Quin lui-même ne lui adresse jamais ni lettre ni message, elle s'y attendait et ne fut pas le moins du monde déçue.

A la mi-août, la crise en Tchécoslovaquie était à la une des journaux. Les rodomontades d'Hitler devenaient de plus en plus délirantes ; on le voyait, aux actualités, parader au côté de Mussolini, ou brandir le poing devant quiconque osait s'ingérer dans les affaires de l'Europe de l'Est. Les ministres anglais abandonnaient leurs terrains de chasse pour faire la navette entre Londres et Paris, entre Paris et Berlin. Les Tchèques appelaient à l'aide.

Le renforcement des préparatifs de guerre de la Grande-Bretagne affecta diversement les habitants de Belsize Park. Mrs. Weiss, apercevant un gros ballon de barrage juste au-dessus de sa tête, s'écria « *Mein Gott,* qu'est-ce que c'est ? » et tomba dans un trou du trottoir ; il fallut l'emmener à l'hôpital de Hampstead et lui faire des points de suture au nez. Oncle Mishak, après avoir vu une affiche qui disait « *Restez calmes en creusez* », obéit et bêcha un carré de légumes dans le jardin jonché de gravats, derrière la maison. Aux « Glycines », Miss Maud se plongea dans l'étude d'un prospectus qui indiquait comment monter un abri antiaérien préfabriqué, et elle reçut nombre de bons conseils de la part de la clientèle mâle qui affirmait comprendre les instructions. Mrs. Burtt cessa de chanter en faisant la vaisselle : son fils avait été déclaré apte à entrer dans l'aviation. Et le Dr Levy, bien qu'il eût affirmé haut et clair ne pas avoir le droit d'exercer la médecine, fut entraîné dans une maison voisine pour ressusciter un cardiaque à qui sa femme avait voulu faire une plaisanterie en se couchant avec son masque à gaz.

Quant à Ruth, tout ce qu'elle voyait dans la crise, c'était l'angoisse d'être séparée de Heini. Elle vida le pot à confiture pour envoyer des télégrammes anxieux à Budapest ; mais Heini avait beau attendre ses papiers d'un moment à l'autre, il ne les avait toujours pas. Sur un point, toutefois, elle fit appel aux lumières de Miss Maud et Miss Violet qui, en tant que filles de général, devaient avoir des connaissances militaires.

« Est-ce que quelqu'un de trente ans, ou un peu plus, est susceptible d'être appelé ? questionna-t-elle.

— Uniquement dans le cas où la guerre dure longtemps », répliqua Miss Maud.

C'est au cours de cette sombre période que Ruth

reçut une nouvelle qui aurait dû en principe lui causer une très grande déception. Le Conseil de l'Université avait donné sa place au cours de zoologie à un autre réfugié. Le cours était maintenant complet et elle ne pouvait pas être admise pour l'année à venir.

« Il y a eu du cafouillis, dit-elle en montrant la lettre à ses parents. Comme je n'étais pas dans le convoi d'étudiants, les quakers ont pris contact avec l'Université, et il y a tellement de gens qui veulent y entrer qu'ils ont accepté quelqu'un d'autre. Ils vont voir s'ils peuvent me trouver une place ailleurs, mais ils n'ont guère d'espoir, étant donné qu'il est déjà très tard. »

Ruth, une fois le premier choc passé, essaya de prendre la chose du bon côté. « Ce n'est pas grave, de toute façon je veux continuer à travailler, pour vous aider et aider Heini quand il arrivera.

— C'est très grave », objecta le professeur d'un air sombre.

Pour lui et sa femme, ce fut un rude coup. Comme tous les parents du monde, ils étaient prêts à accepter n'importe quelle épreuve pour que leur enfant connaisse un avenir meilleur. Il ne fallait pas que Ruth vive dans le monde obscur des exilés, le monde des emplois subalternes, de l'angoisse pour les permis, de la pauvreté et de la peur.

« Je me demande si je ne vais pas prendre contact avec Quinton Somerville, dit le professeur ce soir-là, une fois Ruth couchée. Je suis sûr qu'il nous aiderait.

— Non, je ne crois pas que ce soit une bonne idée.

— Pourquoi donc ? » dit le professeur, en regardant sa femme d'un air surpris.

Mais Leonie, généralement peu encline à la pensée logique, et suivant une intuition encore très vague, se contenta de répéter que ce n'était pas une bonne idée. Et, les jours qui suivirent, personne n'eut le temps de penser à soi-même.

Tous les clichés qui seraient utilisés plus tard au sujet de Munich étaient vrais. Le monde retenait son souffle, les nuages s'amoncelaient au-dessus de l'Europe, les gens s'interpellaient dans les rues pour avoir des nouvelles. Puis Neville Chamberlain, ce vieux monsieur obstiné qui n'était jusque-là jamais monté dans un aéroplane, prit l'avion pour aller rencontrer Hitler, revint par le même moyen, repartit... et finit par rentrer avec un bout de papier auquel il accordait une foi totale, et qu'il brandit devant son peuple en disant : « La paix de notre vivant. »

Beaucoup de gens appelaient à la conciliation, et beaucoup d'autres — parmi lesquels les réfugiés, bien entendu — savaient ce que valaient les promesses d'Hitler, et étaient conscients que les Tchèques avaient été trahis ; mais qui aurait pu désirer la guerre ? Pendant que les foules en liesse se massaient devant Buckingham Palace, Ruth valsait avec Mrs. Burtt au milieu des casseroles, dans la cuisine des « Glycines », parce que désormais Heini allait pouvoir venir, et Trevor dormir tranquillement dans son lit.

C'est durant cette période de regain d'espoir — alors que le jaune et l'or des chrysanthèmes resplendissait, et que les petits garçons venaient au n° 27 réclamer les marrons qu'oncle Mishak rapportait de ses promenades — que le Pr Berger, rentrant à la maison, tomba sur Ruth qui lisait une lettre, et fut frappé par le visage radieux de sa fille.

« C'est Heini ? questionna-t-il. Il arrive ? »

Ruth secoua la tête. « C'est de l'université de Thameside. Ils me proposent une place, tout de suite. Je commence la semaine prochaine. »

Son père prit la lettre. Elle était signée du responsable des inscriptions, mais personne ne fut dupe.

« C'est Somerville, dit le professeur, qui sentit un poids énorme quitter sa poitrine, car il avait été blessé à l'idée que son protégé les avait oubliés. Il est professeur de zoologie là-bas. »

Et il ajouta d'un air grave, en s'adressant à Ruth : « Tu seras digne de sa bonté, je le sais. »

Ruth s'était cachée derrière ses cheveux pour masquer sa confusion, qui dura jusque tard ce soir-là. Une fois tante Hilda endormie, elle se mit à la fenêtre, respira l'air chargé de fumées et essaya de réfléchir.

Pourquoi avait-il fait cela ? Pourquoi Quin, qui avait bien insisté sur le fait qu'ils ne devaient pas se revoir, l'avait-il acceptée comme étudiante ? Qu'est-ce qui l'avait poussé à revenir sur sa décision et à ignorer les recommandations de son avocat au sujet de la collusion, du consentement et de tout le reste, pour donner sa chance à Ruth ?

Mais qu'importait la raison ? Il l'avait fait, et l'avenir rayonnait devant elle. Elle serait l'élève la plus zélée qu'ils auraient jamais eue à Thameside. Elle travaillerait d'arrache-pied, elle obtiendrait la mention très bien — la meilleure mention très bien de toute l'histoire de Thameside ; et cela, elle le ferait sans jamais obliger Quin à lui parler, sans jamais regarder dans sa direction.

Que son admission n'eût rien à voir avec Quin, qu'il ne fût même pas au courant, voilà qui ne serait jamais venu à l'idée de Ruth ou de ses parents, habitués au formalisme administratif des universités autrichiennes ; et pourtant, c'était ainsi. Quin laissait toujours à son adjoint, Roger Felton, le soin de s'occuper des inscriptions, et en fait de presque toute la partie administrative. De plus, il n'était pas à Londres, ni même dans sa maison de Northumbrie.

Pensant la guerre inévitable, Quin s'était rendu dans une base navale d'Écosse, pour évoquer le nom vénéré de son terrible grand-père, le vice-amiral Somerville dit le « Cogneur », et s'engager lui-même dans la marine. Entrer dans les allées du pouvoir avait été relativement aisé ; s'en retirer, alors que la menace de guerre reculait, prit un peu plus de temps.

Le Pr Somerville allait être en retard pour la rentrée universitaire.

12

« Comment cela, il n'est pas rentré ? Les cours commencent la semaine prochaine. Avez-vous l'intention de tolérer ce genre de conduite de la part de votre personnel ? »

Lady Plackett était mécontente. Depuis que son mari avait pris ses fonctions de président de l'université de Thameside, elle se donnait beaucoup de mal pour organiser la réception des professeurs et des étudiants. Leur prédécesseur, lord Charlefont, avait été d'un laxisme extrême, et l'emplacement de leur maison, qui n'était séparée des bâtiments de la faculté des lettres, en bordure du fleuve, que par ses colonnes doriques et sa vigne vierge, se prêtait facilement à des allées et venues qu'elle n'avait aucunement l'intention d'autoriser. Elle avait déjà fait mettre l'écriteau *« Privé »* dans l'allée pavée qui menait de la cour principale à l'entrée de chez eux, et avait demandé aux employés de tendre une chaîne pour barrer le passage de leur terrasse aux étudiants qui semblaient croire qu'ils avaient le droit de venir s'asseoir là pour manger leurs sandwiches.

Délimiter le domaine privé était aussi essentiel que rehausser le niveau moral de l'université ; pas question de laisser les étudiants se tenir par la main ou s'enlacer, bien sûr. Mais lady Plackett avait aussi dans l'idée d'enrichir la vie de l'université grâce à son hospitalité, et de faire de sa maison un lieu de bonnes conversations et de bonnes manières. Pour cela, toutefois, elle devait séparer les torchons des serviettes et voir de quoi elle disposait ; dans ce dessein, elle avait prévu une série de réjouissances pour la rentrée. D'abord les professeurs, avec du xérès et, bien sûr, des cartons portant leur nom et leur département — les réunions sans cartons laissaient toujours à désirer. Puis les assistants, avec du jus de fruits. Et en dernier, les étudiants, par groupes d'une vingtaine, avec papier et crayons pour jouer à des jeux intellectuels.

A présent, elle cochait les noms des professeurs de plus haut rang. Devant le nom de Somerville, il y avait la mention : « N'assistera pas ».

« Il est en Écosse », expliqua sir Desmond, un homme au teint pâle, qui portait un pince-nez et avait le genre de visage qu'on oublie au bout de cinq minutes. Il devait sa nomination au poste de président au fait que tous les autres candidats avaient assez de personnalité pour se faire des ennemis. « Apparemment, le Foreign Office a tenté de l'engager pour des missions secrètes, décodage ou quelque chose de ce genre. Mais il s'est dit que cela signifierait rester assis dans un bunker pendant toute la durée de la guerre, alors il est allé essayer de se faire engager dans la marine.

— En tout cas, j'espère que vous lui en toucherez un mot », dit Mrs. Plackett. Plus grande que son mari, elle avait un long torse, un long cou, un long nez, et les yeux bleu marine et rapprochés caractéristiques des Croft-Ellis. Après plusieurs saisons mondaines sans faire de touche — si l'on ose dire —, elle avait accepté d'épouser le fils d'un obscur expert-comptable, et entrepris de faire avancer sa carrière. La tâche avait été rude — Desmond, quand elle l'avait rencontré, ne savait pas se servir d'une pince à sucre —, mais elle avait persévéré et, vingt-cinq ans plus tard, elle reconnaissait qu'elle n'avait plus honte de l'emmener dans le Rutland.

« Non, très chère, répliqua sir Desmond avec douceur, je ne pense pas que ce serait judicieux. Nous avons plus besoin du Pr Somerville que lui de nous.

— Que voulez-vous dire ?

— C'est un homme éminent qui se voit constamment proposer des postes à l'étranger ; Cambridge voudrait l'avoir depuis qu'il en est sorti. Charlefont a eu toutes les peines du monde à le persuader d'accepter une chaire ici, et Somerville y a consenti à condition de pouvoir partir en expédition. L'université profite de sa notoriété : il y a toujours de l'argent pour le département de paléontologie, et le cours en plein air qu'il organise chez lui dans le Northumberland est considéré comme l'apothéose de l'année universitaire.

— Le Northumberland ? demanda soudain lady Plackett. Où, dans le Northumberland ?

— Je ne me souviens pas du nom, répondit sir Desmond en réfléchissant. Bow quelque chose, je crois.

— Ce n'est pas... Ce n'est pas *Bowmont* ? s'écria lady Plackett, rouge d'excitation.

— Si, c'est cela. C'est bien ce nom-là. »

Bow quelque chose... Vraiment ! Une fois de plus, lady Plackett ressentit la solitude de qui s'est marié au-dessous de sa condition.

« Vous voulez dire que c'est ce Somerville-*là* ? Quinton Somerville, le propriétaire de Bowmont ? Le petit-fils du vieux "Cogneur" ? »

Sir Desmond répondit qu'il s'appelait Quinton, en effet, et demanda ce qu'il y avait de particulier au sujet de Bowmont. Mais impossible de répondre à cette question. Les initiés le savaient ; quant aux autres, on ne pouvait pas le leur expliquer. « Je connais sa tante, déclara lady Plackett. Enfin, un peu. Je vais lui écrire. » Puis, comme son mari feuilletait le carnet où figuraient les adresses des professeurs, elle s'enquit d'un ton plein d'espoir : « Il n'est pas encore marié, n'est-ce pas ? »

Sir Desmond vérifia, vit que le « M » indiquant les gens mariés ne figurait pas en face du nom de Somerville, et le dit à sa femme.

Sans hésiter, lady Plackett jeta à la corbeille le carton au nom du Pr Somerville. Cet homme-là n'était pas fait pour les réunions où l'on mange des canapés. Elle le convierait à un de ces dîners intimes dont elle voulait faire la gloire de Thameside ; et là, dans le cadre élégant de la demeure de lady Plackett, il trouverait son égale sur le plan intellectuel, sa future étudiante, une jeune fille de son milieu. En un mot, il trouverait Verena.

La fille unique des Plackett, âgée de vingt-trois ans, avait hérité les bonnes manières de sa mère et l'intelligence de son père. Dès l'âge de quatre ans, elle préférait de toute évidence son boulier à ses poupées, et l'on sut que Verena serait une intellectuelle. Le grand Dr Johnson — célèbre pour son *Dictionnaire de la langue anglaise* — racontait que sa mère l'avait incité à répéter tout de suite ce qu'il venait d'apprendre, à la première personne qu'il rencontrait, même s'il s'agissait du laitier. « De cette façon, tu t'en souviendras toujours », lui avait-elle dit.

Lady Plackett n'eut pas besoin de faire ce genre de recommandation à sa fille. Verena assimilait et régurgitait les informations avec une égale efficacité. En Inde, elle avait eu des professeurs particuliers et, à dix-neuf ans, elle s'était inscrite à l'Université européenne de Haidarabad. Ses parents avaient accompli là une démarche héroïque : il est vrai que les étudiants et les professeurs étaient tous blancs, mais c'était accorder à Verena une liberté exceptionnelle.

Verana n'en abusa pas. La science était son domaine de prédilection, et elle obtenait sans difficulté les meilleures notes à tous les examens. Néanmoins, une fois qu'elle eut obtenu son diplôme, sa mère insista pour qu'elle parte la première, afin de participer à la saison mondaine avec ses cousines Croft-Ellis du Rutland.

Les intentions de lady Plackett étaient bonnes, mais son plan échoua. Verena mesurait un mètre quatre-vingts et portait des socquettes ; or, il est difficile de faire la saison en socquettes. Et Verena ne cacha pas que les jeunes gens insipides — officiers ou agents de change — qu'elle dépassait d'une tête l'ennuyaient à mourir. Dès que ses parents revinrent d'Inde, elle leur annonça son intention de poursuivre ses études, et ce à Thameside.

Ce qui avait quelque peu inquiété sa mère car, même si elle avait l'intention de chercher au sein de l'intelligentsia un mari pour Verena, c'était parmi les Prix Nobel ou les membres de l'Académie des sciences qu'elle pensait trouver la personne adéquate, et non parmi les professeurs barbus, en pantalons de velours côtelé, qui assuraient les cours. Mais apparemment l'instinct de Verena avait été le bon, et c'est d'un pas léger que lady Plackett monta à la chambre de sa fille.

« Verena, j'ai quelque chose à te dire. »

La jeune fille était installée à son bureau, un livre illustré de schémas d'os ouvert devant elle, un porte-mine et un cahier à sa droite, une règle à sa gauche, le tout bien en ordre. « Oui ? » répondit-elle.

Verena avait hérité de sa mère non seulement sa haute taille, mais ses yeux rapprochés et tombants, et son nez romain. Elle leva la tête, sans manifester de contrariété d'avoir été interrompue, bien qu'elle eût préféré être tranquille parce qu'elle travaillait sur un chapitre difficile.

« Je viens de parler avec ton père, et il se trouve que le Pr Somerville — le directeur du département de zoologie — est *Quin* Somerville, le propriétaire de Bowmont, le neveu de Frances Somerville.

— Oui, mère, je le sais.

— Tu le sais ?

— J'ai fait mon enquête. C'est pour cela que j'ai décidé de passer un diplôme de zoologie. Sa réputation est exceptionnelle. Je suivrai son cours, bien entendu. »

Une fois de plus, lady Plackett admira la perspicacité de sa fille. Verena avait passé l'été avec ses cousines dans le Rutland, et pourtant elle était déjà mieux informée que ses parents.

« Je vais l'inviter à dîner dès qu'il sera de retour, dit-elle. Avec des invités triés sur le volet. Tu seras placée à côté de lui, évidemment, pour pouvoir discuter.

— Le Pr Somerville me trouvera prête », répondit Verena en retournant à son livre.

Ruth franchit les grilles de l'université de Thameside, salua le concierge dans sa loge et contempla avec délices la pelouse bien tondue, le vieux noyer, la statue d'un personnage qui *n'était pas* à cheval.

L'endroit était magnifique. Ruth savait que c'était un des plus anciens bâtiments de Londres, mais elle ne s'attendait pas à cette paix monacale, à ces plates-bandes au pied des murs gris, ni à cette vue extraordinaire ; en effet, au bout d'un large passage voûté, on apercevait la Tamise et le dôme de la cathédrale Saint-Paul de l'autre côté du fleuve. L'université de Vienne était plus grande et plus imposante, mais Ruth, en passant devant les salles remplies de livres et les amphithéâtres, se retrouvait dans un univers familier.

La statue se révéla être celle de William Wordsworth, ce qui était très approprié car le poète, debout sur Westminster Bridge, s'était écrié : « Il n'existe rien de plus beau au monde » ; Ruth, qui venait juste d'emprunter ce pont, était tout à fait d'accord avec lui. Et puis, il y avait un rosier grimpant qui s'enroulait avec volupté autour de la grille du Club des étudiants, exhalant dans une ultime floraison tout le parfum de ce début d'automne.

Ruth arrivait aux Jardins de l'Académie en tant que représentante de Vienne, et apportait avec elle non seulement les vœux du 27 Belsize Close et du salon de thé « Les Glycines », mais aussi leurs cadeaux, dans un panier d'osier que Mrs. Burtt avait absolument tenu à lui offrir. Les cours ne commençaient que dans deux jours, mais son père avait insisté pour qu'elle prenne la loupe dont il se servait quand il était étudiant ; le Dr Levy lui avait légué sa trousse de dissection, enveloppée dans un sac en toile ; et Leonie lui avait offert le jupon en dentelle de Venise qu'elle portait le jour où elle avait été présentée au chancelier autrichien — un jupon qui faisait sous la jupe en laine de Ruth un délicieux froufrou.

Elle avait rendez-vous avec Mr. Felton à quatorze heures trente. Elle jeta un coup d'œil au cadran qui surmontait la grande voûte ; constatant qu'elle était en avance de dix minutes, elle allait se diriger vers le fleuve quand elle entendit un son d'une infinie mélancolie qui venait du sous-sol de la faculté des sciences, à sa gauche. Elle tourna la tête. L'appel se répéta. Cette fois, pas de doute possible :

il y avait là, dans un état de détresse et d'abandon manifeste, un mouton.

Abandonnant le rosier et reprenant son panier, Ruth descendit les marches de pierre, poussa une porte et se retrouva dans un laboratoire sombre et poussiéreux. Un labo de physiologie, elle s'en rendit compte aussitôt, elle qui, toute petite, à Vienne, déambulait avec son tricycle au milieu des cages des animaux, à l'université, sous le regard de milliers de rats blancs aux yeux rouges. Il y avait bien des rats, ici, et de grandes boîtes de flocons de maïs pour les nourrir, et aussi une balance, un microscope, une centrifugeuse... et, dans un coin, la regardant du fond de son enclos avec des yeux tristes, une grosse brebis blanche.

« Ah, je vois, tu es seule », dit Ruth en s'approchant. Dans ce lieu désert, elle parlait avec le doux accent viennois. « Mais, tu comprends, je ne dois pas te toucher parce que tu appartiens à la science. Tu es un animal de laboratoire. Tu es une sorte de vestale, destinée à de plus hautes visées. »

La brebis donna un coup de tête contre la clôture, puis leva vers Ruth un regard plein d'espoir. Apparemment, elle n'avait fait l'objet d'aucune expérience — elle ne portait ni tubes ni rien d'autre, et paraissait en excellente santé —, mais Ruth, en personne avertie, se tint à distance.

« Je comprends bien que tu préférerais être ailleurs, poursuivit-elle, mais je peux te dire qu'en ce moment le monde est plein de gens qui préféreraient être ailleurs que là où ils sont. Je pourrais t'en montrer, moi, à Belsize Park, au Village suisse, à Finchley. Et puis, tu appartiens à une race noble :

tu figures dans les Psaumes, et saint François t'a choisie pour ses prédications ; je comprends pourquoi : tu as des yeux qui écoutent. »

Les coups de tête de la brebis se firent plus véhéments, mais son humeur parut plus légère. Elle émit une série de bêlements qui exprimaient davantage la sociabilité que le désespoir. Puis, brusquement, elle se coucha, un sabot passé à travers la clôture, et le cou tendu comme pour écouter une conférence.

« Très bien, je vais te réciter du Goethe. Je suis sûre que ça va te plaire, parce que c'est un poète très apaisant, bien que parfois mélancolique, je le reconnais. Voyons voir, qu'est-ce que tu aimerais ? »

Dans son bureau au deuxième étage du bâtiment de la faculté des sciences, Roger Felton souffla le contenu d'une pipette dans un aquarium contenant des concombres de mer, et fronça les sourcils. Il aurait dû y avoir des guirlandes d'œufs translucides suspendues aux herbes aquatiques ; or, il n'y en avait pas. Le professeur pouvait très bien se procurer d'autres concombres de mer au zoo, mais il avait à cœur d'en élever lui-même, pas seulement pour les étudiants de son cours de biologie marine, mais parce que les opisthobranches, avec leurs cellules nerveuses d'une grosseur surprenante, l'intéressaient particulièrement.

Dans toute la pièce se trouvaient des aquariums d'eau de mer, rafraîchis et oxygénés par un système compliqué de tuyaux et de pompes, dans lesquels évoluaient toutes sortes de bestioles : oursins, ophiures, seiches, crevettes, ainsi qu'un poulpe qui alla se réfugier dans une brique creuse. Felton aimait son sujet et il était un bon enseignant. La danse nuptiale de la néréide à la surface de l'océan et l'amour paternel du papillon de mer le ravissaient autant aujourd'hui que lorsqu'il les avait observés pour la première fois, quinze ans plus tôt. Mais il y avait un certain nombre de problèmes, notamment celui du nouveau président, qui avait clairement indiqué que ce qui comptait, c'étaient les publications, pas l'enseignement.

Felton était conscient qu'il aurait dû passer plus de temps à ses recherches et moins avec les étudiants, mais il fallait bien que quelqu'un s'occupe d'eux, en l'absence du grand prof. Non qu'il reprochât à Quin ses voyages ; avoir un homme de cette envergure, cela changeait tout. Si Felton avait eu des doutes à ce sujet, il lui aurait suffi de penser aux deux derniers trimestres, durant lesquels Robinson avait remplacé Quin, et les rires déserté la salle des professeurs.

Maintenant, au lieu de stimuler le ganglion postérieur du concombre de mer qu'il avait déposé sur une plaque de verre, il lui fallait recevoir la nouvelle étudiante que le Conseil de l'Université leur avait collée après avoir fait tout un méli-mélo. Il passa à son bureau, sortit la fiche de Ruth Berger et jeta un coup d'œil sur le panégyrique que Vienne avait préparé pour le Conseil et qu'on lui avait communiqué. La jeune fille semblait tout à fait du niveau de la troisième année et pourrait obtenir son diplôme en juin prochain. Ses résultats aux examens étaient excellents et son père était un éminent paléontologue. Même si le grand prof ne lui avait pas recommandé expressément d'accepter des réfugiés, Felton aurait essayé de trouver une place pour cette fille.

Un coup à la porte lui fit lever les yeux et il s'apprêta à recevoir Miss Berger. Mais la silhouette massive qui traversa la pièce à grands pas était celle de Miss Elke Sonderstrom, la blonde walkyrie, l'assistante en parasitologie, qui travaillait dans le bureau d'à côté.

« Descends une minute, Roger. Mais sans faire de bruit. Ne dis rien. »

Felton la regarda d'un air interrogateur, mais Elke, brandissant un tube rempli de douves du foie, se contenta d'ajouter : « Je suis descendue au sous-sol pour me servir de la centrifugeuse et... eh bien, tu vas voir. »

Perplexe, Felton la suivit jusqu'à la porte du laboratoire, où il tomba sur Humphrey Fitzsimmons, le physiologiste, un homme très grand et d'une maigreur squelettique. « Elle est toujours là », chuchota ce dernier, en mettant un doigt devant sa bouche.

Le labo était plongé dans l'obscurité, mais tout au fond on distinguait une clarté qui se révéla être l'abondante chevelure bouclée d'une jeune fille. Celle-ci était allongée contre l'enclos de la brebis, et avait à ses pieds un panier d'osier qui évoquait des cornes d'abondance, des guirlandes, et des jeunes filles grecques ramassant des fleurs sur les pentes du Parnasse pour la fête de Dionysos.

Mais ce n'était pas l'éclat des cheveux de la jeune fille, ni sa tête penchée et son air absorbé qui fascinaient les trois observateurs. Ni même l'attitude inhabituelle de la brebis en train d'écouter. Non, ce qui les clouait sur place, c'était sa voix. Elle récitait un poème, et elle le récitait en allemand.

Tous trois connaissaient plus ou moins l'allemand. Ils l'entendaient chaque jour à la radio, dans les vociférations obscènes et hystériques d'Hitler. Et ils le lisaient dans les diverses revues scientifiques qu'ils étaient obligés de déchiffrer.

Mais là... Que l'allemand pût être aussi doux, aussi caressant, aussi tendre... Miss Elke ferma les yeux et revit la maison en bois, le sable blanc de l'île d'Öland, et sa mère en train de mettre des campanules dans un vase en céramique. Humphrey Fitzsimmons, né dans un milieu trop élevé pour avoir vraiment vu sa mère de près, se souvint du doux regard d'un épagneul d'eau qu'il avait eu étant enfant. Et Felton se rappela que sa femme — dont les yeux rougis le poursuivaient d'un air de reproche, parce qu'ils n'arrivaient pas à avoir d'enfant — avait un jour dansé, déguisée en flocon de neige, dans le Ballet de Monte-Carlo, qu'elle avait alors un faux nom russe et un sourire engageant.

La jeune fille parla d'une voix de plus en plus douce, puis elle se tut. Elle ramassa son panier et dit au revoir à la brebis. En se retournant, elle les vit tous les trois.

« Oh, je suis désolée, dit-elle en anglais. Mais je jure que je ne l'ai pas touchée, même pas effleurée. Je le jure sur la tête de Mozart.

— Cela n'a pas d'importance, répliqua Fitzsimmons, toujours sous le coup de la surprise. On ne l'utilise pas. Elle était destinée, avec d'autres, à des expériences alimentaires que le gouvernement a annulées après Munich, et elle est restée ici.

— Quel poème était-ce ? demanda Miss Elke.

— Un poème de Goethe : *Le Chant du voyageur la nuit.* Il est un peu triste, mais je suppose que tous les grands poèmes le sont, et puis c'est une tristesse très *champêtre,* avec des montagnes, des chants d'oiseaux, et la tranquillité. »

Roger Felton redescendit sur terre et reprit son rôle de maître assistant, responsable des inscriptions et directeur par intérim du département de zoologie.

« Seriez-vous Miss Berger, par hasard ? Car, dans ce cas, je vous attendais. »

Une demi-heure plus tard, dans le bureau de Felton, les détails de l'inscription de Ruth étaient en cours de règlement.

« Oh, ce sera formidable ! s'exclama la jeune fille. Tout ce que j'aime ! J'ai toujours voulu faire zoologie marine. A Vienne on n'en fait pas parce qu'il n'y a pas la mer, bien sûr ; je ne connais que la Baltique, où les plages sont rectilignes et où les gens sont allongés sur le sable avec rien sur eux et lisent Schopenhauer. »

Elle leva les bras et gonfla les joues, mimant un nudiste corpulent tenant un gros livre au-dessus de sa tête.

« Bon, nous avons donc vos matières principales, dit Mr. Felton. Parasitologie, physiologie et biologie marine. Voyons maintenant votre matière à option. Étant donné le travail de votre père, je suppose que ce sera la paléontologie ? »

Ruth hésita un instant ; Mr. Felton, conscient que

le silence n'était pas chose naturelle chez Miss Berger, leva la tête de la fiche qu'il remplissait.

« C'est le Pr Somerville lui-même qui assure ce cours, précisa-t-il. En général, il y a trop d'étudiants, mais je pense que nous pourrons vous trouver une place. C'est un brillant enseignant.

— Je pourrais prendre cette matière, alors ? Ce serait bien ?

— J'en suis sûr. Il y a aussi un cours sur le terrain. Normalement il a lieu au printemps, mais comme le professeur était absent, il se tiendra en octobre. »

Il fronça les sourcils : le cours en question était officiellement plein, et c'était Verena Plackett qui avait pris la dernière place, quelques jours plus tôt. Mais ce n'est pas cela qui arrêterait Roger Felton. Il n'y avait pas de nudistes lisant Schopenhauer, sur les plages curvilignes et frangées d'écume de la baie de Bowmont.

« Je ne crois pas que je pourrai y participer. Les quakers paient mes cours, mais je n'aurai pas de quoi voyager. Mes parents sont très pauvres, maintenant.

— Bon, nous verrons », dit Felton. La commission budgétaire dans laquelle il siégeait avait un fonds d'aide pour les étudiants en difficulté, mais il valait mieux ne pas en parler pour le moment.

« Vous êtes très gentil, déclara Ruth en croisant les mains sur ses genoux. Vous ne pouvez pas imaginer ce que cela représente pour moi d'être ici, après... ce qui s'est passé. Je me souviens de tout — les odeurs, le formol, l'alcool, la craie... Je ne croyais pas pouvoir aller à l'Université, je pensais que je devrais travailler pour aider mes parents ; mais maintenant que je suis ici, rien ne pourra m'en faire partir.

— C'était dur ?

— Un de mes amis a été précipité dans l'escalier, à la fac, et il s'est cassé la jambe. Mais ici tout est si tranquille, les gens essaient de comprendre l'univers, veulent savoir comment les... les choses...

— Des concombres de mer, dit Mr. Felton avec une pointe d'amertume. Ils n'arrivent pas à se reproduire !

— Oh, mais c'est difficile, la... compatibilité. » Ruth hésita sur ce terme, et Felton admira une fois de plus sa maîtrise de la langue. « Même chez les gens, c'est difficile, et si une créature est à la fois mâle et femelle, ça *ne peut pas* être facile. »

Felton acquiesça, vaguement réconforté, et envoya Ruth au Club des étudiants, où les troisième année attendaient les nouveaux pour leur faire visiter les lieux. Après son départ — elle avait accompagné sa poignée de main d'un salut caractéristique de cette Europe centrale qu'elle avait dû abandonner —, Felton examina sa fiche d'inscription d'un air satisfait. Quin se plaignait toujours du manque de personnalité des étudiants d'aujourd'hui. Il ne pourrait pas dire cela de sa nouvelle étudiante de licence. Ce qu'il penserait de Verena Plackett, dont la fiche était posée à côté de celle de Ruth, c'était une autre histoire.

« Alors ? dit Mrs. Weiss en inclinant la tête, bien décidée à tout savoir de la première journée de Ruth à l'Université.

— Cela va être merveilleux », affirma Ruth en posant un pot de café devant la vieille dame coiffée de sa toque à plumes.

Tout le monde était présent aux « Glycines », où Ruth continuait à travailler le soir, y compris les membres de sa famille, parce que son retour au sein de l'intelligentsia — là où était sa vraie place — méritait d'être fêté et commenté. Ils étaient au courant de la gentillesse de Mr. Felton, de la majesté de Miss Elke et de ses parasites, de la beauté du fleuve et de la brebis qui aimait Goethe.

« Et le Pr Somerville ? interrogea son père qui venait tout juste d'arriver, car le vendredi la bibliothèque restait ouverte tard.

— Il n'est pas encore rentré. Il est en Écosse pour se faire engager dans la marine. » Ruth fronça les sourcils en apportant une tranche de *goulu* au Dr Levy. Elle avait cru qu'un homme de trente ans n'était pas obligé de faire la guerre. « Mais tout le monde dit que c'est un enseignant exceptionnel.

— Tu as rencontré les étudiants ? questionna Paul Ziller.

— Juste un ou deux, répondit Ruth avant d'aller chercher à la cuisine le jus de fruits pour l'acteur. Mais il y a une étudiante qui va commencer en même temps que moi, Verena Plackett. C'est la fille du président de l'université, et je suppose qu'elle peut choisir les cours qu'elle veut ; eh bien, elle a pris paléontologie, elle aussi, ce qui prouve que le professeur est très bon.

— Attendez ! Mais je l'ai vue ! » s'exclama Ziller en posant sa tasse et en levant la main d'un air impérieux.

Tous les clients avaient les yeux braqués sur lui.

« Et où l'avez-vous vue ? » s'enquit Leonie.

Ziller se leva et se dirigea vers la table en rotin où étaient posées les piles de revues que Miss Maud et Miss Violet, afin de satisfaire l'appétit des réfugiés pour la chose écrite, rapportaient de chez elles. Dédaignant les magazines fournis par Mrs. Burtt et par la dame au caniche, Ziller prit parmi les numéros de *Country Life* celui qui l'intéressait et commença à le feuilleter. La tension montait, et Mrs. Burtt et Miss Violet sortirent de la cuisine pour observer la scène.

« Ah ! » s'écria-t-il d'un ton triomphant en brandissant la page concernée.

Le magazine *Country Life* publie toujours une photo pleine page d'une jeune fille de bonne famille, souvent fiancée à un beau parti, et en tout cas représentante parfaite de l'aristocratie. C'est dans cette rubrique qu'on trouve une Fenella Holdingham qui épousera au printemps le fils cadet de lord et lady Foister ; une Angela Lathanby-Gore qui a remporté la victoire au steeple-chase de Highlingham... Et c'est là que figurait Verena Plackett, la fille du nouveau président de l'université de Thameside — une Verena Plackett habillée, pour sa présentation à la cour de Leurs Majestés, d'une robe en satin beige avec une traîne ornée de diamants, et des plumes d'autruche dans les cheveux.

Ruth déposa son plateau et fut la première à regarder la photo. Elle examina avec attention sa camarade d'études et déclara : « Elle a l'air intelligente. »

La photo fit le tour du salon de thé et Verena

reçut l'approbation générale. Ziller aimait son long cou, von Hofmann appréciait ses clavicules, et Miss Maud déclara qu'elle aurait tout de suite deviné à son nez que c'était une Croft-Ellis. Seule Mrs. Burtt ne dit rien, mais eut une petite moue qui exprimait nettement la haine de classe.

Mais c'est Leonie qui s'attarda le plus sur la photo et qui, en partant, demanda à emprunter le magazine.

« Ce n'est pas que je sois snob, déclara-t-elle au Pr Berger qui arborait son sourire de mari raisonnable, mais voir Ruth à nouveau dans son milieu... Oh, Kurt, c'est tellement bon ! »

Leonie attendit que Ruth soit couchée pour sortir sa table à repasser ; elle ne voulait pas que sa fille sache combien de temps elle travaillait, et pour quel maigre salaire. Mais en repassant le jabot et les poignets à fanfreluches du corsage de Mrs. Carter, elle se mit à fredonner une valse idiote qu'elle dansait dans sa jeunesse, et posa le fer pour examiner une fois encore le visage de Verena.

La jeune fille n'avait pas l'air particulièrement aimable — mais qui le serait face à un objectif ? —, et si les coins de sa bouche retombaient, c'était sans doute un trait héréditaire et non la marque d'un mauvais caractère. Ce qui importait, c'était que Ruth retourne dans son milieu. La fille d'un président d'université était une camarade tout à fait convenable pour la fille d'un ancien doyen de la faculté des sciences.

Ce n'est pas pour moi mais pour toi... Leonie pensait aux paroles des berceuses et des chansons dans lesquelles les parents espèrent généreusement pour leurs enfants une vie meilleure que la leur. Elle était sûre que Verena et Ruth seraient les plus grandes amies du monde et rien, ce soir, ne pouvait l'affecter, pas même l'odeur des lentilles brûlées quand, à minuit, la psychanalyste de Breslau commença à préparer sa soupe.

13

Au bout de trois jours, Ruth se sentait complètement chez elle à Thameside. Pour aller à l'université, elle empruntait le pont Waterloo et c'était comme une bénédiction pour la journée à venir. Il y avait toujours quelque chose pour l'enchanter : une péniche qui passait avec du linge accroché sur le pont ; un vol de mouettes criardes qui se battaient afin d'attraper les miettes que leur lançait une vieille femme — elle avait l'air incroyablement pauvre, mais partageait chaque jour son pain avec les mouettes ; et, un jour, un double arc-en-ciel derrière Saint-Paul.

« Et ça sent toujours la mer, disait-elle à Mr. Felton qui devenait pour elle, outre son directeur d'études, un ami. Les fleuves d'Europe n'ont pas cette odeur, mais c'est normal puisque l'océan est si loin. »

Mr. Felton était un merveilleux professeur, qui

faisait partager aux étudiants son enthousiasme pour la vie étonnante de ses bestioles.

« Regardez ! » s'écriait-il avec une joie d'enfant, en découvrant au microscope un chapelet d'œufs d'ophiures transparents, ou le flagelle qui permettait à un micro-organisme de se propulser dans une goutte d'eau. Quand elle préparait des plaques ou dessinait des schémas, Ruth était dans un univers où n'existait pas de frontière entre la science et l'art. Et personne ne pouvait rester indifférent au mode de vie extraordinairement ingénieux des vers solitaires de Miss Elke : avec une belle insouciance, ils se nourrissaient, s'abritaient, s'aimaient dans la sécurité de l'intestin de quelqu'un d'autre.

Les professeurs étaient gentils, le travail passionnant, mais c'est grâce à ses camarades que les premiers jours furent si agréables pour Ruth. Bien que se connaissant déjà depuis deux ans, ils l'accueillirent immédiatement parmi eux. Il y avait Sam Marsh, un garçon maigre aux cheveux en bataille, qui avait une tête de rat intelligent, et portait une casquette et un cache-nez par solidarité avec les prolétaires ; Janet Carter, la fille d'un vicaire, une gaie luronne aux cheveux roux et frisottants, dont les innombrables amoureux d'un soir dégringolaient des sofas, se prenaient les pieds dans les volants d'automobile, et rataient en général leur but. Il y avait aussi un Gallois immense et peu loquace (mais qui ne s'appelait pas Morgan), capable d'écraser sans le faire exprès les éprouvettes dans ses mains énormes... Et puis il y avait Pilly.

Pilly s'appelait en fait Priscilla Yarrowby, mais son surnom lui collait à la peau depuis qu'elle allait en classe, à cause de son père, fabricant d'aspirine[1]. Pilly avait des cheveux courts et bouclés, châtain clair, et des yeux ronds et bleus qui exprimaient d'ordinaire une incompréhension désespérée. Elle ratait tous ses examens au moins une fois, pleurait lors des dissections, s'évanouissait à la vue du sang. Découvrir que Ruth, qui avait l'air d'une gardeuse d'oies de conte de fées, savait exactement ce qu'elle faisait, remplissait Pilly d'étonnement et d'admiration. Que cette romantique étrangère (dont Sam était de toute évidence déjà amoureux) fût désireuse de l'aider dans son travail, et le fît avec tant de tact et de discrétion, suscita en elle un sentiment de gratitude éperdue. Quarante-huit heures après l'arrivée de Ruth, la pauvre Pilly ne pouvait plus la quitter d'une semelle.

Mais il y avait une exception flagrante à la gentillesse générale des étudiants. Ruth ne devait jamais oublier l'apparition de Verena Plackett au premier cours de l'année.

Ruth était assise avec ses nouveaux amis quand la porte s'ouvrit ; un appariteur entra, déposa au milieu du banc du premier rang un carton indiquant RÉSERVÉ, puis repartit, l'air de mauvaise humeur. Comme il s'agissait du cours de physiologie de Mr. Fitzsimmons, auquel n'assistaient que ses étudiants, cela créa la surprise, car le professeur — un homme dégingandé et plutôt dans la lune — n'attirait pas vraiment les foules.

Quelques minutes plus tard, la porte s'ouvrit à nouveau, et une grande fille en manteau taillé sur

1. *Pill* en anglais signifie : cachet, pilule. *(N.d.T.)*

mesure et jupe bleu marine entra, se dirigea vers la place marquée RÉSERVÉ, enleva le carton et s'assit. Puis elle ouvrit un grand porte-documents en crocodile, sortit une trousse en maroquin où elle prit un gros bloc de papier vélin, une règle en ébène, un stylo noir avec une plume en or, et un porte-mine en argent. Ensuite elle referma la trousse, la remit dans le porte-documents, referma le porte-documents — et fut prête à commencer.

Mr. Fitzsimmons avait décidé de débuter par un aperçu du système digestif humain : les glandes salivaires, les mouvements péristaltiques de l'œsophage, et enfin l'estomac proprement dit, qu'il dessina au tableau, cassant plusieurs fois la craie. Et pendant qu'il parlait, ou dessinait, Verena le suivait avec attention. Il ne pouvait pas dire un mot sans qu'elle le note aussitôt, de sa grande et nette écriture, n'oubliant ni un « et » ni un « mais ». Puis, à dix heures moins cinq, elle rentra la mine de son porte-mine, revissa le capuchon de son stylo, ouvrit le porte-documents, puis la trousse... Mais, une fois ses affaires rangées, Verena ne suivit pas tout de suite les autres étudiants dans la salle de travaux pratiques. Sachant quelle satisfaction ce devait être pour un professeur d'avoir la fille du président de l'université parmi son auditoire, elle s'approcha de l'estrade où Mr. Fitzsimmons, couvert d'une légère couche de craie, effaçait l'estomac humain.

« Vous aurez deviné qui je suis, dit-elle en lui faisant la grâce de lui tendre la main. Mais je dois vous remercier, au nom de mes parents et en mon nom, pour votre cours si intéressant. »

Ce n'est qu'après avoir pénétré dans le labo de

physiologie que Verena fut obligée de communiquer avec ses camarades. Toute une rangée de tubes les attendaient, des tubes en caoutchouc avec une seringue à un bout, accompagnés d'une série d'instructions un peu effrayantes, qui débutaient ainsi : *Avalez le tube jusqu'à la marque blanche et remontez le contenu de l'estomac pour analyse.*

Le préparateur, un jeune homme sympathique, vint gentiment les aider.

« Il vous faudra travailler par groupe de deux », dit-il puis, se tournant vers Verena : « Puisque vous êtes nouvelle, Miss Plackett, j'ai pensé que vous aimeriez faire équipe avec Miss Berger, qui commence elle aussi cette année. »

Ruth se retourna pour sourire à Verena. Elle aurait préféré travailler avec Pilly — qui lui lançait des regards implorants — ou avec Sam, mais elle était tout à fait disposée à se montrer amicale.

Verena, sans rien dire, jeta les yeux sur Ruth. Il y avait eu une dispute à Belsize Park, après l'admission de Ruth à Thameside. Leonie avait annoncé son intention de vendre la broche en diamant qu'elle cachait dans son corset, afin d'acheter à sa fille tout ce dont elle aurait besoin pour aller à la fac. Mais Ruth avait refusé. « Il y aura des choses beaucoup plus importantes à acheter », avait-elle déclaré d'un ton ferme.

Ce matin-là, donc, Ruth portait, pour protéger sa jupe en loden, une blouse bleu lavande à petites fleurs blanches appartenant à Miss Violet — qui en avait une quantité pour servir le thé aux « Glycines ». Ce n'était pas ce que Ruth aurait choisi pour le laboratoire, mais elle avait accepté avec gratitude, de même qu'elle avait accepté le plumier aux couleurs criardes, décoré de cœurs roses, que Mrs. Burtt avait acheté chez Woolworth's. Le panier d'osier de Ruth contenait aussi son déjeuner — un petit pain dans un sac en papier — et quelques pissenlits pour la brebis. Ses cheveux, relevés sur le dessus de sa tête pour cause de travaux pratiques, étaient attachés avec un bout de la ficelle qu'oncle Mishak utilisait dans ses travaux de jardinage.

Verena contempla un instant cette apparition fort peu scientifique avec une expression de désarroi peut-être justifiée ; puis elle dit : « Je pense qu'il serait inopportun que deux nouvelles travaillent ensemble. »

L'affront était évident. Ruth se détourna en rougissant, et Verena revêtit une blouse immaculée et parfaitement amidonnée, avant de se décider sur le choix de son acolyte. Le groupe qui entourait Miss Berger ne convenait évidemment pas, et un candidat possible — un beau jeune homme blond — changea de place avant qu'elle ait pu croiser son regard. Mais il y avait quelqu'un qui tournait autour d'elle avec une certaine servilité ; c'était un garçon élégant, grand et mince, avec des cheveux blond-roux coupés court et soigneusement peignés.

« Et vous ? » dit Verena à Kenneth Easton.

Elle avait fait un excellent choix. Kenneth, qui observait les oiseaux — mais seulement s'ils étaient rares —, était un jeune homme assidu et consciencieux ; voyant déjà sa carrière prendre son essor sous cet auguste patronage, il vint avec empressement se placer au côté de Miss Plackett.

« J'aimerais qu'elle s'étouffe », dit méchamment

Sam. Mais, bien entendu, son vœu ne fut pas exaucé. Tandis que l'obséquieux Kenneth se tenait près d'elle, prêt à recevoir le contenu de son estomac, Verena saisit le tube en caoutchouc, le porta à sa bouche et, avec calme et maîtrise, elle l'avala, pareille à un python déglutissant sa proie.

Comme il y avait beaucoup plus d'hommes que de femmes à Thameside, et qu'ils paraissaient très disposés à être gentils, Ruth parla dès le début de Heini, de son arrivée prochaine, de ses dons exceptionnels, et du fait qu'elle avait l'intention, une fois sa licence obtenue, de passer sa vie avec lui.

« Comment est-il ? questionna Janet.

— Il a des cheveux noirs et bouclés, et des yeux gris, et il joue comme personne au monde. Tu l'entendras quand il sera là, du moins quand j'aurai trouvé un piano. »

L'existence de Heini fut un coup dur pour Sam, mais il prit bien la chose et décida de jouer auprès de Ruth le rôle de Lancelot, ce qui vaudrait mieux pour lui — sur le plan du travail — qu'une passion déclarée. Lui et tous les amis de Ruth comprenaient que, si Ruth n'allait que dans les clubs gratuits et refusait de les rejoindre au café après les cours, c'était parce que les pourboires qu'elle touchait aux « Glycines » étaient destinés à aller dans le pot à confiture de Heini. Et bientôt on vit même Huw Davies (le Gallois qui ne s'appelait pas Morgan) scruter les vitrines des magasins de pianos, car rien n'est plus contagieux que l'engagement pour une noble cause.

Plus tard, Ruth souhaiterait ne jamais avoir connu les huit premiers jours de la rentrée, alors que Quin n'était pas encore revenu d'Écosse. Elle en entendit trop sur ses travaux, son intelligence, tout ce qu'il avait fait de merveilleux pour ses étudiants.

« Je me damnerais pour qu'il m'emmène dans une de ses expéditions, disait Sam. Mais je n'ai aucune chance, même avec une mention très bien. Les gens se bousculent pour y aller. »

Même Janet, qui avait une si piètre opinion du sexe mâle et traitait ses prétendants malheureux un peu comme l'araignée du muséum d'Histoire naturelle traitait ses partenaires, parlait de lui en bien.

« Ses cours sont vraiment bons, c'est comme s'il t'ouvrait le monde. Et puis il n'est pas du tout crâneur. Ça me met en rage d'entendre Verena parler de lui comme s'il lui appartenait, elle ne l'a même pas rencontré ! »

Mais c'est de Pilly que Ruth apprit le plus sur le Pr Somerville.

Priscilla était peut-être incapable de saisir le concept de symétrie radiaire chez la méduse, mais son bon cœur la rendait attentive et sensible aux besoins de ses amis, et elle jugea que Ruth ne se nourrissait pas assez. C'était vrai. Ruth avait dit à Leonie que la cantine était gratuite. Elle descendait du métro trois stations plus tôt, achetait un petit pain avec l'argent qu'elle avait mis de côté, et le mangeait au bord de l'eau. Ruth était pleinement satisfaite de cet arrangement, mais Pilly non, et trois jours après l'arrivée de Ruth à Thameside, elle lui demanda si elle pouvait apporter son pique-nique et déjeuner en sa compagnie.

« Tu ne préfères pas aller à la cantine ?

— Non. La nourriture ne me réussit pas. »

Après avoir proféré ce mensonge, Pilly alla consulter sa mère. Mr. Yarrowby fabriquait des cachets d'aspirine, oui, et il en fabriquait beaucoup. Priscilla venait à l'université en Rolls Royce mais descendait deux rues avant, parce qu'elle avait honte de sa richesse. Sa mère, une femme originaire du Yorkshire, avait les pieds sur terre et, même si elle n'avait jamais été attaquée par des pigeons place Saint-Étienne, elle et Leonie avaient beaucoup de points communs.

« Oh là là ! s'écria Pilly en déballant son déjeuner le lendemain. Je ne pourrai jamais manger tout ça ! Et si je laisse quelque chose, ma mère sera tellement *blessée* ! »

Ruth qui, toute son enfance, avait vu sa mère désespérée si elle refusait de reprendre de la choucroute, ne pouvait rester insensible à cet appel. Elle partagea donc les feuilletés à la viande de Pilly, les œufs durs, le raisin, les gâteaux à l'avoine et au gingembre... et il restait même des croûtes pour les oiseaux, ce qui procura un bonheur particulier à Ruth.

« Oh, Pilly, tu n'as pas idée comme c'est *merveilleux* de pouvoir de nouveau donner à manger aux canards. Je me sens comme une vraie personne, et non comme une réfugiée.

— Mais tu seras toujours une vraie personne, dit la dévouée Pilly. Tu es la personne la plus vraie que j'aie jamais rencontrée. »

Elles étaient assises contre le parapet, le manteau en loden de Ruth sur leurs épaules pour se protéger du vent, quand Ruth se rendit compte à quel point son amie redoutait le début du cours de paléontologie.

« Je n'y arriverai jamais, avoua Pilly d'un air pitoyable. Je ne sais même pas la différence entre Pléistocène et plasticien.

— Bien sûr que si... Mais, Pilly, pourquoi es-tu obligée de prendre cette matière ? Parce que, c'est vrai, il y a beaucoup de noms à apprendre. »

Pilly, l'air abattu, lança un autre croûton dans l'eau. « C'est à cause du Pr Somerville. »

Il y eut un silence.

« Comment cela ? Que veux-tu dire : c'est à cause de lui ?

— Mon père pense qu'il est le type même de l'homme de la Renaissance. Tu comprends, il sait tout faire. Mon père l'a vu aux actualités, il y a trois ans, quand il est revenu de Java avec le crâne de cette femme du Néandertal, et une autre fois quand il traversait le Népal à dos de yack, ou de mule, je ne sais plus. Tu vois, mon père a dû travailler en usine dès l'âge de quatorze ans, et il n'a jamais eu l'occasion de faire des études ou de voyager. C'est pour ça qu'il veut que je passe une licence ; pourtant je lui ai dit que je suis trop bête. Et le Pr Somerville est le genre de personne qu'il aurait voulu être.

— Je comprends.

— Il découpe tous les articles qui parlent de lui, dans le *National Geographic.* Et puis il y a la voile, aussi. Le Pr Somerville a gagné une course, sur un dériveur, par une mer démontée, et ça a plu à mon père. Et puis, c'est un grand amoureux, comme les Médicis, sauf que, je suppose, il n'empoisonne pas les gens.

— Comment tes parents savent-ils qu'il est un grand amoureux ?

— A cause des journaux, répondit Pilly avec un soupir. La rubrique mondaine. Une actrice, Tansy Mallet, l'a poursuivi à travers l'Égypte, et maintenant on le voit au théâtre avec une Française d'une beauté époustouflante ; et puis, il y a toutes celles qui insistent pour l'accompagner dans ses expéditions. Attends qu'il rentre, tu verras : ses cours sont toujours pleins d'auditeurs extérieurs. Des gens qui paient dix livres pour l'année et pourraient aller à n'importe quel cours — mais non, c'est le sien qui les intéresse. » Pilly mordit dans son sandwich avant d'ajouter : « Et puis, il y a Bowmont, aussi.

— Bowmont, qu'est-ce que c'est ?

— C'est l'endroit où vit le Pr Somerville. Tu verras quand nous irons au cours en plein air.

— Je n'irai pas, dit Ruth. Mais qu'est-ce que Bowmont a de spécial ? Je croyais que c'était juste une maison sans chauffage central ?

— Ce n'est pas possible, répondit Pilly en hochant la tête. Turner en a fait un tableau.

— Oh, Turner a peint beaucoup de choses, non ? Des vaches, des couchers de soleil, des naufrages.

— Peut-être. Mais en tout cas, tout le monde veut y aller. Oh, Ruth, je n'y arriverai jamais. Tous ces noms : Jurassique, Mésozoïque, etc.

— Tu y arriveras, affirma Ruth d'un air décidé. On fera des listes — une pour la salle de bains, une pour les toilettes... je suppose que vous avez plein de salles de bains, comme ça tu auras plein de listes, et je te les ferai réciter chaque jour. Ce ne sont que des *noms,* comme les gens qui s'appellent Cynthia ou George. »

Il fit beau durant cette première semaine à Thameside, et pour Ruth tout était délice. Les cours de Mr. Felton, la première répétition du Chœur Bach, dont l'entrée était libre et qui fit résonner sur tout le campus la *Messe en* si *mineur.* Elle fit travailler Pilly, lia amitié avec un étudiant d'allemand à qui elle démontra que Rilke, quand on le prononce correctement, n'est pas un fou mais un poète ; et elle resta fidèle à la brebis.

Pourtant son bonheur, même s'il était réel, pouvait se briser en un instant à cause d'un souvenir du passé. Un après-midi, elle traversait la cour après un séminaire quand elle entendit, venant du bâtiment de la faculté des lettres, la musique du *Quatuor en* mi *bémol* de Schubert. Elle s'arrêta, pour s'assurer qu'elle ne se trompait pas et que c'était bien le Quatuor Ziller qui jouait ; oui, c'était bien eux, ils jouaient toujours l'adagio avec cette lenteur divine, qui n'a rien du tout de solennel. A présent, le second violon s'élevait au-dessus des autres, répétant le thème, et elle vit Biberstein, les cheveux en bataille et le violon coincé sous le menton, avec cet air de regarder Dieu dans les yeux, ou Schubert.

Alors elle se mit à courir, passa sous la voûte, grimpa l'escalier... Elle savait, bien sûr, en ouvrant la porte de la salle des professeurs, elle savait que c'était impossible. Elle n'avait pas remonté le temps, elle n'était pas en train de traverser la Johannesgasse pour aller écouter aux fenêtres du Conservatoire où les Ziller répétaient. Mais pendant quelques secondes son corps crut ce que son cerveau savait impossible. Puis elle vit le pavillon du gramophone, et les membres du Club de musique assis en cercle, et elle comprit que le passé était le passé, et que Biberstein était mort.

C'est le lendemain que Verena eut l'amabilité d'informer ses camarades que le Pr Somerville était de retour et qu'il donnerait son cours de paléontologie le lundi.

« Tu en es sûre ? questionna Sam.

— Évidemment, j'en suis sûre, répondit Verena. Il doit venir dîner chez nous ce soir-là. »

14

« Mon Dieu, qu'as-tu fait à tes cheveux, Ruth ? s'écria Leonie au petit déjeuner, le matin où le Pr Somerville devait donner son premier cours.

— Je les ai nattés, répondit sa fille d'un air digne.

— Nattés ? Tu les as torturés ! Tu vas t'arracher le cuir chevelu, à les tirer en arrière de cette façon. »

Mais Ruth, dans son désir de passer totalement inaperçue, dit qu'elle se sentait très bien comme cela, et demanda à emprunter l'imperméable de sa tante, un vieil imper noir de coupe masculine. En remontant le col et en mettant un béret, elle était sûre d'échapper au regard du Pr Somerville jusqu'au moment où il jugerait bon de la saluer. Ignorant sa mère qui lui disait qu'elle ressemblait à une prostituée dans un film d'avant-garde de Pabst, Ruth partit pour l'université. Là, elle dut subir les attaques de ses camarades. Janet souligna qu'il ne pleuvait pas et Sam lui demanda d'un air triste si elle avait une permanente. Mais si l'aspect physique de Ruth était bizarre, son comportement l'était plus encore.

« Tu te sens bien ? interrogea Pilly en voyant Ruth entrer furtivement dans l'amphithéâtre, pareille au rat musqué Chu Chundra dans *Le Livre de la jungle,* qui ne s'aventurait jamais au centre d'une pièce.

— Oui, ça va. Euh, en fait j'ai un peu mal au cœur ; je crois que je vais m'asseoir au fond, au cas où j'aurais besoin de sortir. Mais va t'asseoir devant, trouve-toi une bonne place. »

Recommandation absurde. Là où allait Ruth, Pilly la suivait, et Janet, Sam et Huw se joignirent à elles.

« Ce n'est pas grave, déclara Sam en se résignant à être loin de son idole. On entend ce qu'il dit, de toute façon. »

L'amphithéâtre était plein à craquer. Venaient assister au cours des étudiants non seulement d'autres années, mais d'autres disciplines, et aussi les auditeurs extérieurs dont avait parlé Pilly — des femmes au foyer, des vieilles dames et un colonel rubicond avec une moustache en crocs.

« Ah, voilà Verena, dit Janet. Est-ce que ces tortillons sur le front seraient en l'honneur du prof ? »

En effet, Verena avait une nouvelle coiffure, mais elle portait un tailleur sur mesure, comme d'habitude, et une blouse austère à col montant. Son porte-documents en crocodile à la main, elle descendit les gradins, et se trouva confrontée à un problème : sa place au milieu du premier rang était occupée.

Il y avait eu un différend avec l'appariteur qui

était censé mettre l'écriteau RÉSERVÉ. Il s'était plaint auprès de l'intendant, disant que cela ne faisait pas partie de son travail, et l'intendant — un homme à la solde du syndicat, sans aucun doute — l'avait soutenu. Jusqu'à présent, cela n'avait pas eu de conséquences, puisque chacun savait désormais ce qui revenait à Verena. Mais aujourd'hui, avec tous ces gens de l'extérieur, le premier rang entier était occupé. Voilà qui aurait découragé n'importe qui, mais pas la fille de lady Plackett.

« Excusez-moi », dit-elle en passant dans la rangée, son porte-documents au-dessus de la tête. Elle s'arrêta pile à l'endroit, situé juste sous l'estrade, face à la carafe d'eau, où elle s'asseyait d'habitude, et où elle avait plus que jamais l'intention de s'asseoir aujourd'hui.

Elle attendit, le derrière prêt à se poser à la place qui lui était due, avec une telle autorité empreinte de bonne éducation que la femme de droite se rapprocha de son voisin, et l'étudiant de gauche — en marmonnant tout juste un peu — de son ami ; et Verena, avec un « Merci » poli, s'assit, ouvrit son porte-documents, sortit son bloc de papier vélin et son stylo à plume en or, et se prépara à suivre le cours.

Quin entra dans l'amphithéâtre, posa une simple feuille de papier sur le bureau, écarta la carafe d'eau, leva les yeux pour dire « Bonjour »... et aperçut aussitôt Ruth, qui se faisait toute petite au dernier rang. Elle était en partie cachée par un homme large d'épaules, devant elle, mais son visage triangulaire et ses yeux immenses se détachaient nettement, tout comme le vide laissé par ses cheveux absents. Un instant, il crut qu'elle les avait coupés et quelque chose en lui protesta, puis se calma, d'une part parce que cela ne le regardait pas, d'autre part parce qu'elle ne les avait pas coupés. Elle prévoyait de la pluie, bien sûr : il vit la tresse cachée sous l'imper, et se rappela Vienne, le muséum, et l'eau qui dégoulinait des cheveux le jour où il était venu la chercher pour leur mariage.

Ces réflexions — si c'en était — ne durèrent que quelques secondes, et furent relayées par une autre, aussi brève. Pourquoi le Conseil de l'Université envoyait-il tous ces étudiants à son cours ? Il faudrait faire une note pour que cela cesse. Puis il prit une craie, alla au tableau, et commença.

Ruth n'oublierait jamais l'heure qui suivit. Si quelqu'un lui avait dit qu'elle écouterait un cours sur la chronologie historique des roches fossiles comme s'il s'agissait d'un conte de fées, fascinant, fabuleux, drôle aussi par moments, elle ne l'aurait jamais cru.

Le sujet était très technique. Quin réévaluait la portée des travaux de Rowe sur le micraster dans les terrains crayeux d'Angleterre, en les rapprochant des théories de Darwin et des idées nouvelles de Julian Huxley. Pourtant, pendant qu'il parlait — sans jamais élever la voix, mais en faisant de temps à autre un geste de ses mains merveilleusement expressives —, Ruth eut l'impression d'un contact presque physique. C'était comme s'il se tenait derrière elle, et qu'il la poussât vers la conclusion à laquelle il allait arriver, mais en faisant en sorte qu'elle y parvienne pour ainsi dire avant lui, pour qu'elle ait l'impression que... mais oui, *bien sûr,* c'était cela !

Les autres, autour d'elle, étaient également captivés. Sam avait posé son stylo. La plupart des étudiants prenaient peu de notes ; il était impensable de perdre une seule des paroles de Quin, et de toute façon ils savaient qu'il leur faudrait ensuite lire beaucoup et même, d'une manière ou d'une autre, faire les voyages indispensables... ils savaient qu'ils feraient partie de l'aventure qui se déroulait là, sur l'estrade. Seule Verena continuait à écrire, écrire, écrire... avec son stylo à plume d'or sur son bloc de papier vélin.

Vers la moitié du cours, Quin se tut un instant, se passa la main dans les cheveux, en un geste familier dont il n'avait pas conscience, et regarda encore une fois Ruth, malgré lui. Elle avait abandonné sa pose « Chu Chundra » et se tenait penchée en avant, un doigt en travers de la bouche — son attitude habituelle, il s'en souvenait, quand elle écoutait. La natte était, elle aussi, sortie de l'anonymat : une boucle échappée du col formait comme un bracelet d'or scythe.

Il trouva le mot qu'il cherchait et le cours se poursuivit.

Exactement cinq minutes avant la fin, il récapitula, laissa la controverse ouverte — c'était terminé.

Il n'avait pas fait trois pas qu'il se trouva encerclé. Les anciens étudiants voulaient le saluer, les nouveaux aussi ; le colonel rubicond lui rappela qu'ils s'étaient rencontrés à Simla, les femmes au foyer s'avançaient timidement.

Verena attendit tranquillement — elle ne voulait pas être perdue dans la foule — et, au moment où le professeur se dirigeait enfin vers la porte, elle avança sur lui d'un pas assuré et lui annonça quelque chose qui, elle le savait, allait lui faire plaisir :

« Je suis Verena Plackett. »

« Comment cela, vous l'avez admise ? »

Roger Felton soupira. Il avait été si heureux de revoir le professeur, deux heures plus tôt ! L'arrivée de Somerville mettait tout le monde de bonne humeur, dans le département, et le souffle d'entrain et d'énergie qu'il apportait était presque tangible. Felton pourtant se leva, comme par respect pour son supérieur, en se demandant quel pouvait être le problème.

« Je vous l'ai dit... monsieur », commença-t-il. Quin fronça les sourcils : le « monsieur » signifiait qu'il avait fait preuve avec Roger de plus de dureté qu'il n'avait voulu. « Le Conseil de l'Université a donné sa place à quelqu'un d'autre, et ils nous ont téléphoné pour savoir si on pouvait la prendre. Je me suis dit que nous lui trouverions une place, et je savais que vous étiez pour qu'on prenne à tout prix les réfugiés.

— Pas celle-ci. Il faut qu'elle parte.

— Mais pourquoi ? C'est une excellente élève. Vous pensez peut-être que le fait d'être jolie, d'avoir cette espèce de chevelure, et de parler à la brebis...

— Parler à la *brebis* ? Quelle brebis ?

— Celle qui nous a été envoyée par l'Institut de

recherche de Cambridge ; maintenant, ils ne veulent plus la reprendre. » Felton donna des explications, tout en essayant de comprendre pourquoi Somerville, qui était arrivé le matin d'excellente humeur, se montrait à présent tellement irascible et vieux jeu. « Elle est seule, alors Ruth lui récite des poèmes. Goethe, surtout. Il y en a un, le *Chant du voyageur la nuit,* qu'elle semble apprécier particulièrement, mais cela ne sonne pas de la même façon en allemand, bien sûr. » Devant l'expression du professeur, Felton ajouta : « Ce que je veux dire, c'est que, même si c'est une jeune fille originale et... euh... émotive, elle fait du très bon travail. Ses dissections sont parfaites, et elle a une excellente pratique.

— Peut-être, mais il faut que vous la fassiez transférer.

— Impossible. Il n'y a de place nulle part. Le Conseil a essayé toutes sortes d'endroits avant de s'adresser à nous. Et, honnêtement, je ne comprends rien à tout cela. » Roger laissa tomber le respect. « Londres est plein de réfugiés à qui vous avez trouvé du travail ; il y a ce vieux satyre, le Pr Zinlinsky, que vous avez collé à la bibliothèque de la Société de géographie, et qui regarde sous les jupes de toutes les filles. Et quand votre tante est passée, au moment des Floralies de Chelsea, elle a dit que c'était la même chose dans le Northumberland — elle a parlé d'un chanteur d'opéra qui essaie de traire les vaches. Et maintenant, vous voulez renvoyer l'une des étudiantes les plus prometteuses que nous ayons eues. Il est peut-être un peu tôt, mais Elke et moi pensons qu'elle a une chance de battre Verena Plackett aux examens. Et elle est la seule.

— Qui est Verena Plackett ?

— La fille du président. Elle n'est pas venue vous remercier pour votre cours si intéressant ?

— Si, en effet. Écoutez, je regrette mais je n'ai pas envie de discuter. Je suis certain que O'Malley la prendra à Tonbridge. Il me doit un service.

— Pour l'amour du ciel, c'est à une heure de train. Elle économise pour le piano de Heini et...

— Ah oui, vraiment ? Mais, bon sang, qui diable est Heini ?

— Son petit ami. Il va arriver de Budapest, et je vous signale qu'il va falloir qu'il ait un piano. Elle ne déjeune même pas, à cause de lui, et...

— Grands dieux, Roger, ne me dites pas que vous êtes amoureux de cette fille ! »

Quin avait profondément blessé Roger Felton. Les lunettes à monture d'écaille de son assistant s'assombrirent. « De toute ma vie, dit-il d'un air courroucé, je n'ai *jamais* fréquenté une étudiante, et je ne le ferai jamais, vous devriez le savoir. Même si je n'étais pas marié, je ne le ferais pas. J'ai le plus profond mépris pour ceux qui usent de leur position pour fricoter avec des étudiantes.

— Oui, je le sais. Excusez-moi, je n'aurais pas dû dire cela. Mais, vous comprenez, j'ai bien connu les Berger, à Vienne ; j'ai habité chez eux un été, lorsque Ruth était enfant. Il serait tout à fait inopportun que je l'aie dans ma classe. »

Le visage de Felton s'éclaira. « Oh, si ce n'est que cela... Grands dieux, qui s'en soucie ?

— Moi.

— Je suppose que vous craignez de trop bien la noter aux examens. Pourtant, je ne crois pas que cela risque de se produire. » Felton avait pris un ton amer. « Vous ne serez sans doute même pas ici à l'époque des corrections.

— D'accord, vous marquez un point. Cependant...

— C'est *bien* pour nous, qu'elle soit là, dit Felton, plus ému que Quin ne l'avait jamais vu. Elle est si reconnaissante qu'on lui permette d'étudier, elle rappelle aux autres que c'est un privilège d'aller à l'Université. Vous savez bien comme ces jeunes peuvent être cyniques et ronchonneurs. Nous aussi, d'ailleurs ; et voilà quelqu'un qui contemple un microscope comme si Dieu en personne avait envoyé du ciel une paramécie sur une plaque de verre. Et puis, elle aide cette pauvre fille des aspirines qui rate toujours tout.

— Cela fait combien de temps exactement que Miss Berger est ici ? demanda Quin dont la mauvaise humeur paraissait augmenter de minute en minute.

— Une semaine. Mais qu'est-ce que cela a à voir ? Vous savez très bien qu'on se rend compte, dès la première fois où un étudiant saisit une pipette, s'il sera bon ou pas.

— Quoi qu'il en soit, elle part, répliqua Quin d'un air pincé.

— Alors, dites-le-lui vous-même, déclara Mr. Felton, défiant son supérieur pour la première fois de sa vie.

— Je vais le faire », affirma Quin, furieux. Sur le point de sortir, il se souvint qu'il avait besoin de quelque chose. « Pouvez-vous me donner les chiffres des inscriptions de l'année dernière le plus tôt possible ? Le président les réclame.

— J'ai presque fini. Ils seront prêts ce soir. Je le jure sur la tête de Mozart. »

Quin fit volte-face. « Qu'est-ce que vous avez dit ?

— Rien, fit Roger en piquant un fard. C'est juste une expression. »

Le bureau du professeur de zoologie des vertébrés était situé au deuxième étage et avait vue sur le noyer, la façade de la maison du président de l'université, le passage voûté et, au-delà, la Tamise. Les morceaux d'un plésiosaure en partie reconstitué gisaient en désordre dans un bac plein de sable, et le crâne d'un bébé mastodonte était posé sur une pile de livres. Près de la fenêtre, portant autour du cou une écharpe en laine oubliée par tante Frances, il y avait une copie grandeur nature de Daphné, un hominidé femelle de Java, offerte à Quin par la Société des expéditions d'Orient. Sur le bureau, un vase contenant une longue rose rouge avait été mis là par sa secrétaire, Hazel, une femme d'un certain âge, sans problèmes, heureuse en ménage, qui aurait pu parfaitement diriger le département sans l'intervention de ses supérieurs — ce qu'elle faisait souvent.

Ruth, convoquée dans le bureau du professeur, était arrivée, encore toute au bonheur que lui avait procuré son cours. Maintenant, debout devant lui, tête baissée, elle tentait de refouler ses larmes.

« Mais *pourquoi* ? Pourquoi dois-je partir ? Je ne comprends pas.

— Ruth, je vous l'ai dit. Dans mon ancienne faculté, à Cambridge, les professeurs n'avaient même pas le droit d'*avoir* une épouse, encore moins de l'amener à l'université. Il est hors de question que j'aie dans mon cours quelqu'un à qui je suis marié.

— Mais vous n'êtes pas marié avec moi ! rétorqua Ruth avec véhémence. Par pour de bon. Vous ne faites que m'envoyer des papiers au sujet de notre non-mariage — l'épilepsie, le fait d'être votre sœur, ou une religieuse. Et l'histoire de ne pas consommer... ou consumer, je ne sais plus.

— Cela ne suffira pas, croyez-moi. Avec l'ancien président, nous aurions pu nous en sortir, mais pas avec les Plackett. Le scandale serait épouvantable. Je serais obligé de démissionner, ce qui en fait m'est complètement égal, mais vous seriez impliquée et vous débuteriez dans la vie en étant une réprouvée. Sans compter que nous ne serions pas libres de sitôt, s'il apparaissait que nous nous rencontrions tous les jours.

— Vous voulez dire tous ces trucs en C, dit Ruth qui, malgré son anglais courant, butait sur les termes juridiques. Collusion et... quoi, déjà ? Connivence ? Consentement ?

— Oui, tout cela. Écoutez, laissez-moi faire. Je suis sûr de pouvoir obtenir votre inscription à un cours, dans le Kent. Ils ne préparent pas à la licence mais...

— Je ne veux pas m'en aller. » Ruth parlait d'une voix basse, chargée d'émotion. Elle s'était rapprochée de la fenêtre, tout en gardant une main posée sur le bras de Daphné, comme si elle cherchait une compagne d'infortune. « Je ne *veux* pas ! Tout le monde est tellement gentil, ici. Pilly, qui est obligée de devenir une scientifique parce que son père vous a vu aux actualités avec des yacks, et ce n'est pas sa faute, à elle. Et j'ai promis à Sam de faire venir Paul Ziller au Club de musique. Et puis les cours de Mr. Felton sont passionnants, et il a tant de problèmes à cause de sa femme qui veut un bébé et prend sa température...

— Il vous a raconté ça ! s'exclama Quin qui n'en croyait pas ses oreilles.

— Non, pas tout à fait, mais Mrs. Felton est venu le chercher, il était en retard et nous avons commencé à bavarder. Vous savez, je ne suis pas *réservée* comme les Anglais. Bien sûr, quand nous avons dit que notre mariage devait demeurer secret, c'était différent. Un secret est un secret, mais pour le reste... Même ma grand-mère gardeuse de chèvres parlait aux gens. Elle défaisait ses bas en disant : “Regardez !” et on était obligé d'examiner ses varices. Elle ne demandait pas si on voulait les voir, elle avait besoin de les montrer. Et, bien entendu, il y a mon côté juif, qui déteste les distances ; mais avec vous c'est différent parce que vous êtes britannique, aristocrate, et que Verena Plackett étudie la paléontologie pour pouvoir vous épouser une fois que nous serons séparés.

— Ne dites pas de bêtises, Ruth, fit Quin avec un geste d'impatience. Maintenant, réfléchissons à la façon dont...

— Ce ne sont pas des bêtises ! Elle s'est acheté

une robe neuve pour le dîner de ce soir parce que vous y serez — en taffetas bleu électrique, à manches bouffantes. Je le sais parce que leur bonne est la nièce du concierge et c'est lui qui me l'a dit. Évidemment, elle est très grande, mais vous pourriez porter vos cheveux en brosse et... »

Quin prit son mouchoir et s'essuya le front. « Ruth, je suis désolé, je sais que vous vous êtes adaptée ici mais...

— Oui, c'est vrai ! s'écria-t-elle. Il y a tant de choses, ici. Miss Elke m'a montré ses œufs de punaise, ils sont absolument magnifiques, on aperçoit déjà les yeux des bébés. Et puis il y a le fleuve, et le noyer...

— Et la brebis, l'interrompit Quin d'un ton acerbe.

— Oui, aussi. Mais par-dessus tout, votre cours de ce matin, qui ouvre tant de portes. Bien que je ne sois pas tout à fait d'accord avec vous au sujet de Hackenstreicher. Je pense qu'il a pu être absolument sincère en disant...

— Ah, vous croyez, répliqua Quin, pas content du tout. Vous croyez qu'un homme qui falsifie délibérément un élément de preuve pour le faire coïncider avec une hypothèse préconçue doit être pris au sérieux ?

— Si c'était délibéré, oui. Mais mon père avait un article qui disait que le crâne qu'on a montré à Hackenstreicher aurait pu être beaucoup plus ancien ; par conséquent, ses conclusions n'avaient rien de déraisonnable.

— J'ai lu cet article, en effet, mais ne voyez-vous pas que... » Quin était tenté de poursuivre la discussion, mais il se força à revenir au problème qui l'occupait. Que Ruth eût été une étudiante intéressante ne faisait pas de doute. « Écoutez, cela ne sert à rien de différer davantage. Je vais téléphoner à O'Malley pour vous faire transférer à Tonbridge ; d'ici là, vous ferez bien de vous tenir à l'écart. »

Elle lui tournait le dos, renouant d'un air absent autour du cou de Daphné l'écharpe à motifs de selles de chevaux et de cravaches. Le silence durait, et le malaise de Quin augmentait. Il se rappela soudain la petite fille, au lac de Grundl, qui récitait Keats... et sa façon de se créer un chez-soi même au muséum. Et voilà que maintenant, il la bannissait de nouveau.

Mais quand elle se retourna, ce ne fut pas la triste jeune fille de ses pensées qu'il vit, ce ne fut pas Ruth *en larmes parmi les blés de l'étranger.* La tête haute, une expression résolue sur le visage, elle ressemblait un peu à l'être primitif et pugnace à côté de qui elle se tenait.

« Je ne peux pas vous empêcher de me renvoyer parce que vous êtes comme Dieu, ici, je m'en suis aperçue avant même votre arrivée. Mais vous ne pouvez pas m'obliger à aller à Tonbridge. Je n'avais pas l'intention d'aller à l'Université, je pensais travailler pour aider ma famille. C'est vous qui m'avez dit que je devrais étudier, et quand j'ai cru que vous vouliez que je vienne ici, j'étais tellement... » Sa voix se brisa, et elle se moucha. « Mais je ne recommencerai nulle part ailleurs. Je n'irai pas à Tonbridge.

— Vous ferez exactement ce qu'on vous dira, rétorqua Quin, furieux. Vous irez à Tonbridge, vous aurez un bon diplôme et...

— Non, je n'irai pas. Je vais chercher un emploi, le mieux payé possible. Si vous m'aviez permis de rester, j'aurais fait tout ce que vous m'auriez demandé ; j'aurais obéi, j'aurais travaillé de toutes mes forces, et je me serais faite *invisible,* puisque vous auriez été mon professeur, et cela aurait été absolument normal. Mais maintenant vous ne pouvez pas me contraindre. Je suis libre.

— Laissez-moi vous dire, fit Quin en se levant, que, si je ne suis pas votre professeur, je reste légalement votre mari, et que je peux vous donner l'*ordre* d'aller... »

Quin laissa sa phrase en suspens en entendant, terrifié, les mots du « Cogneur » Somerville sortir de sa bouche.

Ruth finit d'arranger l'écharpe autour du cou de Daphné.

« Vous avez lu Nietzsche, à ce que je vois, dit-elle. "*Quand je vais voir une femme, je prends mon fouet.*" Cela tombe bien : même les écharpes oubliées par vos petites amies ont des trucs dessus pour taper sur les chevaux. »

Mais Quin en avait assez. Il alla ouvrir la porte en déclarant :

« Partez, maintenant. Et vite. »

La liste des invités au premier dîner de lady Plackett était de celles dont une maîtresse de maison peut s'enorgueillir : un ichtyologiste réputé qui revenait juste d'un voyage d'étude sur les poissons osseux du lac Titicaca ; un historien d'art, spécialiste mondial des icônes russes ; un philologue du British Museum qui parlait sept dialectes chinois ; et Simon LeClerque, qui avait remporté un prix littéraire pour sa biographie de l'évêque Berkeley. Mais bien sûr, l'invité d'honneur, celui qu'elle placerait à côté de Verena, était le Pr Somerville, qu'elle avait accueilli dès son retour à Thameside, le matin même.

A six heures, lady Plackett, ayant fini d'inspecter le travail des domestiques et de la cuisinière, monta parler à sa fille.

Verena avait pris un bain et était assise en peignoir devant son bureau chargé de livres.

« Comment cela se passe-t-il ? interrogea lady Plackett avec sollicitude, car elle était toujours sensible à la façon dont Verena se préparait pour ses invités.

— Je suis presque prête, maman. J'ai réussi à me procurer le premier article du Pr Somerville, celui sur les dinosaures de Tendaguru, et j'ai lu tous ses livres, bien entendu. Mais il faut que je revoie juste un peu l'ichtyologie, si je suis à côté de sir Harold. Il revient d'Amérique du Sud, si j'ai bien compris.

— Oui... du lac Titicaca. Mais rappelle-toi, ma chérie : les poissons *osseux.* » Sir Harold était marié mais c'était un homme éminent, et Verena avait raison de se préparer pour lui. « Je pense que les icônes russes ne nous poseront pas de problème, on dit que le Pr Frank est très bavard. Si tu connais les principaux termes...

— Oh oui, je les connais, dit Verena avec calme. Andreï Roublev... détrempe à l'œuf... » Elle jeta un coup d'œil à ses notes. « L'influence du maniérisme au XVIIe siècle... »

Lady Plackett, qui n'était pas une femme expansive, déposa un baiser sur la joue de sa fille. « Je peux toujours compter sur toi », dit-elle avant de se diriger vers la porte et d'ajouter : « En ce qui concerne le Pr Somerville, ce serait bien de lui poser des questions sur Bowmont... la nouvelle loi sur les forêts, par exemple. Je lui signalerai, bien sûr, que j'ai connu sa tante. Et ne t'inquiète pas pour la phonétique chinoise, ce cher Mr. Fellowes n'est là que comme bouche-trou — c'est ce vieux monsieur du British Museum, et il sera à l'autre bout de la table. »

Une fois seule, Verena porta son attention sur les poissons osseux, puis passa encore une fois en revue la liste des publications du Pr Somerville. Maintenant, il était temps qu'elle s'occupe de l'autre face de sa personnalité : non plus l'étudiante, mais la femme. Elle enleva son peignoir, enfila la robe en taffetas bleu que Ruth avait décrite avec exactitude, et commença à dérouler les bigoudis qu'elle avait sur la tête.

« J'ai trouvé cela passionnant, affirma Verena en posant son regard impérieux sur le Pr Somerville. Vos idées sur l'utilité des mesures de la cambrure lombaire dans la reconnaissance des hominidés me paraissent tout à fait convaincantes. Vous l'expliquez très bien au chapitre 13, dans la note en bas de page. »

Quin, rencontrant ce phénomène rare, une personne qui lit les notes en bas de page, était prêt à se laisser impressionner. « Ce ne sont encore que des hypothèses mais, ce qui est intéressant, c'est qu'elles ont trouvé un début de confirmation à Java. L'expédition américaine... »

Un léger trouble se lut dans les yeux de Verena. Elle n'avait pas eu le temps de potasser Java. « J'ai appris que vous venez de recevoir un diplôme d'honneur à Vienne, dit-elle pour retourner en terrain connu. Ce devait être particulièrement intéressant d'être là-bas à cette période. Hitler semble avoir accompli des miracles avec l'économie allemande.

— Oui. » Le sourire qui la séduisait tant avait disparu. « Il a accompli d'autres miracles, aussi, telle la destruction complète de trois siècles de culture allemande.

— Oh. » Mais Verena n'était pas du genre à se laisser facilement démonter. Retrouvant aussitôt son assurance, elle enchaîna : « Dites-moi, professeur Somerville, qu'est-ce qui vous a décidé à organiser un cours sur le terrain à Bowmont ?

— Eh bien, la faune de cette côte de la mer du Nord est d'une diversité surprenante, avec cette baie complètement fermée. Et puis, nous sommes juste en face des îles Farne, où les ornithologues font des études passionnantes sur des oiseaux d'élevage. C'était donc l'endroit idéal pour permettre aux étudiants d'acquérir une expérience pratique.

— Mais vous-même ? Votre discipline ? Vous irez aussi ?

— Bien entendu. J'aide Mr. Felton pour la biologie marine, mais j'organise également des voyages aux gisements houillers du nord et, au sud, dans le Yorkshire.

— Et les étudiants logent à part, pas dans la maison ?

— En effet. J'ai transformé un hangar à bateaux et des chaumières sur la plage en dortoir et laboratoire. Ma tante est âgée, je ne peux pas lui demander de recevoir des étudiants, et de toute façon ils préfèrent être indépendants. »

Verena s'assombrit — elle prévoyait des difficultés — mais, comme le professeur faisait mine de se tourner à gauche, vers l'épouse du biographe de l'évêque Berkeley, une ravissante jeune femme qui lui coulait des regards par en dessous, la fille de lady Plackett se lança dans l'éloge du cours du matin.

« J'ai été très intriguée par votre analyse des conceptions erronées de Hackenstreicher. Il ne fait aucun doute que le pauvre homme s'est complètement fourvoyé.

— Je suis content de vous l'entendre dire, approuva Quin en se servant de pommes de terre bouillies présentées par une domestique à l'air revêche. Miss Berger avait l'air de trouver mes idées extravagantes.

— Ah bon. Mais elle va nous quitter, n'est-ce pas ?

— Oui.

— Mère a été heureuse de l'apprendre », déclara Verena en jetant un coup d'œil à lady Plackett qui discutait avec un arrivant de dernière minute, un musicologue tout juste rentré de New York, dont la réponse à l'invitation de ce soir s'était perdue dans le courrier. « Elle trouve qu'il y en a un peu trop.

— Un peu trop de quoi ? demanda Quin en levant les sourcils.

— Euh... vous savez bien... les étrangers... les réfugiés. Elle pense que les places devraient être réservées aux gens de chez nous. »

Lady Plackett, qui avait observé d'un air bienveillant le succès de sa fille auprès du professeur, abandonna le protocole pour parler à travers la table.

« Bien sûr, intervint-elle, on ne doit pas le dire, mais on ne peut s'empêcher de penser qu'ils prennent la place des autres. Évidemment, on ne peut approuver tout à fait ce que fait Hitler.

— Non, déclara Quin. Ce serait certainement difficile de l'approuver.

— Mais, de toute façon, c'est une fille plutôt bizarre, dit Verena. Elle parle aux brebis. Cela a quelque chose de fantasque, ce n'est pas très scientifique.

— Jésus en faisait autant, dit avec une fermeté inattendue le philologue du British Museum, un vieux monsieur à la barbe blanche.

— Peut-être, oui, concéda Verena. Mais elle lui récite des poèmes en allemand.

— Des poèmes de qui ? questionna le biographe de Berkeley.

— De Goethe, répondit Quin qui commençait à en avoir assez de l'histoire de la brebis. *Le Chant du voyageur la nuit.*

— Excellent choix, approuva le philologue. Bien qu'on eût pu s'attendre à un poète pastoral du XVIIIe. Matthias Claudius, par exemple. »

Suivit une discussion incroyablement animée sur le genre de poésie qui, en allemand, était susceptible de plaire aux ongulés domestiques ; mais bien que ce fût exactement le genre de digression savante qu'elle croyait bon d'encourager, lady Plackett écoutait d'un air désapprobateur.

« Goethe, ce n'était pas cet homme qui tombait toujours amoureux de femmes prénommées Charlotte ? » questionna cette ravissante idiote de Mrs. LeClerque.

Quin se tourna vers elle, l'air soulagé. « Oui, en effet. Il a raconté cela dans un roman intitulé *Werther,* où le héros est tellement amoureux d'une Charlotte qu'il se suicide. Thackeray a écrit un poème sur ce sujet.

— Un beau poème ?

— Très beau, répondit Quin avec assurance. Il commence ainsi :

L'amour de Werther pour Charlotte
Était très grand et très sincère
Le jour où ils se rencontrèrent
Elle épluchait des pommes de terre

Et à la fin on emmène Werther sur une civière. »

Verena, qui voyait d'un mauvais œil cette dérive vers la frivolité, fit une dernière tentative pour ramener le Pr Somerville à un sujet auquel elle tenait.

« Quand Miss Berger doit-elle effectivement partir ?

— Ce n'est pas encore décidé. »

Quin se tourna résolument vers Mrs. LeClerque, laquelle commença à lui parler d'une de ses amies qui avait été fiancée à trois Henry, dont aucun n'avait fait l'affaire. Verena entreprit alors de remplir ses devoirs auprès de son autre voisin.

« Alors, avez-vous l'intention de poursuivre vos recherches sur les poissons osseux ici, en Angleterre ? » s'enquit-elle.

Mais, pour une fois, sa mère lui avait fait faux bond : l'arrivée du musicologue à la dernière minute avait entraîné une modification du plan de table. L'expert en icônes dévisagea Verena d'un air ahuri.

Quin avait l'habitude de venir à Thameside au volant d'une grosse Crossley bleu nuit, équipée de lanternes en cuivre et d'un klaxon bruyant.

Le lendemain du dîner chez les Plackett, au moment où il garait sa voiture sous le passage voûté, il fut accueilli non par la foule habituelle des gens qui lui disaient bonjour, mais par deux étudiants à l'air hostile qui brandissaient une bannière en lambeaux sur laquelle étaient inscrits ces mots : LE RENVOI DE RUTH BERGER EST INJUSTE.

Une fois en sécurité dans son bureau, Quin décrocha le téléphone. « Pouvez-vous appeler O'Malley à Tonbridge, s'il vous plaît, Hazel ?

— Très bien, monsieur. Mais sir Lawrence Dempster a téléphoné, et il a demandé que vous le rappeliez dès que possible.

— D'accord, je le fais tout de suite. »

Quand Quin eut terminé sa conversation avec le directeur de la Société de géographie, il était trop tard pour téléphoner à O'Malley, qui devait maintenant être en cours. Quin s'occupa alors de son courrier — jusqu'au moment de rejoindre la salle des professeurs où Elke, faisant craquer un biscuit entre ses dents éblouissantes, remit sur le tapis un sujet qu'il croyait clos.

« Elle m'a rendu un excellent devoir et, qui plus est, dans une langue qui n'est pas sa langue maternelle.

— Je ne vois pas pourquoi Miss Berger aurait des problèmes avec l'anglais. Après tout, elle est allée à une école anglaise presque toute sa vie. »

Alors qu'il essayait une dernière fois d'appeler Tonbridge, Quin fut interrompu par Hazel, qui lui annonça qu'une délégation d'étudiants l'attendait.

« Je peux leur accorder dix minutes, pas plus, déclara-t-il d'un ton cassant. J'ai cours à onze heures. »

Les étudiants entrèrent à la file. Il reconnut Sam et la jeune fille craintive dont le père fabriquait de l'aspirine, ainsi que l'immense Gallois aux oreilles en chou-fleur ; tous trois étaient d'anciens élèves qu'il ne connaissait pas comme il aurait dû, à cause de son voyage en Inde. Mais il y avait aussi d'autres étudiants, qui ne faisaient pas partie de son département. C'est Sam, emmitouflé dans son cache-nez, qui avait l'air d'être leur porte-parole.

« Nous sommes venus au sujet de Miss Berger, monsieur. Nous pensons qu'elle ne doit pas être renvoyée. » Il lui en coûtait de parler car, jusqu'ici, le Pr Somerville avait été son dieu.

« Nous pensons que c'est de la persécution. » Et, comme le professeur continuait de le regarder avec froideur : « Nous pensons que c'est injuste, étant donné ce que le peuple juif...

— Merci, ce n'est pas nécessaire de me rappeler le sort du peuple juif.

— Non, dit Sam en avalant sa salive. Mais nous ne comprenons pas pourquoi elle devrait partir à cause de quelques détails de procédure.

— Miss Berger n'est pas persécutée. Elle est transférée.

— Oui. Mais c'est ce qui arrive aux Juifs, aux Tsiganes et aux francs-maçons, en Allemagne, répliqua Sam, marquant un point inattendu. Et aux socialistes. Ils sont transférés dans des camps à l'Est.

— Et puis, elle ne *veut* pas partir, déclara Pilly, bégayant nerveusement en s'adressant à l'homme à cause de qui elle se trouvait obligée de faire une licence. Elle se plaît ici, et elle *aide* les gens. Elle nous fait voir des choses.

— C'est vrai, monsieur, approuva un beau et grand jeune homme blond que Quin ne connaissait pas. Je suis au département d'allemand et... eh bien, je dois vous dire que j'étais plutôt découragé d'étudier cette langue, à force d'entendre Hitler brailler à la radio. Mais j'ai rencontré Miss Berger à la bibliothèque et... eh bien, si *elle,* elle peut oublier les nazis... »

Sans parler, Quin parcourut du regard les membres de la délégation.

« Il me semble que vous avez oublié l'un des plus fervents partisans de Miss Berger, dit-il. Pourquoi est-ce que personne n'a amené la brebis ? »

En revenant de déjeuner, Quin trouva un visiteur dans son bureau.

« Pardonnez-moi de vous déranger, dit le Pr Berger en se levant.

— Vous ne me dérangez pas, c'est un plaisir de vous voir, monsieur », répondit Quin en lui serrant la main.

Mais il était consterné du changement survenu chez Berger. Cet homme à la haute silhouette très droite, digne comme un prophète de l'Ancien Testament, avait maintenant un visage décharné et ridé, et sa voix exprimait une immense lassitude.

« Pouvons-nous parler allemand ?

— Bien entendu, dit Quin en refermant la porte et en offrant un meilleur siège au professeur.

— Je suis venu au sujet de ma fille. Au sujet de Ruth. Je me rends compte qu'il y a eu un problème, et je me demandais si je pouvais faire quelque chose pour arranger la situation. »

Quin prit une règle et la fit tourner entre ses mains.

« Elle a dû vous dire que je fais le nécessaire pour qu'elle soit transférée à l'université de Tonbridge, dans le Kent.

— Ah, c'est cela. Je n'étais pas au courant. Elle m'a juste dit qu'elle devait quitter Thameside.

— Ce n'est guère un secret. Tout le monde ici paraît en faire une affaire personnelle.

— Puis-je vous demander pourquoi on la renvoie ? »

Le vieux monsieur parlait d'un ton sec et distant, mais sa détresse était perceptible et Quin, qui s'était toujours considéré comme son subordonné, ressentait un malaise croissant.

« J'ai jugé inopportun d'avoir dans mon cours quelqu'un dont j'ai très bien connu la famille. On pourrait reprocher à votre fille d'être favorisée.

— Vraiment ? répliqua Berger en caressant son chapeau. J'avoue que, si j'avais refusé de prendre dans mes cours les enfants de gens que je connaissais bien, à Vienne, je me serais retrouvé devant des classes presque vides.

— Peut-être, mais en Angleterre c'est différent. Les universités sont plus petites, il y a davantage de ragots.

— Professeur Somerville, je vous en prie, dites-moi la vérité. » C'est en entendant cet homme de trente ans son aîné l'appeler par son titre que Quin réalisa à quel point le vieux monsieur était blessé. « Ruth a-t-elle fait quelque chose de mal ? N'est-elle pas du niveau du cours ? Nous nous sommes efforcés de lui donner un bon enseignement, mais...

— Non, pas du tout. Ruth est une excellente élève.

— Est-ce son attitude ? La trouvez-vous trop effrontée ? Elle a été élevée dans un milieu universitaire, peut-être manque-t-elle de respect ?

— Absolument pas. Elle s'est déjà fait un nombre incroyable d'amis, aussi bien parmi les étudiants que parmi les professeurs.

— Alors... y aurait-il eu un... un scandale ? Elle est jolie, je sais, mais je suis prêt à jurer qu'elle... »

Quin se pencha sur son bureau pour donner plus de poids à ses paroles.

« Je vous en prie, monsieur, croyez-moi quand je vous dis que, si je la renvoie, c'est uniquement parce que je pense que mes liens avec votre famille, la dette que j'ai envers vous...

— Quelle dette ? l'interrompit le Pr Berger d'un air dur.

— La conférence à Vienne, votre hospitalité. Et le diplôme d'honneur.

— Ah oui, le diplôme. Nous avons appris par des collègues que vous aviez assisté à la cérémonie, mais pas au dîner.

— C'est exact. Quand j'ai su que vous n'étiez pas là... » Quin s'interrompit, puis reprit : « J'aurais dû vous remercier d'avoir organisé cela, mais je suis allé directement à Bowmont. »

Il y eut un silence, puis le Pr Berger, les yeux fixés au sol, prononça d'une voix lente : « Ma femme pense que c'est vous qui avez aidé Ruth à Vienne.

— Oh, vraiment ? dit Quin, une fraction de seconde trop tard. Qu'est-ce qui lui fait croire cela ?

— Allez savoir, répondit Berger avec une pointe d'amertume. Les modes de pensée normaux sont totalement étrangers au caractère de Leonie. Autant que j'ai pu comprendre, c'est parce que vous avez plongé dans le Grundlsee pour récupérer la monographie de sa belle-sœur sur les Mi-Mi. Et aussi parce que vous avez dansé deux fois avec sa filleule, Franzi, au bal de l'université. Franzi avait beaucoup d'acné et elle louchait ; or, c'est parce que vous l'avez choisie et avez été gentil avec elle qu'elle a accepté de faire opérer son œil, et l'acné a disparu d'elle-même, et maintenant elle est mariée, elle a deux enfants affreusement mal élevés et elle a la chance d'être installée à New York.

— Je crains de ne pas très bien vous suivre, déclara Quin d'un air d'excuse.

— Il y a d'autres raisons, mais je ne vais pas vous ennuyer avec cela. Il semblerait que vous avez lancé votre chapeau sur un *Herrenpilz* que convoitait Mishak et vous avez ainsi empêché Frau Pollack de mettre la main dessus ; nous avons toujours considéré que les champignons qui poussaient à côté de chez nous nous appartenaient et... » Le Pr Berger hocha la tête. « Comme tout cela paraît loin... Quoi qu'il en soit, l'argument de Leonie, c'est que les gens ne changent pas : si vous étiez gentil autrefois, vous l'êtes encore aujourd'hui. Si vous avez constaté que je n'étais pas à l'université, vous avez dû venir chez nous et trouver Ruth. C'est ce que pense ma femme, pas ce que je pense, moi, et je ne veux pas vous obliger à révéler ce que vous préféreriez garder par-devers vous. Mais il est possible que, si Leonie a raison, cela vous ennuie que Ruth reste ici. Vous pourriez craindre qu'elle ne s'attache à vous.

— Non, je ne le crois pas.

— Ce serait naturel, pourtant. Elle est très affectueuse, et elle parlait très souvent de vous, après l'été que vous avez passé avec nous. Sans oublier le lapin bleu. » Quin avait l'air perplexe. « Celui que vous aviez gagné à la carabine, au Prater. Elle a dormi avec pendant des années et, le jour où le lapin a perdu une oreille, il a fallu faire appel aux talents de chirurgien du Dr Levy.

— J'avais oublié.

— Vous étiez jeune, l'avenir était devant vous — il l'est toujours. Dieu vous garde de vous raccrocher au passé, ainsi que nous le faisons. Mais ce que je voulais dire, c'est que vous n'avez rien à craindre sur ce plan. Même si Ruth vous aime beaucoup, même si elle vous respecte comme...

— ... un homme plus âgé », dit Quin en levant les sourcils.

Berger haussa les épaules. « Elle est entièrement dévouée à son cousin, le jeune Heini Radek. Tout ce qu'elle fait, en définitive, elle le fait pour lui. Donc, vous pouvez être tranquille. Elle épousera Radek, elle tournera les pages de ses partitions et choisira les camélias de sa boutonnière. Il en est ainsi depuis le jour où il est arrivé à Vienne.

— Dans ce cas, est-il si important qu'elle passe sa licence ici ou ailleurs ? Est-il important, même, qu'elle passe une licence ?

— J'accorde peut-être trop d'importance aux études. Et je fais sans doute partie de ces pères qui pensent que rien n'est assez bon pour leur fille. Heini est un garçon doué, mais j'aurais aimé que Ruth ait le choix. » Le professeur changea de tactique. « Une chose est sûre, Ruth n'ira pas à Tonbridge. Elle a passé la matinée à l'agence pour l'emploi, et maintenant elle envoie des lettres de candidature en essayant de retenir ses larmes.

— Je suis certain qu'elle entendra raison.

— Permettez ! Je connais ma fille, dit Berger d'un air digne avant de prendre sa canne pour sortir. Mais vous devez faire ce que vous jugez bon. Je n'aurais pas apprécié qu'on me dise comment diriger mon département. Je vais à Manchester pour quelques semaines et j'avais espéré...

— Ah oui ! s'exclama Quin, sautant sur l'occasion de changer de sujet. Vous vous plairez à l'Institut. Feldberg est un type épatant. Mais ne laissez pas ce radin de comptable rogner sur vos honoraires. Il y a des fonds disponibles pour les travaux de classification.

— Je ne croyais pas avoir mentionné ma nomination à l'Institut, répliqua le Pr Berger en lançant à Quin un regard sévère. Ni le fait qu'on m'a demandé de classer la collection Howard. »

Pris en défaut là où il ne s'y attendait pas, Quin remua des papiers sur son bureau.

« Les choses se savent, marmonna-t-il.

— Ainsi, c'est vous qui avez organisé ce travail à Manchester ? Vous qui leur avez demandé de me contacter ? J'aurais dû m'en douter.

— Franchement, vous n'avez rien fait pour vous-même depuis que vous êtes à Londres. Un homme de votre renom, assis dans une bibliothèque municipale à côté d'un clochard ! Pourquoi n'avez-vous pas pris contact avec les gens que vous avez aidés autrefois ? Je n'ai eu qu'à prononcer votre nom. Feldberg ne savait même pas que vous étiez en Angleterre ! »

Berger avait remis son chapeau et repris sa canne. Quand il parla de nouveau, ce fut avec le sourire. « C'est étrange, j'ai beaucoup de diplômes, vraiment beaucoup ; ma femme, elle, a raté même son examen d'arrangement floral parce qu'elle mettait toujours trop de fleurs dans le vase ; et pourtant, vous voyez, c'est elle qui avait raison : les gens ne changent pas. »

Ce n'est qu'au moment de sortir qu'il se retourna.

Son visage accusait une immense fatigue et sa voix redevint grave. « Permettez à la petite de rester, Quinton, dit-il en l'appelant par son prénom, comme il l'avait toujours fait. Ce sera juste pour un an, après tout, et qui sait ce que l'avenir nous réserve. » Puis il ajouta dans un souffle : « Elle ne vous dérangera pas. »

Mais, en fin de compte, ce ne fut pas la requête de son père qui valut à Ruth d'obtenir sa grâce ; ce ne fut pas non plus l'intervention des étudiants. Et pas davantage le plaisir évident manifesté par lady Plackett d'être débarrassée d'une jeune fille qui n'entrait pas dans le moule général. Ce fut une affiche du kiosque à journaux devant lequel Quin passa en rentrant chez lui, qui annonçait : HITLER EN TCHÉCOSLOVAQUIE. LES PHOTOS.

Les photos — Quin acheta le journal — montraient le Führer souriant et couronné de fleurs, les bannières avec la croix gammée suspendues aux façades des immeubles, comme à Vienne. L'Autriche en mars, la Tchécoslovaquie en octobre... comment croire que cela s'arrêterait là ?

La durée de vie d'un officier d'infanterie en 1918 était de six semaines. Dans la marine il pouvait espérer tenir un peu plus, mais pas beaucoup. Quand la guerre éclaterait — ce qui était probable —, qui se soucierait de savoir qui était marié avec qui et depuis combien de temps ?

« O'Malley dit qu'il n'a pas de place. Prévenez Miss Berger qu'elle peut rester. » Telle fut la manière dont Quin fit savoir sa décision à Roger Felton.

Roger acquiesça, et ni ce jour-là ni plus tard il ne révéla ce qu'il venait juste de lire dans le *Bulletin de l'Université* : O'Malley avait eu un accident de voiture et il était à l'hôpital, absolument hors d'état de dire quoi que ce fût.

15

La deuxième semaine d'octobre, les prières de Leonie pour l'institutrice de maternelle furent exaucées. Miss Bates se fiança — triomphe des petites culottes sur la personnalité — et retourna chez elle à Kittering pour préparer son trousseau. Sa chambre au rez-de-chaussée se trouva donc libre et Paul Ziller s'y installa, ce qui fit le bonheur de tous. Ziller n'avait plus besoin d'aller répéter dans le vestiaire du centre de soins, Leonie pouvait prendre ses chemises sales quand elle voulait, et oncle Mishak avait un accès direct au jardin.

Mishak n'avait pas jugé nécessaire de rendre le bout de terrain qu'il avait réclamé au moment de la crise de Munich. On lui avait dit de « rester calme et creuser », et c'est ce qu'il continuait de faire. Comme il n'avait pas d'argent pour acheter des plantes ni des engrais, ses activités étaient limitées, mais pas autant qu'on aurait pu croire. La vieille dame qui habitait deux numéros plus loin était toujours propriétaire de sa maison ; Mishak l'aidait à creuser, et en échange elle lui donnait des graines et des boutures. Et puis, les balades de Mishak dans les parcs de Londres n'étaient pas infructueuses, car il emportait avec lui son couteau suisse et des sacs en papier. Pas plus que les parasites de Miss Elke n'auraient détruit l'hôte qui les nourrissait, Mishak n'aurait fait de mal aux plantes sur lesquelles il tombait ; mais un élagage discret l'enrichissait parfois d'une bouture de seringa ou d'une graine de clématite. Et s'il n'y avait pas d'argent pour de l'engrais, il y avait abondance de compost au n° 27 et dans les maisons voisines, à commencer par les restes de soupe de Fräulein Lutzenholler.

Hilda, pendant ce temps, avait fait une percée au British Museum, bravé le saint des saints, rencontré le conservateur des collections d'anthropologie, et exposé audit conservateur son opinion au sujet de la coupe à boire mi-mi.

« Elle ne vient pas des Mi-Mi », avait dit Hilda, le regard animé derrière ses lunettes, et elle avait cité ses références.

Le conservateur n'était pas de son avis, mais il ne l'avait pas chassée. Que les réfugiés n'aient pas le droit de travailler, c'était un malentendu. Cela ne dérangeait personne qu'ils travaillent ; ce qu'on leur interdisait, c'était d'être *payés.* Quand elle eut fait état de ses services, Hilda passa des moments de bonheur dans le sous-sol du musée, à trier les objets rapportés par des voyageurs un siècle plus tôt ; car cette femme, qui était à la maison un véritable brise-tout, était capable dans son métier de manipuler avec habileté et délicatesse les figurines d'argile et les anneaux de cheville qu'on lui confiait.

Un espoir prudent s'était donc répandu au 27 Belsize Close durant le mois d'octobre, d'autant plus que Ruth avait réintégré l'université et adorait visiblement ce qu'elle faisait. Même la lugubre Fräulein Lutzenholler avait une nouvelle occupation, car le Pr Freud avait fini par quitter Vienne et s'était installé dans le quartier. Elle ne s'attendait pas que Freud la remarque (de toute façon, il était très âgé et malade), parce qu'elle avait dit du bien de son grand rival, Jung, à une réunion de la Société psychanalytique en 1921. Mais elle aimait se planter devant chez lui et *regarder,* simplement, comme Cézanne contemplait la montagne Sainte-Victoire.

Hilda et la psychanalyste occupées à l'extérieur, son mari en train de se préparer pour son travail à Manchester, Leonie pouvait vaquer tranquillement aux tâches ménagères ; mais, avec le froid qui arrivait, elle se trouva confrontée à un tourment domestique que, malgré sa honte, elle partageait avec Miss Maud et Miss Violet.

« Je vis avec des souris », avoua-t-elle, le regard sombre, car elle se sentait profondément humiliée.

C'était vrai. Avec l'automne, les souris envahirent la maison. Les plinthes résonnaient de leur tapage, les lambris vibraient de leurs cris d'amour. Leonie couvrit tout ce qui était comestible, récura, traqua, cogna avec un manche à balai ; avec la maigre allocation qu'elle touchait du Comité des réfugiés, elle acheta du poison, dont les souris firent leur profit.

« Et les souricières ? dit Miss Maud. Nous pourrions vous en prêter. »

Mais il fallait du fromage, pour cela, et le fromage coûtait cher. « Ce propriétaire, déclara Leonie en remuant son café. Je lui ai demandé plusieurs fois de faire venir le service de dératisation, mais il ne fait rien. »

Miss Maud lui offrit alors un de ses chatons, mais Leonie refusa poliment.

« Vivre avec des souris, vivre avec des chats, pour moi c'est la même chose », expliqua-t-elle avec tristesse.

Ruth aussi était préoccupée par les souris. A son avis, elles ne pouvaient pas entamer la boîte à biscuits avec les princesses sur le couvercle, mais une grande quantité de documents s'amassait sous le plancher — Mr. Proudfoot travaillait beaucoup pour elle —, et c'était déroutant de penser qu'ils pouvaient être le point de ralliement de rongeurs en mal d'abri.

Mais sa vie à l'université l'absorbait. Elle n'aurait pas pu se consacrer pleinement à ses études si elle avait eu des inquiétudes au sujet du visa de Heini ; toutefois, le jeune homme, d'après ses lettres, avait confiance : son père avait trouvé *la* personne à soudoyer, et Heini pensait être auprès de Ruth au début de novembre. Ce qui tracassait Heini, c'était le piano, mais là aussi tout allait bien. Ruth, en effet, continuait de travailler trois soirs par semaine au salon de thé, qui commençait à attirer du monde de là-haut — de Hampstead Hill. Ruth n'aurait jamais accepté de pourboires des réfugiés, même s'ils avaient pu lui en donner, mais elle prenait tout ce que lui laissaient les riches producteurs de films ou les jeunes gens à Jaguar en quête d'« atmosphère », et le pot à confiture était aux trois quarts plein.

La réaction de Ruth en apprenant sa réhabilitation fut de demander à Quin de le voir en privé pendant une demi-heure. Il y avait quelque chose, précisa-t-elle, qu'elle tenait absolument à lui dire.

Quin, cherchant un endroit où il ne rencontrerait personne de sa connaissance, avait choisi le « Pavillon de Thé » de Leicester Square, où aucun membre de sa famille n'aurait eu l'idée de venir, et qui n'était guère fréquenté par les distingués paléontologues. Mais il n'avait pas imaginé remporter un tel succès auprès de Ruth : la jeune fille contemplait avec ravissement les mosaïques turques, les palmiers en pot et les serveuses en jupe noire, à coup sûr persuadée de se trouver au cœur de la vie mondaine londonienne.

L'entrevue débuta mal, avec ce que Quin jugea un débordement de gratitude. « Ruth, allez-vous cesser de me remercier ? Et je ne prends pas de sucre.

— Je le sais, dit Ruth, vexée. Je me rappelle, à Vienne. Et je sais aussi que dans l'aristocratie on verse le thé d'abord et le lait ensuite, Miss Kenmore m'a appris que c'est comme ça que fait la reine mère. Mais attendre que je ne vous remercie pas, ce n'est pas intelligent, alors que vous m'avez sans doute sauvé la vie, que vous avez trouvé du travail à mon père, et que maintenant vous me permettez de revenir à la fac.

— Oui, eh bien, j'espère que vous avez réfléchi

aux conséquences. J'ignore si le tribunal s'intéresse de près à la façon dont nous passons nos journées, mais vous savez ce qu'a dit Proudfoot au sujet de la collusion. Si Heini arrive et constate que votre mariage ne peut se faire dans des délais normaux, il ne sera pas content du tout. Je crois que vous devriez prendre cela en considération.

— Je le fais. Mais je suis sûre que tout ira bien, et puis avec Heini, ce qui compte c'est plutôt d'être ensemble, comme je vous l'ai dit. Cela aurait déjà pu se faire, mais mon père n'aurait jamais compris la théorie du verre d'eau. Il n'était même pas question d'en discuter en sa présence.

— Que diable peut bien être la théorie du verre d'eau ?

— Oh, vous savez, l'amour... l'amour physique... c'est comme de boire un verre d'eau quand on a soif, il n'y a pas de quoi en faire toute une histoire.

— Je ne suis pas sûr que vous pourriez en discuter en ma présence non plus, remarqua Quin d'un air songeur. Cela m'a l'air d'une sacrée absurdité.

— Vous trouvez ? dit Ruth, surprise. De toute façon, je ne crois pas qu'il voudra se marier immédiatement, à cause de sa carrière.

— Je me demande. A mon avis, la situation internationale va le faire réfléchir. Je ne serais pas étonné qu'il veuille vous faire sienne, et légalement, le plus tôt possible. En tout cas, j'ai dit ce que j'avais à dire ; si vous êtes sûre de ce que vous faites, je n'insisterai pas. »

On apporta le plateau de pâtisseries qu'il avait commandé pour Ruth, et elle l'accueillit avec des transports de joie.

« Les gâteaux anglais sont tellement... splendides ! » s'écria-t-elle, en extase devant les couleurs des tartes à la confiture, jaune sur les bords, rouge et vert vif à l'intérieur. Elle passa le plateau à Quin, qui déclara ne consommer le bicarbonate de soude qu'à des fins médicales et le lui repassa. « En fait, reprit-elle, je voulais vous dire quelque chose d'important au sujet de l'annulation, c'est pour cela que j'ai demandé à vous rencontrer. Au cas où ça se passerait mal — je ne crois pas, mais au cas où. Vous savez, j'ai parlé avec Mrs. Burtt, qui est très intelligente et travaille pour des tas de gens qui sont divorcés. Pas annulés, divorcés. Je ne m'étais pas rendu compte de la différence.

— Qui est Mrs. Burtt ?

— C'est la femme qui fait la vaisselle au salon de thé "Les Glycines", où je... » Elle s'interrompit, certaine que Quin, comme son père, en ferait une histoire s'il apprenait qu'elle travaillait toujours au salon de thé. « C'est un endroit où nous allons tous... Quoi qu'il en soit, elle m'a expliqué ce qu'il faut faire pour divorcer.

— Ah oui, vraiment ?

— Oui, dit Ruth en mordant dans sa tarte. Vous allez dans un hôtel, quelque part sur la côte sud — Brighton est parfait, parce qu'il y a une promenade avec des machines à sous — et vous prenez une chambre d'hôtel, avec une dame spéciale que vous avez engagée. Ensuite, vous et la dame vous passez la nuit à jouer aux cartes. » Elle réfléchit, l'air un peu troublé. « Mrs. Burtt n'a pas précisé quel jeu. Le rami, je suppose, ou peut-être le vingt-et-un. Parce que pour le bridge il faut être plus nombreux, et le poker ne convient sans doute pas, hein ? Au matin, vous vous mettez au lit avec la dame et vous sonnez la femme de chambre pour le petit déjeuner ; elle arrive, elle vous reconnaît, et le détective qui vous a suivi lui demande de témoigner, et vous divorcez. »

Ruth s'enfonça dans son siège, très contente d'elle.

« Mrs. Burtt semble fort bien renseignée. Et je ne manquerai pas, si nécessaire, de...

— Ah, mais *non* ! C'est cela que je voulais vous dire. Vous avez été si incroyablement bon pour moi que je ne pourrais pas vous laisser faire une chose pareille, parce que je ne pense pas que cela vous plairait ; aussi, *c'est moi qui le ferai, à la place* ! Sauf que, bien sûr, je n'engagerai pas une dame, mais un monsieur, ce que je pourrai faire à ce moment-là, parce que j'aurai payé pour le piano de Heini et que j'aurai un travail. Le problème, c'est que je ne sais pas jouer aux cartes, à part le jeu des sept familles ; mais j'apprendrai et...

— Ruth, voulez-vous cesser de dire des bêtises ? Comme si j'allais vous impliquer dans une situation aussi sordide et absurde !

— Cela n'a rien d'absurde. C'est important pour vous d'être libre pour pouvoir épouser Verena Plackett.

— Je n'épouserais pas Verena Plackett, affirma Quin, pris au dépourvu, même si elle était la dernière...

— Ah, c'est parce que vous la trouvez trop grande ; mais elle pourrait porter des talons plats ou marcher pieds nus, c'est bon pour la santé. Et même si vous ne l'épousez pas, elle, il y a toutes ces femmes qui vous poursuivent derrière les pyramides, et celles qui laissent leurs écharpes dans votre bureau. Et je veux vous *aider.*

— Eh bien, vous ne m'aiderez guère en vous fourrant dans ce genre d'idioties, affirma Quin. Maintenant, parlez-moi de vos parents. Comment se débrouillent-ils, comment se passe la vie à Belsize Park ? »

Bien que très vexée par le refus de Quin d'adopter son plan, Ruth accepta de changer de sujet, et l'affront ne l'empêcha pas d'avaler une seconde tarte à la confiture et un éclair au chocolat. Au moment de sortir du salon de thé, elle se tourna vers Quin et lui dit avec emphase :

« Je sais que vous n'aimez pas qu'on vous remercie, mais pour le thé, *tout le monde* accepte d'être remercié, et je tiens à vous dire qu'à partir de maintenant je ne chercherai plus jamais à être seule avec vous, et je serai complètement anonyme. Je serai, ajouta-t-elle avec fougue, *non existante.* »

Quin la dévisagea, perplexe. Ruth avait dans le regard la ferveur de ceux qui font des serments solennels, et ses cheveux en cascade étincelaient à la lumière des lustres. Un jeune homme qui passait avec un ami se retourna pour la contempler et se cogna contre le portier.

« Je serais très intéressé, dit Quin, songeur. Oui, je serais très intéressé par votre *non-existence.* »

Ruth tint parole. Elle s'asseyait au fond de l'amphithéâtre (mais plus en imperméable), s'aplatissait contre le mur au passage du professeur, et n'ouvrait pas la bouche pendant les séminaires.

Ce qui ne voulait pas dire qu'elle ne posait pas de questions. Comme les cours de Quin lui ouvraient sans cesse de nouveaux horizons, elle entraîna ses camarades à poser des questions à sa place. Entendre Pilly trébucher sur des phrases dont chaque expression portait la marque de Ruth procurait à Quin un plaisir exquis.

Cependant, la Nature n'avait pas fait Ruth pour la non-existence. Ce que firent remarquer Sam et Janet, qui trouvaient qu'elle exagérait. « Ce n'est pas parce que tu l'as connu à Vienne, dit Sam, que tu dois faire autant d'efforts pour l'éviter. De toute façon, ça ne sert strictement à rien : on remarque tes cheveux à l'autre bout de la cour, et je parie qu'il sait exactement où tu te trouves. »

Hélas, c'était vrai. Ruth penchée sur le parapet du pont pour donner à manger aux canards, ou assise à la bibliothèque derrière une pile de livres, un brin d'herbe entre les dents, n'était pas non-existante. Elle ne l'était pas davantage quand elle faisait travailler Pilly sous le noyer, ou qu'elle sortait, ivre de musique, des répétitions de la chorale. En temps ordinaire, Quin aurait pu dire sans vanité qu'il était quelqu'un de très équilibré ; mais une semaine de non-existence de Ruth ébranla sérieusement son système nerveux.

Si Ruth faisait tout pour éviter le Pr Somerville, ce n'était pas le cas de Verena Plackett. Elle sortait chaque matin de chez elle avec la régularité d'un coucou suisse, son porte-documents en crocodile à la main, une blouse immaculée — elle en changeait tous les jours — sur le bras. Verena continuait à remercier les professeurs de la part de ses parents, n'acceptait que l'obséquieux Kenneth Easton comme partenaire de travaux pratiques, et, en la voyant arriver, la douve du foie s'aplatissait docilement entre les plaques du microscope. Mais c'est dans les séminaires du Pr Somerville que Verena brillait particulièrement. Elle s'asseyait à côté du professeur, les jambes croisées avec élégance à hauteur des chevilles, et posait des questions intelligentes, avec des phrases complètes, laissant clairement entendre qu'elle avait lu non seulement les ouvrages conseillés par le professeur, mais bien d'autres encore.

« J'aimerais savoir ce que vous pensez des théories d'Ashley-Cunningham sur l'atrophie des os, telles qu'elles sont exprimées dans le chapitre 5 de sa *Paléohistologie.* » Tel était le genre de question que les autres étudiants devaient supporter de la part de Verena. « Cet ouvrage n'est pas sur notre liste, je sais, mais je suis tombée dessus par hasard à la London Library. »

Au début, il n'était pas venu à l'esprit de Verena que Ruth pût être une rivale sérieuse sur le plan universitaire. Une illuminée qui parlait aux brebis ne pouvait être prise en considération. Ce fut donc un choc lorsqu'on leur rendit les premiers devoirs et qu'elle constata que Ruth avait, comme elle, de très bonnes notes, et qu'on la croyait capable d'obtenir une mention très bien à la licence. Verena serra les dents et décida de travailler encore plus dur. Ruth agit de même. Mais Ruth s'adressait des reproches, elle se sentait *ternie* et, la nuit, une fois Hilda endormie, elle s'asseyait dans son lit et s'adressait à Dieu :

« Dieu, je vous en prie, faites que je n'aie pas l'esprit de compétition. Faites que je me rappelle qu'étudier est un privilège, que la connaissance doit être recherchée pour elle-même. Et, je vous en *prie,* faites que je cesse de vouloir battre Verena Plackett aux examens. »

Elle priait avec ferveur et sincérité. Mais Dieu était occupé, cet automne-là, avec les Brigades internationales qui revenaient vaincues d'Espagne, avec les monstruosités d'Hitler qui s'amplifiaient, et les moineaux qui continuaient à tomber, un peu partout. Et Ruth, ses prières achevées, gâchait tout, en se levant et en emportant ses notes de cours à la salle de bains, le seul endroit de la maison où, tard dans la nuit, on pouvait étudier sans être dérangé.

Les jours passaient, et on évoquait de plus en plus le cours en plein air qui devait avoir lieu à la fin du mois. Les étudiants de doctorat qui étaient déjà allés à Bowmont en parlaient avec beaucoup d'enthousiasme.

« On va en bateau, on fait des feux de camp et des grillades, et le dimanche on est invité à la maison du professeur pour un énorme déjeuner. »

Ruth était disposée à croire tout cela, mais elle ne voulait absolument pas y aller.

« Je ne peux pas me payer le voyage, déclara-t-elle. Sans parler du ciré et des bottes. Et, de toute façon, je dois préparer l'arrivée de Heini. Mais, franchement, cela ne me dérange pas. »

En revanche, cela dérangeait Pilly, et elle finit par le dire, et les autres amis de Ruth aussi.

Cela dérangeait également Mr. Felton. Plus que ça. Il était tout à fait déterminé à ce que Ruth aille à Bowmont.

Car il existait bien un fonds d'aide pour les étudiants en difficulté, géré par la commission budgétaire dont faisait partie Roger — qui siégeait dans bien d'autres comités, puisque Quin avait fait savoir dès le début qu'il n'avait pas l'intention de perdre son temps dans des salles surchauffées, à écouter des rabâchages.

La commission devait se réunir un samedi, quinze jours avant le début du cours. Felton avait déjà sollicité les membres des autres départements, et tous étaient favorables à son projet. Le fonds d'aide était largement créditeur, et tous ceux qui connaissaient Ruth Berger — et ils étaient étonnamment nombreux — trouvaient excellente l'idée d'utiliser l'argent pour qu'elle puisse aller dans le Northumberland. C'est donc plein de confiance et d'espoir que Roger entra dans la salle de réunion.

C'était sans compter avec le nouveau président. Lord Charlefont avait expédié les réunions à toute vitesse. Sir Desmond, qui était diplômé en économie, s'attardait sur chaque détail ; l'achat du moindre tube à essais ou d'une boîte de craies faisait l'objet d'un examen attentif, si bien qu'à une heure, avant que la question du fonds d'aide ait pu être discutée, la séance fut suspendue pour le déjeuner.

« Faut-il vraiment que vous y retourniez ? interrogea lady Plackett, qui avait l'intention d'emmener son mari à un vernissage.

— Oui. Felton, du département de zoologie, veut envoyer un étudiant au cours de Somerville sur le terrain. Il veut utiliser le fonds d'aide pour cela. C'est très discutable, à mon avis ; cela risque de créer un précédent. Dans quelle mesure doit-on *aider* un étudiant à aller à un cours en plein air ? Nous devons en débattre très soigneusement.

— Ce n'est pas pour l'Autrichienne qu'il veut cet argent ? Miss Berger ?

— Cela n'est pas précisé, dit sir Desmond en consultant l'ordre du jour. Mais c'est possible. Pourquoi ?

— Si tel était le cas, cela me paraîtrait tout à fait inopportun. Comme vous le savez, le Pr Somerville voulait la renvoyer, parce qu'il a eu des liens avec sa famille, à Vienne. De toute évidence, il était conscient du risque de favoritisme. Et Mr. Felton, depuis, s'intéresse particulièrement à elle, à ce que m'a dit Verena.

— Vous voulez dire...

— Non, non, pas cela. Seulement, il infléchit le règlement pour arranger la fille. Mais si le bruit se répand que des fonds destinés aux étudiants vraiment en difficulté sont utilisés pour offrir un voyage à une fille qui n'est ici que par tolérance, je crains que cela ne donne lieu à toutes sortes de bavardages et de suppositions. Mieux vaut garder cet argent pour des étudiants réellement dans le besoin, non ?

— C'est juste, répondit sir Desmond. Toute irrégularité serait fâcheuse, sans aucun doute. Cette jeune fille a déjà beaucoup attiré l'attention sur elle.

— Et pas de manière favorable », conclut lady Plackett.

« Que se passe-t-il ? demanda Quin qui revenait du muséum et s'apprêtait à travailler tard sur un article pour *Nature.*

— Ce dégonflé de Plackett, expliqua Roger Felton dont les lunettes semblaient avoir été trempées dans de la poix. Il a bloqué le fonds d'aide, nous ne pouvons pas l'utiliser pour envoyer Ruth à Bowmont. Ça créerait un "fâcheux précédent" si n'importe quel étudiant s'imaginait pouvoir voyager aux frais de l'université !

— Ah, lady Plackett y est sans doute pour quelque chose. Elle n'aime pas Ruth. » Quin, à sa propre surprise, constata qu'il était très en colère. En principe, il ne voulait pas de Ruth à Bowmont — Ruth « invisible », c'était déjà difficile à supporter à Thameside, mais à Bowmont ce serait pis encore —, mais l'étroitesse d'esprit de la nouvelle direction était dure à accepter.

« Ruth a-t-elle envie de venir ? questionna-t-il. Le fameux Heini ne doit-il pas arriver d'un jour à l'autre ?

— Pas avant début novembre ; nous serons déjà rentrés. » Roger contempla les concombres de mer d'un air lugubre. « Elle en a envie, quoi qu'elle dise.

— Vous tenez beaucoup à ce qu'elle vienne, vous et Elke, n'est-ce pas ? Parce que ce sera bon pour elle.

— Oui... bon sang, c'est vous qui faites ce cours, vous savez bien que c'est le meilleur de tout le pays. Mais je voulais qu'elle voie la côte. Je lui dois...

— Vous quoi ?

— Je sais, dit Roger en haussant les épaules, vous

trouvez que nous la chouchoutons, Elke, Humphrey et moi... mais elle nous le rend bien et...

— Qu'est-ce qu'elle vous rend bien ?

— C'est difficile à expliquer, répondit Roger en hochant la tête. On prépare les travaux pratiques... grands dieux, vous savez ce que c'est. On passe la moitié de la nuit à essayer de trouver des spécimens corrects ; là-dessus, le technicien a la grippe et il n'y a pas assez de plaques de verre... Et la voilà qui arrive, et qui regarde au microscope comme s'il y avait là la première puce d'eau de la Création ; alors, soudain, on se rappelle ce qu'on fait et pourquoi on le fait. Si son travail était bâclé, ce serait différent, mais ce n'est pas le cas. Elle méritait mieux que la note que vous lui avez donnée au dernier devoir.

— Je lui ai mis 16,5.

— Oui. Et Verena Plackett, 17. Ça ne me regarde pas, c'est vrai. Je suppose qu'il n'y a rien à faire, puisque vous vous escrimez à ne pas la favoriser, sous prétexte que vous l'avez tenue sur vos genoux quand elle portait encore des couches.

— Je n'ai rien fait de la sorte, mais vous devez comprendre que je ne peux pas intervenir, cela ne ferait que lui causer du tort. » Comme son adjoint restait planté là, l'air inconsolable, Quin lui demanda : « Comment cela se passe-t-il, chez vous ? Et Lillian ?

— Toujours pas de bébé, dit Roger avec un soupir. Et elle ne veut pas en adopter. Si seulement je n'avais pas invité Humphrey à dîner ! » Fitzsimmons avait cru bien faire en disant à la femme de Roger qu'une baisse de température était normale avant la période féconde de la femme ; mais ce n'était pas lui qui voyait Lillian sortir de la salle de bains armée de ses thermomètres et refuser le devoir conjugal jusqu'au moment crucial. « Je serai content d'aller dans le Nord pendant quelque temps, je peux vous le dire !

— Je serai content que vous veniez. »

Ruth ne fut pas déçue des conclusions de la commission budgétaire, puisqu'elle n'était pas au courant des efforts déployés pour elle par Mr. Felton. Mais si elle restait fermement décidée à ne pas se rendre à Bowmont, en revanche elle était tout à fait prête à se joindre aux autres pour spéculer sur les pyjamas de Verena Plackett.

Car Verena, bien sûr, allait dans le Northumberland, et ce qu'elle porterait la nuit, dans le dortoir au-dessus du hangar à bateaux, préoccupait beaucoup ses camarades. Janet pensait qu'elle grimperait dans sa couchette de bois en dentelle noire transparente. « Au cas où le professeur monterait à l'échelle, à minuit, avec un moulage de crâne. » Pilly la voyait plutôt en pyjama à rayures, avec une longue corde, et elle donnerait l'ordre à Kenneth Easton d'y faire un double nœud avant d'aller se coucher. Ruth, un peu obsédée par les blouses impeccables de Verena, qu'elle enviait terriblement, imaginait un pyjama en calicot froncé bien amidonné. « Comme ça, vous l'entendrez craquer la nuit. »

Mais en fait aucune d'entre elles ne devait voir

les pyjamas de Verena, car la fille du président de l'université avait d'autres desseins.

Si Leonie attendait chaque soir avec impatience le moment où Ruth raconterait sa journée, et si l'interrogatoire aux « Glycines » commençait toujours par l'implacable « Alors ? » de Mrs. Weiss, lady Plackett, de son côté, attendait avec plus de réserve mais non moins d'impatience le récit de Verena.

Verena faisait des comptes rendus mesurés quand il s'agissait des professeurs, mais sur les étudiants elle s'autorisait à parler librement. C'est ainsi que lady Plackett apprit la conduite inconvenante — pour ne pas dire licencieuse — de Janet Carter, les dangereuses idées radicales de Sam Marsh, et les gaffes risibles de Priscilla Yarrowby, qui confondait les maxillaires d'un mammouth avec ceux d'un mastodonte.

« Et Ruth Berger persiste à l'aider, ce que personne ne *peut* approuver, ajouta Verena. Pousser des étudiants inaptes, ce n'est pas leur rendre service. On devrait les renvoyer, pour leur propre bien, pour qu'ils trouvent leur niveau. »

Lady Plackett était de cet avis, comme toute personne sensée. « Elle a l'air d'être un élément perturbateur, cette étrangère », remarqua-t-elle.

Elle avait été très contrariée que le Pr Somerville réintègre Ruth. Il y avait quelque chose de... d'excessif... chez cette fille. Même la façon dont elle respirait les roses de la cour, c'était... trop, pensait lady Plackett qui avait observé Ruth de sa fenêtre. Mais il y avait un point sur lequel Verena pouvait rassurer sa mère. Le professeur n'aimait pas Ruth, il semblait l'éviter, et elle n'ouvrait jamais la bouche dans les séminaires.

« Et elle ne va pas à Bowmont, c'est un fait certain, ajouta Verena, qui n'était pas au courant de l'intervention de sa mère dans l'histoire du fonds d'aide.

— Ah oui, Bowmont, dit lady Plackett d'un air songeur. Tu sais, Verena, je n'aime pas l'idée de te voir cohabiter dans un dortoir avec des filles qui... font des choses... à l'arrière des voitures.

— J'avoue que cela m'ennuie, répondit Verena. Mais, bien sûr, il faut être démocrate.

— Oui, concéda lady Plackett. Toutefois, il y a des limites. » Elle se tut et posa la main sur le bras de sa fille, en un geste rassurant. « En fait, j'ai une idée.

— Je me demande, répondit Verena en relevant la tête, si c'est la même que la mienne. »

16

« Regardez-le, dit Frances Somerville d'un ton acerbe, en passant les jumelles à sa femme de chambre. Il jubile. Il se frotte les mains. »

Martha prit les jumelles et les braqua sur le monsieur entre deux âges, au front d'intellectuel, qui avançait sur le sentier côtier en direction du promontoire.

« Il écrit dans son carnet, dit-elle, comme si le fait de prendre des notes était une preuve supplémentaire de la malveillance de Mr. Ferguson.

— Eh bien, qu'il n'attende pas que je lui demande de rester déjeuner, déclara Miss Somerville. Il n'a qu'à aller au “Taureau Noir”. »

Mr. Ferguson était arrivé tôt le matin. C'était le National Trust qui l'envoyait, à la demande de Quin, pour voir si le Trust serait intéressé par Bowmont. Miss Somerville avait reçu cet homme érudit et courtois, d'un tact parfait, comme s'il sortait tout juste d'un égout immonde.

« Peut-être que cela ne donnera rien », dit

Martha en rendant les jumelles à Miss Somerville. Après plus de quarante ans à son service, elle était autorisée à lui parler en amie. « Peut-être que l'endroit ne lui plaira pas.

— Hum ! » fit Miss Somerville.

Son scepticisme était justifié. Mr. Ferguson, bien que devant faire officiellement son rapport à Quin, à Londres, avait déjà indiqué que cinq kilomètres de côte magnifique, sans compter le fameux jardin clos, intéresseraient sûrement le Trust.

Voilà, ça y était, songeait Frances, la mort dans l'âme : les hommes en casquette à visière, les cabanons pour les toilettes, les touristes tapageurs. Quin avait bien précisé que, même si les négociations avançaient, il exigerait qu'un appartement soit réservé pour sa tante dans la maison ; mais s'il croyait qu'elle resterait là à regarder sans rien dire la profanation des lieux qu'elle avait préservés pendant vingt ans, il se trompait. Le jour où le Trust arriverait, elle partirait.

Peut-être que, si la lettre de lady Plackett n'était pas arrivée juste après le départ de Mr. Ferguson, Miss Somerville y aurait réagi différemment. Mais elle la reçut à un moment où elle se sentait vieille et découragée comme jamais, et prête à se raccrocher au moindre espoir.

L'épouse du président de l'université de Thameside commençait en rappelant à Miss Somerville la brève période où elles s'étaient connues, à la fin de leurs études, à Paris.

Vous ne vous souvenez peut-être pas de la timide jeune fille que j'étais, beaucoup plus jeune que vous, écrivait lady Plackett dont le tact n'était pas la qualité principale, *mais moi je me rappellerai toujours votre gentillesse envers moi alors que j'avais le mal du pays et que j'étais désespérée.*

Miss Somerville ne se souvenait ni de la jeune fille qui avait le mal du pays ni de sa propre gentillesse, mais quand lady Plackett précisa qu'elle s'appelait alors Daphne Croft-Ellis et qu'elle avait été présentée à la Cour la même année que la cousine de Miss Somerville, Lydia Barchester, laquelle avait perdu le talon de sa chaussure en reculant après avoir salué Leurs Majestés, Miss Somerville continua sa lecture avec l'attention qu'on porte aux missives des gens qui sont du même monde que soi.

J'ai été ravie de découvrir que votre cher neveu faisait partie de notre équipe de professeurs, et peut-être a-t-il mentionné que Verena, notre fille unique, est inscrite à son cours. Elle est absolument enchantée de son érudition et de sa compétence et, récemment, à un dîner, ils ont eu une conversation tout à fait captivante qui, je le crains, me dépassait complètement. Mais vous devez vous demander ce qui me donne la hardiesse de vous écrire, après tant d'années passées en Inde, et je serai très franche. Comme vous le savez, ce cher Quinton organise un cours sur le terrain, à Bowmont, pour nos étudiants. Verena, en tant qu'élève de licence, devra bien sûr y participer, et en fait elle s'en réjouit beaucoup. Toutefois, sa position, ici à Thameside, est délicate, ainsi que vous le comprendrez sans peine. Elle-même insiste pour être traitée comme tous les autres étudiants, en ce qui concerne les examens et le niveau d'études — ce qui ne pose aucun problème car elle est très intelligente. Mais sur le plan social, elle mène une vie différente, évidemment, et nous veillons à ce que ses camarades ne tiennent pas pour acquis qu'elle participe à leurs réunions et réceptions. Si le président de l'université et sa famille ne marquent pas d'une façon ou d'une autre qu'ils sont différents des autres — aussi bien professeurs qu'étudiants —, il ne saurait y avoir ni autorité ni stabilité. C'est quelque chose que je n'ai pas besoin de vous expliquer.

C'est pourquoi, bien sûr, je suis anxieuse à l'idée que Verena doive partager un dortoir avec les autres élèves. Je suppose que tout le monde « se mélange » et dort sur des couchettes, et qu'il n'y a pas moyen de faire respecter la moindre discipline ; et même si les étudiants sont, naturellement, le sel de la terre, certains d'entre eux, à cause du milieu d'où ils viennent, pourraient être gênés par la présence de Verena. En conséquence, serait-il présomptueux de ma part de demander si ma fille peut résider avec vous pendant la durée du cours ? Je crois savoir que votre neveu loge à part, dans la tour, et que c'est vous qui êtes chargée des questions domestiques ; il ne serait donc pas obligé de s'occuper personnellement de Verena, à moins qu'il ne le souhaite. Je dois faire un voyage dans le Nord à cette même période et, puisque le vingt-quatrième anniversaire de Verena tombe le dernier vendredi de la session, je pourrais peut-être m'inviter juste pour ce jour-là, avant de poursuivre mes visites au cher lord Hartington ainsi qu'aux nombreux amis et parents que j'ai hâte de revoir, après notre longue absence en Inde.

Pardonnez-moi d'être aussi directe, mais Verena m'est très chère, vous vous en doutez, et je ne peux m'empêcher de vouloir pour elle ce qu'il y a de mieux. Et que pourrait-il y avoir de mieux que de rencontrer mon amie d'enfance, et ma protectrice ?

Recevez mes pensées les meilleures.

Daphne Plackett

Miss Somerville lut deux fois la lettre en entier et resta assise un moment, à réfléchir. Puis elle sonna Turton.

« Dites à Harris que j'ai besoin de la voiture. Je vais à Rothley. »

Elle s'apprêtait à monter dans la vieille Buick quand des jappements aigus la firent se retourner ; un chiot minuscule, dont les yeux n'étaient pas de la même couleur, se précipita dans ses jambes, prit son élan pour sauter sur le marchepied, le manqua, roula sur le dos... tout cela sans cesser de remuer frénétiquement sa petite queue de rat, et de lancer des regards pleins de joie de vivre et avides d'affection.

« Emmenez-le, ordonna Miss Somerville, l'air mécontent. Et dites à la personne qui l'a laissé sortir que, si elle ne ferme pas la porte, je le ferai noyer. »

Le chauffeur réprima un sourire, car la passion du chiot bâtard pour la maîtresse de Bowmont était un sujet de plaisanterie continuel ; mais Miss Somerville, assise toute raide à l'arrière de la voiture, ne trouvait absolument pas amusant ce qui était arrivé à son labrador de pure race. La dernière portée de Belle avait été vendue, après sevrage, à d'excellentes maisons quand, plus tôt que prévu, la chienne était entrée à nouveau en chaleur et avait passé une nuit dehors. Le résultat de cette escapade était une portée comme jamais, en trente ans, Miss Somerville n'en avait vu même dans ses pires cauchemars. Par l'intimidation, elle avait réussi à placer les autres chiots dans diverses familles du domaine, mais pour trouver un foyer à l'avorton de la portée, avec ses poils rares, son ventre tacheté et ses pattes atrophiées, il aurait fallu qu'elle mette l'ensemble des villageois au pilori. Et, d'une certaine façon, ce désastre canin semblait aller de pair avec tout ce qui menaçait le monde bien ordonné de Miss Somerville — les vachers qui chantaient des airs d'opéra et les étrangers qui prenaient des notes en foulant le sol de la propriété.

La route de Rothley passait par Bamburgh, autrefois rival de Bowmont, et la chaussée de Holy Island, avant de bifurquer vers l'intérieur des terres jusqu'à Rothley Hall, une longue bâtisse en grès rouge qui semblait suspendue dans les airs par des ramures de lierre. Miss Somerville fut accueillie par les aboiements de six ou sept terriers jack russell, puis fut reçue dans le petit salon de lady Rothley, qui lut avec attention la lettre que son amie lui avait tendue.

« Le ton n'est pas vraiment plaisant, remarqua-t-elle, mais honnêtement, Frances, qu'avez-vous à perdre ? Au pire, Verena est une fille assommante et vous l'aurez pendant quinze jours, et au mieux...

— Oui, c'est ce que je me suis dit. Et il semble

qu'elle soit réellement intelligente. Elle pourrait réussir à l'intéresser là où d'autres plus stupides ont échoué.

— Je vais vous dire une chose. Si elle a du sang Croft-Ellis dans les veines, elle aura vite fait d'empêcher la folie qui consisterait à donner Bowmont au National Trust ! Si Quin épouse Verena Plackett, le Trust ne mettra pas la main sur le moindre centimètre carré de fumier. Ce n'est pas pour rien que la devise des Croft-Ellis est : *"Ce que je possède, que personne ne le convoite."* Il n'existe aucune famille plus avare en Angleterre, à ma connaissance. » Puis, voyant la tête de son amie : « Non, je plaisante, ils ne sont pas aussi affreux. Ce sont de bons propriétaires, et leur famille remonte à Guillaume le Conquérant. Si la fille se débrouille pour avoir Quin, elle saura comment se comporter.

— Vous pensez que je devrais l'inviter, alors ?

— Oui. Et plus encore. Je crois que nous devrions nous atteler à la tâche, nous unir pour faire vraiment bon accueil à cette jeune fille. Si son anniversaire tombe pendant son séjour, pourquoi ne pas donner une réception pour elle, ou organiser une petite soirée dansante ? Je sais que vous n'aimez pas beaucoup ce genre de choses, mais nous vous aiderons. Rollo vient la semaine prochaine avec un ami de Sandhurst, et les filles d'Helen sont là. Rien d'officiel, bien sûr, mais cela fait des années que Quin n'a pas vu sa maison en fête, et avec les étudiants ici, il ne pourra pas fuir comme il le fait quelquefois ! »

Frances, découragée à l'idée de tant de mondanités, envisageait maintenant un autre désagrément.

« Vous ne pensez pas qu'il voudra que les étudiants y participent ? Je veux dire, ceux d'en bas, du hangar à bateaux ?

— Je ne crois pas, non. Quin a beau avoir des idées démocratiques, il n'ignore pas ce qu'il faut faire. » S'approchant pour mettre un bras autour des épaules de Miss Somerville — geste d'affection rare —, lady Rothley ajouta : « Voilà peut-être ce que nous attendions, Frances. Laissons une chance à cette fille. »

Miss Somerville rentra à Bowmont avec le sentiment d'une mission à accomplir. La lettre qu'elle écrivit à lady Plackett était extrêmement cordiale, et les ordres qu'elle donna à Turton explicites.

« Nous aurons des invités la semaine prochaine — Miss Plackett, une étudiante du professeur. Je veux qu'on prépare pour elle la chambre à la tapisserie, et pour sa mère la chambre bleue. Et il y aura une petite fête le 28 pour l'anniversaire de Miss Plackett. »

Turton était peut-être discret, mais les servantes chargées de préparer la chambre de Verena ne l'étaient pas, ni la cuisinière à qui l'on dit qu'une vingtaine de jeunes gens et jeunes filles seraient invités à dîner et danser. Et bientôt la nouvelle se répandit dans tous les offices du nord du Northumberland que Quinton Somerville attendait une jeune dame très spéciale et que, enfin, il y avait un mariage dans l'air.

A l'étage des maîtres, on s'activait aussi. Ann Rothley tint parole. Elle téléphona à Helen Stanton-Derby — qui continuait de supporter le chauffeur violoniste que lui avait imposé Quin —, à Christine Packam et à Hexham, et à Bobo Bainbridge à Newcastle. Et toutes, même celles dont les filles à marier auraient été parfaites en maîtresse de Bowmont, promirent de faire bon accueil à Verena Plackett dont la mère était une Croft-Ellis, et qui mettrait fin une fois pour toutes à cette stupide idée qu'avait Quin de céder sa maison. Plus encore, elles proposèrent sans hésiter leur progéniture pour la fête de Verena, car savoir que Quin reconnaissait enfin ses obligations rendait tout le monde extrêmement heureux.

Quant à lady Plackett, en recevant une réponse d'une cordialité si inattendue, elle décida d'accompagner elle-même Verena, de rester quelques jours à Bowmont, et de revenir pour la soirée d'anniversaire.

« Mais je pense, ma chérie, déclara-elle à sa fille comblée, qu'il vaudrait mieux ne rien dire de cette invitation jusqu'au moment de partir. Cela pourrait provoquer de la jalousie et du ressentiment chez les étudiants, et tu sais à quel point le cher Quinton est soucieux de ne montrer aucun favoritisme. »

Verena trouva que c'était sage. « Nous laisserons à Miss Somerville le soin de le mettre au courant », dit-elle avant de se replonger dans ses livres.

Et Frances, bien sûr, écrivit à Quin pour le prévenir, mais la semaine précédant le départ des étudiants, un ouvrier d'une carrière du Yorkshire trouva un tibia dont la taille et le poids provoquèrent un véritable branle-bas de combat dans le département des antiquités de la région. Appelé pour authentifier la découverte et faire interrompre le travail dans la carrière, Quin modifia l'organisation de ses cours et prit la route pour le Nord. Retardé par l'importance de la trouvaille — il s'agissait du fémur d'un squelette de mammouth complet, chose rare — et pris dans une sanglante bataille avec un entrepreneur cupide, il décida de ne pas revenir à Londres et de se rendre directement à Bowmont.

La lettre de sa tante resta donc, non ouverte, dans son appartement de Chelsea.

C'est le lendemain du départ de Quin pour le Yorkshire que Ruth reçut la confirmation tant espérée. Heini avait son billet, il arrivait le 2 novembre, et par avion !

« Comme cela, personne ne pourra l'arrêter et l'emmener ! s'écria Ruth, les yeux brillants.

— Je n'arrive pas à croire que je vais le voir pour de bon, dit Pilly.

— Eh bien si, et tu vas l'entendre, également ! »

Pour le moment, bien sûr, le plus important de tout était de se procurer un piano. Il ne manquait plus que cinq shillings à Ruth et, comme si les dieux avaient su qu'il n'y avait plus de temps à perdre, ils envoyèrent ce soir-là aux « Glycines » un jeune homme du nom de Martin Hoyle.

Hoyle vivait dans une villa de Hampstead Hill avec sa mère ; il avait des revenus personnels, mais son ambition était de devenir journaliste, et il avait déjà proposé à des journaux et des magazines pas mal d'articles, dont certains avaient été acceptés. Il avait maintenant une idée qui — il en avait la certitude — favoriserait sa carrière. Il comptait obtenir des réfugiés qui avaient colonisé le salon de thé leurs souvenirs de Vienne : anecdotes poignantes des pompes et de la splendeur de la ville impériale ou, plus récentes, de la Vienne de Wittgenstein et de Freud. De plus, Mr. Hoyle avait un *angle de vue* : il opposerait la richesse des souvenirs que les réfugiés avaient dans la tête au peu de biens matériels qu'on leur avait permis d'emporter. « Les Valises de l'esprit », tel serait le titre de son article, et il était certain de pouvoir le vendre au *News Chronicle* ou même au *Times.*

Il était arrivé de bonne heure. Ziller, le Dr Levy et von Hofmann — tous nés et élevés à Vienne — discutaient près de la fenêtre, mais ce fut Mrs. Weiss, seule à une table près du portemanteau, qui l'aborda.

« Je vous offre un gâteau ? » proposa-t-elle.

A sa surprise, le jeune homme accepta.

« Merci, dit-il, mais permettez-moi de vous en offrir un aussi. »

Mrs. Weiss n'y voyait pas d'objection, du moment qu'il acceptait de bavarder avec elle. On apporta deux tranches de *goulu* et Mr. Hoyle se présenta.

« Verriez-vous un inconvénient à ce que nous parlions un peu de votre passé ? demanda-t-il. De vos souvenirs ? Vous comprenez, je suis allé une fois à Vienne, c'est une ville que j'ai adorée. »

Le regard de Mrs. Weiss vacilla. En fait, elle n'était jamais allée à Vienne — c'était loin de la Prusse-Orientale et de sa ville natale de Prez —, mais si elle l'avouait, Mr. Hoyle irait interroger les trois hommes près de la fenêtre. Tandis que, si elle manœuvrait bien, elle pourrait le garder à sa table et, quand sa belle-fille viendrait la chercher, elle la trouverait en conversation avec un beau jeune homme.

« Que voulez-vous que je vous raconte ? interrogea-t-elle.

— Eh bien, par exemple, avez-vous jamais vu l'empereur ? Franchir en voiture les grilles de la Hofburg, peut-être ? »

Suivit un quart d'heure quelque peu frustrant. Au lieu de l'empereur, Mr. Hoyle eut droit au point de vue défavorable de la vieille dame sur les favoris des messieurs ; au lieu des célèbres premières à l'Opéra, il apprit que les problèmes de larynx du neveu de Mrs. Weiss, Zolly Federmann, l'avaient empêché de faire de la scène.

« Mais le Prater ? questionna Mr. Hoyle, un peu désespéré. Vous avez sans doute fait rouler votre cerceau dans la fameuse allée de marronniers ? »

Mrs. Weiss n'y était pas allée, mais elle lui décrivit un crocodile en caoutchouc au bout d'une ficelle qu'elle avait beaucoup aimé, jusqu'au jour où de vilains garnements d'un orphelinat le lui avaient criblé de trous.

« Euh... et la grande roue, alors ? dit Mr. Hoyle en s'épongeant le front. Vous vous rappelez sûrement y être montée ? Et les bateaux à aubes sur le Danube ? »

C'est à ce moment-là que Ruth entra, pour son travail du soir, et sourit à la vieille dame. Aux trois messieurs, Mrs. Weiss n'aurait pas cédé le jeune journaliste, mais avec Ruth c'était autre chose. Ruth était son amie. Mrs. Weiss s'énerva soudain.

« Je ne suis jamais montée sur la grande roue au Prater. Je ne suis jamais allée en bateau à aubes sur le Danube. Je n'ai jamais vu François-Joseph franchir les grilles de la Hofburg, et je ne me souviens pas de Vienne, parce que je n'ai jamais mis les pieds à Vienne. Je suis seulement allée à Prez et une fois à Berlin pour les soldes de fourrures, où je me suis fait arnaquer. Alors maintenant, allez-vous-en, s'il vous plaît, car je ne suis qu'une pauvre vieille femme, et ma belle-fille m'oblige à dormir dans une atmosphère humide, et il vaudrait mieux pour tout le monde que je sois morte. »

Inutile de dire que cet éclat, qui s'entendit dans tout le salon de thé, suscita de tous côtés des renforts. Tandis que Ziller et le Dr Levy consolaient Mr. Hoyle, choqué, Ruth réconfortait la vieille dame ; quant à Miss Maud et Miss Violet, elles furent d'avis que, vu les circonstances — et parce que l'article de Mr. Hoyle, s'il était publié, pourrait être bon pour leur commerce —, on pourrait rapprocher deux tables.

Aussitôt, le carnet de Mr. Hoyle commença à se remplir d'anecdotes utiles. Le Dr Levy décrivit comment il avait aidé à retirer une arête d'anchois de la gorge de l'archiduc Otto ; Paul Ziller raconta qu'il avait reçu une tomate, lors de la première représentation de *La Nuit transfigurée* de Schönberg ; et von Hofmann rapporta l'histoire classique de la Tosca rebondissant sur un trampoline trop tendu, alors qu'elle venait de se suicider en se jetant du haut des remparts.

Mais c'est vers la serveuse des « Glycines » — elle aussi racontait ses souvenirs — que Mr. Hoyle se tourna avec le plus d'empressement. Maintenant, il savait ce qui manquait à son article. C'était l'amour. L'amour, la jeunesse et un thème central. Une jeune fille attendant son fiancé, travaillant pour lui. Qui voulait des valises, en fin de compte ? L'amour, voilà ce qu'ils voulaient. L'amour aux « Glycines »... L'amour à Vienne et à Belsize Park. Si seulement elle acceptait de lui parler, il était sûr de vendre son article.

Et Ruth lui parla — parler de Heini était pour elle un plaisir, un délice. Passant à toute allure entre les tables, elle lui raconta les triomphes de Heini au Conservatoire, l'inspiration qui lui avait fait écrire une *Étude alpine,* dans la prairie au-dessus du Grundlsee. Mr. Hoyle apprit que Heini raffolait des marrons grillés qu'on achetait à chaque coin de rue, dans la Ville intérieure ; et aussi qu'à de douze ans il avait joué un concerto de Mozart fondé sur le chant d'un sansonnet — ce qui surprit Mr. Hoyle, lequel pensait que les sansonnets étaient de terribles destructeurs qu'on voyait sur les toits des stations de chemin de fer.

« Mais vous savez, dit Ruth, il va le jouer ici, et il faut absolument que vous *promettiez* de venir ! »

Une heure plus tard, Mr. Hoyle referma son carnet et prit congé. Et il ne fut pas long à montrer sa gratitude. En débarrassant les tables à l'heure de la fermeture, Ruth trouva sous l'assiette du journaliste un billet de banque qu'elle apporta triomphalement à la cuisine.

« Regardez ! Regardez ! Incroyable, non ? Un billet de dix shillings !

— Vous avez assez, alors ? demanda Mrs. Burtt.

— J'ai assez ! »

Le piano était attendu dans le milieu de la matinée, mais Leonie s'était levée à six heures pour faire le ménage, reboucher les trous de souris, épousseter, astiquer. A sept heures, elle s'était mise à préparer les gâteaux, et c'est là qu'elle devait rencontrer des difficultés.

L'arrivée du piano laissait Leonie plutôt indifférente, mais Ruth allait amener ses amis pour célébrer l'événement, et cela c'était important. Verena Plackett ne serait pas là — Ruth ne parlait pas beaucoup d'elle dans le récit de ses journées —, mais il y aurait Priscilla Yarrowby, Sam, Janet et le Gallois, qui avait trouvé le piano dans une obscure boutique en revenant du terrain de rugby.

Si son mari avait été là, Leonie aurait eu du mal à se procurer les denrées adéquates, car le budget pour la nourriture était très serré ; mais, le professeur absent — et même s'il manquait à Leonie —, on pouvait se nourrir de pommes de terre et de compote faite avec les pommes que Mishak ramassait lors de ses balades — et par conséquent *économiser.*

Leonie avait donc économisé, et acheté deux kilos d'excellente farine, ainsi que des amandes fraîchement moulues, du sucre glace, du beurre non salé et des gousses de vanille de la meilleure qualité. Et, à neuf heures, elle retirait du four une quantité de *Kipfel* à la vanille cuits à point.

Ses plans commencèrent alors à mal tourner. Leonie voulait que Mishak reste pour accueillir les amis de Ruth — elle voulait toujours que Mishak reste —, mais elle voulait que Hilda aille au British Museum, et que Fräulein Lutzenholler monte à Hampstead Hill pour y contempler Freud.

C'était sans compter avec le pouvoir qu'a l'odorat humain de libérer les émotions et de rappeler le passé. Hilda arriva la première, en robe de chambre.

« C'est donc vrai, dit-elle. Je les ai sentis, mais j'ai cru que je rêvais. » Et, comme on était samedi, elle décida de ne pas aller au British Museum, et de travailler à la maison.

La terrible Fräulein Lutzenholler, sa trousse de toilette à la main, arriva ensuite, hochant la tête d'un air incrédule. « Ah oui, le piano, dit-elle, avant d'ajouter la phrase tant redoutée : Je vais rester pour vous *aider.* »

Lorsque l'odeur du café vint se mêler au parfum familier des petits sablés en forme de demi-lune, il apparut évident que non seulement personne ne quitterait de son plein gré le 27 Belsize Close, mais que beaucoup d'autres y viendraient. Ziller, bien sûr, avait été invité, mais pour l'instant c'était Mrs. Weiss qui arrivait en taxi, ainsi que Mrs. Burtt dont c'était le jour de congé, et une dame de la maison d'à côté qui murmura d'un air extasié quelque chose en polonais.

Ruth, qui arrivait avec ses amis, assaillie par les odeurs familières et les voix excitées, s'arrêta un instant à cette évocation du passé, puis monta l'escalier en courant et se jeta au cou de Leonie.

« Oh, tu n'aurais pas dû, mais c'est *merveilleux* », dit-elle en frottant sa joue contre celle de sa mère.

Leonie était prête à accueillir chaleureusement tous ceux que Ruth aimait, mais elle décela en Pilly, derrière ses vêtements de prix et son sac à main de chez Harrods, le même genre de chien perdu qu'elle protégeait à Vienne. Quant à Sam, il était si impressionné de se trouver dans la même pièce que Paul Ziller, dont il avait tous les disques, qu'il pouvait à peine parler. Même sans l'arrivée du piano, tout laissait présager une fête fantastique.

Mais, à onze heures trente précises, le piano arriva.

« Doucement », dit le déménageur, quand le piano fut descendu du camion et emporté dans la maison ; « doucement », répéta-t-il, quand cordes et poulies furent mises en place pour monter le piano au dernier étage.

On eut du mal à le stabiliser. Fräulein Lutzenholler surgit du salon pour donner son avis, Hilda tourna autour... Mais finalement on y parvint, et le déménageur, avec un salut gracieux, tendit les clés à Ruth.

« Non, c'est à toi de l'ouvrir, Huw », dit-elle en se tournant vers le Gallois. Et tout le monde comprit qu'elle avait raison, car c'était ce géant, ne s'exprimant que par monosyllabes, qui, à force de chercher avec obstination dans tous les magasins de musique de Londres, avait déniché, dans une lointaine banlieue, près du terrain de rugby de l'université, précisément le piano que voulait Heini : un Bösendorfer, l'un des derniers à sortir des vénérables ateliers, réputé pour la douceur de sa sonorité.

« Cela rend les choses réelles, ajouta Ruth en effleurant les touches. Maintenant, j'arrive à croire que Heini va venir.

— Vas-y, essaie-le », proposa Leonie en remplissant des assiettes pour les déménageurs.

Malgré la présence d'un des meilleurs violonistes du monde, Ruth se mit sans honte au piano et joua une valse de Schubert ; Ziller sourit, car il avait toujours été ému par cette passion de la musique qu'elle avait depuis sa petite enfance, et qui transcendait toutes les limites de la technique.

« Je suppose que vous ne voulez pas, monsieur... je veux dire... vous ne voulez pas jouer quelque chose ? » Sam, intimidé mais implorant, s'était approché du violoniste.

« Mais si, bien sûr. »

Ziller alla chercher son violon et joua un morceau de Kreisler et une bagatelle de Beethoven, après quoi Ruth et lui se mirent à faire les pitres : ils imitèrent les clients du restaurant hongrois essayant de ne pas donner de pourboire aux Tsiganes qui venaient à leur table. Et l'on entendit alors un bruit extraordinaire, un son rauque et rouillé que personne n'avait entendu jusque-là : le rire de Fräulein Lutzenholler.

C'est Pilly qui gâcha tout, la pauvre Pilly qui faisait toujours tout de travers.

« Oh, Mrs. Berger, s'exclama-t-elle avec véhémence, je vous en *prie,* persuadez Ruth de venir au cours en plein air avec nous ! Nous avons tellement envie qu'elle vienne !

— De quel cours s'agit-il ? » demanda Leonie en posant sa tasse de café.

Il y eut un silence et Ruth lança un regard lourd de reproche à Pilly, qui devint cramoisie.

« C'est chez le Pr Somerville, bégaya Pilly. Nous y allons tous. Dans trois jours.

— Je n'en ai pas entendu parler, dit Leonie d'un air sévère.

— Ce n'est pas important, maman, s'empressa de déclarer Ruth. Ce sont des travaux pratiques qui ont lieu au premier trimestre, mais je n'ai pas besoin de les faire.

— Tout le monde y va sauf Ruth ? » questionna Leonie, sans tenir compte de ce qu'avait dit sa fille.

Pilly fit oui de la tête. Navrée d'avoir fâché son amie, elle se rapprocha d'oncle Mishak, comme les gens dans la peine s'appuient contre le tronc des arbres, et ses yeux se remplirent de larmes.

Sam intervint alors. « Si Ruth ne vous en a pas parlé, c'est à cause de l'argent. Cela coûte cher, d'y aller, mais le père de Pilly a proposé de payer pour Ruth — il ne sait pas quoi faire de son argent et tout le monde sait que Ruth aide Pilly. Mais Ruth ne veut pas en entendre parler, elle est têtue comme une mule.

— C'est le Pr Somerville qui fait ce cours ? demanda Leonie.

— Oui. Et c'est le meilleur qui existe. Nous allons à Bowmont et...

— Maman, coupa Ruth, je ne veux pas en discuter davantage. Je n'accepterai pas d'argent de Pilly, je n'irai pas à ce cours, un point c'est tout.

— Tu as tout à fait raison, approuva Leonie. Ce

n'est pas bien d'accepter de l'argent des amis. » Elle sourit chaleureusement à Pilly avant d'ajouter : « Venez m'aider à refaire du café. »

Cependant, au moment où les étudiants s'en allèrent, elle prit Sam à part.

« C'est Mr. Felton qui s'occupe de l'organisation de ce cours ?

— En effet. C'est un homme très gentil, et il tient beaucoup à ce que Ruth y aille.

— Et le Pr Somerville ? Tient-il lui aussi à ce que Ruth y aille ?

— Sans doute, répondit Sam en fronçant les sourcils. Elle est une de ses meilleures étudiantes... Mais il est bizarre, ils sont bizarres tous les deux. Je ne crois pas les avoir jamais entendus échanger un mot. »

Leonie avait maintenant le renseignement qu'elle voulait. Sur le plan pratique, son parti était pris, mais comment s'y prendre avec son obstinée de fille ?

« Mishak, je vais avoir besoin de toi », dit-elle le soir même, alors qu'ils étaient assis tous les deux seuls au salon.

Mishak ôta de sa bouche le long tuyau de sa pipe et regarda s'il restait quelques brins de tabac dans le fourneau. Il n'y en avait pas.

« Tu vas vendre ta broche, déclara-t-il.

— Oui. Mais comment faire pour la décider à partir ?

— Je m'en charge », répondit Mishak. Et Leonie, qui attendait cette réponse, embrassa Mishak et alla se coucher.

17

Quin n'avait jamais rien trouvé à redire à l'attitude des gens qui travaillaient à Bowmont mais, en traversant le village, il eut l'impression que tout le monde montrait une amabilité et une bienveillance inhabituelles. Malgré la pluie qui venait de la mer, la postière Mrs. Carter, le forgeron et le vieux Sutherland, le gardien, sortirent pour lui adresser sourires et signes de bienvenue ; chaque fois qu'il arrêtait sa voiture, on lui serrait la main avec une cordialité qui semblait signifier qu'un plaisir l'attendait auquel tous prenaient part.

« Mais je ne veux pas vous retarder, dit Mrs. Ridley, à la ferme, quand ils eurent échangé quelques mots gentils. Vous n'avez pas de temps à perdre, aujourd'hui. »

En arrivant à la maison, il trouva Turton dans le même état d'esprit. Le maître d'hôtel l'appela « Master Quinton » — ce qui le ramenait vingt ans en arrière — et lui annonça, avec un sourire débordant de bonne volonté, que l'apéritif serait servi au salon dans une demi-heure, ce qui lui laissait amplement le temps de se changer.

C'était en soi la marque d'un protocole plus important qu'il ne le tolérait d'habitude, car Quin avait bien précisé que, lorsqu'il venait pour le cours en plein air, c'était pour travailler. Mais, une fois à l'intérieur de la maison, il se rendit compte à d'autres indices que tout était inhabituel. La grande salle de Bowmont, avec sa collection de glaives dépareillés, ses tapisseries indéchiffrables et une belette que le « Cogneur » avait (mal) empaillée, n'était pas un endroit où l'on avait envie de s'attarder. Aujourd'hui pourtant, en dépit des convictions de sa tante, qui pensait que la chaleur dans une maison entraînait mollesse et décadence, on avait remplacé dans la cheminée le vieux tas de pommes de pin par de belles bûches flambantes. Et bien qu'en général il n'y eût pas de fleurs coupées — Frances préférait laisser ses plantes grandir librement —, le vase de Chine sur le coffre en chêne débordait de dahlias et de chrysanthèmes.

Mais c'est l'habillement de sa tante qui confirma les craintes de Quin. Frances se changeait toujours pour le dîner, troquant sa jupe de tweed informe contre une en soie rouille un peu plus longue, mais elle avait une tenue que depuis des dizaines d'années elle ne mettait que pour les grandes occasions : une robe en chenille noire au décolleté fort sage sur laquelle elle posait un châle oriental. C'était ce qu'elle portait, maintenant, en venant accueillir Quin, dont le dernier espoir de passer une soirée tranquille à préparer son cours s'évanouit.

« Vous êtes superbe, déclara-t-il en souriant à sa tante. Avons-nous de la visite ?

— Tu le sais bien, dit tante Frances en s'avançant pour lui donner un rapide baiser sur la joue, selon son habitude. Je te l'ai écrit. Elles vont descendre dans une minute, tu as juste le temps de te changer.

— Je ne suis *vraiment* pas au courant, tante Frances. Je suis venu directement du Yorkshire. Que disait votre lettre ? »

Tante Frances fronça les sourcils. Elle avait espéré que Quin arriverait préparé et heureux. « J'ai invité les Plackett. Verena et sa mère. » Quin ne répondit rien. « J'ai connu lady Plackett autrefois, elle a dû te le dire ? Nous étions dans une institution de jeunes filles ensemble. »

En regardant Quin, elle éprouva un profond malaise. Depuis vingt ans qu'elle veillait sur lui, elle ne connaissait que trop les signes de mécontentement de son neveu : son nez paraissait encore plus cassé, et son front plissé ressemblait à un paysage lunaire.

« Verena est une de mes étudiantes, tante Frances. Ce serait une grave erreur de ma part de la traiter différemment des autres. »

Tante Frances ressentit un soulagement. C'était donc la peur de favoriser Verena qui le retenait, rien de plus.

« Oui, bien sûr, j'en suis consciente, et elle aussi. En fait, elle a déjà dit qu'elle n'attendait aucun traitement spécial durant cette session, mais lady Plackett est une amie, cela paraîtrait bizarre que je refuse de recevoir sa fille. »

Quin approuva d'un signe de tête et sourit ; son

visage se recomposa en celui d'un homme présentable. Il avait des remords : tante Frances devait se sentir plus seule qu'il ne le pensait, pour envisager de recevoir les Plackett. Peut-être était-ce un masque, son insociabilité, son désir affirmé d'être seule, et Quin se demanda — chose qu'il n'avait pas faite depuis longtemps — jusqu'à quel point elle avait souffert de son renvoi de la frontière écossaise, bien des années auparavant.

« C'est parfait, je suis certain que tout se passera à merveille. Bon, je ferais bien d'aller me changer. »

Mais avant même qu'il ne se fût éloigné, il entendit, au-dessus de lui, un bruit de toux. Pas une toux timide et hésitante, mais une toux claironnante, intentionnelle, et Quin, cherchant d'où elle venait, vit une silhouette en haut des marches.

Verena, qui avait tant lu, avait aussi lu qu'aucun homme ne peut résister à la vue d'une belle femme descendant noblement un escalier. Elle avait guetté l'arrivée de Quin de la fenêtre de sa chambre et maintenant, vêtue d'une robe en soie vert bouteille, simple mais seyante, la main posée sur la rampe sculptée, elle ramassa ses jupes et, sous le regard attentionné de sa mère cachée dans l'ombre, elle commença à descendre les marches.

Cela débuta magnifiquement. Verena avait pour elle non seulement le long buste et les longues jambes des Croft-Ellis, mais aussi la préparation qu'elle avait reçue avant d'être présentée à la Cour. Elle qui avait avec une précision parfaite rejeté sa traîne ornée de diamants en reculant, après avoir salué Leurs Majestés, ne pouvait manquer d'avancer vers son hôte avec grâce et dignité.

Elle avait déjà descendu les premières marches et, comme elle s'y attendait, Quin la contemplait, la tête rejetée en arrière. Elle n'était pas encore tout à fait prête à prononcer les mots qu'elle avait préparés, mais presque. « Vous ne pouvez imaginer quel plaisir nous éprouvons à être à Bowmont, après tout ce que nous en avons entendu dire » — telle était la phrase prévue.

Mais elle ne la prononça pas. Elle ne put, en fait, rien dire de cohérent. Car quelqu'un — et tante Frances commençait à soupçonner la deuxième femme de chambre, dont le mari était socialiste — avait une fois de plus ouvert une certaine porte.

Au départ, le chiot ne s'intéressait pas à Verena, c'était tante Frances qu'il voulait ; mais, en passant près de l'escalier, le désir d'ascension qui l'avait précipité sur le marchepied de la Buick le reprit. Avec un grognement avide, il s'élança, sauta et atterrit sur la première marche au moment où Verena achevait sa descente.

Verena n'écrasa pas le chiot et ne tomba pas à plat ventre. C'est ce qu'aurait fait n'importe qui d'autre, mais pas Verena. Cependant, elle trébucha de façon impressionnante, jeta un bras en avant, chancela et se retrouva sur les genoux.

Quin, bien sûr, vola à son secours, l'aida à se relever et la conduisit jusqu'à un siège ; là, en bonne Croft-Ellis qu'elle était, elle minimisa sa mésaventure.

« Ce n'est rien », dit-elle, comme disent depuis des générations les courageuses Anglaises dans les romans lorsqu'elles se foulent les chevilles, et qu'elles se mordent les lèvres tandis qu'on les emporte sur des civières. En revanche, il était difficile de faire preuve d'indulgence pour le chien, qui avait déchiré l'ourlet de la robe de Verena, et lady Plackett, accourue pour aider sa fille, n'essaya même pas.

« Quel animal incroyable ! s'exclama-t-elle. Appartient-il à l'un des domestiques ? »

Miss Somerville, mortifiée, dit que le chiot devait être amené le lendemain au charpentier du village ; elle essaya de l'attraper, mais c'est Quin qui ramassa l'animal, le retourna et l'examina avec la curiosité du zoologue mis en face d'une espèce encore non répertoriée.

« Surprenant ! déclara-t-il en souriant à sa tante. Ces poils abdominaux sont sans doute uniques, non ? Barker sait-il qu'il va être le plus heureux des hommes ? »

Miss Somerville, que la légèreté de son neveu n'amusait pas, répondit que Barker était en retard pour les réparations des bancs de l'église, et qu'il saurait certainement ce qu'il devrait faire ; puis elle emmena le chien hors de la pièce.

Malgré ces débuts fâcheux, le dîner se passa bien et Miss Somerville, en se remémorant la soirée une fois seule dans sa chambre, avait toutes les raisons d'être satisfaite. Peut-être la galanterie de Quin avait-elle été réveillée par la malencontreuse chute de Verena, en tout cas il s'était montré attentif et charmant, et Verena avait dit tout ce qu'il fallait. Elle avait admiré les portraits des Somerville, déclarant même que le « Cogneur » avait un visage plein de caractère ; elle était capable de parler d'agriculture, car son oncle du Rutland non seulement élevait des moutons du Leicester, mais avait un troupeau de charolais primés. Et quand Miss Somerville mentionna — en essayant de tourner cela en plaisanterie — que Quin avait l'intention de céder la maison au Trust, les Plackett avaient été aussi incrédules et horrifiées qu'elle l'espérait.

« Vous n'y songez pas sérieusement, professeur ! » s'était exclamée lady Plackett. Et Verena avait dit, plutôt sans détours : « Pardonnez-moi, mais j'aurais l'impression de trahir mes futurs enfants. »

En fait Verena, tout au long de la soirée, avait dit tout ce que Frances pensait. Verena avait un jugement sensé au sujet des réfugiés et, à un moment où Quin n'était pas dans la pièce, elle avait exprimé sa satisfaction parce qu'une Autrichienne qui était dans le même cours qu'elle ne viendrait pas avec les autres à Bowmont. Elle avait su établir un lien — distant mais rassurant — entre les Croft-Ellis et les Somerville, et ce qu'elle avait dit au sujet du chiot était exactement ce que Frances pensait : il était vraiment plus charitable, dans des cas de ce genre, de noyer les petits à la naissance.

« Une jeune fille tout à fait charmante », déclara Miss Somerville quand Martha vint lui apporter sa tasse de chocolat du soir.

La chambre de Miss Somerville aurait parfaitement convenu à un moine médiéval ayant fait vœu de pauvreté, chasteté et pénitence. La fenêtre ouverte laissait entrer des rafales de vent chargé d'humidité, la descente de lit était usée, et le matelas du lit à colonnes, plein de bosses à l'époque où

Frances était arrivée à Bowmont, était toujours plein de bosses.

« Elle a fait bonne impression en bas », affirma Martha, qui ne crut pas nécessaire d'ajouter qu'une Hottentote affligée de petite vérole aurait aussi bien fait l'affaire, du moment que grâce à elle Bowmont restait entre les mains d'un particulier, et les emplois des domestiques étaient préservés.

C'est Martha qui avait accompagné Frances à la maison de son fiancé, à la frontière écossaise ; Martha qui était revenue avec elle vingt-quatre heures plus tard et gardait le silence depuis quarante ans sur ce qui s'était passé. Mais même Martha pouvait aller trop loin.

« Vous ne voulez pas que je vous apporte une bouillotte ? » ajouta-t-elle car sa maîtresse, malgré la réussite de la soirée, paraissait maintenant très lasse, et le froid n'était pas recommandé pour son arthrite.

« Certainement pas ! répondit Frances d'un ton brusque. Je n'utilise pas de bouillotte avant le 1er décembre, vous le savez très bien. » Mais elle laissa Martha prendre la brosse en argent cabossée et brosser ses cheveux gris et clairsemés. « Je suppose que c'est Elsie qui a laissé sortir le chiot ? dit-elle alors.

— Oui, répondit Martha. Elle est gentille, cette fille. C'est à cause de Belle qui ne veut pas s'occuper de lui. Elsie l'a entendu gémir.

— Eh bien, veillez à ce qu'on l'amène à Barker dès demain matin. Il a failli causer un terrible accident.

— Il faudra attendre après-demain. Barker va à

Amble, demain. On démolit un bateau et il a demandé qu'on lui garde du bois. »

Allongée dans son lit, ses pieds glacés repliés sous elle, Frances songea encore une fois que la soirée s'était vraiment bien déroulée. De toute façon, elle avait l'intention d'aller vivre au village, une fois Quin marié. A vrai dire, Quin n'avait pas paru s'intéresser particulièrement à Verena, mais cela viendrait — et Frances saisit ce prétexte pour prendre sur la table de nuit *Orgueil et préjugé.* Mr. Darcy avait dit, en voyant pour la première fois Elizabeth Bennett : *« Elle est passable, mais pas assez belle pour me tenter. »* Oh oui, on avait tout le temps.

Nullement conscient des espérances de sa tante, et tout à fait indifférent au destin de Verena Plackett, Quin, debout à la fenêtre de sa chambre dans la tour, contemplait l'océan et la lune, sans cesse cachée par de gros nuages noirs. Il pleuvait encore mais le baromètre remontait. C'était un risque d'amener les étudiants si tard dans la saison, mais si le Northumberland décidait de leur offrir un été indien, ils seraient largement récompensés. L'automne ici pouvait être d'une beauté stupéfiante.

Quin dormait dans la chambre en haut de la tour depuis l'époque où son grand-père avait amené ici l'orphelin de huit ans qu'il était, habillé de vêtements qui ne lui appartenaient pas, et portant d'énormes lunettes censées renforcer sa vue à la suite d'une rougeole. Séparé de sa nurse par trois étages, condamné à dormir chaque nuit sous une peau d'ours polaire que le « Cogneur » avait abattu dans l'Alaska, l'enfant mourait de peur de se coucher ; et pourtant, même alors, il n'aurait échangé son nid d'aigle contre rien au monde.

Les étudiants allaient arriver d'un moment à l'autre, dans le car de location qui les amenait de Newcastle et les déposerait directement à Anchorage Bay. Quin était descendu un peu plus tôt pour vérifier que tout était en ordre : le poêle était allumé dans la petite salle commune, les becs Bunsen reliés au gaz butane, les couvertures bien aérées. Tout était prêt, et pourtant il se sentait agité ; machinalement, il prit la guitare qui était dans un coin de la pièce et commença à l'accorder.

Quin n'était guère allé très loin dans l'étude de la guitare — en fait, il s'était arrêté au tome II de la méthode — et ses camarades de Cambridge n'avaient jamais vraiment apprécié son jeu : ils se bouchaient les oreilles ou sortaient de la pièce. Mais, si son répertoire se limitait à quelques morceaux, il couvrait pourtant la gamme habituelle des émotions humaines : la *Marche des tulipes* était gaie et entraînante, l'*Élégie d'un soir,* lyrique et romantique, et la *Complainte du Mississippi* était... une complainte.

C'était cette dernière surtout qui faisait fuir autrefois ses camarades, mais Quin l'aimait beaucoup. Tandis que la plaintive mélodie du Sud profond s'élevait dans la chambre, il se rendit compte qu'il n'avait pas choisi par hasard la *Complainte.* Il éprouvait un sentiment de malaise et de trouble. Quelques accords plus tard, il comprit pourquoi.

Car il fallait reconnaître qu'il ne s'était pas bien comporté envers Felton. Roger se démenait sans répit pour les étudiants et supportait volontiers, à la place de Quin, l'ennui des comités. S'il avait à cœur de faire venir Ruth à Bowmont, Quin aurait pu l'aider ; c'était très facile de trouver une solution, et il ne se souciait nullement de la désapprobation des Plackett. La vérité, c'est qu'il avait agi en égoïste, parce qu'il ne voulait pas être concerné par l'émotivité de la jeune fille, par sa capacité infinie de vivre intensément.

Mais bon, c'était fait, maintenant, et la *Complainte,* comme souvent, avait éclairci les choses. Laissant les regrets derrière lui, Quin alla prendre sur son bureau le numéro de la revue *Nature* dans lequel figurait la dernière lettre de Hackenstreicher. Il était temps de donner le coup de grâce à cet imbécile. Quin inséra une feuille de papier dans sa machine à écrire.

Monsieur, écrivit-il au directeur de la revue, *À la suite de la communication du Pr Hackenstreicher* (Nature, *6 août 1938*), *il me semble utile de signaler que l'examen qu'il a fait d'un unique moule crânien du* styracosaurus *cératopsien ne justifie pas le rejet de la théorie de Broom sur la reconstitution de l'évolution à partir d'un tronc commun. Non seulement le moule était incomplet, mais sa provenance est contestée par...*

Il écrivait encore lorsque le car franchit les grilles à l'arrière de la maison et se dirigea en bringuebalant vers la plage.

Ruth se réveilla très tôt. Tout le monde dormait encore, dans le dortoir au-dessus du hangar à bateaux. Pilly, près d'elle, était pelotonnée sous la couverture grise, comme pour se protéger contre les catastrophes à venir. Au bout de la rangée de couchettes, la silhouette massive de Miss Elke endormie protégeait ses ouailles.

De la soirée précédente, Ruth ne se rappelait que la pluie battante, le froid après la chaleur étouffante du car, et le clapotement monotone des vagues sur le rivage.

Mais maintenant quelque chose était arrivé, et il lui sembla d'abord que c'était, tout simplement, la lumière.

Elle s'habilla en hâte, passa sans bruit près de ses camarades endormies et de Miss Elke — qui s'agitait comme si dans ses rêves elle traversait le Walhalla à cheval —, descendit l'échelle et ouvrit la porte.

« Oh ! » fit Ruth, et elle s'avança, incrédule, stupéfaite, éblouie. Comment ce miracle avait-il pu se produire durant la nuit ? Comment pouvait-il y avoir tant de lumière, tant de mouvement ? Comment tout pouvait-il être si incroyablement *présent* ?

Le soleil se levait au-dessus d'une mer d'argent, une mer qui miroitait, changeait presque à chaque instant. Le ciel aussi changeait : d'abord rose, puis améthyste, puis turquoise... mais un petit groupe de nuages blancs et cotonneux attendaient leur tour...

Et l'air aussi bougeait, oh comme il bougeait ! On n'avait même pas besoin de respirer, il s'aspirait tout seul. Il n'y avait pas de vent — pas encore —, mais un air frais et neuf, qui sentait le sel, les algues, et le commencement du monde.

C'était trop. Trop de beauté, trop d'air à respirer, trop de ciel à contempler... et tellement trop de mer.

Ruth avait souvent imaginé l'étendue plate et grise, un peu triste, de la mer du Nord. Mais ça...

Un éclat de lumière à la surface de l'eau capta la silhouette d'un phare sur une île lointaine... Elle n'était pas uniforme, cette mer : par endroits, elle étincelait ; ailleurs, elle était vert-de-gris ; il y avait aussi des oasis de calme pareilles à des lagons. La mer ne cessait pas d'*exister,* et Ruth n'était pas préparée à cela.

C'était marée basse. Elle enleva ses chaussures et ses bas, sentit le sable froid et humide lui masser les pieds — des kilomètres et des kilomètres de sable doré, non souillé... Elle avançait, comme ivre ; puis, quand elle fut plus calme, elle remarqua les habitants de ce monde tacheté de lumière : trois grands oiseaux au plumage noir qui plongeaient d'un rocher — des cormorans, songea-t-elle —, et une bande d'oiseaux — dont elle ne connaissait pas le nom — aux ailes étroites, d'une telle blancheur qu'ils semblaient éclairés de l'intérieur.

Elle arriva au premier trou d'eau entre les rochers, source d'un plaisir plus simple, moins exalté. Mr. Felton était un bon professeur : Ruth connaissait les noms latins des anémones et des ophiures, des petites crevettes... Mais c'était un monde de conte de fées, avec ses forêts submergées, ses anses de sable miniatures, ses galets pareils à des pierres précieuses.

Une fois au bord de l'océan, elle s'arrêta, mit un pied dans l'eau et eut le souffle coupé. On avait l'impression d'être électrocuté par le froid. Même l'écume provoquait comme une décharge. Puis, presque aussitôt, elle s'y habitua. Non, c'était faux — impossible de s'habituer à la violence revigorante de cette eau glaciale et pure —, mais on pouvait avoir envie d'en redemander encore et encore.

Je ne savais pas, songea-t-elle. Je n'imaginais pas qu'il puisse exister quelque chose de semblable... qui vous donne l'impression d'être tellement... purifié... propre... tellement seul et insignifiant, et pourtant complètement soi-même. L'espace d'un instant, elle eut envie que tous ceux qu'elle aimait soient là : ses parents, Mishak et la bien-aimée de Mishak, Marianne, ressuscitée d'entre les morts. C'est alors que le ciel accomplit un de ses tours de magie, en envoyant une armée de nuages pourpres qui éclipsèrent le soleil. Tout ne fut plus que tourbillon, obscurité, agitation... puis le soleil réapparut, plus fort, plus haut dans le ciel... Et Ruth pensa : Non, ici, je peux être seule parce que, seule ou pas, ce n'est pas la question ; ici, il n'y a que la lumière, l'air et l'eau, et j'en fais partie, tous ceux que j'aime en font partie, mais c'est en dehors du temps, en dehors de l'amour et du désir.

C'est à ce moment d'exaltation qu'elle remarqua une petite voile blanche et un bateau qui contournait la pointe pour se diriger vers la baie.

Quin, lui aussi, s'était réveillé à l'aube et avait marché jusqu'à la crique abritée, près du moulin de Bowmont, où il rangeait le canot. Il était content d'avoir un prétexte pour quitter la maison et ramener le canot pour les étudiants, content que le temps se soit levé, car cette belle journée était un cadeau inattendu. Quant au reste, il n'y pensait pas ; il humait le vent, tendait la voile...

Il aperçut la silhouette solitaire au moment où il contournait le promontoire. Même de loin, il comprit que la fille, qui que ce fût, était dans un état de béatitude. La brise faisait voler ses cheveux, elle relevait sa jupe d'une main et jouait avec les vagues, avançant et reculant tour à tour.

Les images qui s'imposaient furent aussitôt abandonnées. Ce n'était ni la Vénus de Botticelli surgissant de l'écume ni Ondine saluant l'aube. C'était plus simple que cela et, vu les circonstances, plus surprenant. C'était Ruth.

Elle resta tranquillement à le regarder pendant qu'il baissait la voile et laissait le bateau filer sur le sable. C'est seulement quand elle vint l'aider à tirer le bateau qu'il parla.

« Quelle agréable surprise, dit-il bêtement, mais le sourire familier de Quin apparut un instant à Ruth comme une intrusion dans cet univers impersonnel, pur et enchanteur. Je ne savais pas que vous veniez.

— C'est ma mère qui m'a obligée, et mon oncle Mishak. Oh, mais rendez-vous compte, s'ils n'avaient pas insisté ! Imaginez que j'aie manqué tout cela !

— Ça vous plaît ? » demanda Quin, qui jugea sage de s'en tenir aux banalités, car c'était troublant comme elle correspondait aux rêves de ceux qui reviennent du large : la femme aux longs cheveux qui attend sur le rivage.

Elle hocha la tête d'un air émerveillé. « Je ne croyais pas qu'il puisse exister quelque chose de pareil. La musique, on se perd en elle, mais en fin de compte elle ne fait qu'évoquer la vie. Tandis que ça... Je suppose qu'on *peut* avoir des pensées mesquines ici, mais je me demande comment. »

Le canot était échoué, maintenant. Quin attrapa une corde qu'il attacha à un rocher, puis Ruth et lui se dirigèrent vers le hangar à bateaux. Comme elle était en état d'extase en marchant jusqu'à la mer, Ruth n'avait pas une seule fois regardé derrière elle, vers l'intérieur des terres. Elle s'arrêta soudain net et s'écria : « Oh, qu'est-ce que c'est ? Quel est cet endroit ?

— Que voulez-vous dire ? fit Quin, qui ne comprit tout d'abord pas la question de Ruth.

— Là-haut. Sur la falaise. Cette bâtisse.

— Mais vous devez le savoir. C'est Bowmont. »

Ruth n'avait pas de chance. Elle aurait pu le découvrir sous une pluie battante ou en hiver, quand le vent soufflait si fort qu'il vous empêchait de lever les yeux. Elle aurait pu le découvrir, comme beaucoup, quand, à la faveur d'un naufrage, on voyait des femmes en pleurs sur le rivage ; ou bien encore un de ces jours sinistres où sa masse menaçante se dessinait dans le brouillard. Mais elle le vit par une matinée paradisiaque, et elle le vit, pratiquement, de la mer. Il lui apparut — mi-demeure, mi-forteresse — avec le pâle calcaire de ses murs transformé en or, et les moutons blancs de la mer léchant les falaises qu'il défendait. Les mouettes virevoltaient au-dessus de la tour, et les longues baies vitrées renvoyaient l'éclat du soleil.

« Vous avez dit que c'était une maison glaciale

sur une falaise, observa Ruth lorsqu'elle put de nouveau parler.

— C'est le cas. Vous verrez, quand vous viendrez déjeuner dimanche. »

Ruth hocha la tête. « Non, répliqua-t-elle d'un ton tranquille, je ne viendrai pas déjeuner dimanche. Ni aucun autre jour. »

C'est Kenneth Easton qui avait annoncé aux étudiants que Verena ne dormirait pas dans le hangar à bateaux.

« Elle va loger dans la maison, leur annonça-t-il au moment où le train quittait King's Cross Station. Les Somerville l'ont invitée. » Et comme ils le regardaient avec de grands yeux, il ajouta : « C'est normal, leurs deux familles appartiennent au même monde. Nous devions nous y attendre.

— Eh bien, pas moi, dit Sam, toujours loyal. Ça ne ressemble pas au professeur de favoriser quelqu'un.

— Lady Plackett y va aussi. Elle et la tante du professeur sont de vieilles amies. Et il va y avoir un bal pour l'anniversaire de Verena. Les Somerville ont insisté », précisa Kenneth, bien instruit par Verena.

Pilly et Janet accueillirent avec soulagement la nouvelle qu'elles ne partageraient pas le dortoir avec Verena, mais Ruth resta silencieuse un moment, regardant par la fenêtre les étendues plates et détrempées des champs. Son histoire avec Quin était finie, et pourtant cela faisait un peu mal de penser que, malgré ce qu'il avait dit de Verena, il s'intéressait quand même à elle.

Elle avait vite dominé ses sentiments et s'était dit que cela ne la concernait guère ; toutefois, elle était décidée à ne pas aller à ce déjeuner. L'exaltation était une chose, mais voir Verena Plackett se pavaner dans une maison qui, s'il s'était agi d'un vrai mariage, aurait été celle de Ruth, c'en était une autre.

On ne pouvait tout de même pas trop attendre de l'exaltation, même quand elle avait la mer pour origine.

Pilly ne s'était pas trompée de beaucoup au sujet des pyjamas de Verena : ils étaient bleus, de coupe masculine, mais avec un élastique à la cheville car elle les mettait pour faire sa gymnastique.

Verena faisait toujours ses exercices avec beaucoup d'énergie, mais ce matin ses tractions étaient particulièrement vigoureuses et ses ciseaux avaient un objectif spécial, car elle avait décidé — si tout se passait comme elle l'espérait et si elle devenait Mrs. Somerville — d'accompagner Quin dans ses expéditions ; une parfaite forme physique était donc maintenant indispensable.

De sa fenêtre, on voyait la baie et le hangar à bateaux où dormaient les autres étudiantes. Verena n'était pas opposée au fait qu'il y ait un laboratoire ; en tant qu'épouse et collègue de recherches de Quinton, elle approuverait l'existence d'un centre d'expérimentation, mais la participation des étudiants ne serait pas encouragée. L'avenir de Quin, lui semblait-il, résidait plutôt dans une fonction de président de la Société royale ou directeur d'un institut ; un homme tel que lui perdait sûrement son temps à enseigner.

De la pièce voisine, lady Plackett entendait avec plaisir les bruits familiers des exercices de sa fille. Verena avait fait une excellente impression, la veille au soir ; elle-même, encouragée par la chaleur de l'accueil qu'elle avait reçu, avait décidé de rester toute la durée du cours, afin d'aider aux préparatifs de la soirée de Verena. Quant à Miss Somerville, dont elle avait entendu parler comme de quelqu'un de totalement insociable, lady Plackett comprenait maintenant pourquoi elle s'était montrée si amicale. Si son neveu songeait à céder sa maison, elle avait tout intérêt à le voir marié, et à une jeune fille qui ne le laisserait pas commettre une telle folie.

A huit heures moins le quart pile, Verena et sa mère descendirent, accueillies avec soulagement par leur hôtesse. Elles ne portaient ni l'une ni l'autre de manteaux de fourrure et ne s'enquirent pas du chauffage central ; Miss Somerville ne manqua pas de leur demander si elles avaient passé une bonne nuit, même si elle devinait que la question était superflue.

« Verena dort toujours bien », déclara lady Plackett, ce que Verena confirma d'un sourire tranquille.

Belle entra dans la pièce, en compagnie du vieux labrador au museau blanc, et Verena les laissa remuer la queue au moins cinq ou six fois avant de leur donner l'ordre : « Assis ! » auquel ils obéirent immédiatement. Son amour des chiens ainsi prouvé, elle s'avança vers le buffet, où elle se servit de bacon, de saucisses et d'œufs brouillés.

« Verena ne grossit jamais », dit lady Plackett d'un ton affectueux, et Miss Somerville vit que c'était sans doute vrai. « Tous les Croft-Ellis peuvent manger autant qu'ils veulent, ils ne prennent jamais un gramme. »

Mais, quand on en fut aux toasts et à la marmelade, il parut naturel de s'inquiéter du professeur. « A-t-il déjà pris son petit déjeuner ? demanda Verena.

— Quin prend juste du café, dans ses appartements. Il est allé à la crique de Bowmont chercher le canot. »

Les Plackett échangèrent un coup d'œil. Si Quin se cantonnait dans sa tour et partait à l'aube pour aller au hangar à bateaux, Verena serait peut-être obligée de modifier son emploi du temps.

Comme le travail ne commençait qu'à neuf heures et demie, les Plackett acceptèrent de visiter le reste de la maison, qu'elles n'avaient pas encore pu voir en raison de leur arrivée tardive la veille. Elles admirèrent poliment tout ce qu'elles voyaient, avec en plus la satisfaction de pouvoir faire des comparaisons. Dans la bibliothèque, Verena souligna que son oncle Croft-Ellis possédait lui aussi une collection de gravures de Bewick — peut-être un peu plus importante ; et dans le petit salon, lady Plackett évoqua les housses de coussin au petit point que sa grand-mère cousait lorsqu'elle était arrivée, jeune mariée, dans le Rutland.

« Elles n'étaient pas plus belles que celles-ci, chère Miss Somerville, bien que la duchesse eût demandé si elle pouvait les copier. »

Suivit le tour de la propriété. Elles traversèrent la

pelouse, franchirent le pont au-dessus du saut-de-loup et, une fois devant la porte du jardin clos, Miss Somerville leur demanda si elles avaient envie de le visiter.

« Oh oui, dit lady Plackett. Il est célèbre, n'est-ce pas ? Nous avons évidemment nous aussi un jardin clos bien connu — dans le Rutland, comme vous le savez sans doute. »

Miss Somerville se retint de répondre qu'il n'existait nulle part ailleurs un jardin clos comme le sien, et ouvrit la porte. En faisant ce geste, elle avait toujours envie de mettre un doigt sur ses lèvres, mais Verena et lady Plackett avaient déjà commencé à s'extasier, à voix haute et claire, sur l'agencement du jardin ; Verena toutefois fit remarquer un chancre sur une tige de viorne qui, pensait-elle, intéresserait sans doute Elke Sonderstrom.

Mais Verena, malgré ses efforts pour le cacher, s'impatientait.

« Il ne faut pas que j'arrive en retard », dit-elle en riant. Imaginer le professeur déjà au milieu des étudiants n'était guère plaisant ; elle tenait à arriver en sa compagnie, pour bien faire comprendre aux autres son statut particulier d'invitée. « Il faut que j'aille chercher mes affaires.

— Nous allons revenir par le devant », annonça Miss Somerville, incapable de résister au plaisir de jeter un coup d'œil matinal à travers ses jumelles.

Lady Plackett loua la vue qu'on avait de la terrasse sur la mer, avec assez d'enthousiasme pour satisfaire même Miss Somerville, mais Verena, qui avait demandé à emprunter un instant les jumelles, eut l'air contrariée.

« Voilà qui est extraordinaire », déclara-t-elle, le regard fixé sur deux silhouettes debout côte à côte au bord de l'eau. L'une était le Pr Somerville, à peine reconnaissable en pull-over bleu marine et bottes de caoutchouc. L'autre était une fille pieds nus, aux cheveux ébouriffés par le vent. Se tournant vers sa mère, Verena ajouta : « Si je ne me trompe pas, Miss Berger s'est finalement débrouillée pour venir. Je me demande quel piston elle a utilisé pour cela. »

Lady Plackett saisit les jumelles. Bien qu'ayant une moins bonne vue que sa fille, elle reconnut elle aussi Ruth. « C'est regrettable, affirma-t-elle en s'adressant à Miss Somerville. Et tout à fait irrégulier. Cette fille est une réfugiée juive qui semble croire qu'elle a droit à toutes sortes de privilèges.

— Il ne faut pas la rabaisser, bien sûr, dit Verena, désireuse d'être impartiale. Elle travaille très dur. Elle est serveuse dans un café du nord de Londres.

— On dit qu'elle participe à toutes sortes de trafics », déclara lady Plackett d'un air entendu.

Miss Somerville soupira. Elle reprit ses jumelles, mais ne s'en servit pas. S'il y avait quelque chose qu'elle n'avait pas envie de voir si tôt le matin, c'était bien une serveuse juive sur la plage de Bowmont.

18

Par tradition, le premier jour de la session se passait sur le rivage de Bowmont. Même si tout le monde travaillait dur, pour apprendre les techniques d'échantillonnage indispensables à une observation correcte, il y avait de la fête dans l'air ; car si c'était de la science, c'étaient aussi de merveilleuses vacances au bord de la mer, et les professeurs, qui en avaient l'habitude, ne faisaient rien pour freiner le plaisir des étudiants. Roger Felton lui-même, dont la monture de lunettes prenait la couleur ambrée ou brun-roux des bestioles qu'il ramassait, avait l'air d'un petit garçon échappé de l'école, et Miss Elke, arpentant la plage, vêtue d'un short et d'un pull distendu à motifs de rennes, offrait un spectacle à réjouir les dieux eux-mêmes.

Ce n'était pas plus mal, car la côte du nord du Northumberland continuait de rendre Ruth un peu folle. Elle savait que ce n'était pas très anglais mais, même si elle essayait de se contrôler, elle ne pouvait s'empêcher d'être possédée par un sentiment d'extase. Ça la prenait à la gorge quand elle voyait une vague se hausser dans la lumière ; ça la prenait en apercevant l'éclat d'une aile de mouette ; ça la prenait en sentant sous ses pieds nus les vagues onduler sur le sable. Elle remplissait ses poches de coquillages et, quand ses poches furent pleines, elle alla chercher sa trousse de toilette. Elle mordait dans les vésicules des algues, le liquide salé la faisait suffoquer, et elle recommençait.

Et elle ramassait des épaves...

« Regardez, oh *regardez* ! » criait-elle à chaque instant, et celui ou celle qui se trouvait alors près d'elle devait examiner ce qui, à n'en pas douter, était une planche d'un coffre plein de trésors provenant d'un galion espagnol, ou une noix de coco venue des Indes lointaines. Mr. Felton avait beau montrer, gentiment, l'inscription « Bentham père et fils, ingénieurs sanitaires », au dos de la planche ; Janet pouvait bien retourner la noix de coco et y découvrir la marque d'un épicier de Newcastle ; peu importait pour Ruth, dont la découverte suivante était tout aussi magique et mystérieuse que la précédente.

Verena abordait d'une manière différente les délices du bord de mer. Elle était apparue, après le petit déjeuner, vêtue d'un pull-over en grosse laine aussi immaculé que sa blouse de laboratoire, suivie de Kenneth Easton qui recueillait le contenu de son filet comme il avait recueilli le contenu de son estomac. Elle avançait d'un pas assuré, évitant algues et trous d'eau.

« Ce n'est pas, je suppose, une moule *barbue* ? »

dit Verena en s'adressant à Mr. Felton, mais en regardant du coin de l'œil le Pr Somerville qui montrait à Huw et Sam comment enfoncer dans le sable un cageot pour attraper les coquillages. « Une moule, oui, mais pas barbue, n'est-ce pas ? »

Mr. Felton examina l'animal que Verena avait détaché du rocher, et acquiesça. Kenneth, dans un élan d'admiration, s'écria : « Vraiment, Verena, tu connais parfaitement les bivalves ! »

Mais ce n'était pas seulement les bivalves que Verena connaissait parfaitement. Les autres étudiants pouvaient s'estimer heureux de reconnaître une patelle, mais Verena était capable de citer tous les noms de la patelle — bernique, bernacle, bredin, lompotte, œil-de-bouc — et même de distinguer la *patella vulgata* de la *patella cœrulea* ; et elle savait aussi que les courageux bigorneaux, qui luttaient contre la dessiccation sur les rochers élevés, pouvaient être moelleux, juste bons à manger ou âpres.

Mais Ruth, dans cet univers qui balayait toute mesquinerie, n'allait pas — comme elle l'aurait fait à Londres — chercher dans les ouvrages du labo des moules encore plus barbues, ou des vers annelés encore plus annelés que ceux que Verena avait déterrés. Elle n'avait pas envie de lire quoi que ce soit au sujet des moules, elle avait envie d'en tenir une dans la main et d'admirer les stries noires et bleues de sa coquille. Elle était débarrassée du désir de réussir et d'être la meilleure ; elle abandonna même ses manœuvres compliquées pour éviter le professeur, et quand elle tomba sur sa plus précieuse trouvaille de la matinée, c'est à lui qu'elle alla la montrer.

« Regardez ! s'exclama-t-elle pour la centième fois. Oh, regardez ! Des *émeraudes* ! » Il tendit les mains et elle y déversa les pierres vertes et lisses. « C'est possible ? ajouta-t-elle. Ma grand-tante avait un bracelet dont les pierres étaient exactement pareilles ! »

Quin ne se moqua pas d'elle. Il y avait des pierres gemmes sur cette côte : des cornalines, des agates, des améthystes. L'amenant doucement à sortir de son rêve, il lui dit : « Seule la mer est capable de cela — rendre les pierres si lisses, si parfaites. Prenez le meilleur orfèvre du monde, donnez-lui une année entière, il n'y arrivera pas. »

Il attrapa une des pierres et l'examina dans la lumière ; comme Ruth s'approchait pour regarder, il pensa que des émeraudes lui iraient magnifiquement bien, avec ses yeux sombres et sa chevelure fauve.

Mais Verena, qui n'était jamais bien loin du professeur, surgit alors près d'eux. « Grands dieux ! s'exclama-t-elle en observant les pierres. Mais ce ne sont que des bouts de verre ! Tu le sais bien, non ? Même à Vienne il doit y avoir des bouteilles. »

Elle regarda Quin, prête à rire avec lui de la stupidité de Ruth, mais il s'était détourné et reposait les pierres dans les mains de Ruth avec autant de délicatesse que s'il s'était agi de vraies pierres précieuses.

« Les bouteilles peuvent être extrêmement importantes, déclara-t-il en plongeant ses yeux dans ceux de Ruth. Je n'ai pas besoin de vous le dire. »

Elle rougit, sourit et s'éloigna ; elle avait chaud au cœur car, émeraudes ou pas, peu importait, mais qu'il se soit souvenu de ce qu'elle lui avait raconté, là-bas près du Danube, cela, ça comptait beaucoup !

A l'heure du repas, Verena s'approcha du professeur : « N'est-il pas temps que nous remontions ? Le déjeuner est à une heure, si j'ai bien compris ? »

Mais elle essuya un revers.

« Oui, allez-y, ma tante est intraitable sur la ponctualité. Moi, je reste ici, en général je ne me soucie guère de déjeuner. »

Cette remarque amusa beaucoup Miss Elke, qui savait par expérience ce qu'il en était ; prenant deux des filles pour l'aider, elle sortit quelques saucisses de plus, que Pilly entreprit de faire griller avec une maestria qui surprit ses camarades.

« Comment se fait-il que tu n'aies pas peur des saucisses ? demanda Janet, tandis que Pilly retournait prestement la viande qui grésillait en projetant de la graisse. C'est bien plus dangereux que les expériences de laboratoire.

— Je n'ai pas besoin d'*apprendre* à faire griller les saucisses », répondit Pilly.

L'après-midi, cependant, Verena prit sa revanche, car le professeur emmenait en bateau les étudiants dans la baie, pour leur montrer comment ramasser le plancton ; et Verena, qui avait navigué en Inde et avait servi d'équipière à son cousin aux régates de Cowes, se trouvait dans son élément. Elle n'eut qu'à tirer d'un coup sec le cabillot pour que le hors-bord démarre en pétaradant. Elle savait parfaitement se débrouiller avec les voiles, ramait comme une athlète, il était donc normal que, tandis que les autres étudiants changeaient de place, elle restât à côté du professeur pour l'aider.

Sûre de sa position, elle était fort aimable avec ses camarades inexpérimentés, les aidait à monter dans le canot et leur indiquait les manœuvres à faire, de façon que le professeur n'ait plus qu'à leur montrer comment s'y prendre avec les filets. C'est seulement quand ce fut au tour de Ruth de monter dans le bateau et qu'elle proposa de ramer que Verena perdit de son aménité.

« Tu sais ramer ? la rabroua-t-elle. Je ne pensais pas que les gens avaient des bateaux, à Vienne. »

Ruth se mit à ramer à une cadence infernale, mais ne dit rien. Elle obéissait à une nouvelle et noble résolution qu'elle entreprit, ce soir-là, de faire partager à ses amis.

« J'ai décidé, leur annonça-t-elle, d'aimer Verena Plackett ! »

Les étudiants étaient assis autour d'un feu, en train de faire cuire des pommes de terre à la clarté de la lune, et ce cadre convenait à l'état d'exaltation de Ruth. Seul manquait Kenneth Easton. Il s'était isolé, accablé de voir Verena monter à la maison pour dîner avec le professeur. Kenneth avait examiné attentivement son visage dans le bout de miroir qui servait aux étudiants pour se raser, et il n'avait pu s'empêcher de penser qu'il avait des traits beaucoup plus réguliers que le professeur, un nez bien moins cassé, et il était certain que, s'il fumait la pipe, il serait capable de la maintenir allumée pendant un temps raisonnable. Pourtant, de toute évidence c'était le professeur que Verena préférait, et maintenant, seul et mélancolique, Kenneth contemplait en soupirant les fenêtres de Bowmont illuminées.

« C'est vrai, insista Ruth devant le regard ébahi de ses camarades. Je suis tout à fait sérieuse.

— Tu es folle, affirma Janet en piquant une autre pomme de terre. Folle à lier. Verena est absolument, définitivement épouvantable.

— Oui, je sais, dit Ruth. C'est pour ça qu'il est inutile que j'essaie de la trouver sympathique. Ce serait vouloir atteindre l'impossible. Mais il y avait un vieux philosophe qui venait souvent nous rendre visite, à Vienne ; il avait une longue barbe blanche et méditait chaque jour sur un banc devant la Bourse, et voilà ce qu'il disait : "Vous devez aimer ce pour quoi vous ne pouvez avoir d'inclination." Il le répétait souvent.

« Je ne comprends pas ce que ça veut dire, déclara Pilly d'un air triste — et un jeune homme maigre à lunettes qui s'appelait Simon dit que lui non plus.

— Cela sonne mieux en allemand, admit Ruth, mais ça signifie que, même si on ne peut pas éprouver de la sympathie pour tout le monde, on peut aimer les gens, en profondeur. En fait, moins on a d'affinités avec eux, plus on devrait les aimer. On doit les aimer comme des frères ou des sœurs... comme des êtres faisant partie de la Création. Comme des pécheurs semblables à nous-mêmes. » Dans son exaltation, Ruth laissa tomber sa pomme de terre dans le sable.

Sam, tout en sachant que sa remarque n'était pas très galante, lui dit qu'elle délirait, et Janet souligna que les pécheurs, c'était du gâteau à côté de Verena.

« Les pécheurs sont *humains* », ajouta-t-elle.

Mais rien ne pouvait détourner Ruth de la noble voie qu'elle avait choisie, et elle cita encore un autre sage européen, le grand Sigmund Freud, qui avait dit qu'un objet ne peut devenir aimable avant d'être aimé.

« Comme la Belle et la Bête. Il faut embrasser la Bête avant qu'elle se transforme en prince. »

Ainsi qu'il fallait s'y attendre, la conversation prit un tour grivois mais Ruth, en acceptant la moitié de pomme de terre que lui offrait Sam, avait le regard brillant de vertu morale et de conscience de bien faire.

« Vous allez voir. Je commencerai demain, quand nous irons à Howcroft. Je l'aimerai *toute la journée.* »

« Barker l'a pris, alors ? questionna Miss Somerville le lendemain matin, en rencontrant Martha qui revenait du village. Il a accepté ? »

Le chiot avait été amené de bonne heure chez le charpentier, mais le visage aimable et rond de Martha avait une expression fuyante qui ne lui était guère habituelle. « Non, dit-elle. Il ne le prendra pas.

— Il ne le *prendra* pas ? répéta Miss Somerville d'un air incrédule. Lui avez-vous fait remarquer qu'il a deux mois de retard pour les réparations des bancs de l'église ?

— Oui. Il dit que sa femme a de l'asthme, elle est enceinte et le docteur a recommandé qu'elle évite les poils d'animal.

— Je trouve cela extraordinaire, vraiment. Les gens comme eux n'auraient même pas *entendu parler* d'asthme, autrefois. A se demander si l'instruction est une si bonne chose que cela. » Miss Somerville se pencha pour ramasser son panier de jardin. « Où est-il, dans ce cas ?

— Barker m'a proposé de l'abattre, répondit Martha. Il m'a dit qu'il ne le sentirait même pas. Je suppose que c'est vrai, il a braconné, dans le temps, Barker ; pour sûr, il était capable d'abattre un lièvre à cinquante mètres, sans problème. »

Miss Somerville se redressa. Son visage était sans expression.

« Vous avez accepté, alors ? Il a été abattu ?

— Non, répliqua sèchement Martha, et elle vit les mains de sa patronne desserrer leur étreinte sur l'anse du panier. Noyer les petits à la naissance, avant qu'ils ouvrent les yeux, c'est une chose ; mais les tuer froidement, c'en est une autre. Si vous voulez le faire tuer, vous pouvez donner l'ordre vous-même.

— Où est-il, alors ?

— Une étudiante l'a pris. Elle venait chercher le lait, et elle a dit qu'elle le gardait. Ils vont à la pointe d'Howcroft. J'ai pensé qu'elle pouvait le prendre, étant donné que lady Plackett n'aime pas trop l'animal et qu'il va y avoir des invités. »

Miss Somerville acquiesça. Les Rothley devaient venir dîner avec les Stanton-Derby, pour rencontrer Verena et parler de la soirée d'anniversaire, et elle n'avait vraiment pas envie qu'on plaisante encore au sujet du chiot. Elle s'apprêtait à traverser la pelouse quand Martha demanda :

« Qui est Richard Wagner, au fait ? Un genre de musicien, non ?

— C'était un compositeur. Il écrivait une musique extrêmement bruyante, et il avait une vie privée répréhensible. Pourquoi ?

— Cette jeune fille... celle qui a emmené le chien... Elle a dit qu'il avait une belle-fille avec des yeux pareils, ce Wagner. Un bleu et un marron, comme le chiot. Daniella, elle s'appelait.

— L'étudiante ?

— Non, la belle-fille. »

Miss Somerville, mettant un terme à cette discussion, se dirigea vers le jardin. Elle se dit qu'elle ne parlerait pas tout de suite à lady Plackett de la conduite invraisemblable du charpentier. Après tout, cela ne la regardait pas.

Entre-temps, Ruth avait atteint le hangar à bateaux.

« Qu'est-ce que c'est que ça ? s'enquit Miss Elke en regardant le bâtard de Belle qui lui grimpait sur les pieds dans un grand élan de passion.

— Un mélange », admit Ruth.

Miss Elke dit qu'elle le voyait bien et dégagea sa chaussure des pattes du chien.

« Mais beaucoup de personnalité, non ? fit remarquer Ruth. Même s'il n'est pas vraiment beau.

— Non, pas vraiment.

— Voltaire non plus n'était pas beau, mais il assurait que, si on lui donnait une demi-heure pour défendre son physique, il serait capable de séduire la reine de France.

— Il faudrait plus d'une demi-heure dans le cas présent », répliqua Miss Elke, avant de demander à Ruth de lui passer les marteaux, car elle vérifiait le matériel nécessaire à la recherche des fossiles, ce jour-là, à la pointe d'Howcroft.

Ruth fit ce qu'elle lui demandait. Il y eut un moment de silence. Puis elle dit : « Je pensais qu'il pourrait venir avec nous dans le car. Martha assure qu'il aime beaucoup voyager et qu'il n'est jamais malade.

— Demandez au professeur », répondit Elke en pénétrant dans le laboratoire.

Quin arrivait justement, et Ruth réitéra sa demande.

« Je me disais qu'il pourrait nous être utile, argumenta-t-elle.

— Ah oui ? dit Quin, les sourcils levés. A quelle sorte d'utilité pensez-vous ?

— Eh bien, les chiens sont tout le temps en train de déterrer des os. Supposez qu'il trouve quelque chose d'intéressant. Un fémur de *torosaurus,* par exemple ?

— Sur un gisement houiller, ce serait intéressant, en effet », dit sèchement Quin. Mais, devant l'expression de Ruth, il se radoucit. « Empêchez-le de courir partout ; je suppose qu'il ne peut pas faire trop de dégâts dans la lande. »

Quand le car les déposa à la pointe d'Howcroft, le chiot s'était fait des adeptes tels que Voltaire lui-même aurait voulu en avoir. Pilly l'avait tenu sur ses genoux tout le long du trajet, Janet lui avait parlé d'une voix qui avait fait comprendre à Ruth ce qui se passait à l'arrière des voitures, et Huw avait pour tâche de le soulever au-dessus des rochers que même son intrépidité ne lui aurait pas permis d'escalader.

Ce fut une autre journée splendide. Les falaises étaient couronnées de bruyères et d'ajoncs, les courlis lançaient leur cri, mais le travail était dur à présent. Car ici, dans ces affleurements carbonifères qui s'étendaient jusqu'au rivage, les créatures d'où découlait toute vie sur Terre avaient laissé leur empreinte. Fragments de coraux anciens, de mollusques à spires — chacun représentant une strate géologique — devaient être dégagés de la roche, étiquetés, enveloppés et emportés au laboratoire. Et comme il ne saurait y avoir de journée parfaite sans progrès personnel, Ruth eut de la chance, car les occasions d'aimer Verena Plackett furent illimitées. Toujours sur les talons du professeur, elle tapait sans hésiter avec son marteau tout neuf, et trouva non seulement un spécimen indiscutable de *caninia,* mais aussi un crinoïde complet avec ses tentacules ; et elle riait gaiement chaque fois que Pilly écorchait un nom.

Comme c'était marée haute, on déjeuna dans un coin tapissé de bruyère, au-dessus de la plage ; le chiot mangeait des sandwiches, dégringolait dans les terriers de lapins, en ressortait, et s'endormit brusquement et profondément sur le sac de Huw. La plupart des étudiants étaient heureux de paresser mais Ruth, habituée à monter dans des endroits où il fallait s'écrier *« Wunderbar ! »,* grimpa jusqu'au sommet de la colline : on y avait vue sur des kilomètres de côte et, à l'intérieur des terres, sur la lande où persistaient des éclats de pourpre. C'est seulement quand une odeur de tabac lui parvint de derrière un rocher qu'elle se rendit compte qu'elle n'était pas seule.

« C'est quelque chose, non ? dit Quin en montrant d'un geste Holy Island, tout en bas, et le pic spectaculaire de Howcroft Rock. Je suis heureux que vous l'ayez vu dans ces conditions, l'automne et l'hiver sont les meilleures saisons, pour les couleurs. »

Ruth fit oui de la tête. « On dit toujours "un spectacle à couper le souffle", n'est-ce pas ? Mais on devrait dire "à donner le souffle", vous ne croyez pas ? » Elle se tourna vers lui et sourit. « Et je ne parle pas seulement du vent. »

Debout l'un près de l'autre, ils admirèrent un moment en silence la blancheur éblouissante de l'écume et le bleu profond de la mer. Un courlis passa au-dessus d'eux en criant, des ajoncs encore en fleur répandaient leur odeur de vanille.

« La première fois que je suis venu ici, raconta Quin, j'avais dix ans. J'étais venu de Bowmont à bicyclette et j'avais apporté mon marteau et mon *Livre des fossiles à l'usage des enfants.* J'ai commencé à attaquer la roche, et d'un seul coup il est apparu — un cycas parfait, évident, absolu, comme la vérité même. C'est à ce moment-là que j'ai compris que j'étais immortel et que, sans l'ombre d'un doute, je résoudrais un jour l'énigme de l'univers.

— Oui, je connais ce sentiment. Le sentiment

qu'on est fait pour ça — il n'y a ni doute ni hésitation.

— La musique, pour vous, je suppose, dit Quin d'un air résigné, s'attendant à voir surgir à l'horizon l'omniprésent Mozart, avec Heini dans son sillage.

— Oui. La première fois que j'ai entendu les Ziller jouer. Mais..., poursuivit-elle en secouant la tête, j'ai aimé le Grundlsee. Je l'ai vraiment aimé : le lac, les myrtilles, les fleurs. Quand nous y étions, cela ne différait pas de la vie que nous menions à Vienne — avec les professeurs, et les gens qui parlaient de psychanalyse, et tout ça. Tandis qu'ici... le premier matin, la mer... et maintenant, encore... Je ne comprends pas ce qui s'est passé. » Elle leva les yeux sur lui, et il remarqua sa perplexité. « J'ai le sentiment que j'aurai toute ma vie la nostalgie de cet endroit... de la mer... mais comment cela se peut-il ? En quoi suis-je concernée ? C'est de Vienne que j'ai la nostalgie. Que je *dois* avoir la nostalgie. »

Le silence de Quin dura si longtemps que Ruth tourna la tête. Son visage lui parut changé : il paraissait plus jeune, plus vulnérable, et quand il parla ce ne fut pas avec son aisance habituelle.

« Ruth, si vous vouliez que ce soit différent... Si... »

Il se tut. Une ombre s'était interposée entre le soleil et eux. Haute et menaçante, c'était Verena Plackett, qui brandissait un fragment de roche.

« Auriez-vous l'obligeance d'éclaircir un point, professeur ? Je pense qu'il doit s'agir d'un brachiopode, mais je n'en suis pas absolument sûre. »

Quin ne parla plus à Ruth jusqu'à ce que tout le monde fût rentré. Il remontait le sentier de la falaise lorsqu'il entendit des pas derrière lui ; il se retourna et vit la jeune fille qui le suivait, le chiot dans les bras.

« Je suis désolée de vous ennuyer, dit-elle, mais pourriez-vous avoir la gentillesse de le ramener à la maison ? Pilly y serait bien allée, mais elle est occupée à faire la cuisine, et j'ai promis à Martha qu'il serait ramené à bon port.

— Pourquoi n'y allez-vous pas vous-même ? Vous avez de toute évidence lié amitié avec Martha.

— Non. »

Se rappelant qu'elle avait refusé de participer au déjeuner, il eut envie de la taquiner.

« Il faudra bien que vous jetiez un coup d'œil aux lieux, vous savez. Après tout, si je suis tué avant que Mr. Proudfoot ait pu procéder à notre séparation, Bowmont sera à vous. »

Sa réaction le stupéfia. Elle était furieuse, son visage se tordait de colère, et il s'attendit à la voir trépigner.

« Comment *osez*-vous parler ainsi ? Chamberlain a dit qu'il n'y aurait pas la guerre, il l'a promis... et même si elle a lieu, vous n'êtes pas obligé de combattre. C'était absolument inutile de vous engager dans la marine, tout le monde l'a dit. C'était de l'ostentation, c'était stupide, c'était *mal*.

— Allons, je plaisantais.

— Exactement le genre de plaisanterie qu'on doit attendre d'un Anglais. Plaisanter au sujet de la mort des gens. »

Elle lui fourra le chiot dans les bras et redescendit la colline d'un pas rageur.

« En tant que femme, je n'ai hélas pas pu y participer, déplora Verena, qui engageait avec lord Rothley une conversation sur la chasse au sanglier. Mais je l'ai observée, en Inde, et j'ai trouvé cela absolument fascinant. »

Lord Rothley grommela quelque chose et tendit son verre à Turton qui, décelant une certaine froideur dans l'œil de M. le Comte, lui versa une bonne dose de whisky.

Les invités étaient en nombre restreint : les Rothley, les Stanton-Derby, et Bobo Bainbridge, qui était veuve. Inutile de dire que Verena, qui avait potassé les poissons osseux pour pouvoir discuter avec sir Harold, avait lu de long en large la *Gazette du Northumberland* pour connaître les centres d'intérêt des invités. Mais dans le cas de lord Rothley, elle avait été induite en erreur par le bulletin : c'était l'élevage des porcs plutôt que la chasse au sanglier qui intéressait M. le Comte.

Ayant accompli son devoir vis-à-vis de lui, Verena se dirigea vers Hugo Stanton-Derby, qui se tenait près de la cheminée en compagnie de lady Plackett. L'excellente entente de Verena et de sa mère les avait conduites à se partager le travail : Verena avait lu dans l'*Encyclopaedia Britannica* ce qui concernait les tabatières de l'époque georgienne, que collectionnait Stanton-Derby, pendant que sa mère se plongeait dans le *Financial Times,* car il gagnait sa vie comme agent de change.

La conversation était de ce fait nourrie et intelligente au possible, et quand Verena se tourna vers les dames, celles-ci se rendirent compte qu'elle comprenait parfaitement leurs doléances et y était fort sensible. Comme on pouvait s'y attendre, les réfugiés que Quin leur avait imposés continuaient en effet de se montrer difficiles et ingrats. Le vacher renvoyé par Ann Rothley avait été engagé par la Northern Opera Company, après avoir fait des ravages parmi les servantes.

« Elles veulent toutes un congé pour se rendre à Newcastle l'écouter chanter dans cet opéra ridicule, vous savez, où les gens brûlent un manuscrit pour se chauffer. Ça parle de Bohémiens, quelque chose comme cela. »

Quant au chauffeur d'Helen, lui aussi était source de problèmes : il menaçait de partir et d'aller à Londres pour essayer de trouver un engagement dans un quatuor à cordes.

« Eh bien, au moins vous ne serez pas obligée d'écouter toute cette musique de chambre », dit Frances.

Mais, bien sûr, les choses n'étaient pas aussi simples — elles ne le sont jamais.

« En fait, il est plutôt bon dans son travail, reconnut Helen, et beaucoup moins cher que ne le serait un Anglais. »

Bobo Bainbridge fut la seule à qui Verena n'essaya pas de faire la conversation. Bobo, dont le mari adoré était mort subitement neuf mois plus tôt, et dont la belle-mère n'approuvait pas les manifestations de chagrin, faisait face à ses obligations sociales à grand renfort de xérès ; or, pour les femmes qui se laissaient aller de cette façon, Verena n'éprouvait que mépris.

A neuf heures, Quin emmena les hommes dans la bibliothèque pour fumer et jouer au billard, et les femmes restèrent à discuter de la soirée d'anniversaire de Verena.

Ladite soirée, à la consternation de Frances, apparut bientôt une affaire bien plus importante qu'elle ne l'avait imaginé. Sa proposition de dresser un buffet et de danser au son du gramophone provoqua une immense surprise chez lady Plackett.

« Le *gramophone* ? s'écria-t-elle d'un ton offensé. Si c'est à cause de la dépense...

— Non, bien entendu, répondit Ann Rothley, assez déconcertée par cette gaffe. Mais, à vrai dire, Frances, il y a un très bon petit orchestre de trois musiciens qui débutent, à Rothley, ce serait gentil de leur donner du travail. »

Le petit orchestre fut agréé, et Helen Stanton-Derby, rejetant la suggestion de lady Plackett qui voulait acheter des arums et des amaryllis chez le fleuriste d'Alnwick, déclara qu'elle s'occuperait des fleurs. « Il y a de si jolies choses dans les haies en ce moment : des clématites, des cynorhodons... avec quelques fleurs de jardin, on peut faire des bouquets magnifiques.

— Et je pensais à du vin chaud, dit Frances. La cuisinière a une excellente recette. »

Mais lady Plackett fut hostile au vin chaud autant qu'au gramophone, et proposa d'offrir une caisse de champagne. Miss Somerville refusa. « Je parlerai à Quin, déclara-t-elle d'un ton ferme. C'est lui qui s'occupe de la cave. » Puis elles discutèrent du menu et de la liste des invités.

Sur le chemin du retour, l'aristocratie locale fit des commentaires tout à fait élogieux sur Verena.

« C'est une fille qui a les pieds sur terre », approuva Ann Rothley. Son mari acquiesça d'un grognement, mais se dit surpris que Quin, qui avait eu des petites amies si séduisantes, eût envie d'épouser quelqu'un qui, en fin de compte, ressemblait à un sénateur romain.

Sa femme n'était pas d'accord. « Elle a beaucoup d'allure. Tout ce qu'il lui faut, c'est une jolie robe pour le bal, et elle sera attirante à souhait. »

Une voix s'éleva alors de l'arrière de la voiture, où Bobo Bainbridge était censée dormir.

« Il faudra que ce soit une *très* jolie robe », dit Bobo avant de refermer les yeux.

Pendant ce temps Frances avait suivi Quin dans la tour — chose qu'elle faisait rarement — pour lui demander son avis au sujet de la boisson.

« Ah oui, la soirée dansante de Verena. » Quin avait si peu fait attention aux discussions concernant cet événement qu'il dut accomplir un effort pour s'en souvenir. « C'est vendredi en huit, n'est-ce pas ? Verena veut-elle que je vienne, ou préfère-t-elle recevoir toute seule ses invités ? »

Frances le regarda, consternée. « Mais elle veut que tu sois là, bien sûr. Le contraire paraîtrait vraiment étrange. » Après un petit silence, elle ajouta : « Tu aimes bien Verena, non ? »

— C'est une fille parfaite, répondit Quin d'un air absent. Qui avez-vous invité ?

— Rollo remontera de Sandhurst ; il a brillamment réussi ses examens, Ann te l'a dit ? Et il emmènera avec lui un ami qui va faire partie du même régiment. Et les jumeaux Bainbridge, qui sont dans l'armée de l'air, ont une permission, donc...

— Dans l'*armée de l'air* ? Mick et Leo ? Mais ils n'ont pas plus de seize ans !

— Ils en ont dix-huit, en fait ; ils sont entrés comme élèves officiers. Bobo espérait que l'un des deux resterait à terre, mais ils ont toujours tout fait ensemble ; ce sont des pilotes accomplis, maintenant.

— Mon Dieu ! » C'étaient les jumeaux qui avaient aidé Bobo à survivre à la mort de son mari. Quand ses fils adorés étaient à la maison, elle cessait de boire et redevenait la personne chaleureuse et drôle que Quin avait connue dans son enfance.

« Et les deux filles d'Helen viennent de Londres. Caroline va épouser ce charmant rouquin qui est dans les fusiliers marins, Dick Alleson. » Caroline avait été amoureuse de Quin pendant des années, et tout le monde s'était réjoui lorsqu'elle s'était fiancée à un garçon qui lui convenait si bien.

Frances continuait d'énumérer les invités, et Quin regardait, au-dehors, la mer argentée. Peut-être la guerre n'aurait-elle pas lieu, mais si c'était le cas, toute cette jeunesse dorée se retrouverait au cœur du massacre.

« Je sais ce que nous allons boire, tante Frances ! s'écria Quin en prenant les mains de Miss Somerville. Le veuve-clicquot 1929 ! J'en ai deux caisses, que j'ai gardées pour une occasion particulière. »

Elle le dévisagea d'un air surpris. Elle ne s'y connaissait pas en vins, mais elle savait qu'il attachait beaucoup de prix à ce fabuleux champagne. « Tu es sûr ?

— Pourquoi pas ? Faisons de cette soirée un événement mémorable ! »

Frances se coucha très satisfaite, car que signifiait un tel acte de générosité sinon que Quin désirait honorer Verena ? Mais le lendemain matin, il prononça les mots qu'elle redoutait.

« Puisque c'est une soirée de jeunes, nous devons demander aux étudiants s'ils veulent venir. »

Tante Frances se sentit accablée. Des serveuses juives, des filles qui faisaient des choses à l'arrière des voitures, se mélanger aux enfants de ses amis, des jeunes gens et des jeunes filles corrects et bien élevés...

« Ils viennent déjeuner dimanche, cela suffit, non ? »

Quin se montra inflexible. « Je ne peux pas favoriser Verena à ce point, tante Frances, vous devez le comprendre. »

Mais, à sa grande surprise, Verena dit à Frances qu'elle était tout à fait d'accord avec Quin, et proposa d'inviter elle-même les étudiants.

Elle tint parole. Elle se rendit au hangar à bateaux au moment du petit déjeuner et annonça : « Il va y avoir une soirée dansante à Bowmont pour mon anniversaire. Tous ceux et celles que cela ne dérange pas de venir sans tenue de soirée adéquate sont les bienvenus. »

Lorsque Quin arriva pour commencer le travail de la matinée, elle put lui annoncer sans mentir que les étudiants avaient refusé en bloc.

19

« Mais pourquoi ? Pourquoi ne viens-tu pas ? Tout le monde est invité, tous les étudiants vont au déjeuner du dimanche à Bowmont. C'est un rituel.

— Alors, le rituel se fera aussi bien sans moi. J'attends un message de Heini et...

— Pas un dimanche. Le bureau de poste est fermé. »

Les étudiants insistèrent, même Miss Elke intervint, mais il n'y eut rien à faire. Ruth déclara qu'elle n'avait pas envie d'un grand déjeuner, qu'elle allait faire une promenade — elle pensait que le beau temps risquait de ne pas durer.

« Alors je reste avec toi », dit Pilly. Mais Ruth ne voulait pas en entendre parler, et Pilly renonça sans trop de peine, car l'idée de s'asseoir sur un siège bien rembourré et de faire un bon repas était très tentante.

Après leur départ, un grand calme s'installa. Ruth se promena un moment sur la grève et observa les phoques, là-bas dans la baie. Puis soudain elle se dirigea vers l'intérieur des terres, et prit non pas le sentier abrupt qui conduisait à la terrasse, mais le chemin qui serpentait au milieu des aulnes et des noisetiers, et rejoignait l'allée derrière la maison.

Elle avait déjà emprunté ce chemin pour aller à la ferme, et se délectait à nouveau de l'odeur puissante de la terre qui dominait celle de la mer. Elle entendait encore le bruit de l'océan, mais ici les clématites et les cynorhodons s'enchevêtraient dans les haies, les prunelliers étaient couverts de fruits, et les baies de sorbier mettaient des taches écarlates dans les arbres.

A un endroit, le sentier faisait une boucle, et passait entre des terres cultivées et des prairies où passaient des moutons ; Ruth se pencha au-dessus de la clôture pour leur parler, mais c'étaient des animaux libres — pas de mélancoliques moutons prisonniers dans un sous-sol — et ils lui jetèrent juste un coup d'œil avant de se remettre à manger.

Elle était près de la maison, maintenant, mais dissimulée derrière un bosquet de mélèzes. Si elle s'engageait dans l'allée, elle atteindrait les pelouses et les massifs d'arbustes côté terre. On avait dit aux étudiants qu'ils pouvaient aller partout où ils voulaient et Ruth, même si elle ne pouvait supporter de voir Verena jouer les maîtresses de maison à la table de Quin, était cependant curieuse de connaître le domaine.

Elle traversa le pont au-dessus du saut-de-loup, parvint à une allée de gravier et à un mur couvert de lichen, dans lequel était encastrée une porte d'un bleu délavé entourée de boules-de-neige. Ruth hésita un instant, mais il n'y avait personne, aucun son ne venait troubler le silence dominical ; elle poussa hardiment la porte et entra.

« Je suppose que c'est à cause des interdits alimentaires, disait d'un ton rassurant Verena à tante Frances. C'est une Juive, vous savez. De Vienne. Peut-être croit-elle que nous allons manger du porc ! » Et elle rit bien fort de la bizarrerie des étrangers.

Pilly et Sam, qui sirotaient un apéritif au salon, regardèrent Verena avec colère.

« Ruth se moque pas mal de ce qu'elle mange, tu le sais très bien. Et, de toute façon, elle a été élevée dans la religion catholique. »

Mais cette défense n'était guère utile, car personne ne trouvait comment excuser Ruth. Tante Frances, pourtant, admit la version kascher des faits, et souligna que cela avait été pareil avec le vacher que lady Rothley avait employé à la laiterie. « On aurait pu lui préparer quelque chose d'autre, je pense. Une omelette. Mais reste la question des ustensiles. »

Lady Plackett passait la journée chez des parents dans le Cumberland, mais Verena était allée à l'église avec les Somerville et avait écouté Quin lire la Bible. Maintenant, en twin-set et collier de perles, elle entreprenait de mettre à l'aise ses camarades. Elle avait déjà empêché Sam et Huw de se débarrasser eux-mêmes de leurs manteaux, expliquant qu'il y avait un maître d'hôtel pour cela, et quand les étudiants prirent place à table, elle garda un œil vigilant sur ceux qui risquaient d'avoir des problèmes avec leurs couverts. Bien que Bowmont employât un minimum de domestiques, Verena était consciente que ses camarades issus de milieux modestes risquaient d'être impressionnés par le serviteur qui se tenait à côté de la desserte, et par la soubrette en bonnet et tablier. Comme Mr. Felton discutait avec Miss Somerville, et que Miss Elke racontait à Quin son récent voyage en Laponie, Verena se chargea de faire la conversation ; elle interrogea Pilly sur la consommation moyenne d'aspirine de la population, et demanda à Janet comment son père réussissait à faire marcher sa paroisse avec seulement un ou deux vicaires. Ce qui ne l'empêcha pas de veiller sur son protégé, Kenneth Easton. Il n'était pas question, pour le moment, d'inviter Kenneth chez les Plackett à Thameside, et Verena n'avait guère envie de le voir aux prises avec un artichaut en vinaigrette ; mais, pour quelqu'un qui était né à Edgware Green, Kenneth se débrouillait plutôt bien.

Ils prirent le café au salon, puis Quin se leva, suggéra aux étudiants d'aller jouer au croquet sur la pelouse, ou au tennis sur un court quelque peu défoncé, et emmena Roger et Elke dans la bibliothèque faire un billard.

« Quelqu'un a-t-il envie de faire le tour de la maison ? » proposa Miss Somerville.

Plusieurs étudiants répondirent par l'affirmative mais, avant que le petit groupe ne se mette en marche, Verena dit avec le respect qui s'imposait : « Voulez-vous que ce soit *moi* qui leur fasse faire la visite, Miss Somerville ? Je suis sûre que vous désirez vous reposer. »

Frances fronça un instant les sourcils. Toutefois, c'était elle qui avait dit à Verena de faire comme chez elle ; la jeune fille voulait simplement se rendre utile.

« Très bien. Mais pas la tour, bien entendu. »

Laissant derrière elle un groupe d'étudiants fort mécontents, Frances quitta la pièce. Mais, au lieu de monter se reposer, elle alla prendre dans le débarras un sac d'engrais et les bulbes qui étaient arrivés la veille de chez les Marshall, et se dirigea vers le jardin.

En ouvrant la petite porte, tante Frances eut la contrariété de voir qu'elle n'était pas seule.

Une jeune fille lui tournait le dos, un bras levé vers une branche d'*autumnalis* chargée de fleurs, qui grimpait le long du mur du côté sud. Frances s'avança, en colère, pour protester, mais s'aperçut que la jeune fille n'était pas en train de voler une rose, mais au contraire, d'un geste assez habile, remettait en place une vrille qui pendait, avant de humer le parfum voluptueux de ces fleurs incarnantes.

« Vous êtes dans une propriété privée », déclara-t-elle, nullement apaisée par le fait que l'intruse appréciait ses fleurs favorites.

La jeune fille se retourna, surprise, mais — de l'avis de Miss Somerville — pas intimidée comme elle aurait dû l'être. « Je suis désolée. Le Pr Somerville a dit que nous pouvions aller partout, mais je comprends qu'ici ce doit être différent. C'est presque comme une pièce, n'est-ce pas ? Un *hortus conclusus.* Il n'y manque qu'une licorne.

— Eh bien, il n'y aura pas de licorne, répliqua tante Frances d'un ton irrité. Les moutons font suffisamment de dégâts, quand ils entrent. »

Elle posa son panier et regarda l'intruse d'un œil noir.

« Je vais partir, dit Ruth. Mais ce jardin est tellement incroyable. Il est abrité... et il y a tant de choses dans si peu d'espace... et les roses qui continuent de pousser comme si c'était l'été, et cette profusion de fleurs si odorantes... et ces plantes argentées, on dirait des plumes, je ne sais pas comment elles s'appellent.

— Des armoises, précisa tante Frances, toujours renfrognée.

— Quel enchantement ! Avoir ça, et la mer... les deux mondes... Et votre écharpe !

— De quoi diable parlez-vous ? questionna tante Frances, qui se demandait si elle n'avait pas affaire à une déséquilibrée, car la jeune fille contemplait à présent son écharpe comme elle admirait un peu plus tôt les fleurs étoilées d'une clématite.

— Elle est magnifique ! s'exclama Ruth, qui se sentit soudain parfaitement heureuse. Je l'ai vue sur l'hominidé, dans le bureau du Pr Somerville, mais elle est *beaucoup* mieux sur vous !

— Ne dites pas de sottises, ce n'est qu'un vieux machin en laine. Je suis étonnée que Quin ait pensé à me la rapporter. »

Frances devait bien admettre maintenant qu'elle avait en face d'elle l'étudiante manquante, celle qui avait refusé de venir pour le déjeuner. Comme beaucoup de jeunes filles de sa génération, Frances était allée « achever » son éducation en Italie pendant six mois ; elle avait trouvé difficile de faire la distinction entre Titien et Tintoret, et le climat ne lui avait pas convenu. Pourtant, elle en avait retenu assez pour se rendre compte que l'intruse, malgré ses yeux sombres, appartenait à la lignée de toutes ces Flore et ces déesses couronnées de fleurs qui folâtrent dans de vertes prairies. Si elle avait voulu, en fait, cueillir une fleur pour la mettre dans ses cheveux, cela n'aurait rien eu d'insensé. En revanche, en serveuse juive pour qu'il fallait préparer des plats spéciaux, cela ne collait pas.

« Vous êtes l'étudiante autrichienne, alors ? Celle qui a des problèmes d'alimentation ?

— Je ne *pense* pas avoir des problèmes d'alimentation, répondit Ruth, perplexe. Quoique je ne raffole pas des intestins — les tripes, c'est bien cela ?

— Miss Plackett nous a dit que vous ne mangiez pas de porc. C'était de la sottise de penser qu'on vous obligerait à manger ce que vous ne voulez pas. Et puis, on aurait pu vous faire une omelette. »

Miss Somerville s'agenouilla et commença à dégager un carré de terre pour planter ses bulbes. Ruth se baissa pour l'aider.

« Mais j'adore le porc. Nous en mangions souvent, à Vienne. Ma mère le fait avec des graines de cumin et de la gelée de groseilles, c'est un des plats qu'elle réussit le mieux. »

Miss Somerville arracha une touffe de chiendent. « Je croyais que vous étiez une réfugiée juive, dit-elle d'un ton un peu las car elle se rendait compte, une fois de plus, que la vie n'est pas si simple, et qu'on en revenait toujours au vacher blond.

— Oui, je suppose. En fait, je suis juive aux cinq huitièmes, ou peut-être aux trois quarts ; on n'en est pas sûr, à cause d'Esther Olivares : peut-être était-elle juive, peut-être espagnole, parce qu'elle venait de Valence et que sur les tableaux elle est toujours représentée avec un châle ; c'était peut-être un châle de prière, ou alors celui qu'elle utilisait pour combattre les taureaux. Mais ma mère est catholique et nous n'avons jamais mangé kascher. » Elle arracha une prêle et la jeta sur le tas de mauvaises herbes. « Tout cela est très confus, j'en ai peur. Le pauvre rabbin de Belsize Park est très en colère : tous ces gens qu'on persécute ne savent même pas quand a lieu Yom Kippour ni comment on récite le *kaddish.* Il pense que nous ne *méritons* pas d'être persécutés. » Elle se tourna vers tante Frances. « Vous voulez que j'arrête de parler ? Parce que je peux. J'ai besoin de me concentrer, mais j'en suis capable. »

Miss Somerville répondit que cela lui était égal, et elle lui passa le sac d'engrais.

« Je n'en reviens pas, de ce jardin ! Avant, j'imaginais que si j'allais au Paradis, j'aimerais y trouver un grand orchestre, tel qu'on le voit du balcon d'une salle de concert : le brun chaud des violons, les flûtes d'argent, et une belle harpiste effleurant les cordes. Et puis, quand je suis arrivée ici, je me suis dit que ce serait la mer. Et puis maintenant, je ne sais plus... il ne peut rien y avoir de plus beau que ce jardin. La personne qui l'a créé était forcément *bonne* !

— Oui. C'était une quakeresse.

— Les jardiniers ne sont jamais méchants, n'est-ce pas ? Têtus, grincheux, solitaires, mais pas méchants. Oh, et la vigne vierge ! J'ai toujours adoré le mois d'octobre, pas vous ? Je comprends pourquoi on l'appelle le "mois des anges". Puis-je aller chercher une brouette ?

— Oui, c'est là-bas, derrière le pavillon de verdure. Et apportez un arrosoir. »

Ruth disparut. Quelques minutes passèrent, puis il y eut un cri. Miss Somerville se releva, contrariée et, un moment, inquiète.

Ruth était agenouillée près d'un tapis de fleurs mauves qui avaient poussé derrière la remise. Elle était en extase. Miss Somerville, agacée par ce qui annonçait, à l'évidence, un surcroît d'émotion, dit d'un ton sec : « Qu'y a-t-il ? Ce ne sont que des crocus d'automne. J'en ai semé un peu il y a quelques années, et ils ont proliféré.

— Oui, je sais que ce sont des crocus. » Elle leva la tête, écarta les cheveux de son front — c'était bien ce que Frances craignait : elle avait les larmes aux yeux. « Nous les attendions chaque année avant de quitter la montagne. Les prairies au-dessus du lac de Grundl en étaient pleines, et cela signifiait... le prodige de l'été, mais aussi qu'il était temps de partir. Je n'aurais jamais cru en trouver ici, près de la mer. Oh, si seulement oncle Mishak était là. Si seulement il pouvait les voir. »

Elle se releva, saisit les brancards de la brouette, mais se détourna à grand-peine des crocus.

« Qui est oncle Mishak ?

— C'est mon grand-oncle... il adore jardiner. Il

s'est débrouillé pour faire un jardin même à Belsize Park, et ce n'est pas facile.

— Non, je m'en doute. C'est un endroit affreux.

— Oui, mais chaleureux. Il a défriché toute une parcelle, et maintenant il essaie de faire pousser des légumes pour ma mère... Nous n'avons pas d'engrais, mais...

— Et pourquoi diable ? On en vend sûrement, là-bas ?

— Oui, mais nous n'avons pas les moyens d'en acheter. Mais ce n'est pas grave, nous utilisons l'eau de vaisselle et d'autres choses de ce genre. Mais, oh, s'il pouvait voir ces fleurs ! C'étaient les préférées de Marianne. J'avais six ans quand elle est morte, et pourtant je la revois, debout sur l'alpage, en train de regarder, c'est tout. La plupart d'entre nous courions dans tous les sens en criant “Comme c'est beau !”, mais Marianne et Mishak, eux, se contentaient de regarder.

— C'était sa femme ? questionna tante Frances, consciente que l'information lui serait donnée de toute façon, qu'elle le veuille ou non.

— Oui. Il l'aimait. Oh, mon Dieu, ces deux-là ! Elle était très grande, maigre comme un clou, elle avait un grand nez et elle bégayait, mais elle était tout pour lui. Cela a été très dur pour mon oncle de quitter Vienne, parce que la tombe de Marianne est là-bas. Il est vieux maintenant, mais ça ne change rien.

— Évidemment ! » s'exclama Miss Somerville d'un ton acerbe, avant d'ajouter malgré elle : « Quel âge ?

— Soixante-quatre », dit Ruth, ce qui fit froncer

les sourcils à tante Frances, car soixante-quatre ans ce n'est pas vieux pour une femme de soixante.

Ruth leva les yeux de son travail, observa la redoutable demoiselle, et prit une décision. Il fallait mériter le récit de l'histoire d'amour de Mishak mais, bizarrement, cette vieille fille revêche qui avait laissé Quin livré à lui-même *méritait* de l'entendre.

« Vous voulez savoir comment ils se sont rencontrés ? Oncle Mishak et Marianne ?

— Cela m'est égal, répondit tante Frances. Du moment que vous continuez ce que vous êtes en train de faire.

— Eh bien, voilà, commença Ruth. Un jour, il y a très, très longtemps, quand l'empereur était encore sur le trône, mon oncle Mishak est allé pêcher dans le Danube. Et voilà que, ce jour-là, au lieu d'attraper un poisson, il a remonté une bouteille. »

Elle s'arrêta pour voir si elle avait eu raison, si Miss Somerville méritait l'histoire. Elle ne s'était pas trompée.

« Continuez, dit la vieille demoiselle.

— C'était une bouteille de limonade, précisa Ruth en rejetant ses cheveux en arrière et en se lançant dans le récit. Et à l'intérieur, il y avait un message... »

Tard ce soir-là, tante Frances, debout devant la fenêtre de sa chambre, regardait la mer. Il avait plu peu auparavant à grosses gouttes, mais maintenant le ciel était clair à nouveau et la pleine lune brillait au-dessus des eaux calmes.

Cependant, la beauté du spectacle lui importait peu. Elle se sentait troublée, déconcertée. Tout aurait dû être si simple : Verena Plackett — qui était de toute évidence la femme de la situation — épouserait Quin, Bowmont serait sauvé, et Miss Somerville irait s'installer dans le vieux presbytère de Bowmont, comme elle en avait toujours eu l'intention, et vivrait en paix avec Martha et les chiens.

Au lieu de cela, elle s'aperçut qu'elle pensait à une inconnue, une jeune fille laide, terrifiée par une classe de gamins moqueurs, dans un village d'Autriche, il y avait très longtemps. « *Elle était maigre comme un clou,* avait dit l'étudiante dans le jardin, *elle avait un grand nez et elle bégayait, mais elle était tout pour lui.* »

Frances avait juste vingt ans quand elle était allée dans la maison de la frontière écossaise, et elle pensait avoir été choisie librement pour épouse. Elle savait qu'elle avait un visage ingrat, mais elle pensait être bien faite, et puis elle était une Somerville — c'était ce qui comptait, croyait-elle. La maison, située dans les collines de Tweedsmuir, était belle. Elle aimait le jeune homme. En s'habillant pour le dîner, ce soir-là, elle imaginait son avenir d'épouse et de mère...

Il était tard lorsqu'elle était retournée dans sa chambre, où Martha l'attendait pour l'aider à se déshabiller. Elle avait dû laisser la porte ouverte, car elle avait entendu des voix dans le couloir.

« Grands dieux, Harry, tu ne vas tout de même

pas épouser ce fourmilier ! » C'était la voix traînante et moqueuse d'un jeune homme stupide, un ami de son fiancé, qui avait assisté au dîner.

« Il va falloir que tu lui donnes à manger de l'avoine, tu as vu ses *dents* ? » Autre voix, autre ami.

« Elle va te mettre en pièces ! »

Puis la voix de son fiancé s'était jointe aux plaisanteries. « Ne vous en faites pas, j'ai tout prévu. J'irai une fois par mois dans sa chambre, avec ma tenue d'escrime pour me protéger. Puis, dès qu'elle sera enceinte, je me trouverai en ville une maîtresse ! »

C'est Martha qui avait refermé la porte, Martha qui l'avait aidée à se mettre au lit. Martha qui avait gardé le silence quand, le lendemain matin, Frances avait quitté la maison sans rien dire, supportant la colère de ses parents et l'incompréhension de la famille de la frontière écossaise. Il y avait quarante ans de cela, et depuis il ne s'était rien passé. Aucune porte ne s'était ouverte pour Frances Somerville, contrairement à cette autre jeune fille d'un village autrichien. Aucune silhouette en costume sombre n'était apparue sur le seuil, un porte-documents à la main, en l'appelant par son nom.

Irritée, troublée, Frances se détourna de la fenêtre au moment où Martha entrait avec le chocolat du soir — et le chiot sur ses talons.

« Qu'est-ce que c'est encore ? demanda Frances, soulagée d'avoir un motif de se mettre en colère. Je croyais que vous deviez l'amener au "Taureau Noir" en fin d'après-midi.

— Mrs. Harper a fait savoir qu'elle ne peut pas le prendre, répondit Martha. Sa belle-mère vient vivre chez elle et elle déteste les chiens. » Elle regarda le chiot qui se jetait aux pieds de Miss Somerville, tel un pèlerin arrivant à Lourdes. « Il est un peu perturbé, de ne pas être allé en bas avec les étudiants, aujourd'hui. »

Frances dit qu'elle s'en rendait compte, et ramassa l'animal. Rien ne s'était arrangé, ni les poils de son ventre ni sa conviction d'être aimé.

Voilà où on en arrivait, songea Miss Somerville. Vingt ans plus tôt, la femme d'un aubergiste aurait été honorée d'avoir un chien du domaine. N'importe quel chien. Tout était comme ça, aujourd'hui... ce bâtard stupide... c'était comme les serveuses qui pleuraient à cause des crocus d'automne, les vachers qui chantaient, et la belle-fille de Wagner avec ses yeux dissemblables. Belle dormait dans sa niche, jamais elle n'aurait eu l'idée de monter ici. Et puis cela ne servait à rien de lire et relire encore *Orgueil et préjugé*. Mr. Darcy avait peut-être été déçu par Elizabeth Bennet au chapitre 3, mais au chapitre 6, il trouvait qu'elle avait de beaux yeux.

« Je vais le descendre, proposa Martha en s'approchant pour prendre le chien.

— Oh, laissez-le un peu ici », répondit Frances d'un ton las. Le chiot toujours dans les bras, elle s'assit sur la chaise à côté du lit.

« Je suis venu vous chercher », avait dit le petit homme en ouvrant son porte-documents et en ôtant son chapeau.

L'excursion aux îles Farne avait bien commencé. Après deux jours de temps instable, le soleil brillait à nouveau et, quand le *Peggoty* quitta en pétaradant le port de Seahouses, tous ressentaient cette euphorie que procure une balade aux îles par une mer bleue.

Le chiot lui aussi était euphorique, de toute évidence. Le refus de l'aubergiste ne l'avait nullement affecté, et sa position en tant que mascotte des étudiants était maintenant bien établie. Quin ne l'aurait pas laissé venir dans le canot, mais le *Peggoty,* qu'il louait chaque année, était un solide bateau de pêche qui comportait une sorte de cabine où le propriétaire entreposait ses casiers à homards et son matériel, et où on pourrait enfermer le chien lorsqu'on débarquerait.

Roger Felton était resté au laboratoire afin de trier les découvertes de la vieille. Quin était à la barre et dirigeait le bateau vers l'une des plus petites îles, où le gardien de la réserve les attendait pour leur montrer le travail en cours. Ils avaient manqué la saison des nids, quand, au printemps, les falaises étaient pleines de nichées de guillemots, de petits pingouins et de macareux. Mais il y avait d'autres visiteurs, actuellement : les roitelets huppés, les litornes, les bruants — et les phoques, par centaines, qui étaient revenus pour avoir leurs petits.

Ils passèrent près du phare de Longstone et le gardien, qui bêchait son carré de légumes, se redressa pour leur faire bonjour de la main.

« C'est ici qu'habitait Grace Darling, n'est-ce

pas ? interrogea Sam, qui trouvait que Ruth, avec ses cheveux dans le vent, ressemblait beaucoup à l'héroïne victorienne représentée sur les tableaux.

— Oui, répondit Quin. Les rochers de Harcar, où le *Forfarshire* s'est brisé, sont là-bas, vers le sud. Nous les verrons au retour.

— C'est étonnant de penser que la grand-mère de Mrs. Ridley l'a connue, n'est-ce pas ? dit Ruth. Enfin, sa famille, du moins. Ce personnage de légende... Elle affirme que ce n'est pas tant de la tuberculose que Grace est morte, mais parce qu'on a voulu faire d'elle une héroïne, ensuite. Moi, ça ne me dérangerait pas d'être une héroïne, je n'en mourrais pas ! »

Quin n'en doutait pas. « Mais comment avez-vous rencontré la grand-mère de Mrs. Ridley ? En général, on ne la voit guère.

— Je suis allée chercher des œufs et nous avons bavardé. »

Ils étaient très près du rivage quand cela se produisit. Miss Elke était entrée dans la cabine pour distribuer les affaires, Quin observait la pointe de l'île et dirigeait le bateau vers l'embarcadère, à l'autre bout.

Ce qui se passa était plutôt drôle, au début. Un gros phoque surgit à un mètre à peine du bateau. Un brave phoque, comique avec ses longues moustaches grises, qui voulait se montrer.

Le chiot, qui s'était endormi sur une pile de voiles, s'éveilla alors et leva la tête.

Le phoque éternua.

L'effet fut foudroyant. Le chiot aboya, tout excité, et grimpa sur le plat-bord. Ce qu'il voyait était inouï : était-ce un ancêtre ? un monstre ? Ses aboiements devinrent frénétiques, ses pattes raclaient le bois.

Le bateau s'inclina.

Il ne fallut que quelques secondes... de celles que personne ne peut croire irréversibles.

« Il est tombé ! Oh, mon Dieu, le chien est tombé ! »

Quin se retourna, évalua les chances de l'animal. La mer était calme, mais ici le courant avait une vitesse de cinq nœuds. Être écrasé contre les rochers ou entraîné vers la mer, telle était l'alternative. Mais Quin commença à faire tourner le bateau et mit cap contre le vent.

Et personne n'imaginait que ce n'était que le début. Ruth était impulsive, mais pas folle. Miss Elke sortait tout juste de la cabine et était trop loin pour voir quoi que ce fût ; les autres étaient penchés sur le côté pour suivre l'avancée du pauvre chiot, qui émergea avec de furieux mouvements de pattes avant de disparaître dans le creux d'une vague. C'est seulement quand Pilly se mit à crier qu'ils virent... le visage égaré de Ruth au moment où elle fut prise par le courant, Ruth qui tournait la tête... non pour chercher le chiot, à présent... mais pour mesurer la vitesse effarante à laquelle elle dérivait.

Les secondes qui suivirent devaient hanter longtemps les cauchemars de Quin — les secondes durant lesquelles il se força à rester à son poste jusqu'à ce qu'il ait amené le bateau complètement contre le vent et arrêté le moteur. S'interdisant de bouger jusqu'à ce qu'il soit sûr que le *Peggoty* demeurerait stable.

« Maintenez le bateau exactement comme ça, dit-il à Verena. *Ne faites rien d'autre.* » Elle fit oui de la tête et prit la barre.

Maintenant il pouvait se dépêcher, mais en saisissant la corde que lui tendait Elke il fut retardé un instant : Sam, en effet, était grimpé sur le plat-bord et enlevait sa veste ; Quin le tira en arrière avec tant de force que le jeune homme se retrouva par terre, sur le pont, tout étourdi. Quin enroula alors la corde autour de sa taille et la noua. « Maintenant, descendez-moi », dit-il, et enfin il fut dans l'eau.

Les rochers étaient sa seule chance... à condition qu'elle réussise à s'y cramponner le temps qu'il arrive jusqu'à elle, mais ils émergeaient de l'eau, menaçants, abrupts, couverts de coquillages. Il la vit tenter de s'agripper... commencer à se hisser... lâcher ensuite prise et essayer de revenir vers lui en nageant, mais c'était impossible. Personne ne pouvait lutter contre un tel courant.

Sur le *Peggoty,* Huw se détourna, saisi soudain d'un haut-le-cœur, la corde inerte dans ses mains énormes.

Quin était tout près, maintenant... assez près pour qu'elle puisse lui tendre un bras. Puis une vague se brisa au-dessus d'elle, et elle disparut. Deux fois il la retrouva... et deux fois il la perdit. Alors, au moment où il n'y avait presque plus d'espoir, il trouva quelque chose à agripper et à enrouler autour de son poignet... quelque chose qui ne lui échapperait pas : les cheveux de Ruth.

« Non ! dit Elke. Écartez-vous d'elle. Vous lui parlerez plus tard. »

Quin la bouscula pour passer. Refusant d'enlever ses vêtements trempés, claquant des dents, il avait d'abord fait virer le bateau et l'avait laissé filer sur le port. Mais il n'attendrait pas davantage. La colère qui l'avait saisi avait quelque chose de surnaturel, elle abolissait tout — le froid, les bonnes manières, la compassion. Jamais il n'avait éprouvé cela.

Ruth était allongée dans le réduit où on l'avait traînée, sous le pont, vêtue seulement d'une couverture grise et rêche. Ses cheveux étaient entortillés de façon peu gracieuse, au milieu des casiers à homards. Ça sentait le poisson et le goudron. Il faisait sombre, mais pas assez pour qu'elle ne pût voir le visage de Quin.

« Eh bien, j'espère que vous êtes satisfaite. Vous êtes une héroïne, maintenant, hein ? Vous et Grace Darling ! Vous avez mis en péril la vie de la moitié de vos camarades — ce garçon qui bée d'admiration devant vous a voulu sauter pour vous rattraper, mais cela n'a pas d'importance, bien sûr ! Rien n'a d'importance, du moment que vous occupez la vedette et que vous vous faites remarquer, espèce de petite fille gâtée ! Maintenant, laissez-moi vous dire une chose, Ruth : vous ne participerez plus jamais à aucun cours en plein air, j'y veillerai, croyez-moi. Vous êtes un danger pour tout le monde, vous manquez de deux qualités indispensables : l'absence d'égoïsme et le bon sens. Seigneur, Verena Plackett vaut dix fois mieux que vous. Dès que le médecin vous aura examinée, je vous expédie chez vous ! »

Elle avait fermé les yeux, mais ne pouvait échapper à sa voix.

« Est-il mort ? réussit-elle à dire.

— Qui ?

— Le chiot.

— C'est plus que probable. Vous pouvez vous estimer heureuse que ce soit la seule victime. Nous ne sommes pas sur un calme lac autrichien, figurez-vous, mais dans la mer du Nord. » Comme elle tournait la tête pour cacher ses larmes, la rage de Quin le reprit. « Vous écoutez ce que je vous dis, au moins ? Êtes-vous seulement capable de comprendre ce que vous avez fait ?

— Pourrais-je..., dit-elle d'une voix presque inaudible... s'il vous plaît... avoir un seau ? Je vais vomir. »

Tard dans la soirée, un miracle se produisit. Un message de la gendarmerie maritime parvint aux étudiants, dans le hangar à bateaux : le chiot avait échoué sur une plage de galets de l'île, et il était vivant. Mais Ruth n'était pas là pour partager la joie de ses camarades.

« Il faut qu'on la prévienne, dit Pilly. Il faut que nous trouvions un moyen de lui faire parvenir le message là-haut.

— Le professeur l'avertira, affirma Miss Elke.

— Non, il ne le fera pas, répliqua Pilly avec un regard désespéré. Il va continuer à la punir. Il la déteste. »

Miss Elke resta un moment silencieuse. Elle qui vivait parfaitement bien sans la compagnie des hommes voyait parfois plus loin qu'elle ne le souhaitait.

« Non, Pilly, dit-elle d'un air triste. Il ne la déteste pas. Ce n'est pas cela. »

20

Ruth se réveilla. On lui avait donné un calmant pour dormir et son esprit était confus. Le réveil marquait trois heures — ce moment, avant l'aube, où les démons hurlent et où les gens meurent. D'abord, elle se demanda où elle était... apparemment dans un grand lit recouvert d'une peau de bête, une fourrure d'ours ou d'un autre animal extraordinaire. Elle la caressa, et la mémoire lui revint.

Elle était dans la tour de Quin. Il avait donné l'ordre qu'on l'amène ici une fois qu'ils avaient débarqué, toujours furieux, ne l'écoutant pas quand elle disait qu'elle se sentait très bien et qu'elle voulait retourner au hangar à bateaux avec les autres. Il avait renvoyé les étudiants et demandé à deux hommes de la ferme de la porter.

« Personne ne l'approchera tant qu'elle n'aura pas vu le médecin », avait-il déclaré.

Ce n'était ni par sollicitude ni par gentillesse ; c'était pour la punir.

Le docteur — un vieux monsieur — était venu, l'avait auscultée, lui avait pris le pouls.

« Je me sens très bien », répétait Ruth, et il disait : « Oui, oui », puis il partit en lui laissant un flacon de médicament pour dormir.

Mais elle ne se sentait pas très bien. Même d'apprendre par Martha la bonne nouvelle — le chiot était sain et sauf — n'y faisait rien. Ce n'étaient pas les vagues déferlant au-dessus de sa tête qui avaient perturbé son demi-sommeil. C'étaient les paroles de Quin, sa cruauté, le fait qu'il l'avait rejetée. Elle était en disgrâce, elle allait être renvoyée chez elle.

Elle se leva, sentit sous ses pieds nus le contact du plancher en bois. C'était la chambre la plus masculine qu'elle eût jamais vue : presque pas de meubles, pas de rideaux aux fenêtres qui laissaient pénétrer la clarté de la lune, la peau d'ours négligemment jetée sur le lit avec son unique oreiller. Dormir ici, cela s'apparentait beaucoup à dormir dehors.

La chemise de nuit qu'elle portait — en épaisse flanelle blanche, avec des volants dans le bas et un col montant — avait dû appartenir à tante Frances. Ruth alluma la lampe et aperçut, sur un petit bureau contre le mur, la photographie d'une jeune femme en robe démodée dont les yeux sombres et le visage mince lui étaient étonnamment familiers. Elle saisit le cadre et l'approcha de la fenêtre pour l'examiner.

« Que faites-vous ? »

Elle se retourna brusquement, prise une fois de plus en faute.

« Excusez-moi. Je me suis réveillée. »

Le visage de Quin était toujours tendu et fermé, mais il fit un effort. « Elle n'a rien sur le plan physique, lui avait assuré le médecin, mais elle semble avoir subi un choc.

— Pas étonnant, avait dit Quin, elle a failli se noyer. »

Mais le vieux Dr William l'avait regardé en secouant la tête. Selon lui, il s'agissait d'autre chose ; elle était jeune et vigoureuse, et n'était pas restée longtemps dans l'eau. « Allez-y doucement, avait-il recommandé, traitez-la gentiment. »

Quin s'avança, ôta la photo des mains de Ruth et demanda : « Vous vous sentez mieux ?

— Oui, je vais tout à fait bien. J'aimerais m'en aller.

— Mais ce n'est pas possible, ma pauvre Raiponce ; pas avant demain matin. Même vos beaux cheveux ne sont pas assez longs pour permettre à un prince de monter vous secourir.

— Et il y a pénurie de princes », dit-elle en essayant de prendre un ton léger, car Quin avait encore dans la voix quelque chose de dur.

Il ne répondit rien. Tout à l'heure, il avait trouvé Sam sur la terrasse, qui regardait la fenêtre de la tour ; il l'avait renvoyé.

« C'est votre mère, n'est-ce pas ? reprit Ruth en regardant le portrait.

— Nous nous ressemblons tant ?

— Oui. Elle a l'air intelligente. Et très... vivante.

— Oui, elle l'était, je crois. Avant que je ne la tue. »

Ce fut au tour de Ruth de se mettre en colère. « Quelle ineptie ! Quelle énorme bêtise ! *Schmarrn !* éructa-t-elle, car le terme viennois était bien plus offensant que n'importe quel mot anglais. Vous parlez comme une fille de cuisine.

— Je vous demande pardon ? » dit-il, médusé.

Mais l'agressivité qu'il avait développée contre elle, sur le bateau, avait libéré Ruth. Née pour plaire, élevée pour se mettre au service des autres, elle abandonnait maintenant son rôle de femme soumise.

« Je n'aurais pas dû dire cela : les filles de cuisine sont souvent extrêmement intelligentes — comme votre Elsie qui m'a indiqué les noms de toutes les plantes qui poussent sur la falaise. En fait, vous parlez comme un personnage de roman à trois sous : vous l'avez tuée, vraiment ! Mais qu'attendre d'autre d'un homme qui dort sous des animaux morts... d'un homme qui est propriétaire de la mer ! »

Elle avait réussi au-delà de ses espérances à le piquer.

« Personne n'est propriétaire de la mer, rétorqua-t-il. Et si vous voulez le savoir, je vais céder tout ce que je possède. Dans deux ans, Bowmont ira au National Trust. »

Elle respira à fond. En fait, elle était vivement troublée, pis que cela : complètement accablée ; c'était comme si elle avait reçu un coup de pied dans le ventre.

« Tout ? balbutia-t-elle. La maison, les jardins, la ferme ?

— Oui, dit-il, ayant retrouvé son calme. En tant que social-démocrate, vous serez ravie, j'en suis sûr.

— Ou... oui... C'est la meilleure chose à faire. Seulement... »

Mais elle ne pouvait pas dire ce qu'elle ressentait. Qu'elle était anéantie par la perte d'un lieu qui ne la concernait nullement, et qu'elle ne reverrait jamais. Qu'elle avait mis Bowmont dans un coin de sa mémoire — Bowmont et ses falaises, ses fleurs, ses senteurs et son sable doré... Il y aurait de nombreux moments d'attente, dans sa vie avec Heini : foyers surchauffés, trains bondés... Pareille aux demoiselles du Moyen Âge qui introduisaient dans leurs tapisseries des forêts mystérieuses et des rivières de cristal, elle avait tissé pour elle-même un rêve de Bowmont : des allées où elle pourrait se promener, une porte d'un bleu délavé encastrée dans un haut mur. Et ce rêve, c'était Bowmont tel qu'il était maintenant : le domaine de Quin, un domaine où une vieille demoiselle irascible obligeait les fleurs à sortir de terre.

« Est-ce pour le bien du peuple ? » questionna-t-elle, trouvant la formule un peu pompeuse, mais ne sachant comment le dire autrement.

Quin haussa les épaules. « Je doute que Bowmont intéresse beaucoup le peuple — quoi qu'on entende par ce mot ; la maison n'a pas grande valeur. Ce que les gens veulent, j'imagine, c'est avoir accès à la mer, et cela, c'est possible en accordant plus de droits de passage. Je crains de ne pas partager votre passion pour le "peuple" en général. On ne sait jamais très bien de qui on parle.

— Mais alors, pourquoi ? »

Quin désigna la photo de sa mère. « Vous avez cru bon d'être sarcastique, quand j'ai dit que je l'avais tuée. Pourtant, ce n'est pas faux. Mon père savait qu'elle ne devait pas avoir d'enfants. Elle avait été très malade. Ils se sont rencontrés en Suisse ; lui était diplomate et elle faisait un séjour dans un sanatorium parce qu'elle avait eu la tuberculose. Il voulait un enfant à cause de Bowmont. Il voulait un héritier, peu lui importait à quel prix. Un héritier pour Bowmont.

— Et alors ? » dit Ruth avec un haussement d'épaules. Elle lui parut implacable, soudain, et adulte ; elle n'était plus son étudiante, sa protégée. « C'est ce que les hommes ont toujours désiré. Un buraliste voudra un héritier pour son bureau de tabac... le rabbin le plus pauvre voudra un fils pour réciter le *kaddish* quand il sera mort. Pourquoi en faites-vous toute une histoire ?

— Si un homme risque la vie d'une femme en la forçant à avoir un enfant, pour pouvoir se présenter devant son propre père — avec qui il était brouillé et qu'il détestait — en disant “Voici un héritier”, alors il commet un péché. »

Mais Ruth ne voulait rien entendre. « Et elle, donc ? Croyez-vous qu'elle était si faible que cela ? Croyez-vous qu'elle n'en voulait pas ? Elle était courageuse, regardez son visage. Elle voulait un enfant. Pas pour Bowmont, pas pour votre père, mais parce qu'avoir un enfant est une chose merveilleuse. Pourquoi êtes-vous si condescendant vis-à-vis des femmes ? Pourquoi ne risqueraient-elles pas leur vie comme les hommes ? Elles en ont le droit, au même titre que les hommes.

— Le droit de se jeter à la mer pour un chien hybride, un avorton ?

— Oui. Pour ce qu'elles veulent. » Mais elle baissa la tête, parce qu'elle était consciente d'avoir risqué non seulement sa propre vie, mais celle de Quin et peut-être celle de Sam ; et parce que la cruauté de Quin, sur le bateau, était justifiée. « Moi aussi je suis hybride, dit-elle tout bas. Et pourtant, votre tante l'aime.

— Qui, le chiot ? Vous êtes *folle* ? Elle a tout fait pour s'en débarrasser. »

Elle eut à nouveau ce haussement d'épaules si caractéristique des Viennois. « Mon père dit toujours : “Ce qui compte, ce n'est pas ce que les gens *disent,* mais ce qu'ils *font.*” Pourquoi votre tante a-t-elle choisi le charpentier ? Personne n'ignore que sa femme a de l'asthme et qu'elle ne doit pas avoir d'animaux. Pourquoi a-t-elle choisi l'aubergiste, dont la mère a peur des chiens depuis qu'un berger allemand l'a attaquée lorsqu'elle était petite ?

— Comment savez-vous tout cela ? » demanda-t-il d'un ton irrité. Comment, au bout d'une semaine à Bowmont, savait-elle qu'Elsie s'intéressait à la botanique, que la grand-mère de Mrs. Ridley avait connu la famille de Grace Darling ? C'était exaspérant, cette manie qu'elle avait d'aller au fond des choses. Cela rendrait fou celui qui l'épouserait. Cela rendrait fou Heini. « En tout cas, mon père ne s'en est jamais remis. Il s'est senti coupable et malheureux sa vie durant. Ça l'a tué, lui aussi, sans doute : il s'est porté volontaire en 1916, alors que ce n'était pas nécessaire.

— Voilà que vous recommencez ! Ce que les

Anglais peuvent être mélodramatiques ! C'est une balle qui l'a tué.

— Qu'est-ce qui vous prend ? » dit Quin, peu habitué à se faire rabattre le caquet par une fille qui était l'émotivité incarnée. Et, surpris de ce qu'il faisait, il alla au bureau, ouvrit un tiroir, et en sortit un cahier à la couverture bleue défraîchie.

« Lisez ça. C'est le journal de mon père. »

Le cahier s'ouvrit à la page qu'il avait lue des centaines de fois mais qu'il n'avait jamais montrée à personne ; Ruth le prit et s'approcha de la lampe.

Je suis revenu de l'enterrement de Claire, lut-elle, *et Marie m'a amené le bébé, comme si la vue de cette créature rougeâtre et fripée, si avide de vivre, pouvait me consoler. Le bébé l'a tuée — non, c'est moi qui l'ai tuée. J'étais plus malin que les médecins, je savais mieux qu'eux, je voulais un fils. Je voulais amener l'enfant à Bowmont et montrer à mon père que j'avais engendré un fils, que j'avais un héritier, et qu'il n'avait plus de raison de me mépriser. Oui, moi qui l'ai haï, moi qui ai fui Bowmont et refusé les injustices que sont la richesse et le patrimoine, j'étais atteint comme lui du désir de puissance. Claire voulait un bébé, j'essaie de ne pas oublier cela, mais c'était à moi d'être plus raisonnable qu'elle.*

Maintenant, il faut que j'essaie d'aimer l'enfant, il n'y est pour rien ; mais je n'ai pas envie de vivre sans elle, et je n'ai plus d'amour à donner. Tout ce que je souhaite, c'est que lui, au moins, renonce à son héritage et vive comme un homme libre au milieu de ses semblables.

« Le pauvre, dit Ruth en refermant le journal. Mais pourquoi voulez-vous l'embaumer ? Vous devriez cultiver des radis, comme Mishak.

— Quoi ? » Il crut un moment que l'accident avait dérangé le cerveau de Ruth.

« Marianne n'aimait pas les radis. Sa femme. Il n'en a jamais cultivé tant qu'elle était en vie. Lorsqu'elle est morte, il a déclaré : "Maintenant, je dois cultiver des radis, sinon elle restera sous la terre." Il voulait dire qu'il faut permettre aux morts de circuler librement à l'intérieur de nous, qu'il ne faut pas les enfermer, les limiter à cause de leurs préjugés. » Ruth se tut un instant et écarta ses cheveux de ses yeux, en un geste que Quin connaissait bien. « Il fait pousser un tas de radis, et il se trouve que je n'aime pas beaucoup ça, mais j'en mange quand même. Nous en mangeons tous. » Nouveau silence. « Peut-être est-ce une bonne chose de donner Bowmont, je n'en sais rien et cela ne me regarde pas ; mais si vous le faites, il faut que ce soit parce que vous le voulez, pas parce que vous croyez que lui l'aurait voulu. Il aurait vieilli, changé, et vu peut-être les choses différemment. Regardez comme vous me détestiez cet après-midi, mais cela n'a pas toujours été le cas, et peut-être que cela changera un jour. »

Quin la dévisagea et fut sur le point de dire quelque chose. Puis il prit le cahier et le remit dans le tiroir du bureau qu'il referma à clé. « Venez, dit-il, il est temps que vous fassiez la connaissance du Cogneur. »

Il saisit sa vieille veste de tweed, accrochée derrière la porte, et la posa sur les épaules de Ruth. En descendant l'escalier avec elle, il ne prit aucune précaution particulière pour qu'on ne les entende pas ; il savait parfaitement ce qu'il ferait s'ils rencontraient quelqu'un, et il ne serait nullement gêné.

Ils parvinrent au couloir qui reliait la tour au corps de la maison. Il conduisait Ruth d'une pièce à l'autre, une main posée dans son dos, et elle effleurait, de temps à autre, une chaise revêtue de cuir noir abîmé, la surface bien cirée d'une table usée ; elle apprenait à connaître la maison de Quin, et elle aimait ce qu'elle découvrait. La forteresse abritait une demeure sans prétention où l'on retrouvait partout l'empreinte de la femme qui en était la conservatrice. Tante Frances, qui avait laissé Quin livré à lui-même, avait fait de même avec la maison. Au lieu de la grandeur austère que Ruth avait imaginée, il y avait un lieu qui attendait tranquillement ceux qui avaient envie d'y venir.

Mais ce parcours avait un but particulier et, une fois devant le mur du fond de la bibliothèque, Quin s'arrêta. Vêtue de la chemise de nuit de tante Frances, la veste de Quin sur les épaules, Ruth regarda fixement le portrait du vice-amiral Quinton Henry Somerville dans son lourd cadre doré.

Le « Cogneur » avait soixante-dix ans à l'époque où le tableau avait été commandé par les villageois ; le peintre, un notable du coin, avait fait de son mieux pour flatter le modèle, sans trop y réussir. Les joues du « Cogneur », pour lesquelles une grande quantité de vermillon avait été nécessaire, laissaient apparaître les dégâts causés par le whisky et les intempéries ; le bout de son nez court et étonnamment retroussé était violacé. Malgré son uniforme d'apparat et son cou de taureau qui émergeait du col à galons, le grand-père de Quin, avec sa petite bouche, son crâne chauve et ses yeux bleus au regard têtu, avait tout l'air d'un bébé grincheux.

« Et pourtant, observa Ruth, il y a *quelque chose...*

— Il y a quelque chose, oui. L'obstination, la cruauté... Dans la marine, il tyrannisait ses officiers, il pensait que le fouet était bon pour les matelots. Il a fait un mariage d'argent — beaucoup d'argent — et il traitait sa femme d'une manière abominable. Mais quand il est mort, tout le Northumberland est venu à son enterrement, et les gens hochaient la tête en disant que le bon temps était fini et que l'Angleterre ne serait plus jamais la même.

— Oui, je peux imaginer cela.

— Il méprisait mon père parce qu'il aimait la poésie, parce qu'il aimait rester avec ma mère au jardin. Il était terrifié à l'idée d'avoir engendré un lâche. Il craignait la lâcheté, c'était la seule chose qu'il redoutait : avoir un fils qui fût une poule mouillée. Mon père était malheureux à l'école ; il y est allé dès l'âge de sept ans, et pendant des années il s'endormait tous les soirs en pleurant. Il détestait la mer, il détestait les bateaux. C'était un être doux, et mon grand-père le méprisait du fond du cœur. Le "Cogneur" était déterminé à envoyer mon père dans la marine, mais mon père ne voulait pas. Il lui a tenu tête puis, à l'âge de quinze ans, il est parti. Il est allé chez une parente de sa mère qui l'a emmené à l'étranger. Il est entré dans la diplomatie et il a très bien réussi ; mais il n'est jamais revenu à

Bowmont. Il détestait tout ce que Bowmont représentait : le pouvoir, les privilèges, le mépris pour tout ce qui avait de la valeur à ses yeux, l'art, la littérature. Et pourtant, vous voyez, le moment venu, il a risqué la vie de ma mère pour que ça puisse continuer. »

Ruth regardait le portrait sans parler ; elle se demandait pourquoi ce vieil Anglais féroce avait un nez pareil à celui de Beethoven, et pourquoi elle ne détestait pas ce visage dur.

« Mais vous l'aimiez ?

— Non. » Quin hésita puis reprit : « J'avais huit ans quand je suis arrivé à Bowmont. Je n'avais entendu que des histoires horribles à son sujet, et il correspondait en tous points à ce qu'on disait de lui. Il m'a envoyé dormir dans la tour, avec cet ours qu'il avait tué, les dents et le reste. J'étais tout seul ici, petit garçon dont le père avait été tué à la guerre. J'avais affreusement peur du noir ; je venais de Suisse où j'avais entendu les domestiques parler de la mort de ma mère — les cris, le sang quand j'étais né. Aller au lit, c'était le purgatoire. J'aimais bien la tour, mais je voulais une veilleuse ; j'en ai réclamé une, mais il a refusé. Dehors, je n'avais peur de rien, ni d'escalader les falaises ni de faire du bateau... J'aimais la mer, comme lui. Il s'en rendait compte, mais il était obstiné. Un jour, je lui ai demandé : “Si je vais tout seul en bateau aux rochers de Harcar et retour, est-ce que je pourrai avoir une veilleuse ?” Il m'a répondu : “Si tu vas tout seul en bateau aux rochers de Harcar, je te battrai jusqu'à ce que tu sois à deux doigts de la mort.” Il parlait comme dans les romans d'aventures pour enfants.

— Harcar ? Là où le *Forfarshire* a coulé ? Là où Grace Darling a sauvé les naufragés ?

— Oui. Toujours est-il que je l'ai fait. A l'aube, j'ai sorti le canot. J'étais petit, mais fort ; manœuvrer un bateau, c'est un coup à prendre, rien d'autre. Malgré tout, je ne sais pas comment je ne me suis pas tué : les courants sont terribles, à cet endroit. Quand je suis revenu, il était debout sur la grève. Il n'a rien dit. Il m'a amené par la peau du cou jusqu'à la maison et il m'a frappé si fort que je n'ai pas pu m'asseoir pendant huit jours. Mais ce soir-là, lorsque je suis monté me coucher, il y avait une veilleuse.

— Oui, dit Ruth au bout d'un moment. Je vois.

— Je pourrais le faire, Ruth. Cela ne me dérange pas d'être le maître de Bowmont. Les travaux physiques ne me font pas peur. Je peux trouver une femme. Enfin... une nouvelle femme. Je peux avoir des fils. Mais je n'oublie pas ce qu'il en a été pour mon père. Je n'oublie pas que ma mère est morte parce qu'il voulait assurer sa succession. Alors, que quelqu'un d'autre ait Bowmont. De toute façon, je repartirai bientôt en expédition. A moins que... » Mais inutile de lui parler de la guerre qui — il en était certain — allait avoir lieu.

De retour dans la chambre de la tour, il ôta sa veste des épaules de Ruth, rabattit les couvertures.

« Demain, déclara-t-il, vous irez retrouver vos camarades, Raiponce. Maintenant, dormez un peu.

— Je... je peux rester, alors ? demanda-t-elle, presque chavirée par sa gentillesse soudaine.

— Oui, vous pouvez rester. »

« Oh, ma chérie ! s'exclama lady Plackett lorsque sa fille se détourna du miroir, le soir de la fête. Il va être époustouflé ! » Et Verena sourit, car elle ne pouvait s'empêcher de penser que sa mère avait raison.

Avant de venir à Bowmont, Verena était allée chez Fortnum's à Londres choisir une robe pour la soirée d'anniversaire proposée par Miss Somerville. La vendeuse lui avait suggéré de prendre une tunique grecque toute simple, en crêpe georgette blanc, en raison — avait-elle souligné — de la beauté classique de Verena.

Mais Verena avait refusé. Elle voulait, pour cette soirée qui, elle l'espérait, scellerait son destin, être d'une féminité totale et inattendue. Ignorant la vendeuse, qui cachait mal sa désapprobation, elle s'était décidée pour une robe en taffetas couleur fraise, avec plusieurs rangées de volants, des manches gigot également bordées de volants, et une encolure en forme de cœur. Et, pour mettre en valeur sa fraîcheur juvénile que masquait parfois — elle en était consciente — sa puissante intelligence, elle portait sur la tête une couronne de boutons de rose.

S'il s'était agi de la simple réunion entre amis prévue au départ, sa toilette aurait peut-être été trop somptueuse, mais la soirée dansante qui se préparait maintenant, selon les vœux des Plackett, pouvait difficilement être qualifiée de « simple ». Tandis que Verena enfilait ses sandales en satin — à talons plats, bien sûr, car il était peu probable qu'à trente et un ans passés Quin grandisse encore —, d'autres jeunes filles, dans tout le comté, prenaient leur bain, et des jeunes gens endossaient leur smoking ou leur uniforme de soirée. Tous et toutes se préparaient pour venir à Bowmont. Cet endroit avait toujours été spécial, avec sa tour cernée par la mer, son propriétaire absent, sa farouche châtelaine ; et peut-être savaient-ils ce que Quin savait : que le Destin frappait à la porte, et que c'était, d'une certaine façon, un devoir de s'amuser, maintenant.

Ann Rothley et Helen Stanton-Derby étaient arrivées de bonne heure pour aider Frances. Helen avait apporté des brassées de chrysanthèmes or et bronze, de cynorhodons et de clématites, et avait disparu avec des rouleaux de fil de fer pour transformer le salon en berceau de verdure, et Ann était montée superviser la toilette de Frances. Si Miss Somerville avait porté autre chose que sa robe de chenille noire et son châle oriental, les habitants du Northumberland auraient été fort contrariés. Mais Ann réussissait parfois là où Martha échouait ; elle obtenait de son amie qu'elle se coiffe d'une façon un peu moins sévère, et la persuadait qu'une touche de poudre sur le nez ne constituait pas un maquillage à proprement parler.

Les trois femmes étaient maintenant assises dans la grande salle, sirotant un verre de xérès bien mérité avant l'arrivée des invités.

« Regardez comme tout est beau ! s'exclama Ann. On dirait que la maison elle-même se pomponne. Vous allez voir, cela va être une soirée fantastique !

— Je l'espère, dit Frances qui semblait fatiguée.

— Et Verena qui a été si héroïque ! affirma Helen, les doigts un peu écorchés par le fil de fer. Elle nous a vraiment tous impressionnés. »

En effet, la version de Verena sur ce qui s'était passé aux îles Farne s'était répandue partout. Personne n'ignorait qu'une jeune étrangère avait perdu la tête et s'était jetée à la mer, mettant en péril la vie de tous, que Quin avait été furieux et que Verena, parce qu'elle avait gardé son calme et maintenu la barre, avait pu éviter une tragédie.

« Je n'ai pas bien compris pourquoi la jeune fille a sauté, reprit Helen. Quelqu'un a prétendu que c'était pour sauver votre petit chien bâtard, mais ce n'est sans doute pas vrai ?

— Si, apparemment c'est pour cela », répondit Frances.

Ses amies voyaient bien qu'elle n'avait pas très envie de parler de l'accident, mais leur curiosité était piquée.

« Cela semble extraordinaire, déclara Ann. Et de la part d'une étrangère ! Je croyais qu'ils n'aimaient pas les animaux. Pourtant, je dois reconnaître que le vacher était pareil : un jour un veau est mort, et il a fallu traîner l'homme hors de l'étable, sinon il aurait passé la nuit à pleurer pour la vache.

— Comment s'en sort-il ?

— Il est à Londres, il a été engagé dans les chœurs, à Covent Garden, et la laitière est désespérée. Quelle fille stupide, il ne lui a jamais donné le moindre espoir. » Mais le changement de sujet n'avait pas détourné Ann de son idée, ainsi que Frances l'escomptait. « Comment est-elle, cette fille ? Celle qui a sauté ?

— Elle est blonde, elle aussi, répondit Frances d'un air las.

— Tout cela est bien ennuyeux, dit Helen avec

un soupir. Souhaitons que quelque chose puisse être fait contre Hitler avant que ces gens n'arrivent en masse chez nous. »

Mais Ann avait maintenant les yeux fixés sur le haut de l'escalier où se tenait Verena, prête à faire sa descente.

L'espace d'un instant, une lueur d'inquiétude passa dans le regard des trois femmes — lueur qui disparut presque aussitôt. Le fait que Verena se soit donné tant de mal était touchant, et dans l'éclairage plus doux du salon, ou à la lumière des lampes vénitiennes sur la terrasse, la couleur de sa robe s'atténuerait. Et de toute façon, ce qui importait, ce n'était pas leur avis à elles, mais celui de Quin.

Elles tournèrent la tête et éprouvèrent un vif soulagement. Quin était entré et s'avançait vers l'escalier. Il voulait bien sûr accueillir Verena, la complimenter sur sa toilette.

Et jusqu'à un certain point, c'était vrai. Se souvenant de la malencontreuse chute de Verena, le soir de son arrivée, touché par l'étrange mais indubitable affection que sa tante portait aux Plackett, il sourit à la jeune fille et, bien que lady Plackett se tînt prête à dispenser les compliments nécessaires, c'est lui qui dit : « Vous êtes charmante, Verena. Vous serez sans aucun doute la reine du bal. »

Tandis qu'il la conduisait au salon, une sonnerie de téléphone retentit au loin.

Là-bas sur la plage, Ruth ramassait du bois flotté, « aidée » par le chiot, qui était cependant guéri de la mer. Chaque fois que Ruth s'approchait trop de l'eau, il lâchait les bouts de bois qu'il tenait dans la gueule, s'asseyait sur son arrière-train et hurlait.

« Ça va faire un feu magnifique », déclara Pilly. Ruth acquiesça, fronçant le nez de plaisir à cause de l'odeur de la fumée, du goudron, des algues, et aussi de cette senteur particulière, un peu piquante... l'ozone, peut-être, ou simplement la mer. Le sentiment de bonheur que Quin avait détruit, sur le bateau, était revenu. Elle avait envie de rester là pour toujours, à vivre et étudier avec ses amis.

Levant les yeux, elle vit un homme descendre l'allée et entrer dans le hangar à bateaux. Mr. Felton en sortit bientôt et vint trouver les jeunes filles.

« Votre mère a téléphoné, Ruth. Elle demande que vous la rappeliez tout de suite. Elle attend près du téléphone. » Devant son expression, il ajouta : « Je suis sûr qu'il n'y a rien de grave. Je suppose que Heini est arrivé plus tôt que prévu.

— Oui », dit Ruth, mais elle était blême. Personne, au 27 Belsize Close, ne téléphonait pour un oui ou pour un non. Le téléphone — un appareil branlant et grésillant — se trouvait dans l'entrée, où tout le monde pouvait entendre les conversations. Les pièces de monnaie qu'on utilisait venaient d'un pot à confiture aussi précieux que celui de Ruth pour Heini. Sa mère n'aurait pas téléphoné sans raison sérieuse, alors que Ruth allait bientôt rentrer, de toute façon. Bien sûr, il pouvait s'agir d'une nouvelle merveilleuse... Heini avait peut-être pris un vol plus tôt... c'était peut-être ça.

« Je viens avec toi, proposa Pilly.

— Non, Pilly, je préfère y aller seule. Surveille le chien. »

Le domestique attendait pour l'accompagner.

« Si vous voulez bien me suivre, miss. Je vais vous conduire chez Mr. Turton. Il y a pas mal de vacarme à la maison, avec l'arrivée des invités, mais Mr. Turton a le téléphone à l'office. Là, vous serez tranquille.

— Oui, approuva Ruth. Je vous remercie. » Elle avait la gorge serrée, mais fit un effort pour lui sourire, et le suivit sur le chemin de la maison.

Elle n'avait rien dit, s'était occupée du feu, avait chanté avec les autres, aidé à faire la vaisselle. Mais maintenant, allongée près de Pilly dans le dortoir, elle ne supportait plus de rester là, dans cet endroit préservé qui vous lavait de toute angoisse, dans ce lieu trompeur qui vous faisait croire à la beauté du monde.

Il fallait qu'elle rentre, immédiatement. Elle ne pouvait rester trois jours de plus, maintenant qu'elle savait ce qu'elle savait. La voix de sa mère, incohérente, à peine audible, lui revint à l'esprit, et ses efforts désespérés pour lui parler, tout lui dire, malgré les interruptions et le bruit.

Il était plus de minuit, tout le monde dormait. Ruth se leva, s'habilla, griffonna un mot à la lueur de sa lampe électrique. Elle emportait juste le petit sac de toile qui lui servait à rapporter ses trouvailles ; Pilly se chargerait du reste de ses affaires. Elle ferait de l'auto-stop jusqu'à Alnwick et attendrait le premier train pour Newcastle où elle prendrait la correspondance. Peu importait le temps qu'elle mettrait, l'essentiel était de partir. Chaque demi-heure passée ici était une trahison.

Elle descendit l'échelle et sortit. La beauté de la mer au clair de lune la saisit, malgré son désespoir ; mais elle ne se laisserait plus séduire, plus jamais. D'un pas rapide, elle remonta le chemin bordé d'aulnes et de noisetiers.

Puis, en arrivant derrière la maison, elle entendit la musique. *Night and Day,* de Cole Porter, un air merveilleux, romantique... et elle vit les lumières sur la terrasse.

Bien sûr. La soirée dansante de Verena. Plongée, depuis le coup de téléphone de sa mère, dans un autre monde, elle l'avait complètement oubliée. En traversant l'allée de gravier, dans l'intention de prendre un raccourci pour rattraper la route, elle vit de nombreuses voitures garées dans le chemin. Des voitures de sport, pour la plupart, aux couleurs pâlies par la lune mais dont la ligne, fière et agressive, était tout à fait reconnaissable. Des voitures à l'usage de jeunes hommes à grosses lunettes noires, avec une écharpe flottant derrière eux... des jeunes hommes qui conduisaient trop vite, un bras passé autour de la taille d'une fille qui riait.

Il était tombé une averse, un peu plus tôt. En traversant la pelouse, Ruth eut les pieds trempés. Les lanternes vénitiennes se balançaient sous la brise, les grandes fenêtres sans rideaux étaient ouvertes, et elle voyait comme sur une scène les couples tournoyer. La mélodie avait changé, c'était un tango ; elle le connaissait, il s'intitulait *Jalousie.* Quelques couples dansaient joue contre joue, mais en exagérant exprès : les Anglais étaient incapables de prendre quoi que ce fût au sérieux, surtout pas la jalousie, surtout pas l'amour.

La salle, avec les doubles portes ouvertes, paraissait immense. Les arrangements de fleurs, les seaux à champagne en argent démentaient la simplicité de la soirée d'anniversaire de Verena. Quelques femmes plus âgées, assises autour de la piste de danse, observaient les jeunes filles — permanentes et tons pastel — et les jeunes hommes arrogants.

Et arrogants, ils l'étaient ; il fallait voir comme ils braillaient quand la musique s'arrêtait, remuaient la tête, entraînaient leurs cavalières vers le buffet, remplissaient les verres ; il fallait les voir rire et se donner de grandes tapes dans le dos, alors qu'au même moment, à Vienne, on entassait des gens dans des fourgons à bestiaux et on les emmenait à l'Est ; et Heini...

Mais sa pensée fit marche arrière. Cela ne concernait pas Heini.

Maintenant, elle voyait Quin. Il venait d'entrer dans la pièce, un grand verre à la main — un verre qu'il apporta à Verena, assise sur une chaise à haut dossier. Il ne ressemblait pas aux jeunes hommes braillards, même dans sa colère elle était obligée de l'admettre. Il avait l'air plus âgé, et plus intelligent, mais il appartenait à ce monde-là, il était dans son milieu.

Verena minaudait et Quin penchait la tête vers elle, en bon chevalier servant, sous le regard approbateur des douairières qui souriaient d'un air satisfait. Cela paraissait vrai, ce qu'on disait — qu'il allait épouser Verena. Elle montra du doigt quelque chose, par terre ; il se baissa, ramassa l'objet, le lui tendit galamment, en s'inclinant. C'était une rose ! Une rose tombée de son incroyable coiffure ! Quin, le *Chevalier à la Rose,* ça c'était le comble, pour un homme qui s'était enfui du Stadtpark en entendant la musique de Strauss...

Et, comme s'ils avaient lu dans les pensées de Ruth, les trois musiciens sur l'estrade, très sérieux dans leurs costumes sombres, attaquèrent une valse. Pas de Strauss, mais de Lanner, qu'elle aimait tout autant. Une valse qu'elle connaissait bien, pour l'avoir dansée avec Heini à Vienne.

« Oh, non ! Pas ce truc démodé ! » C'était le jeune homme braillard, un garçon blond aux cheveux brillantinés et coiffés en arrière. « Jouez quelque chose d'acceptable ! » Un autre garçon, à peu près du même modèle, s'approchait de l'orchestre en chancelant et en secouant la tête.

Les musiciens s'obstinèrent pourtant ; ils ne jouaient pas très bien, mais avec application, et les jeunes gens n'insistèrent pas ; entraînant leurs cavalières, ils se mirent à parodier la valse, en titubant et en accentuant les pas. La plupart étaient ivres, maintenant, et cela les amusait de se cogner les uns contre les autres et de tourner en dérision la musique d'un autre pays. L'un d'eux vacilla et faillit tomber — un grand jeune homme aux cheveux noirs et bouclés — et ça, c'était *vraiment* drôle. Sa cavalière essaya de le rattraper, et un garçon roux avec des taches de rousseur lui envoya du champagne à la figure. C'était hilarant. A se tordre de rire...

La pierre fut dans sa main avant qu'elle ait eu conscience de l'avoir ramassée. Elle avait dû la remarquer plus tôt, car elle avait la taille idéale : assez lourde pour créer un impact, assez petite pour qu'elle puisse la projeter avec force. Le fait de la lancer fut extraordinaire — une catharsis —, tout comme le bruit de verre brisé. Elle eut l'impression d'avoir attendu quelques secondes, quelques minutes même, avant de s'enfuir ; mais non, car au moment où Quin sortit sur la terrasse, suivi par une bande de fêtards énervés, en colère, elle avait déjà traversé la pelouse en courant, et atteint le chemin qui la mènerait à la route.

« La voilà !

— C'est une fille ! Allons-y, rattrapons-la !

— Non. » La voix de Quin était calme mais claqua comme un coup de fouet. « Rentrez tous. Je la connais, elle vient du village, je m'occupe d'elle. »

Ils lui obéirent. Il avait vu où elle était, mais il y avait un risque qu'elle aille se cacher dans le taillis ; or, même s'il savait qu'elle ne pouvait pas s'échapper, car le bois se terminait par une haute clôture et un ruisseau, il y avait parfois à cet endroit des pièges posés par des braconniers. Malgré cela, il s'obligea à ne pas courir avant d'être hors de vue de la maison.

Il la rattrapa sans peine. Elle avait fait exactement ce qu'il avait prévu.

« Attendez ! cria-t-il. Il y a peut-être des pièges ! Faites attention ! » Il lui parlait en allemand, s'approchait doucement, pour l'apaiser. « Ne bougez pas. »

Mais elle s'était déjà arrêtée. Quand il parvint à sa hauteur, elle était appuyée contre un arbre, pareille à un saint Sébastien attendant d'être percé de flèches.

Il cassa cette pose de martyre en quelques mots.

« Je n'aime pas les mauvaises manières, dit-il d'une voix calme. Ces gens sont mes invités. »

Elle leva la tête. « Oui. Le genre d'invités qu'on s'attend à trouver chez un homme comme vous — un homme qui est propriétaire de la mer. Des imbéciles, braillards, sans cervelle, qui tournent la musique en dérision. Ils ne savent donc pas ce qui se passe ? Ils ne savent pas lire ? Ils n'ont pas vu les journaux ? Non, bien sûr, ils ne lisent que les pages sportives — quel cheval a couru plus vite qu'un autre —, et qui a fait une révérence au roi, avec des plumes d'autruche sur la tête. » Elle tremblait, claquait des dents, et les mots sortaient de sa bouche en rafales. « Aujourd'hui... en ce moment... pendant qu'ils se soûlent et beuglent, dans leurs ridicules accoutrements, on arrête mon peuple, on le parque dans des wagons à bestiaux et on le chasse. Pendant qu'ils versent du vin par terre et titubent, on assassine dans les rues des garçons qui croyaient à la fraternité des hommes. »

Quin ne fit rien pour la réconforter. Il était aussi en colère qu'elle, mais il contrôlait parfaitement sa voix. « Ai-je besoin de vous faire remarquer que votre peuple — en prenant ce mot dans un autre sens — est venu par milliers acclamer Hitler quand il est entré dans Vienne ? Mais je vais vous dire ceci : en raillant ces gens que vous avez vus ici, non seulement vous faites preuve de mauvaises manières mais, pire, vous commettez une injustice qui vous fera rougir de honte, et dans pas longtemps. Parce que ce sont ces jeunes gens braillards qui, le moment venu, iront au combat. Ce sont eux qui iront affronter ce fléau qu'est Hitler, même s'ils le font comme s'il s'agissait d'une partie de rigolade. Le garçon qui a trop bu et qui est tombé sort juste de l'école militaire de Sandhurst ; c'est le fils unique d'Ann Rothley et, si la guerre éclate, je ne lui donne pas six mois. Son ami, celui qui a versé du champagne sur lui, est lieutenant dans les fusiliers marins. Il est fiancé à la jeune fille en bleu, et ils ont avancé la date de leur mariage parce qu'il va être basé outre-mer. Les jumeaux Bainbridge, ceux qui n'aiment pas la valse, sont dans l'aviation. Tous les deux. Je suppose qu'ils pourraient tenir un an parce qu'ils sont d'excellents pilotes, mais j'en doute. Lorsque vous reverrez cette salle, cette année, l'année prochaine, ou dans deux ans, vous n'y trouverez que des fantômes — des hommes morts et des femmes en deuil. Tandis que votre Heini, je ne serais pas surpris qu'il continue à jouer ses arpèges. »

La voix de Ruth, presque inaudible, sortit de l'ombre. « Non ! J'ai reçu un coup de fil ce soir. Ils l'ont pris. Heini est dans un camp. »

21

« Je ne peux pas, dit Heini d'une voix étouffée. Je ne peux pas le faire. »

Le commandant du camp approcha son visage de brute tout près de celui de Heini.

« Oh si, je crois que tu peux le faire. Je suis sûr que tu peux le faire, tu vas voir. »

Heini vit le couteau dans la main du commandant, et comprit qu'il était vaincu. Il n'y avait même pas d'épluche-légumes, et il lui fallait éplucher trois seaux de pommes de terre sous un robinet d'eau froide. Il avait expliqué qu'il était pianiste, que ses mains n'étaient pas comme celles des autres gens, qu'elles étaient son gagne-pain, mais personne ne l'avait écouté, personne ne s'en souciait. Il suffisait que la lame dérape, et il ne pourrait plus pratiquer le piano, peut-être pendant plusieurs semaines.

A côté de lui, Meierwitz avait déjà commencé : il enlevait les yeux d'un seul coup et jetait les patates pelées dans l'eau. Mais Meierwitz, ce n'était pas pareil, il venait d'une région ouvrière, dans la Ruhr, il était habitué aux travaux pénibles. Meierwitz sifflait en travaillant, et montrait du doigt le rouge-gorge qui les observait, perché sur la palissade.

Pour Heini, la grisaille des champs et du ciel, le murmure de la mer sur la plage de galets, au loin, constituaient un monde informe, un univers de cauchemar. Les vaches noir et blanc qui ruminaient paresseusement de l'autre côté des barbelés du camp lui paraissaient des créatures surgies des Enfers. C'était son troisième jour de captivité, et il savait déjà qu'il ne pourrait pas résister. Les hommes dormaient à six dans un cabanon, se levaient à sept heures pour faire de la gymnastique dans le froid glacial ; le petit déjeuner consistait en porridge, tartines de graisse et thé — du thé, toujours du thé, jamais la moindre tasse de café. Ensuite, c'étaient les horribles corvées — éplucher les pommes de terre, couper les légumes — qui risquaient toutes de lui abîmer les mains, et le soir, le son éraillé de l'harmonica, la radio, ou les types qui jouaient au poker. En plus, maintenant il allait y avoir des cours — obligatoires —, et la veille ils avaient vu un film dans lequel un comique imbécile courait en jouant de la guitare hawaiienne et perdait son pantalon. Si c'était ça que les Anglais appelaient la culture, il allait beaucoup souffrir.

Meierwitz coupa un bout de pomme de terre et le lança au rouge-gorge, qui considéra cette offre, la tête penchée, mais la dédaigna. Alors, cette brute de commandant — un quincaillier de Graz bien résolu à faire de cette bande de réfugiés disparates un détachement de soldats bons à quelque chose —

s'approcha et lui conseilla de ne pas s'inquiéter. « Il ne mange que des vers », dit-il, plutôt fier que le plus britannique des oiseaux se soit montré difficile. Puis il jeta un regard méprisant à Heini Radek. Celui-là aurait dû s'estimer heureux d'avoir quitté l'Europe, plutôt que de geindre à propos de ses mains.

Heini était tombé des nues en découvrant que son visa était un faux. Les heures passées dans les baraquements du service d'immigration, à l'aéroport, avaient été un cauchemar dont il se souviendrait toute sa vie. On l'avait emmené — avec ceux dont les papiers n'étaient pas en règle ou qui étaient partis avec des visas de groupe — dans ce camp de transit où on l'avait traité, estimait-il, comme un animal, bousculé, tamponné, harcelé. Au début, il avait craint d'être renvoyé à Budapest, mais l'opinion publique en Grande-Bretagne avait enfin pris conscience de la situation dramatique des réfugiés et, dès le deuxième jour, les occupants du camp avaient appris qu'ils pouvaient tous rester. Ceux qui se porteraient volontaires pour les travaux agricoles ou souhaiteraient rejoindre le corps des pionniers seraient rapidement libérés ; les autres feraient l'objet d'un certain nombre de procédures, et surtout devraient trouver un répondant pour garantir qu'ils ne seraient pas à la charge des contribuables.

L'euphorie que cette nouvelle avait provoquée chez les autres détenus n'avait pas touché Heini. Il n'était certainement pas question qu'il se porte volontaire pour des travaux agricoles ou devienne un pionnier. Personne n'avait l'air de comprendre que la musique, loin d'être une quête égoïste, était sa mission sur Terre. Les dames bénévoles qui remplissaient, d'une écriture horriblement lente, sa fiche de renseignements paraissaient incapables de saisir cela. L'une d'elles avait écrit « conservateur » au lieu de « conservatoire », et croyait qu'il travaillait aux Eaux et Forêts ; une autre avait dit qu'il semblait y avoir un nombre incroyable de musiciens, « là-bas ». Deux jours plus tard, on l'avait autorisé à téléphoner à Frau Berger, mais la ligne était si mauvaise qu'il l'entendait à peine, et il avait du mal à se rappeler que ces personnes, qui avaient eu leurs entrées dans toutes les ambassades de Vienne, étaient aujourd'hui des apatrides sans le sou, comme lui-même. Les Berger ne pouvaient pas lui apporter de caution financière, et leur nom n'avait aucun poids auprès de ces bonnes femmes tyranniques. Mais ils allaient lui procurer un garant, ils allaient l'aider. Et Ruth allait venir. Il concentrait sur elle tous ses espoirs, tandis qu'il plongeait les mains dans le seau pour prendre une autre patate.

D'autres persécutions devaient intervenir, lors de cette longue journée. Le commandant avait décidé de créer un potager à la limite du camp, et tous les hommes forts furent mis au travail. La terre détrempée, la bêche lourde et émoussée rendaient la tâche affreusement dure, et Heini sentait déjà ses paumes se couvrir de durillons. Pourtant, quand il abandonna, au bout d'une demi-heure, il y eut des clins d'œil et des coups de coude, et quelqu'un fit remarquer que, si le Pr Lipchitz, un musicologue assez âgé de Dresde, était capable de travailler aux champs, lui aussi devait pouvoir le faire.

Ils étaient assis, à boire du thé dans des gobelets

en émail et manger les biscuits secs qu'on leur distribuait l'après-midi, quand un garçon du bureau passa la tête à la porte du cabanon.

« Mr. Radek ? » demanda-t-il.

Heini se leva, le cœur battant.

« Il y a quelqu'un qui veut vous voir, au bureau.

— Qu... qui ? bégaya Heini.

— Une jeune fille, répondit le messager. Sensationnelle », ajouta-t-il, en regardant Heini avec considération.

Ruth attendait tranquillement, debout. Elle s'était mise en route la veille au soir et n'avait presque pas mangé, mais elle n'avait besoin de rien, transfigurée qu'elle était par la joie.

Tout au long de son voyage depuis le Northumberland, terrorisée et désespérée, elle avait prié, dédié encore une fois sa vie à Heini, et offert tout ce qu'elle avait de cher pourvu qu'il fût sain et sauf.

Et alors était arrivé ce qui n'arrive jamais : la seconde chance. Leonie lui avait expliqué qu'elle avait mal compris, que Heini était ici, que le camp se trouvait en Angleterre et qu'elle pouvait aller le voir.

Heini entra et Ruth resta bouche bée, car elle avait devant elle non pas le jeune prodige qu'elle avait connu, mais un pauvre petit garçon effrayé, au regard de chien battu. Alors, submergée par un sentiment d'amour et de pitié, elle ouvrit les bras et fit un geste qui avait toujours rassuré Heini : elle secoua ses cheveux de manière à les ramener en avant et à former un refuge pour lui et elle.

« Grâce à Dieu, Ruth ! J'ai cru que tu ne viendrais jamais.

— Oh, mon chéri, tu es bien là. C'est bien toi. » La voix de Ruth se brisa. « J'ai cru que tu étais dans un vrai camp, tu comprends. J'ai cru qu'on t'avait arrêté.

— Mais c'est un vrai camp. C'est horrible, Ruth.

— Oui, oui... mais tu comprends, j'ai cru que tu étais à Dachau ou à Oranienburg. Ma mère m'a téléphoné, mais je ne l'entendais pas bien. Alors, quand j'ai appris que tu étais sain et sauf... Je m'en souviendrai toute ma vie ! »

Et elle se souviendrait aussi du serment qu'elle avait fait de servir Heini aussi longtemps qu'elle vivrait, et d'expier cette période de trahison qu'elle avait passée, telle une Lotophage, au bord de la mer.

« Tu vas me ramener à la maison, n'est-ce pas, ma chérie ? Tout de suite ?

— Heini, je ne peux pas t'emmener tout de suite. Il faut que je voie le Dr Friedlander — je suis sûre qu'il acceptera de se porter garant pour toi —, mais il est absent pour le week-end. Je serai chez lui demain à la première heure, et ensuite ce sera une question de quelques jours seulement.

— Quelques jours ! répéta Heini en relevant la tête. Ruth, je ne peux pas rester ici si longtemps. Je ne peux pas !

— Oh, je t'en prie, mon chéri ! Nous allons tous nous démener pour toi. Et puis, les gens sont gentils, ici, non ? J'ai parlé avec la secrétaire.

— Gentils ! » s'écria Heini. Mais la présence de Ruth était un tel réconfort qu'il décida d'être courageux et, changeant de sujet, il dit : « As-tu trouvé un piano ?

— Oui. Un Bösendorfer.

— À queue ?

— Non, mon cœur. Notre salon est minuscule. Mais c'est une merveille ! »

Il était déçu, mais ne voulait pas lui faire de reproches. Elle était sa bouée de sauvetage, sa libératrice.

Ils étaient toujours dans les bras l'un de l'autre lorsque la secrétaire refit son apparition.

« C'est l'heure de votre car, petite, dit-elle. Il ne faut pas que vous le ratiez, c'est le dernier. »

Au moment où elle reprenait son manteau, Ruth aperçut par la fenêtre un oiseau posé sur la palissade, nullement troublé par les barbelés.

« Oh, regarde, Heini ! Un sansonnet ! C'est un signe, non ? C'est certainement un bon présage pour nous. »

Elle entraîna Heini près de la fenêtre. L'oiseau inclina la tête, il avait les yeux brillants, mais le derrière un peu déplumé.

« Il a perdu les plumes de sa queue, remarqua la secrétaire. Il a dû faire des excès.

— Oui. » Ruth s'en rendait bien compte, mais quelle importance ? Un présage est un présage, et un derrière déplumé n'y change rien.

22

Début décembre, Leonie décida de célébrer Hanukkah, la fête juive des Lumières.

D'une façon ou d'une autre, elle avait le sentiment que célébrer la lumière était une bonne idée. Kurt était toujours à Manchester et il lui manquait ; les nouvelles d'Europe étaient de plus en plus sinistres ; et le temps, brumeux et humide — bien différent du temps sec et neigeux qu'elle avait connu à Vienne —, ne contribuait pas à remonter le moral.

Il y avait aussi le problème de Heini. Heini dormait depuis un mois sur le canapé du salon et pratiquait le piano huit heures par jour ; Leonie avait beau accepter cette nécessité, elle se posait des questions, tout en rôdant dans la pièce avec son chiffon à poussière, au sujet des parents et amis de pianistes virtuoses du passé. Y avait-il, dans une mansarde de Budapest, une vieille dame dont la mère s'était précipitée dans la rue en criant pour échapper aux brillants arpèges de Liszt ? La vente de protège-tympans avait-elle augmenté dans certaines pharmacies parisiennes, quand les habitants de la rue de Rivoli avaient dû s'adapter aux heures de répétition de Chopin ? Qu'est-ce que les logeuses viennoises de Beethoven éprouvaient *réellement* lorsqu'il leur démolissait un piano ?

Et puis, il y avait le problème de la nourriture. Heini était venu de Hongrie avec un peu d'argent, mais il fallait qu'il assure ses mains — Leonie comprenait cela —, et le reste, il le dépensait en transports, car il cherchait des agents et des imprésarios susceptibles de l'aider.

« C'est pour Ruth, disait-il avec son doux sourire. Tout ce que je fais, c'est pour Ruth. »

Tout le monde acceptait cela. Heini ayant déclaré son intention d'épouser Ruth dès qu'il serait établi, et de lui assurer une vie aisée, il n'était pas question de critiquer quoi que ce soit de ce qu'il faisait. S'il restait une heure dans la salle de bains, c'était parce qu'il devait se faire beau pour les entrevues ; s'il laissait à Leonie le soin de ramasser ses vêtements, c'était parce qu'il travaillait tellement sa musique qu'il n'avait le temps pour rien d'autre ; et les habitants du n° 27 s'habituèrent sans se plaindre à sa présence.

Mishak n'était pas musicien. Son domaine, c'était le silence, et ses journées étaient ponctuées par des sons doux : le cri d'une grive, le bruit de la pluie, le ronron d'une tondeuse à gazon. Maintenant, avec Heini qui tapait sur le piano, Mishak était coupé de ces sons. Il se levait encore plus tôt, travaillait au jardin jusqu'au moment où Heini se réveillait, puis il partait marcher. Mais les jours raccourcissaient, et Mishak avait soixante-quatre ans ; alors, petit à petit, lui qui n'était pas d'une nature très sociable finit par se retrouver aux « Glycines ».

Paul Ziller, à l'arrivée de Heini, avait espéré qu'ils joueraient en duo, parce que le répertoire pour piano et violon est varié et très beau. Mais Heini voulait — cela se comprenait — se consacrer à une carrière de soliste et, comme la maison n'était pas assez insonorisée pour permettre que deux musiciens s'entraînent, on reprit l'habitude, à Belsize Park, de voir Ziller partir avec son Guarnieri sous le bras pour aller répéter dans le vestiaire du centre de soins.

Hilda, elle aussi, modifia ses habitudes. Le conservateur du département d'anthropologie lui ayant confié une clé, elle emportait des sandwiches, restait tard au musée et s'arrangeait pour rentrer à l'heure où Fräulein Lutzenholler grimpait sur la chaise de sa chambre à coucher.

Qu'ils pussent un jour éprouver de la gratitude pour la sinistre psychanalyste, voilà qui ne les avait jamais effleurés, et pourtant c'était le cas. Car tous les soirs à vingt et une heures, elle montait sur une chaise, armée d'un balai, et tapait au plafond pour signaler aux Berger qu'elle allait se coucher et que la musique devait s'arrêter.

Mais, évidemment, cela impliquait que Leonie ne pouvait se plaindre de l'état de la cuisinière. Alors, tout bien considéré, une fête des Lumières était nécessaire ; mais, n'en connaissant pas l'exact déroulement, Leonie s'en fut exposer son problème aux « Glycines ».

« Je vous offre un gâteau ? » dit Mrs. Weiss.

Leonie accepta et demanda conseil à la vieille dame.

« Il y a des bougies, affirma Mrs. Weiss d'un ton catégorique. Ça, je le sais. On en allume une chaque jour pendant huit jours, et on les place dans une *menorah*.

— Comment est-ce possible ? demanda le Dr Levy. Huit jours, cela fait huit bougies, et la *menorah* n'a que sept branches. Et puis, il doit y avoir des prières. Ma grand-mère priait.

— Mais quelles prières ? » questionna Leonie, résolument en quête de judéité.

Le Dr Levy haussa les épaules et Ziller dit que von Hofmann devait le savoir. « Il va arriver dans un instant.

— Pourquoi le saurait-il ? Il n'a pas une goutte de sang juif, répliqua Mrs. Weiss d'un ton dédaigneux.

— Mais il a joué dans une pièce d'Isaac Bashevis Singer, vous ne vous rappelez pas ? dit Ziller. Une pièce dans laquelle il y a une célébration de cette fête. »

Von Hofmann ne s'en souvenait pas très bien. « Je ne jouais pas dans cet acte-là, déclara-t-il, mais c'est une belle cérémonie. Tous les acteurs étaient très émus et Steffi, par la suite, a acheté une menorah au marché aux puces. Je pourrais lui demander, elle vend des bas chez Harrods. »

Personne, cependant, ne voulait déranger Steffi qui, quoique bonne actrice, était une femme très ennuyeuse, et Miss Maud et Miss Violet, qui avaient écouté la conversation, dirent qu'elles devraient bientôt songer à leurs décorations de Noël.

Le visage de Leonie s'éclaira : elle était en terrain connu.

« Que faites-vous pour Noël ? demanda-t-elle aux demoiselles.

— Eh bien, nous allons à l'office du soir, dit Miss Maud. Et nous décorons le salon de thé avec du papier, et nous mettons une branche de houx sur chaque table.

— Et les carillons de l'Avent ? s'enquit Leonie.

— Nous n'avons pas cela, répondit fermement Miss Maud, qui flairait une odeur de papisme.

— Mais un petit arbre avec des pommes rouges et une étoile ? »

Les demoiselles hochèrent la tête en disant qu'elles ne croyaient pas utile de faire beaucoup d'embarras.

« Mais ce ne sont pas des embarras, protesta Leonie. C'est beau. » Puis, timidement, elle ajouta : « Je pourrais faire quelques *lebkuchen*... des pains d'épice, vous savez... des cœurs avec un glaçage et un ruban rouge.

— Georg a un grand sapin dans le jardin, dit Mrs. Weiss. Je pourrais en couper des morceaux, la nuit, pendant que Moira dort.

— Ma femme a emporté son petit carillon, se rappela soudain le banquier. Je lui ai dit que c'était idiot, mais elle l'a depuis son enfance. »

De retour à la cuisine, Miss Maud et Miss Violet se regardèrent.

« Je suppose que ce n'est pas gênant, déclara

Miss Maud. Mais je ne veux pas d'aiguilles de pin partout.

— En tout cas, c'est mieux que leur Hanukkah, affirma Miss Violet. Parce qu'ils n'iront pas bien loin s'ils ne sont pas capables de se rappeler en quoi elle consiste. »

Mrs. Burtt essora son torchon et le mit à sécher sur l'évier, au-dessus duquel Ruth avait épinglé un schéma montrant *Les Étapes de la vie du ver de terre.*

« Et cela réconfortera Ruth de voir le salon de thé décoré », dit-elle.

Miss Maud fronça les sourcils : pourquoi leur serveuse avait-elle besoin de réconfort ? « Elle est très heureuse depuis que Heini est là. Elle ne cesse de le répéter.

— Mais elle est fatiguée », répliqua Mrs. Burtt.

Trois jours après l'échec de Leonie avec la fête des Lumières, Ruth, en allant à l'université, passa à la poste et trouva dans sa boîte un petit paquet scellé par un cachet de cire rouge ; elle l'ouvrit, le cœur battant.

Quelques instants plus tard, au milieu d'une foule pressée, elle contemplait le passeport bleu foncé avec son lion doré, sa licorne caracolante et sa devise désinvolte : *Dieu et mon droit*[1].

« Je suis citoyenne britannique », dit Ruth tout haut. Elle était debout sur le trottoir, face à un marchand de fruits et légumes, et imaginait le ministre des Affaires étrangères, en chapeau haut

1. En français dans le texte. *(NdT.)*

de forme, la poussant doucement vers des terres inconnues.

Si seulement elle avait pu montrer à tout le monde le certificat de naturalisation qui confirmait son statut, le passeport qui lui appartenait en propre ! Si seulement elle avait pu se précipiter aux « Glycines », danser avec Mrs. Burtt, serrer ses parents dans ses bras. En Europe, des gens auraient commis un meurtre pour obtenir ce qu'elle tenait dans la main, et pourtant personne ne lui en aurait voulu de sa chance, elle le savait.

Mais, bien sûr, elle ne pouvait le montrer à personne. C'était Ruth Somerville, pas Ruth Berger, que Sa Majesté britannique souhaitait voir passer librement et sans entraves partout dans le monde, et le passeport devrait rejoindre les autres documents dans la boîte à biscuits, au voisinage des souris récalcitrantes.

Elle était en avance. Depuis l'arrivée de Heini, Ruth dormait avec le réveil sous son oreiller, la sonnerie réglée sur cinq heures et demie, pour pouvoir travailler deux heures pendant que tout était encore calme. Maintenant, assise dans le métro, elle avait envie de marquer cette journée, de payer un tribut, en quelque sorte et, sur une impulsion, elle sortit trois stations plus tôt, entra à la National Gallery et grimpa l'escalier pour contempler Trafalgar Square.

Elle avait raison : c'était bien là que résidait le cœur de sa cité d'adoption. Les fontaines étincelaient, les lions souriaient... A travers l'Admiralty Arch, elle apercevait le Mall qui menait à Buckingham Palace, où vivaient le roi timide et bégayant et la reine à la voix douce qui veillait sur les princesses de la boîte à biscuits.

Elle regarda Nelson sur sa colonne — Nelson, le héros favori des Anglais, qui avait dit en mourant : « *Grâce à Dieu, j'ai fait mon devoir.* » Comme il avait été courageux... mais en fait tous les Anglais étaient courageux. Leurs filles ne pleuraient pas quand elles se donnaient des coups avec leurs crosses de hockey ; leurs femmes, autrefois, traversaient la jungle en jupes de laine pour convertir les païens à la Parole de Dieu.

Elle aussi serait forte et courageuse. Elle aurait de bonnes notes à ses examens de fin de trimestre *et* resterait éveillée tard le soir pour écouter Heini qui avait besoin de parler. C'était absurde de croire qu'on avait besoin de plus de quatre heures de sommeil. Elle serait capable de tout faire : ses devoirs écrits, ses révisions, son travail aux « Glycines », et aussi aider Heini dans ses interprétations.

Il suffit de vouloir pour pouvoir, disait Ruth qui avait trouvé cet adage sur un calendrier et avait été très impressionnée.

C'est alors qu'elle lut la lettre jointe par Mr. Proudfoot à son envoi, lui demandant de se rendre à son bureau le lendemain après-midi.

Proudfoot avait jugé plus simple de voir Ruth seule et c'est ce qu'il avait dit à Quin. « La logique voudrait que vous veniez ensemble, mais nous ne saurions être trop prudents. »

Car à la naturalisation succédait l'annulation. Pour faciliter cette procédure, un imposant document avait été préparé, qui avait demandé des heures de travail au stagiaire de Dick Proudfoot, et devait être signé par les deux parties devant un officier ministériel. Cette déclaration écrite sous serment serait ensuite soumise au tribunal, avec l'espoir qu'un juge voudrait bien l'accepter comme preuve de nullité, sans rien demander d'autre. En serait-il ainsi, impossible de le dire, car la procédure d'annulation concernant les ressortissants d'origine étrangère était en cours de révision ; or, d'après l'expérience de Mr. Proudfoot, quand une procédure était en cours de révision, cela ne facilitait jamais les choses.

Ruth attendait donc dans le couloir et observait une aquarelle sur le mur. Le soleil pénétrant en oblique par la fenêtre éclairait ses cheveux, si bien que Mr. Proudfoot ne vit d'abord que ses tresses d'or et son dos bien droit — et il se prépara au pire. Mr. Proudfoot était fort ému par les femmes, et il avait un jour percuté en voiture une cabine téléphonique parce qu'il regardait une jeune fille qui sortait d'un immeuble. Et il savait que les jeunes filles aux beaux cheveux blonds, une fois qu'elles se retournent, sont décevantes. Au mieux elles sont passables, au pire elles ont un nez pointu et une expression boudeuse. Car Dieu est modéré — et il a raison — dans ses libéralités.

« Miss Berger ? »

Ruth se retourna, et Mr. Proudfoot éprouva un élan de gratitude envers le Créateur. Au même instant, l'image de Quin en chevalier secourant les malheureux s'estompa dans son esprit. Ce qui le surprenait, maintenant, c'était que Quin fût si pressé de se débarrasser d'une jeune femme que bien des hommes auraient tout fait pour garder.

« Quelle jolie peinture, dit Ruth lorsqu'ils eurent échangé une poignée de main. C'est si naturel, la façon dont les racines de l'arbre se recourbent dans l'eau. C'était comme ça là où nous passions l'été, au lac de Grundl.

— Oui. Cela a été peint dans la région des lacs. Je suppose que c'est le même genre de paysage.

— Qui est l'artiste ?

— En fait, c'est moi. Je barbouillais un peu, quand j'étais étudiant. »

Ruth passa outre à cette manifestation britannique de modestie. « Ce n'est pas du barbouillage, répliqua-t-elle d'un ton de reproche. C'est beau. Mais je suppose que maintenant vous peignez le fleuve et les environs ?

— Non. A vrai dire, je n'ai pas touché un pinceau depuis des années.

— Et pourquoi donc ? Parce que vous avez trop à faire ici ? demanda-t-elle en le suivant dans son bureau.

— Euh, oui... mais je pourrais trouver le temps, sans doute. C'est décourageant, vous comprenez, d'être un amateur.

— Je ne voudrais pas être impertinente, dit Ruth en fronçant les sourcils, alors que vous avez eu l'obligeance de vous occuper de ma naturalisation, et maintenant de l'annulation, mais je pense que vous vous trompez complètement. Un amateur, c'est quelqu'un qui aime quelque chose. Dans tous les quatuors de Haydn, il y a une partie pour un amateur, le second violon en général, ou le violoncelle, et elle est aussi belle que les autres. »

Mais elle se tut en voyant le document que Mr. Proudfoot avait préparé pour elle. Elle parcourut en se mordant les lèvres le parchemin avec son sceau rouge, son écriture gothique et ses étranges formules par lesquelles elle faisait savoir à la justice que Quinton Alexander St. John Somerville n'avait jamais posé les mains sur elle, ni elle sur lui.

« J'ignore si cela marchera, Miss Berger. Certains juges n'accepteront pas une déclaration sous serment sans preuves médicales, et Quin ne veut absolument pas vous imposer cela. » Mr. Proudfoot rougit, incapable de poursuivre sur ce sujet.

« Oui. Il est très gentil, vraiment très gentil, c'est pourquoi je dois obtenir vite cette annulation, pour qu'il puisse épouser quelqu'un d'autre. »

Proudfoot, qui croyait savoir que c'était Ruth qui était pressée, eut l'air étonné.

« Il veut épouser quelqu'un d'autre ?

— Lui, peut-être pas, mais certaines personnes, oui. Verena Plackett, par exemple.

— J'ignore qui est Verena Plackett, mais je peux vous assurer que Quinton n'a besoin de personne. On essaie de le marier depuis qu'il est tout petit. » Mr. Proudfoot désigna le gigantesque document. « Maintenant écoutez-moi, chère amie. Ce document est unique et complexe, et vous ne devez pas vous tromper. Il vous faut signer aux endroits que j'ai indiqués au crayon — là, là, et aussi là, de l'autre côté de la page — en mentionnant votre nom complet, et en présence d'un officier ministériel. Il vous demandera de l'argent, et Quin m'a chargé de vous donner un billet de cinq livres pour couvrir les frais. N'importe quel huissier de justice fera l'affaire, il y en a sûrement un à Hampstead. Une fois que ce sera fait, rapportez-moi ce document ; je n'ai pas confiance dans la poste, et si ce papier se perd, nous ne pourrons pas le présenter à la prochaine séance du tribunal, et nous aurons des problèmes. S'il y a quelque chose que vous ne comprenez pas, n'hésitez pas à me contacter.

— Je crois que je comprends, dit Ruth. Mais peut-être auriez-vous de quoi l'envelopper ? » En effet, son panier d'osier contenait, outre sa trousse de dissection et ses notes de cours, les restes des sandwiches de Pilly que Ruth, depuis que Heini mangeait chez eux, rapportait à Belsize Park plutôt que de les jeter aux canards.

« Ne vous en faites pas, j'ai là un tube en carton, nous allons rouler le document et le mettre dedans. Je vous attends donc d'ici quelques jours. Prenez-en soin ! »

« Qu'en penses-tu ? » demanda Milner en observant Quin dont le regard cachait mal une lueur d'excitation.

Après avoir fait entrer Quin dans la réserve avec plus de cérémonie qu'il n'était d'usage au muséum d'Histoire naturelle, Milner avait ouvert un tiroir contenant des roches fossiles.

« Tu as raison, évidemment. C'est un fragment d'un ptérosaurien. J'aurais juré qu'il venait de Tendaguru. Les Allemands ont rapporté à Berlin deux moulages semblables, de l'expédition de 1908. Je les ai vus.

— Eh bien, non. Sais-tu où on a trouvé celui-ci ? »

Quin, suivant du doigt la courbe du crâne et du bec encore partiellement prisonniers de la roche, secoua la tête. Ce lézard ailé était extrêmement ancien et rare.

« De l'autre côté de la gorge de Kulamali, à mille deux cents kilomètres de là. Il m'a montré l'endroit sur la carte. Farquarson n'est peut-être qu'un chasseur blanc, mais ce n'est pas un menteur et il connaît l'Afrique comme sa poche. J'ai noté le lieu exact. »

Quin reposa le fragment d'os. « Tu es sérieux ? Au sud du rift ?

— Parfaitement. Il ne savait pas l'importance de sa découverte et je ne lui ai rien dit. C'est une chance qu'il ne soit pas paléontologue, sinon ils nous seraient tous tombés dessus. Tandis que là... »

Quin l'arrêta d'un geste. Cela faisait six mois que Milner était en Angleterre, occupé aux tâches administratives inhérentes à un organisme public tel que le muséum, à trier, étiqueter, préparer des expositions, ce qu'il considérait comme une perte de temps. Il était clair qu'il avait envie de repartir.

« Je ne peux pas poursuivre ces recherches maintenant. J'ai été absent presque toute l'année dernière, ce n'est pas correct vis-à-vis de mes collègues. » Quin referma le tiroir. « Mais j'aimerais voir le rapport de Farquarson. On trouve des plateaux de grès, là-bas... ce n'est pas impossible. Oh, va au diable, Jack, il faut que je retourne à l'université m'occuper des examens de fin de trimestre, je suis un professeur établi, désormais ! »

Milner n'ajouta rien, satisfait d'avoir semé une graine. Tôt ou tard Quin craquerait. Milner avait d'autres occasions de voyager, mais il attendrait. Les expéditions n'étaient pas pareilles, sans Somerville. Et puis, cela ferait du bien au professeur de partir — il n'était pas tout à fait lui-même, depuis quelque temps.

Verena était revenue enchantée de son séjour à Bowmont. Certes, Quin ne s'était pas déclaré, mais il avait été très attentionné lors de la soirée dansante et, sans cette folle qui avait lancé une pierre, ils auraient pu aller beaucoup plus loin. Quin, après avoir parlé avec cette fille, était revenu sombre et absent. Qui aurait pu lui en vouloir ? Ce n'était guère agréable d'avoir dans les parages une malade mentale.

De retour à Thameside, elle s'était mise au travail. Car l'un des meilleurs moyens de se rapprocher de Quinton, c'était par le biais de la matière qu'il enseignait, et Verena travaillait d'arrache-pied pour les examens de fin décembre.

Inutile de dire que les Plackett faisaient tout ce qu'ils pouvaient pour l'aider. Personne n'avait le droit de parler à la porte du bureau, et les domestiques avaient intérêt à ne pas passer l'aspirateur quand Verena rédigeait un devoir. On lui apporta spécialement de la bibliothèque un certain nombre de livres, parmi lesquels des ouvrages de référence dont les autres étudiants avaient besoin.

Non seulement Verena travaillait, mais elle faisait aussi sa gymnastique avec encore plus d'ardeur, car elle ne perdait pas un instant de vue son idéal : accompagner Quin à l'étranger. Restait un point sur lequel elle avait un doute, mais Quin lui fournit lui-même l'assurance qu'elle cherchait.

Cela se produisit lors d'un dîner auquel sa mère avait invité le colonel Hillborough, de la Société royale de géographie. Hillborough était un voyageur célèbre et un homme modeste qui travaillait pour la Société de façon désintéressée, et il avait exprimé le souhait que le Pr Somerville, qu'il connaissait bien, assiste au dîner.

Quelle que fût l'opinion de Quin au sujet des dîners chez les Plackett, il ne pouvait être question de refuser et, trois jours après sa conversation avec Milner au muséum, il se retrouva une fois de plus assis à la droite de Verena.

La soirée fut fort agréable. Hillborough revenait tout juste de l'Antarctique, où il avait vu la cabane de Shackleton dans l'état même où l'explorateur l'avait laissée : un jambon gelé, encore comestible, suspendu au plafond, et ses bottes de feutre posées sur le lit de camp. Lorsque Quin et lui parlèrent des grandes expéditions du passé, la plupart des invités se turent, heureux de les écouter.

« Et vous ? demanda Hillborough à Quin, au moment où les dames s'apprêtaient à quitter la pièce. Repartez-vous bientôt ? »

Quin leva la main en souriant. « Ne me tentez pas, monsieur ! »

C'est à ce moment-là que Verena posa la question qui la tracassait depuis longtemps. « Dites-moi, professeur Somerville », demanda-t-elle en lui donnant son titre, même si en privé, du fait qu'elle avait valsé dans ses bras, elle l'appelait toujours par son prénom. « Y a-t-il une raison pour que les femmes ne participent pas aux expéditions que vous organisez ?

— Non, répondit-il d'un ton ferme en se tournant vers elle. Absolument aucune. En fait, c'est un sujet qui me tient beaucoup à cœur, de donner une chance aux femmes. »

Verena, ce soir-là, était heureuse. Peut-être que cela ne voulait rien dire —, la véhémence de son affirmation, la chaleur de son regard —, mais elle décida que faire de la gymnastique dans sa chambre ne suffisait pas. Si elle voulait être tout à fait en forme, il lui fallait un sport plus stimulant, et quoi de plus indiqué que le squash ? Mais pour cela, elle avait besoin d'un partenaire. Faisant taire ses hésitations — elle ne voulait pas favoriser le jeune homme de façon aussi marquée —, elle invita Kenneth Easton à l'accompagner au Club sportif.

Elle ne se doutait pas de l'effet produit par sa demande sur le pauvre Kenneth, qui vivait avec sa mère — veuve — dans le faubourg d'Edgware Green. On vida tirelires et comptes d'épargne pour acheter à Kenneth une raquette et un short flambant neuf dont la blancheur rivalisait avec celle de ses mollets.

Et le mardi suivant, il eut le bonheur de quitter Thameside en compagnie de la fille du président de l'université, bien décidée à acquérir sur le court forme et santé.

« Je me sens tellement *coupable,* dit Ruth à la brebis. J'ai tellement honte. » Depuis sa naturalisation, elle s'était mise à lui parler en anglais. « Je ne sais pas comment j'ai pu faire une chose pareille. »

La brebis avança un sabot et donna un coup de tête dans la clôture. Elle avait mangé la racine de chou de Bruxelles déterrée par Mishak dans le sol froid du jardin de Belsize Park, et semblait vouloir témoigner sa sympathie.

« Je sais que c'est mal de me plaindre à toi, alors que tu as une vie si dure. » En effet, l'avenir de la brebis — rejetée du marché de la viande pour cause de contamination par la science, et par la science en raison de son état solitaire — était sombre. « Je donnerais n'importe quoi pour te venir en aide, et je sais très bien où tu devrais être... c'est le Paradis, je t'assure. Il y a des prés tout verts, ça sent la mer, et de temps en temps un tracteur vient déverser des betteraves sur l'herbe. »

Mais mieux valait ne pas parler de Bowmont, même à la brebis. Ruth continuait à en rêver presque chaque nuit, mais cela passerait. Tout passe, c'est bien connu.

« Pourvu qu'il soit de bonne humeur », dit-elle en ramassant son panier.

Mais c'était peu probable. Quin lui avait à peine adressé trois mots, depuis l'arrivée de Heini. Mais, après tout, pourquoi lui aurait-il parlé ? Elle porterait toujours en elle la honte de cet instant où elle avait lancé la pierre. Et l'on disait du professeur qu'il avait une vie bien remplie, et travaillait souvent tard le soir.

Elle se rendit à l'amphithéâtre et, quand Quin entra, elle vit ses pires craintes confirmées.

« Il a l'air d'avoir fait la noce », déclara Sam.

Ruth fit oui de la tête. Le visage mince du professeur était pâle, son front ressemblait à un volcan, et on aurait dit que quelqu'un avait piétiné sa toge.

Pourtant, lorsqu'il commença son cours, la magie était toujours là. Une seule chose avait changé : sa sortie. Il lança sa dernière phrase en se dirigeant d'un air faussement désinvolte vers la porte, et s'éclipsa. Seul parmi tous les professeurs, Quinton Somerville ne reçut pas les remerciements de Verena Plackett.

Elle avait été convoquée à deux heures, mais il était en retard et elle eut le temps d'examiner l'hominidé, qui avait l'air un peu nu sans l'écharpe de tante Frances, et de jeter un coup d'œil sur le bac de sable dans lequel les fragments de reptiles commençaient à prendre forme.

Quin, en entrant dans le bureau, la vit penchée sur les fossiles comme à Vienne. Elle lui parut, comme alors, triste et désemparée, mais il n'était pas d'humeur à s'apitoyer. Sa soirée avec Claudine Fleury, chose inattendue, n'avait pas été une réussite. Leur relation, fondée sur des bases bien établies, durait depuis longtemps. Claudine était une Parisienne que ses deux premiers maris n'avaient pas su divertir, et qui vivait à Mayfair, dans la luxueuse demeure de son père, un imprésario organisant des concerts et passant beaucoup de temps en Amérique. C'était le type même de la Française dont rêve n'importe quel mâle normalement constitué : petite, des yeux sombres, une élégance et une grâce qui transformaient tout ce qu'elle touchait.

La soirée s'était déroulée comme d'habitude : ils avaient dîné au « Rules », dansé au « Domino », avant de rentrer chez elle, dans le confort et l'intimité de son lit tendu de rideaux.

La faute, si faute il y avait, ne tenait qu'à lui, il le savait et souhaitait qu'elle ne se soit aperçue de rien. la vérité, c'était que tout ce qui avait attiré Quin en Claudine — son expérience, son détachement, le fait qu'elle prenait l'amour à la légère — perdait maintenant de son charme. Il avait éprouvé cette terrible sensation de solitude qu'on ressent à faire l'amour quand l'âme en est absente. Ruth, à la vue de son visage fermé, joignit les mains et se prépara au pire.

« Que puis-je faire pour vous ? »

Ruth respira à fond. « Me pardonner », répondit-elle.

Quin leva les sourcils. « Grands dieux ! C'est donc si terrible ? Que voulez-vous que je vous pardonne ?

— Je vais vous le dire... mais, je vous en prie, *promettez*-moi de ne pas parler de Freud, parce que ça me met très en colère.

— Cela ne me sera pas difficile. Je peux passer des mois sans prononcer son nom. Mais qu'a-t-il fait pour vous contrarier ?

— Ce n'est pas lui vraiment. C'est Fräulein Lutzenholler. » Quin la regarda sans comprendre. « C'est une psychanalyste, elle vient de Breslau et ne fait que créer des problèmes ! Elle laisse tout brûler — même les œufs à la coque, il faut le faire ! —, elle laisse déborder sa soupe sur la cuisinière, et ma mère dit que c'est à cause d'elle si nous avons des souris. Et tous les soirs à neuf heures et demie, elle monte sur une chaise et tape au plafond pour que Heini cesse de jouer. Et maintenant elle *ose*... » L'indignation de Ruth était telle qu'elle ne put continuer.

« Elle ose quoi ?

— Elle ose me parler de Freud, et de ce qu'il a dit sur le fait de perdre des objets.

— Et qu'a-t-il dit ?

— Qu'on perd ce qu'on a envie de perdre... et qu'on oublie ce qu'on a envie d'oublier. C'est dans *L'Interprétation des rêves,* ou quelque chose comme ça. Je n'aurais jamais dû lui dire que j'avais perdu les papiers dans le bus, mais il n'y avait personne d'autre à la maison, j'étais allée au dépôt et au Bureau des objets trouvés, et j'étais dans tous mes états. Je ne lui ai pas dit *ce* que j'ai oublié dans le bus, bien sûr, j'ai seulement précisé que c'était important. Et elle ose me parler de mon inconscient ! Une femme qui laisse des cheveux dans la baignoire et qui assassine les carottes en les faisant cuire à haute température ! »

Quin se pencha sur le bureau. « Ruth, voulez-vous me dire tranquillement de quoi il s'agit ? Qu'avez-vous oublié dans le bus ? »

Elle repoussa ses cheveux en arrière. « Les papiers pour l'annulation. Tous les documents que Mr. Proudfoot m'a remis. Ils étaient dans un grand tube en carton, et il s'est donné tant de mal ! »

Quin s'était levé et était allé à la fenêtre. Il lui

tournait le dos et ses épaules tremblaient. Il devait être très fâché.

« Je suis désolée. Je suis vraiment désolée. »

Il se retourna et elle vit qu'il se retenait de rire.

« Vous trouvez ça *drôle,* s'exclama-t-elle, stupéfaite.

— Eh bien oui, je crains que oui, dit-il d'un ton d'excuse avant de s'approcher d'elle. Maintenant, racontez-moi ce qui s'est passé exactement. Dans l'ordre, si possible.

— Voilà. Je suis allée chez Mr. Proudfoot, j'avais mon panier et cet énorme rouleau, et je pensais me rendre directement à Hampstead en bus, pour faire signer le document par un huissier parce que je savais qu'il y en avait un dans High Street. Et j'ai pris un de ces vieux bus à impériale, vous savez, ouverts en haut — il n'y en a pas à Vienne, bien sûr, et je suis montée là-haut et je me suis assise devant. Je regardais partout, c'est tellement agréable, et quand on est arrivés près du parc, j'ai aperçu des *Herrenpilze,* vous savez, ces gros champignons qu'on trouve au Grundlsee. Ils étaient derrière les toilettes pour dames, et je savais qu'ils n'y resteraient pas longtemps, parce que les réfugiés se disputent à mort pour les avoir ; alors j'ai voulu descendre à l'arrêt suivant pour aller les ramasser, parce qu'on est un peu juste, au point de vue nourriture, depuis que Heini... je veux dire que ma mère est toujours contente lorsqu'il y a un petit supplément. Et en entrant dans le parc, je me suis aperçue que j'avais oublié les papiers, mais je ne me suis pas trop affolée car j'étais certaine de les retrouver au dépôt ; seulement ils n'y étaient pas, et ils n'étaient pas non plus aux Objets trouvés, j'y suis retournée plusieurs fois ces deux derniers jours, et c'est sans espoir. Et je ne sais pas comment expliquer ça à Mr. Proudfoot, qui a été si gentil et s'est donné tant de mal.

— Ne vous inquiétez pas, je le lui dirai. Mais, Ruth, ne croyez-vous pas que c'est l'occasion, maintenant, de mettre Heini et vos parents au courant de notre mariage ? Après tout, nous n'avons rien fait dont nous devions avoir honte. Je suis sûr qu'ils...

— Oh non, je vous en prie ! » Elle l'avait saisi par le bras et le regardait d'un air implorant. « Je vous en supplie... Ma mère est très bonne, elle fait toute la lessive de Heini, elle le nourrit, et elle ne se plaint pas quand il reste longtemps dans la salle de bains... mais elle ne comprend pas tout à fait ce que c'est qu'être pianiste de concert. Vous voyez, lorsque Paul Ziller a trouvé du travail pour Heini, pour jouer deux soirs par semaine à la Lyons Corner House, elle voulait vraiment qu'il le prenne.

— Mais il ne l'a pas pris ?

— Non. Il a dit que, quand on glisse sur cette pente, après on ne vous prend plus au sérieux en tant que musicien. Mais, bien sûr, Paul Ziller le fait et ma mère... Elle vous est déjà si reconnaissante d'avoir trouvé du travail pour mon père, elle voudrait venir vous voir et vous *détesteriez* cela.

— Vous croyez ? répliqua Quin d'un ton qu'elle ne lui connaissait pas jusque-là. Euh, oui, peut-être. De toute façon, je vais téléphoner à Dick, et il va refaire les papiers. Ne vous inquiétez pas, nous n'aurons sans doute perdu qu'un ou deux mois. »

Elle sourit. « Merci. Je suis si soulagée. Je vais pouvoir me mettre à mon devoir sur le parasitisme chez le bernard-l'ermite. Jusqu'à maintenant, c'était le brouillard complet. »

Ce n'est qu'à la fin de la journée que Quin, sa bonne humeur mystérieusement retrouvée, téléphona à son avocat.

« Elle a fait *quoi* ? demanda Proudfoot, incrédule.

— Je te l'ai dit. Elle a perdu les papiers pour l'annulation dans le bus.

— Je ne peux pas le croire ! Ils étaient dans un étui gigantesque, fermé par un ruban rouge !

— Eh bien, elle l'a perdu, dit Quin qui raconta dans les grandes lignes la saga du bolet comestible. Nous voilà revenus au point de départ, j'en ai peur. Tu peux refaire les papiers ?

— Oui, mais pas cette semaine, mon clerc est malade. Et ensuite je pars quinze jours à Madère. Alors, ne compte pas que notre requête passe à la prochaine séance du tribunal.

— Eh bien, tant pis », déclara Quin, et Dick eut l'impression que, s'il avait l'intention de se marier avec Verena Plackett, il n'était pas trop pressé. « Qu'est-ce que tu vas faire à Madère ?

— Prendre des vacances. Et peindre. Ta femme pense que je devrais m'y remettre.

— Ma... » Quin s'interrompit, conscient de n'avoir jamais utilisé ces mots au sujet de Ruth.

« Elle est ta femme, non ? reprit Proudfoot. Dieu sait pourquoi tu veux te débarrasser d'elle, tu dois être cinglé... Enfin, ce ne sont pas mes affaires.

— Non, en effet, dit Quin d'un ton aimable. Et je te préviens, quand elle reviendra te voir, ne mentionne pas le nom du Pr Freud, sinon tu te feras rembarrer.

— Pourquoi diable mentionnerais-je son nom ? Je ne comprends pas un traître mot à ce qu'il raconte.

— C'est parfait, alors. Je voulais juste t'avertir. »

23

C'est Paul Ziller qui fit connaître Mantella à Heini.

« C'est un très bon agent. Un peu arriviste, mais ils le sont tous, forcément. Pourquoi ne vas-tu pas le voir ?

— Vous utilisez ses services ?

— Il ne s'intéresse qu'aux solistes et aux célébrités.

— Vous pourriez être soliste.

— Non, je suis fait pour jouer dans un ensemble », dit Ziller avant de se replonger dans ses pensées. En retournant au vestiaire du centre de soins, il avait trouvé dans les lavabos un homme émacié, très pauvrement vêtu, qui jouait du violoncelle — et qui jouait bien. Il s'avéra que c'était Milan Karvitz, de l'Orchestre de chambre de Prague, qui revenait des Brigades internationales d'Espagne. Et Karvitz avait amené l'alto du Berliner Ensemble dont les membres étaient dispersés. Tous trois jouaient bien ensemble, même s'ils étaient très à l'étroit, mais le répertoire pour trio à cordes était limité, et voilà qu'un homme avait écrit du Northumberland où il travaillait comme chauffeur. Ziller le connaissait de réputation — c'était un bon violoniste, un musicien généreux —, mais il n'en était pas question. Jamais il ne pourrait remplacer Biberstein, jamais. « En tout cas, reprit-il en émergeant de sa rêverie, je lui ai parlé de toi. Pourquoi ne pas le rencontrer ? »

Mantella avait grandi à Hambourg mais était né en Amérique du Sud. Il avait un teint olivâtre, une barbe noire en pointe, et était réputé pour savoir dénicher les talents. Quand Heini se présenta le lendemain à son bureau très chic de Bond Street, l'agent entrevit tout de suite les possibilités du jeune homme. Ses dons musicaux étaient indiscutables — médailles du Conservatoire, débuts prévus avec l'Orchestre Philharmonique de Vienne — et, surtout, ce garçon avait une présence et un charme remarquables. Mais même Mantella ne pouvait organiser un concert pour un pianiste inconnu en Angleterre, et pas encore établi sur le continent.

Toutefois, il avait une suggestion à faire.

« Il va y avoir à Londres un grand concours de piano, fin mai. Parrainé par les éditions musicales Bootheby — c'est une maison très importante aux États-Unis, et ici aussi. Non, ne faites pas cette tête-là, le concours est peut-être sous un parrainage commercial, mais le jury est de premier ordre. Nous aurons Kousselovsky, Arthur Hanneman et le directeur du Conservatoire d'Amsterdam. Les Russes envoient deux candidats et Leblanc, de Paris, s'est inscrit.

— C'est un bon pianiste, reconnut Heini.

— Je vous le dis, c'est un grand événement. Après tout, Glyndebourne est bien organisé par des commissaires-priseurs ! Ce genre de parrainage signifie que les prix seront substantiels et que la presse est intéressée. La finale aura lieu à l'Albert Hall, et c'est l'Orchestre symphonique de la BBC qui accompagnera les concertos. Mais ce n'est pas tout ! » Mantella se tut un instant pour ménager ses effets. « Jacques Fleury va venir des États-Unis ! »

Cet argument fut décisif. Fleury était l'un des imprésarios les plus influents du monde, et il avait des résidences à Paris, Londres et New York. « Quels sont les concertos ? Je pourrais en étudier un que je ne connais pas, mais je n'ai qu'un minable petit piano et je préférerais jouer quelque chose que j'ai déjà travaillé. »

Mantella prit la brochure. « Le concerto nº 3 de Beethoven, le nº 1 de Tchaïkovski... le nº 2 de Rachmaninov... et le nº 17 de Mozart. »

Heini sourit. « Vraiment ? Le nº 17 ? Le concerto du sansonnet ? Tiens, tiens ! »

Mantella lui lança un regard perçant. « Comment cela, le concerto du sansonnet ?

— On dit que le dernier mouvement a été inspiré à Mozart par un sansonnet. Ma petite amie voudra sûrement que je le joue — c'est comme cela que je l'appelle... mon sansonnet —, mais il n'est pas assez spectaculaire. Je jouerai le Tchaïkovski.

— Attendez voir ! Il me semble avoir lu quelque chose dans le journal. Elle n'a pas travaillé comme serveuse ?

— Si, elle y travaille toujours, le soir. Mais plus pour longtemps, je vais y veiller.

— Je me souviens... c'était un article d'un type qui est allé dans un café pour réfugiés. Il y avait une photo... une chevelure abondante, un petit nez retroussé. » Mantella tripotait son stylo en argent. La fille était ravissante, et les filles avec un petit nez étaient toujours photogéniques. « Je pense que vous devriez jouer le Mozart.

— Il est trop facile, dit Heini en secouant la tête. Mozart l'a écrit pour une de ses élèves. J'aimerais mieux jouer Tchaïkovski.

— Vous pouvez leur offrir le feu d'artifice aux épreuves préliminaires. Vous avez la possibilité de jouer six morceaux, et deux seulement sont imposés : une suite de Haendel et la sonate *Hammerklavier* de Beethoven. Vous pouvez les éblouir avec Liszt, Chopin, Busoni... leur montrer que rien n'est trop difficile pour vous. Puis, une fois arrivé en finale, vous jouez tranquillement le concerto de Mozart.

— Mais je suis sûr que...

— Faites-moi confiance, Heini, je sais de quoi je parle. Les Russes vont se précipiter sur Tchaïkovski et Rachmaninoff, et vous ne pourrez pas les surpasser. Et puis, on peut utiliser cette histoire — vous et cette jeune fille. Votre sansonnet. Après tout, notre objectif n'est pas seulement de gagner le concours, mais de vous obtenir des engagements. L'Amérique n'est pas exclue, j'ai un bureau là-bas.

— L'Amérique ! s'écria Heini en ouvrant de grands yeux. J'en ai toujours rêvé ! Vous voulez dire que vous pourriez m'obtenir un visa ?

— Si on s'intéresse à vous, oui. Fleury pourrait arranger cela, s'il le voulait. Bon, voici les conditions et les dates. Il y a des frais d'inscription, mais je suppose que vous vous débrouillerez.

— Oui. » Les Berger avaient une curieuse attitude vis-à-vis du Dr Friedlander, ils ne voulaient rien accepter de lui, mais c'était stupide. Le dentiste était mélomane, il serait ravi de l'aider.

« Bien. » Mantella se leva, signifiant que l'entretien était terminé. « Revenez la semaine prochaine avec le formulaire rempli. Et amenez votre amie ! »

Heini sortit tout étourdi. En passant devant un magasin de luxe, dans Bruton Street, il s'arrêta pour contempler dans la vitrine une paire de gants cousus main. Liszt arrivait toujours sur scène portant des gants en daim, qu'il jetait par terre avant de se mettre au piano. Heini était heureux que Mantella eût mentionné Liszt : il jouerait la *Dante symphonie,* elle était horriblement difficile, mais tant mieux. Il était temps que la virtuosité revienne à la mode. Les gens comme Ziller étaient parfaits, mais même les plus grands musiciens n'avaient pas dédaigné un brin de mise en scène.

Comme Ruth serait contente qu'il ait décidé de jouer le concerto de Mozart ! Enfin, c'est Mantella qui l'avait décidé, mais inutile de le lui dire et de la priver de ce bonheur. Et si cela voulait dire l'Amérique ! Ils se marieraient là-bas — il redoutait un peu un mariage vite expédié, dans la misère de Belsize Park.

Abandonnant les gants cousus main, Heini, des rêves plein la tête, prit le chemin du cabinet dentaire du Dr Friedlander, dans Harley Street.

« Elle a réussi ! » s'écria Mr. Felton, tout joyeux. Il repoussa la pile de copies. Il avait vérifié et revérifié, pour s'assurer d'avoir été tout à fait équitable. Pas de doute. Ruth avait dépassé Verena Plackett de deux points à l'examen de zoologie marine, et de trois à celui de parasitologie.

« Ce qui, étant donné les difficultés auxquelles elle est confrontée, est vraiment un exploit », déclara Miss Elke en invitant ses collègues à boire un verre de xérès dans son bureau pour célébrer l'événement.

Tous s'étaient inquiétés pour Ruth, qu'on avait trouvée endormie dans divers endroits inattendus à l'université, et qui avait fini un jour au terminus de la ligne de métro, après avoir veillé encore plus tard que d'habitude à discuter du doigté de la sonate *Hammerklavier* de Beethoven.

« Et Lillian a décidé d'adopter un enfant ! dit Felton, dans l'euphorie de cette fin de trimestre. Alors, fini les thermomètres ! »

Les notes furent affichées. Tout le monde était satisfait. Verena était première dans les deux autres épreuves théoriques, et comme l'une des matières était la paléontologie, elle était contente. Sam avait des résultats meilleurs que prévu, et Huw et Janet s'en sortaient fort bien.

Mais ce furent les résultats de Pilly qui surprirent le plus. Elle n'avait échoué qu'aux travaux pratiques de physiologie, où elle s'était évanouie en se piquant le doigt pour prendre un échantillon de sang, et elle n'était pas obligée de se présenter à la seconde session.

« C'est entièrement grâce à toi, Ruth », affirma Pilly en embrassant son amie.

La fête qui eut lieu le dernier jour du trimestre fut donc joyeuse. Heini y participa et même ceux des amis de Ruth qui s'étaient montrés critiques devant ses exigences furent charmés par son accent et son sourire rêveur. Depuis sa rencontre avec Mantella, il était d'excellente humeur et, quand Sam exhiba un tas de partitions et lui demanda de jouer, Heini ne se fit pas prier.

Le même soir, Quin était invité à une réunion d'éminents professeurs chez le président de l'université. Arrivant délibérément en retard, il s'arrêta un instant devant les fenêtres éclairées du Club des étudiants.

Heini était au piano ; Ruth, assise près de lui, portait la robe de velours qu'elle avait dans l'*Orient-Express,* et penchait la tête, totalement concentrée sur la partition. Puis elle se leva, courba un bras au-dessus de la tête du jeune homme, et tourna la page d'un geste rapide et léger. « Quand on tourne les pages, il faut être pareil à une vague, avait-elle dit dans le train. Il faut être complètement anonyme. »

Quin, traversant la cour sombre, songea qu'il n'avait jamais vu une action empreinte de tant de dévouement, d'abnégation — ou d'amour !

La soirée de Noël aux « Glycines » aurait surpris les passants qui croyaient savoir que le salon de thé était fréquenté surtout par des personnes déplacées, et tenu par des vieilles filles austères et économes.

On avait poussé les tables, et le sapin trônait au milieu dans toute sa gloire. Il n'avait pas été arraché dans le jardin du fils de Mrs. Weiss durant le sommeil de sa belle-fille, même si la vieille dame avait eu la ferme intention de commettre cet acte scélérat. Il avait été acheté dans un magasin, et en fait grâce à Mrs. Weiss. Huit jours plus tôt, une Moira débordée était venue rendre visite en secret à Leonie pour conclure un marché : une substantielle somme d'argent en échange de la promesse que Leonie tiendrait la belle-mère de Moira hors de chez elle le soir de Noël. « J'ai invité quelques personnes, des clients de George, des gens importants. Vous comprenez ? »

Dans un premier temps, Leonie avait eu envie de refuser, mais à la réflexion, le marché lui avait paru équitable. Elle-même, dans son pays et avec ses moyens d'autrefois, aurait payé le double de ce que Moira offrait pour être sûre de passer le soir de Noël sans Mrs. Weiss. Elle prit donc l'argent et alla faire les courses avec la vieille dame : elles achetèrent l'arbre, les guirlandes, les bougies, les épices, le rhum...

Le salon de thé était transformé en berceau de verdure, le carillon de la femme du banquier tintait doucement dans le brouhaha des voix... Des voix qui se turent lorsque Miss Maud, désormais instruite des mystères de la Sainte Nuit autrichienne, tendit les allumettes à Ruth.

« Attention ! » dit le Pr Berger, comme chaque

année depuis que Ruth était assez grande pour allumer les bougies de l'arbre de Noël.

Il avait passé la nuit dans un autocar pour venir de Manchester, et aurait de beaucoup préféré passer Noël chez lui en famille, mais maintenant, en voyant les visages de ses amis et en caressant la tête de sa fille, il était heureux qu'ils soient tous rassemblés.

« Je n'ai jamais vu ça, déclara Mrs. Burtt. Avec de vraies bougies. »

Et Miss Violet et Miss Maud oublièrent les aiguilles de sapin sur le plancher, la cire sur les nappes, et même le risque d'incendie, tant ce symbole lumineux de joie et de paix dépassait toute notion de race, de croyance et de nationalité.

Puis vint la distribution des cadeaux. Comment ces gens, dont certains avaient à peine de quoi se nourrir, avaient pu se procurer des cadeaux, mystère, mais personne ne fut oublié. Le Dr Levy avait trouvé une carte postale représentant le banc où Leonie avait été attaquée par les pigeons, et l'avait encadrée. Mrs. Burtt reçut un parchemin dans lequel Ruth la proclamait, en vers libres, reine des « Glycines ». Même le caniche eut droit à un présent : un pudding à la moelle confectionné sur la cuisinière tant disputée du 27 Belsize Close.

Mais les plus beaux cadeaux furent ceux de Heini. Il lui était venu à l'idée que, tant qu'à emprunter de l'argent au Dr Friedlander pour le concours, il pouvait aussi bien lui demander un petit extra pour Noël, et le dentiste avait accepté avec joie. Heini avait donc acheté des bas de soie pour Leonie, des chocolats pour tante Hilda et les *Pensées* de Marc Aurèle pour le professeur, qui aimait beaucoup les stoïciens romains. Tout cela lui avait coûté bien plus que ce qu'il pensait et, quand il voulut acheter un bouquet de roses rouges pour Ruth, il trouva le prix exorbitant. C'est la vendeuse qui lui suggéra de prendre un autre genre de rose, une rose de Noël — une seule, aux pétales d'un ton pâle, au cœur jaune d'or, posée sur de la mousse et présentée dans une boîte en Cellophane. Maintenant, devant l'expression de Ruth, il savait que rien n'aurait pu lui faire un plus grand plaisir.

Après les cadeaux, la nourriture. Pour cela, la bourse en crin de cheval de Mrs. Weiss s'était transformée en corne d'abondance : il y avait des plats de charcuterie odorante — salami, jambon fumé coupé en tranches fines —, des amandes, des abricots, et un merveilleux vin blanc de la région de la Wachau pour lequel Leonie avait couru les boutiques de Soho.

Mais à onze heures, Ruth et Heini s'éclipsèrent pour aller se promener, main dans la main, dans les rues pleines d'humidité et de brouillard.

« C'était formidable, non ? dit Ruth. Et comme tu es élégant ! » Dès le premier jour des vacances, elle était retournée s'occuper des enfants de la tisserande progressiste et, avec l'argent qu'elle avait gagné, elle avait offert à Heini une écharpe en soie pour aller avec son habit de soirée. « Oh, mais si seulement il pouvait neiger ! La neige me manque, j'aime tant sa douceur et son éclat. Tu te souviens des glaçons qui pendaient aux lanternes de la Hofburg ? Et la *Messe en* do *mineur* qui s'entendait de l'église des Augustins, et les cloches ? »

Ils étaient arrivés devant le 27 Belsize Close. « Je vais la jouer pour toi, dit Heini en entraînant Ruth dans la maison. Viens ! Je vais te jouer la neige, et les Petits Chanteurs, et les cloches. Je vais te jouer Noël à Vienne. »

C'est ce qu'il fit. Il s'assit au piano et joua la *Promenade en traîneau* de Leopold Mozart, enchaîna avec les chants de Noël qu'interprétaient les Petits Chanteurs de Vienne : *Puer Nobis,* et la berceuse que Marie chantait à l'Enfant Jésus... Il joua l'air que le vieil homme du marché où les Berger achetaient leur sapin jouait sur son orgue de Barbarie. Puis ce fut l'air de Papageno dans *La Flûte enchantée* — cadeau de Noël de Ruth depuis qu'elle avait huit ans. Il continua avec *La Valse des patineurs,* que Ruth avait dansée à la patinoire du Prater, et imita sur les basses le son grave et solennel des cloches de la cathédrale Saint-Étienne appelant les fidèles à la messe de minuit. Et il termina par le morceau qu'il jouait pour elle, chaque année, sur le Steinway de l'appartement de Felsengasse, « leur » morceau : l'*Adagio en* si *mineur* de Mozart, cette mélodie enchanteresse et consolatrice qu'il répétait le jour de leur première rencontre.

Puis il referma le couvercle du Bösendorfer et se leva.

« Ruth ! déclara-t-il d'une voix rauque. J'ai aimé ton cadeau, mais il y a un cadeau, un seul, que je veux et désire ardemment.

— Lequel ? demanda Ruth dont le cœur se mit à battre la chamade.

— Toi ! répondit Heini. Rien d'autre. Toi, c'est tout. Et bientôt, ma chérie. Très bientôt ! »

Et Ruth, encore envoûtée par la musique, se blottit dans les bras de Heini en disant : « Oui. Je le désire aussi. Je le désire très fort. »

La soirée de Noël de Quin fut très différente.

Il marchait depuis l'aube. Maintenant, du sommet des monts Cheviot, il contemplait les pentes couvertes d'herbe qui ondulait sous le vent, et les nuages menaçants qui s'amoncelaient au-dessus de la mer. Demain, il ferait son devoir vis-à-vis des villageois et lirait le sermon à l'église, puis il accompagnerait sa tante à la fête annuelle des Rothley, mais aujourd'hui, c'était une journée pour lui.

Pourtant, quand il commença à réfléchir au problème qui l'avait amené ici, il constata qu'il n'avait pas à prendre de décision. La décision s'était faite d'elle-même, Dieu sait comment, dans cette partie du cerveau si chère au Pr Freud. Il lui venait à l'esprit non des pensées, mais des images. Un paquebot jusqu'à Dar es-Salaam... un autre bateau jusqu'à Lindi... quelques jours avec le préfet pour engager des porteurs. Et puis la longue marche à travers la savane, de l'autre côté du rift. Il avait rêvé de cette expédition quand il travaillait au lac Tanganyika, autrefois, et si Farquarson disait vrai... s'il y avait réellement un affleurement de grès contenant des fossiles, dans le Kulamali...

Imaginant le paysage, il pensa aux personnes qu'il emmènerait. Milner, bien entendu, et Jacobson, du département de géologie du muséum... Alec Younger, qui revenait des Indes orientales et avait envie de repartir... Le colonel Hillborough, qui en avait assez de l'administration, et ferait profiter l'expédition des ressources de la Société de géographie... Et une autre personne, quelqu'un de jeune à qui il donnerait sa chance. Un étudiant de troisième année, peut-être. Cela dépendrait des résultats d'examen, mais pourquoi pas Sam Marsh ?

L'Afrique avait été son premier amour, ses découvertes à Tendaguru l'avaient mis sur les rails professionnellement, et si ce voyage devait être le dernier, ce serait la meilleure façon d'en terminer avec ses expéditions. Il y avait un autre avantage à se rendre au Kulamali. Le territoire était sous mandat britannique et, de là, on pouvait traverser les autres protectorats pour regagner la mer. Pas de danger, donc, si la guerre éclatait, de rester bloqué là-bas en tant qu'étranger. Il pourrait rentrer en Angleterre et s'engager.

Apparemment, une autre décision s'était déjà faite, quelque part dans sa tête. Il ne se contenterait pas de caser cette expédition pendant les vacances d'été. Il allait quitter Thameside, et pour de bon.

24

« Je dois dire que parfois j'aimerais que le cœur humain ne soit qu'un bulbe en caoutchouc avec des parois épaisses, pas toi ? » demanda Ruth à Janet, avec qui elle était restée pour dessiner une maquette du système circulatoire que Mr. Fitzsimmons avait eu la gentillesse de construire pour elles.

Presque deux mois s'étaient écoulés depuis Noël, et la demande passionnée de Heini allait enfin trouver une réponse. Ce n'était pas exprès que Ruth avait attendu si longtemps. Elle voulait être pareille à l'héroïne de *La Traviata,* qui désirait vivre pleinement avant de mourir, et elle avait conscience qu'en se donnant à Heini elle servait la cause de la musique. Heini, qui étudiait la *Dante Symphonie* pour le concours, s'intéressait beaucoup à la vie privée du compositeur, et Liszt (qui avait été, on le savait bien, un dépravé) avait déjà eu un certain nombre de comtesses à l'âge de Heini. Il était donc tout à fait compréhensible que Heini éprouve le sentiment de ne pas rendre justice aux compositions de Liszt tant qu'il était frustré sur le plan physique.

N'empêche que cela n'avait pas été facile. Les occasions d'être dépravé au n° 27 étaient nulles, et ils ne pouvaient pas se payer l'hôtel. Ruth s'était donc tournée vers Janet, qui avait si brillamment surmonté le handicap d'être fille de pasteur, et Janet avait été d'un grand secours.

« Tu peux aller chez moi, avait-elle proposé. Il faudra qu'on trouve un moment où les deux autres sont absentes, mais Corinne rentre chez ses parents presque tous les week-ends, et Hilary travaille très souvent le samedi. Je te ferai signe quand la voie sera libre. » Et dès le lendemain, Janet avait déclaré à Ruth qu'elle pourrait venir à l'appartement le samedi suivant, et y passer tout l'après-midi avec Heini.

Janet, regardant son amie, lui dit : « Tu n'es pas obligée, tu sais. Personne n'est obligé. Il y a des gens qui ont besoin d'attendre d'être mariés, pour ça, et j'ai l'impression que tu en fais partie.

— C'est de la lâcheté, c'est tout, répliqua Ruth en effaçant un tube capillaire qui menaçait de s'étaler sur la page. Si tu peux le faire, je peux le faire aussi. »

La réponse de Janet fut un peu déconcertante. « Oui, je peux le faire, et je le fais. J'ai commencé à seize ans parce que j'avais honte d'être fille de pasteur et que je voulais prouver que je n'étais pas une sainte-nitouche. Et quand on commence, on continue. Mais à vingt et un ans, j'en ai déjà un peu assez et parfois je me demande à quoi ça sert, tout ça. »

Elles rangeaient leurs affaires lorsque Ruth, en regardant Janet du coin de l'œil, demanda : « Tu crois que je devrais lire quelque chose sur le sujet, avant ?

— Seigneur, Ruth, mais tu ne fais que ça, lire des livres ! Tu dois en savoir plus sur la physiologie du système de reproduction que n'importe qui au monde.

— Je voulais dire... un genre de manuel. Un guide pratique, comme pour la mécanique ou le bricolage.

— Si tu veux, ça existe, oui. Va à la librairie Foyles, monte au deuxième étage, tu pourras en lire un sur place. Ils ont quelques bouquins dans la section biologie humaine. Les vendeuses ne t'embêteront pas, elles ont l'habitude. »

Le lendemain, donc, Ruth se rendit à Charing Cross à l'heure du déjeuner, et Pilly insista pour l'accompagner. Ruth n'avait pas jugé utile d'ennuyer Pilly en lui parlant de l'expérience extatique qu'elle s'apprêtait à vivre, mais Pilly avait été si blessée des conversations secrètes entre Ruth et Janet qu'elle avait fini par la mettre au courant. Pilly avait éprouvé une grande admiration pour Ruth. « Tu es courageuse », lui disait-elle souvent. Mais elle apportait maintenant dans son panier de déjeuner des capsules d'huile de foie de morue et obligeait son amie à les avaler, ce qui ne correspondait guère à l'image que Ruth avait à l'esprit.

« Je ne monterai pas avec toi, dit Pilly. Je suis sûre que je ne comprendrai pas les schémas, et puis il doit y avoir des tas de noms. Je t'attendrai chez Cookery. »

Pilly avait raison. Il y avait, en effet, beaucoup de noms, et les schémas étaient des plus déprimants. Il ne restait plus qu'à « vivre pleinement ».

« Ça se passera bien, Ruth, affirma Janet l'après-midi. Je t'assure. Je t'emmènerai à l'appartement demain pour te montrer où se trouvent les affaires. Il y a juste une chose à laquelle tu dois faire attention. »

Ruth avala sa salive. « Tu veux dire, ne pas être enceinte ?

— Non, ce n'est pas ça, évidemment Heini y veillera. Non, c'est au sujet de ses chaussettes.

— Comment ça ? » questionna Ruth, dont le cœur se mit à battre plus fort devant cette nouvelle menace.

Janet posa la main sur le bras de Ruth. « Assure-toi qu'il les enlève vite. Un homme sans rien sur lui que des chaussettes... ça peut être un peu déconcertant. Mais, après tout, tu l'aimes. Tu n'as vraiment aucune raison de t'inquiéter. »

Janet habitait à Bloomsbury, dans une des petites rues derrière le British Museum. En descendant par l'escalier de secours, qui partait de la cuisine, Ruth se serait aperçue qu'elle n'était qu'à un jet de pierre du sous-sol où travaillait tante Hilda. Hilda n'aurait pas été choquée par ce que Ruth s'apprêtait à faire. Les Mi-Mi étaient très tolérants, et personne au Bechuanaland ne prenait l'amour avec gravité.

Mais ses parents...

Ruth s'obligea à ne pas penser à ce que diraient ses parents. Si seulement l'annulation avait été prononcée, elle aurait pu au moins se fiancer à Heini. Mais ce n'était pas le cas, et cela par sa faute à elle ; raison de plus pour ne pas faire attendre Heini.

L'appartement était très bohème ; il y avait peu de meubles et tout était très poussiéreux. Mais c'était une bonne chose. Mimi avait été bohème, elle ne faisait pas plus d'histoires à propos du mariage que l'héroïne de *La Traviata.* Elle était morte, elle aussi, bien sûr, mais de consomption, pas d'avoir péché, il fallait s'en souvenir.

Heini serait là d'un moment à l'autre. Ruth avait nettoyé l'évier, balayé la cuisine et déballé la bouteille de vin que Janet lui avait offerte pour lui souhaiter bonne chance. Ruth avait été gênée — Janet était complètement fauchée —, mais son amie avait balayé ses scrupules en disant : « Il était en promotion à la Coop. »

Le vin serait d'une grande aide, elle n'en doutait pas, en se souvenant de l'effet qu'il avait produit sur elle, dans l'*Orient-Express.*

Luttant contre sa nervosité, elle ouvrit la porte de la chambre de Corinne, que Janet lui avait suggéré d'utiliser. Il y avait un lit double, ou plutôt un matelas double, recouvert de toile à sac colorée. Corinne était étudiante aux Beaux-Arts, et il y avait aux murs des dessins qu'elle avait faits en classe de nu. Toutes les femmes avaient des seins haut perchés et des cuisses comme des colonnes doriques. Heini serait très déçu. Peut-être aurait-elle intérêt à faire l'obscurité. Mais quand elle voulut tirer les rideaux, la tringle en bambou dégringola et elle eut juste le temps de la remettre en place avant qu'on ne sonne à la porte.

« Heini ! Mon chéri ! » Il la serra dans ses bras, mais il n'avait pas l'air content. « Tout va bien ? Tu en as trouvé ?

— Oui, finalement, mais ç'a été épouvantable. Les distributeurs étaient collés l'un contre l'autre et les indications avaient été arrachées, alors la première fois que j'ai mis six pence, j'ai obtenu une barre de chocolat, ce truc horrible avec de la crème dégoulinante au milieu.

— Oh, Heini, c'est affreux ! » Heini ne mangeait jamais de chocolat, de peur d'attraper des boutons.

« Alors j'ai essayé l'autre, et l'argent est resté coincé. J'ai dû donner un coup de pied et un crétin qui passait a ricané. Je ne veux plus jamais faire ce genre de chose ! »

Ruth se sentit coupable. Heini lui avait demandé d'aller à la pharmacie s'occuper de « tout ça », et c'était vrai qu'elle parlait mieux l'anglais que lui, mais il y a des mots dont on n'est pas absolument sûr, même si on les a lus dans le dictionnaire. *Surtout* si on les a lus dans le dictionnaire. Dans le même temps, elle se demandait s'il avait apporté la barre de chocolat — elle avait sauté le déjeuner —, mais sans doute valait-il mieux s'abstenir.

« En tout cas, nous sommes là », dit-elle en l'aidant à enlever son manteau. Puis elle ajouta bravement : « Veux-tu prendre un bain ? »

Heini fit oui de la tête — il avait dû lire le même ouvrage qu'elle, celui qui disait que c'était une bonne idée de prendre un bain avant — et la suivit dans la salle de bains où elle alluma le chauffe-eau et ouvrit le robinet.

Le résultat fut dramatique. Il y eut une violente explosion, des jets de vapeur et une flamme violette.

« Seigneur Dieu, on ne peut pas utiliser ce machin ! s'écria Heini. C'est pire qu'à Belsize Park.

— Tu ne crois pas que ça va se calmer ?

— Non, je ne pense pas, répondit Heini en se mettant une serviette sous le nez. Émile Zola est mort à cause d'un poêle qui fuyait.

— Bon, tant pis », dit Ruth en éteignant l'appareil. Les livres ne recommandaient pas tous le bain chaud, certains croyaient au naturel. « Allons boire un peu de vin. »

Ils revinrent dans la cuisine et Ruth remplit deux verres.

« Portons un toast ! proposa-t-elle.

— À notre amour ! » dit Heini en souriant.

Ils entendirent alors des cris aigus et furieux dans l'escalier de secours. Ruth ouvrit la porte et un chat noir déboula dans la cuisine, un moineau encore vivant dans la gueule.

« Oh, mon Dieu !

— Flanque-le dehors, pour l'amour du ciel !

— Je crois qu'il vit ici, Janet a parlé d'un chat.

— Peu importe qu'il vive ici ou pas, répliqua Heini qui se leva, chassa le matou et verrouilla la porte.

— On aurait dû le tuer, dit Ruth.

— Je ne peux pas tuer les chats sans fusil.

— Pas le chat. L'oiseau. »

Le cœur au bord des lèvres, elle leva son verre et but. Le vin, froid et acide, lui tordit l'estomac. Apparemment, il y avait vin et vin...

« Viens, Ruth ! Allons dans la chambre.

— Oui. Mais, Heini, j'aimerais me mettre en condition. Si on écoutait un peu de musique ?

— Je *suis* en condition », répliqua Heini avec humeur, mais il la suivit au salon, où une pile de disques étaient posés en désordre sur une table basse.

« Oh, regarde ! s'écria Ruth, enchantée. Il y a les "Extraits choisis de *La Traviata*" ! »

Mais il ne faut évidemment pas s'attendre qu'un musicien apprécie des extraits choisis, et Heini commençait à paraître blessé.

« Tu m'aimes, n'est-ce pas ?

— Oh, Heini, tu sais bien que oui ! »

Il lui tendit les mains, tel un petit garçon implorant. Elle mit ses mains dans les siennes. Ils allèrent dans la chambre. Et il enleva ses chaussettes. Quelqu'un avait dû l'avertir ! Tout allait bien se passer !

« Oh, zut ! Cet endroit est un dépotoir ! Je me suis enfoncé une punaise dans le pied. »

Il s'écroula sur le lit en se tenant le pied gauche d'où, en effet, coulait une goutte de sang.

« Ce n'est pas la partie qui appuie sur la pédale, dit Ruth qui lisait dans ses pensées. C'est sur le côté. Mais je vais chercher du sparadrap.

— Et de la teinture d'iode. Le plancher doit être plein de microbes. »

Ruth trouva de la teinture d'iode et un rouleau de sparadrap dans la salle de bains, mais pas de ciseaux. Elle alla fouiller dans les tiroirs de la cuisine, en vain. Elle finit par prendre un couteau de cuisine et commença à découper un morceau de sparadrap.

« Ça s'est arrêté de saigner, lui cria Heini. Tu n'as qu'à désinfecter, ça suffira. »

Ruth revint dans la chambre et badigeonna la plante du pied de Heini avec la teinture d'iode. Il était courageux, il ne fit pas la grimace.

« Il faut attendre que ça sèche.

— Ce ne sera pas long, dit-il. Pourquoi ne te déshabilles-tu pas ?

— Je vais remettre la teinture d'iode en place. Si on la renversait, ce serait affreux. »

Elle passa devant les dessins de nu, remarqua une petite plume grise tombée du poitrail du moineau, rangea le flacon d'iode. Quand elle revint dans la chambre, Heini était dans le lit.

Plus possible, maintenant, de retarder le moment de « vivre pleinement ». Ruth commença à retirer son pull-over.

L'après-midi où Heini apprenait à être dépravé, à Bloomsbury, Quin se rendit au muséum d'Histoire naturelle afin de discuter avec son assistant de la future expédition.

« Je crains d'avoir de mauvaises nouvelles pour toi », lui dit Milner en descendant de l'échafaudage sur lequel il s'occupait du cou d'un brontosaure.

Mais il souriait. Depuis que Quin lui avait dit qu'ils partiraient en juin, Milner était d'excellente humeur.

« Quel genre de mauvaises nouvelles ? demanda Quin.

— Je te le dirai en privé », répondit Milner avec des airs mystérieux, tandis qu'ils traversaient la salle des dinosaures pour aller dans son réduit au sous-sol. « C'est Brille-Lamartaine, déclara-t-il alors. Il a eu vent de ce voyage et il veut y participer ! Il traîne, épie, embête le monde. Je n'ai rien dit, mais quelque chose a dû filtrer.

— Grands dieux ! Je le croyais à Bruxelles. »

Brille-Lamartaine était le géologue belge qui avait eu ses lunettes piétinées par un yack. Il est rare qu'un membre d'une expédition soit une calamité totale, sans rien pour le racheter, mais Brille-Lamartaine avait réussi cet exploit.

« Je me demande comment il a pu être au courant ?

— Il a passé pas mal de temps à la Société de géographie. Hillborough est très discret, mais il a dû y avoir une fuite.

— Tu sais quoi : s'il t'en reparle, dis-lui que j'emmène une femme. Une de mes étudiantes. Une jeune femme pétulante, avide de faire des expériences avec le sexe opposé. »

Milner apprécia l'astuce. Brille-Lamartaine avait une peur bleue des femmes, et était persuadé qu'elles avaient toutes des vues à la fois sur sa corpulente personne et sur l'héritage de sa tante célibataire de Gand.

« Avec plaisir », approuva Milner.

Mais, en quittant le muséum, Quin avait conscience qu'il ne pouvait plus reculer le moment d'informer son équipe de son départ. Les Plackett pouvaient attendre le délai légal, à Pâques, mais laisser Roger, Elke et Humphrey apprendre la nouvelle par d'autres aurait été impardonnable.

Justement, Roger était au labo, profitant du

week-end pour mettre à jour ses travaux de recherche. Son expression, quand Quin lui eut annoncé sa décision, faisait peine à voir.

« Ce sera le désert, sans vous, dit-il en se détournant pour cacher sa détresse. Elke s'y attendait, mais j'espérais... Oh, merde !

— Si ça peut vous consoler, je pense que l'année prochaine, nous risquons d'être tous dispersés. Cette guerre, si elle a lieu, sera différente de la dernière. J'ai vu certains plans d'urgence assez curieux, mais il y en a peu qui prévoient de laisser les scientifiques en paix dans leurs universités. » Comme Roger, occupé à essayer de digérer la nouvelle, ne parlait toujours pas, Quin posa la main sur son bras en disant : « Je vous emmènerai en Afrique, Roger, si vous pouvez vous libérer. Cela me ferait plaisir. Je sais que ce n'est pas exactement le genre de pays que vous préférez, mais je pense que ça vous plaira.

— Merci. Vous savez que j'adorerais cela, mais je ne peux pas laisser Lillian. Nous sommes censés recevoir un bébé — que nous n'avons pas vu — à la fin du mois de mai. La mère est une danseuse canadienne qui a eu des problèmes. Lillian s'imagine que l'enfant fera des entrechats tout de suite. Elle est ravie.

— Je suis heureux pour vous, dit Quin avec chaleur. Et si vous n'avez personne comme parrain, peut-être penserez-vous à moi ? »

Le visage de Roger s'éclaira. « L'affaire est entendue, professeur. »

En traversant la cour après sa conversation avec Roger, Quin rencontra Verena en compagnie de

Kenneth Easton, une raquette de squash à la main et visiblement de très bonne humeur.

« Vous avez l'air en pleine forme, déclara Quin, voyant qu'il ne pouvait l'éviter.

— Mais oui, professeur », dit Verena d'un air malicieux. Elle ne lui proposa pas de tâter ses biceps, mais ce n'était pas nécessaire. Comme elle était jambes et bras nus, l'état de sa musculature était parfaitement perceptible. « À propos, que pensez-vous des Magasins de l'Armée ? Croyez-vous que ce soit le meilleur fournisseur de vêtements et matériel pour expéditions ?

— Oui, sans aucun doute. C'est une excellente adresse, je vais toujours chez eux, on y trouve tout ce qu'on veut. Dites à Mr. Collins que vous venez de ma part, il vous fera le meilleur accueil.

— Je vous remercie, c'est ce que je ferai. Et pour la poudre antipuces ? Me conseillez-vous d'aller chez Coopers ou Smythsons ? »

Quin, qui supposait vaguement que Verena allait partir en voyage avec ses cousines Croft-Ellis, lui recommanda Coopers, puis gagna son bureau, laissant Kenneth dans un état de profonde dépression. Le jeune homme avait consenti d'énormes sacrifices pour Verena. Il faisait un trajet de quatorze stations de métro pour l'accompagner au squash, n'utilisait plus certains mots prétendument ordinaires, se faisait reprendre sur la prononciation de certains autres. Et pourtant, chaque fois que Verena voyait le professeur, elle se rengorgeait et minaudait comme une collégienne. Il y avait des moments, songeait Kenneth, où on se demandait si tout cela valait bien la peine.

« Je pars, annonça Heini. Je vais me chercher une chambre. »

Leonie regarda avec stupeur le jeune homme qui était revenu cheveux en bataille et dans une colère noire après avoir passé son samedi en ville.

« Mais pourquoi, Heini ? Qu'est-il arrivé ?

— Je ne peux pas en parler, mais il faut que je parte. Je suis trop contrarié pour rester ici. Je n'arrive même pas à travailler. »

Ce n'était pas tout à fait vrai. Heini, de retour depuis une demi-heure, avait grandement réduit la durée de vie du piano de location en jouant les *Variations* de Busoni avec une force qui avait fait trembler les assiettes sur le buffet.

« Ruth est au courant ? demanda Leonie, nerveuse.

— Pas encore. Mais cela ne la surprendra pas, répondit Heini d'un air sombre.

— Oh, mon Dieu. Si vous vous êtes disputés... je veux dire, cela arrive parfois.

— Cela, non, répliqua Heini, sibyllin. Cela n'arrive pas. Je partirai dès que j'aurai trouvé un endroit où aller. »

Leonie était la proie d'émotions contradictoires. Ruth serait bouleversée, or Leonie aurait fait n'importe quoi pour éviter à sa fille de souffrir. Pourtant, imaginer Heini habitant ailleurs évoquait en elle l'idée du Paradis. Pouvoir aller et venir dans son salon comme elle le voulait, se reposer dans l'après-midi, entrer dans la salle de bains...

Ne sachant que dire, elle se replia à la cuisine où

Mishak consultait un catalogue de jardinage prêté par la dame qui habitait deux maisons plus loin.

« Heini dit qu'il s'en va. Je crois que Ruth et lui ont eu une terrible dispute.

— Où ira-t-il ? s'enquit Mishak en levant les yeux de sa lecture.

— Je ne sais pas. Il dit qu'il va chercher une chambre ailleurs.

— Et avec quoi la paiera-t-il ? »

Heini, bien sûr, ne payait pas de loyer jusqu'à maintenant, l'argent qu'il avait apporté de Budapest étant depuis longtemps dépensé.

« Je n'en sais rien, mais il est très déterminé. »

Tout comme Leonie, Mishak eut la vision du n° 27 sans Heini. Il s'imagina en train d'écouter les merles le matin, et le bruissement du vent dans les arbres.

« Tu crois qu'il voudra dîner ? » demanda Leonie en commençant à préparer les crêpes qui, une fois fourrées de toutes sortes de restes, permettaient de nourrir beaucoup de monde à très faible coût. « Il était très fâché.

— Il voudra dîner », affirma Mishak, qui ne se trompait pas.

C'est Ruth qui ne voulut pas dîner. Ruth qui téléphona pour dire qu'elle serait en retard... et qui déambulait dans les rues en se tordant les mains, telle une héroïne victorienne. Ruth qui se sentait honteuse, déshonorée, et qui aurait voulu que la terre s'entrouvre pour l'engloutir...

Parce que, en fin de compte, ce qu'elle avait redouté, la nuit de l'*Orient-Express,* s'était produit. Tout ce qu'elle avait lu au bord du lac de Grundl était prophétique. Ils n'avaient pas mâché leurs mots, les spécialistes du comportement qui exposaient leurs théories en trois volumes — Havelock Ellis, Krafft-Ebing et un homme particulièrement alarmant, Eugene Feuermann. Ce n'était pas pour rien qu'ils avaient consacré de nombreux chapitres à l'un des grands fléaux qui touchent ceux qui cherchent l'accomplissement dans l'acte d'amour.

Rien de pire n'aurait pu arriver. Il y avait des chapitres sur la nymphomanie, aussi, mais Ruth s'en serait accommodée : si cette affection était susceptible de mal finir, elle avait quelque chose de généreux. Une personne atteinte de nymphomanie pouvait espérer vivre pleinement avant de mourir, tandis que...

Pourquoi moi ? songeait Ruth, alors que je désirais tellement être avec lui ? Et que dirait Janet ? Pouvait-on seulement en parler à Janet, elle qui était si prodigue, à l'arrière des voitures ?

Le mot lui tambourinait aux oreilles — ce mot redouté qui la cataloguait comme une personne froide, à qui la Reine des Neiges aurait enfoncé des aiguilles de glace dans le cœur. Il s'était mis à bruiner ; elle rabattit le capuchon de sa cape en loden, mais le mauvais temps lui convenait. Pourquoi le soleil brillerait-il à nouveau un jour pour quelqu'un qui faisait l'objet de deux chapitres entiers et d'une série de tableaux dans la *Psychopathologie sexuelle* de Feuermann ?

Ruth marcha une heure, deux heures... puis, tare ou pas, elle se dirigea vers une station de métro. Tôt ou tard, elle devrait affronter Heini, et ajouter la lâcheté à la froideur ne résoudrait rien.

« Entrez. »

Fräulein Lutzenholler, assise en robe de chambre sous la photo du divan où s'allongeaient ses patients à Breslau, buvait une tasse de chocolat avec de la peau sur le dessus. Une petite flamme bleue sifflait dans le radiateur à gaz, et la psychanalyste n'était pas du tout ravie de voir Ruth.

« J'allais me coucher », lui dit-elle.

Ruth entra, les cheveux en désordre, les paupières gonflées. « Je sais. Je suis désolée. Et je sais bien que vous ne pouvez pas m'aider parce que je n'ai pas d'argent, et la psychanalyse ne marche que si on paie.

— Et, de toute façon, je n'ai pas le droit d'exercer en Angleterre, déclara Fräulein Lutzenholler d'un ton ferme.

— Mais je pensais que vous pourriez me dire ce que je peux faire. » Il en avait coûté à Ruth de venir à l'appartement peu accueillant de l'analyste et, après les remarques que celle-ci lui avait faites au sujet des documents perdus, elle s'était juré de ne jamais plus la consulter. Mais personne n'échappait à son destin, semblait-il. « Je suis si malheureuse, vous comprenez, et je me suis dit que peut-être il y avait quelque chose de mon enfance que je n'ai pas compris, que j'ai refoulé. »

Fräulein Lutzenholler soupira et reposa sa tasse. « Est-il exact que Heini va déménager ? » questionna-t-elle.

Ruth fit oui de la tête, et un semblant de sourire

passa sur le visage de l'analyste et éclaira le duvet de sa lèvre supérieure.

« Ce n'est pas simple, le refoulement, dit-elle.

— Non, mais je sais que, si on a vu quelque chose d'affreux quand on était petit... si les parents... enfin, si on les a vus en train de faire l'amour. Mais ce n'est pas mon cas. Quand papa faisait la sieste, tout le monde le laissait tranquille et ma mère restait faire sa broderie au salon, elle montait la garde et imposait le silence à quiconque. Et de toute façon, notre appartement avait des doubles portes et on n'entendait rien. Et au Grundlsee, je m'endormais toujours très vite à cause de tout ce bon air, et les servantes avaient beau raconter que Frau Pollack réclamait toujours des cornichons avant que son mari ne l'approche, je ne crois pas que cela m'ait traumatisée, et de toute façon je ne l'ai pas refoulé. Et je ne peux pas croire que... »

Fräulein Lutzenholler fronça les sourcils. La bonne humeur consécutive à l'annonce du départ de Heini commençait à s'évanouir, et elle était embêtée à cause de sa bouillotte. Elle l'avait remplie une demi-heure plus tôt, et elle aimait bien se coucher avec une bouillotte à la bonne température.

« De quoi parlez-vous ? demanda-t-elle en faisant glisser la peau du lait dans sa bouche avec la cuillère. Je ne vous comprends pas. »

Ruth, qui avait répugné toute la journée à dire le mot, le prononça enfin.

Il y eut un silence. L'analyste regarda la pendule. « Ruth, il est onze heures moins le quart. Je ne peux pas discuter de cela avec vous maintenant. C'est un problème technique qui peut avoir de nombreuses causes, physiologiques, psychologiques...

— Oh, je vous en prie, aidez-moi ! »

Fräulein Lutzenholler étouffa un bâillement. « Très bien. Racontez-moi ce qui s'est passé. »

Ruth commença son récit. Les mots se bousculaient à ses lèvres, ses yeux se remplirent de larmes, ses cheveux lui tombèrent sur le visage et elle les rejeta violemment en arrière.

La psychanalyste écoutait ces épanchements d'une âme torturée avec une contrariété évidente et croissante. Elle posa sa tasse sale sur la soucoupe et fronça de nouveau les sourcils.

« Je vous en prie, Ruth, ces termes techniques ne sont pas des joujoux pour amateurs, comprenez-le. Il n'y a rien que je puisse faire pour vous aider, et maintenant j'aimerais me coucher.

— Oui. Je suis désolée. »

Ruth s'essuya les yeux et se leva pour partir. Elle était sur le seuil quand Fräulein Lutzenholler formula, en anglais, une seule phrase.

« Peut-être, dit-elle, que vous ne l'aimez pas. »

Quelques jours plus tard, Heini déclara que finalement il resterait. Ses recherches l'avaient ébranlé : les loyers étaient exorbitants, la pratique du piano était soumise à d'absurdes restrictions et, bien entendu, personne ne fournissait la nourriture. Les premières épreuves du concours étant dans six semaines seulement, il devait à tout le monde d'être dans les meilleures conditions possibles pour travailler. Il y avait Mantella, aussi. L'agent de Heini avait prévu une interview avec la presse, à laquelle Ruth devait être présente. Même si Heini ne pouvait totalement pardonner à Ruth, il était décidé à ne pas lui garder rancune. Aussi, à l'approche de Pâques, une sorte de trêve s'était établie à Belsize Park.

Parmi les nombreuses qualités de Verena figurait son goût pour les réunions savantes, en particulier celles qui étaient suivies d'une réception où, en tant que fille du président de l'université de Thameside, on lui présentait toujours les participants.

Toutefois, c'était pour des motifs d'ordre plus personnel qu'elle assistait à cette conférence de la Société de géographie. Le sujet — le volcanisme du Crétacé — devait certainement intéresser Quin, et l'objectif principal de Verena, maintenant, était de voir le professeur en dehors des cours.

Mais quand elle prit place dans l'amphithéâtre, elle n'aperçut Quin nulle part. En revanche elle avait à sa gauche un homme de petite taille, très soigné, avec une moustache parfaitement peignée, qui portait des chaussures bicolores un tantinet vulgaires, et se présenta comme étant le Pr Brille-Lamartaine. Il semblait vouloir rester près d'elle, même quand elle se dirigea vers la pièce où étaient servis les boissons et les canapés.

« C'était une excellente conférence, n'est-ce pas ? déclara le petit bonhomme. J'espérais y rencontrer le Pr Somerville, mais il n'est pas là. »

Verena dit que non, en effet, il n'était pas là, et demanda au géologue où il avait connu le professeur.

« J'étais avec lui en Inde », expliqua Brille-Lamartaine en prenant un verre de vin sur le plateau qu'on leur tendait, mais en dédaignant les canapés car, dans ce pays, c'était toujours risqué de manger des crevettes. « Dans sa dernière expédition. J'ai contribué à le guider vers les grottes où nous avons fait nos plus importantes découvertes. »

Il poussa un soupir car Milner, la veille au matin, lui avait dit quelque chose qui l'avait profondément affligé.

« Comme c'est intéressant, affirma Verena, très impatiente d'en apprendre davantage. Vous avez apprécié ce voyage ?

— Oui, oui. Beaucoup. Il y a eu des accidents, bien sûr... mes lunettes ont été détruites... et la nourriture ne correspondait pas à ce que j'attendais. Mais le Pr Somerville est un homme exceptionnel... obstiné... il n'écoutait pas beaucoup ce que je lui disais, mais c'est un grand chercheur. Pour avoir participé à une de ses expéditions, j'ai été nommé membre de l'Académie des sciences de Belgique. Mais maintenant il est fini.

— Fini ? Que diable voulez-vous dire ?

— Il emmène une femme dans sa prochaine expédition ! Une femme dans la gorge de Kulamali... une de ses étudiantes dont il est tombé amoureux. Je vous le dis, c'est la fin. Je ne l'accompagnerai pas... Je sais bien ce qui va se passer. » Il prit un second verre de vin et s'essuya le front, en proie à d'atroces images. Une femme lubrique, aux cheveux pendants, rampant à l'intérieur de la tente... mettant ses sous-vêtements à sécher sur la corde tendue entre les buissons d'épines... Une femme qui entendrait bientôt parler de son héritage et lui ferait des propositions — Somerville avait la réputation de ne pas être candidat au mariage. « J'ai le plus grand respect pour le professeur, ajouta-t-il en vidant son verre et en se rapprochant de Verena, qui n'était pas du tout comme la Lilith de son imagination... qui, en fait, ressemblait à sa tante célibataire de Gand. Mais c'est la fin !

— Dites-moi, Mr. Brille-Lamartaine, vous êtes sûr qu'il emmène une de ses étudiantes ? Une femme ?

— J'en suis certain. C'est son assistant qui me l'a dit hier, et le professeur lui fait toutes ses confidences. Le professeur est amoureux d'une jeune fille de son cours, très bien née et très brillante. C'est un secret, parce qu'il ne doit pas la favoriser, mais il se déclarera en juin. Je vous assure, les femmes ne devraient pas participer à ces voyages, c'est toujours une catastrophe, je l'ai bien vu. Cela provoque jalousies et intrigues... et elles ne portent rien en dessous. » Le géologue vida son verre et s'épongea le front une fois de plus. « Je sais que vous ne direz rien. Oh, voici sir Neville Willington, si vous voulez bien m'excuser.

— Bien sûr, je vous en prie », dit Verena.

Elle avait hâte de se retrouver seule, maintenant. Si elle avait besoin d'une confirmation, elle la tenait ! Non qu'elle eût vraiment douté de Quin, mais son silence obstiné la troublait parfois. Cependant, pourquoi aurait-il parlé alors qu'elle était encore son élève ? Pas plus tard que la semaine précédente, un professeur de Cambridge avait été renvoyé parce qu'il avait une relation avec une étudiante. Elle était sotte d'avoir pu imaginer que Quin se déclarerait maintenant. Et elle ne demanderait même pas le mariage avant leur départ en expédition. Le mariage viendrait, bien sûr, quand il verrait à quel point ils étaient faits l'un pour l'autre, mais elle n'en ferait pas une condition.

Alors, à présent, il fallait qu'elle ait sa mention et soit encore plus en forme — si c'était possible — que jusqu'ici.

Frances avait l'habitude de descendre à Londres deux fois par an, pas plus : en novembre pour ses achats de Noël et en mai pour les Floralies de Chelsea.

Cette année, pourtant, le mariage de sa filleule — la nièce de Lydia Barchester qui avait perdu le talon de sa chaussure en reculant après avoir salué Leurs Majestés — l'obligea à aller dans la capitale à la fin du mois de mars. Elle y venait contre son gré, et parce que Martha l'avait harcelée sans répit, décrétant que Frances avait besoin d'une robe et surtout de chaussures neuves.

« Absurde ! avait dit Frances. J'ai acheté des chaussures pour le baptême Godchester.

— C'était il y a douze ans », avait répondu Martha.

Frances détestait s'acheter des toilettes mais, si elle devait en passer par là, alors il fallait que ce soit chez Fortnum's à Piccadilly. Mécontente, elle avait pris la liste de courses de Martha et était partie en voiture avec Harris. A côté d'elle, sur le siège arrière de la Buick, était posée une boîte en carton garnie de copeaux de bois, qui contenait une douzaine de bulbes que, après quelque hésitation, elle avait déterrés de son jardin la veille.

Quand elle venait à Londres, Frances ne logeait pas chez Quin, trouvant son appartement quelque peu inconvenant et susceptible de livrer passage à des actrices ou des danseuses françaises. Elle dînait avec lui, mais descendait au Brown's Hotel où tout était immuable, et envoyait Harris chez sa sœur à Peckham.

Elle avait soigneusement planifié sa journée et pourtant, quand Harris vint la chercher le lendemain matin, elle lui donna des ordres qui la surprirent elle-même.

« Emmenez-moi au 27 Belsize Close », lui dit-elle.

Harris leva les sourcils. « C'est à Hampstead, n'est-ce pas ?

— Pas loin. C'est près de Haverstock Hill. »

A quoi bon ? songea-t-elle, regrettant déjà son coup de tête. Elle verrait Quin ce soir, pourquoi ne pas lui donner les bulbes pour qu'il les remette à Ruth ?

Les rues devenaient de plus en plus pauvres, misérables, et quand Harris arrêta la voiture pour demander son chemin, c'est un étranger gesticulant, avec un grand chapeau noir sur la tête, qui lui répondit dans un langage à peine compréhensible.

Le n° 27 était tel qu'elle le craignait : un immeuble délabré, avec une porte non peinte et des fenêtres déglinguées. Un chat fouillait dans les poubelles, les pavés étaient disjoints.

« Je n'en ai pas pour longtemps », dit-elle à Harris, puis elle monta les marches du perron.

Leonie profitait du calme de son salon en l'absence de Heini, qui était allé voir son agent. En entendant la sonnette, elle descendit et vit une inconnue, une femme émaciée, vêtue d'un costume en tweed violet foncé ; derrière elle, une voiture visiblement coûteuse, bien que vieille, avec un chauffeur en uniforme.

« Que puis-je pour vous ? s'enquit Leonie. Oh, ne seriez-vous pas la tante du Pr Somerville ?

— Grands dieux, mais comment le savez-vous ?

— Une certaine ressemblance... et Ruth m'a parlé de vous. Entrez, je vous en prie. » Soudain elle fut prise d'une panique toute féminine. « Il ne s'est rien passé de grave à l'université ? Il n'y a pas de problèmes avec le professeur... ni avec Ruth ?

— Non, non », dit Miss Somerville avec impatience, se demandant à nouveau pourquoi elle était venue. La maison était épouvantable, avec son lino usé, son odeur de désinfectant à bon marché... « J'ai apporté quelques bulbes pour votre oncle. Vous êtes Mrs. Berger, je suppose ? Ruth m'a dit qu'il aimait les crocus d'automne, et j'en ai à ne plus savoir qu'en faire. Voulez-vous les lui donner, s'il vous plaît ?

— Pour Mishak ? questionna Leonie, dont le visage s'éclaira. Oh, il sera si heureux ! Il est au jardin en ce moment, vous pouvez les lui remettre vous-même, bien sûr, il voudra vous remercier. Et je vais préparer du café. Non, du thé, naturellement... j'oubliais !

— Non, merci, je ne reste pas.

— Mais il le faut ! D'abord, je vais vous montrer le jardin, il vaut mieux passer par l'intérieur, la porte extérieure est bloquée. »

Frances la suivit sans enthousiasme. Elle n'allait pas pouvoir échapper au thé. Les étrangers ne le faisaient jamais correctement, et elle serait sans doute obligée de manger quelque pâtisserie écœurante.

Mishak bêchait son carré de pommes de terre. Quand il se redressa pour se tourner vers les deux femmes, Frances éprouva aussitôt une profonde, une incontrôlable déception.

Je suis venu vous chercher, avait-il dit à Marianne en ouvrant son porte-documents et en soulevant son chapeau, et Frances avait imaginé un homme petit mais soigné, avec un pardessus de prix, un homme du monde. Or c'était un réfugié, un étranger, portant une veste fripée et une casquette de toile — un homme âgé, pauvre et bizarre. Elle dut se forcer pour s'approcher de lui.

Leonie expliqua l'objet de leur visite et Mishak posa sa bêche contre la clôture.

« Des crocus d'automne ? dit-il. Ruth m'a raconté qu'ils poussent sous le cerisier. »

Il prit la boîte, écarta les copeaux, chercha les bulbes. Il avait des mains noires de terre, carrées, des doigts courts et épais. Des mains qui plantaient, réparaient, maniaient le marteau et le tournevis. Des mains pas vraiment étrangères, pas vraiment bizarres...

« Oui, ajouta Mishak en palpant un bulbe. Comme je m'en souviens ! » Il ne la remercia même pas. Il se contenta de sourire.

Le thé était excellent, mais Frances devait partir. « Il faut que j'aille faire des courses », dit-elle d'un ton las.

Le regard de Leonie s'illumina. « Où allez-vous ?

— Chez Fortnum's à Piccadilly.

— Ah, quel endroit merveilleux ! s'écria Leonie d'un air rêveur. Vous allez acheter une robe ?

— Oui. Et des chaussures.

— Quel genre de chaussures ? » La question venait de Mishak, à qui Frances lança un regard courroucé.

« Les mêmes que j'achète toujours, répondit-elle d'un ton irrité. Des chaussures marron, à lanière, avec un bouton sur le côté et des talons plats.

— Non, dit Mishak.

— Je vous demande pardon ? demanda Frances qui n'en croyait pas ses oreilles.

— Pas de chaussures à lanière. Pas de talons plats. Pas de boutons. Des escarpins italiens, en chevreau, à petits talons. Fabriqués à Milan : là-bas, ils utilisent un autre genre de forme.

— Il connaît bien, renchérit Leonie. Il a travaillé longtemps dans le magasin de mon père.

— Certainement pas ! s'exclama Frances, nullement apaisée. Jamais de la vie. Je porte les mêmes chaussures depuis des années, et je n'ai pas la moindre intention de changer aujourd'hui.

— Vous avez le pied très cambré, c'est une qualité », répliqua Mishak en cherchant sa pipe dans sa poche puis, se souvenant qu'il l'avait bourrée avec des bouts de cigare rapportés par Ziller du restaurant hongrois, il y renonça.

« De toute façon, personne ne voit ce que je porte en haut, dit Frances, toujours hostile.

— Dieu le voit », rétorqua Mishak.

Quand Ruth rentra tard ce soir-là de l'université et apprit la visite de Miss Somerville, elle fut aussitôt transformée.

« Oh, qu'a-t-elle dit ? Raconte-moi, Mishak, dis-moi tout ! A-t-elle parlé du jardin ?

— Oui. Ils ont eu un hiver rude, mais les gentianes sont presque sorties, et les magnolias aussi.

— Et le vitrage de cette partie du mur sud, près du cadran solaire ? Elle va le faire ? Elle voulait voir si elle pouvait faire pousser des orchidées, tout le monde lui a dit que c'était impossible, et tu peux imaginer comment elle a réagi !

— Je crois qu'elle va le faire, oui. »

Mishak et Leonie échangèrent un coup d'œil. Ils n'avaient pas vu Ruth comme cela depuis plusieurs semaines.

« Oh, Mishak, c'était tellement beau, là-bas, tu ne peux pas savoir ! C'est si *propre,* et chaque chose a son propre parfum, tout à fait distinct, et l'air n'arrête pas de bouger, de se déplacer. Il doit y avoir plus d'air dans cet endroit que n'importe où au monde ! Elle t'a dit si Elsie s'est inscrite au cours de botanique de l'École pour adultes ?

— Non. Qui est Elsie ?

— La femme de chambre. Elle se passionne pour les plantes, et elle est adorable ! Et la grand-mère de Mrs. Ridley ? Vous savez, je vous ai parlé d'elle, elle devait avoir cent ans en février. » Ruth leva les yeux, soudain inquiète. « Elle est toujours en vie, n'est-ce pas ? Elle *doit* être en vie, elle était si contente à l'idée de recevoir un télégramme du roi !

— Nous n'avons pas parlé d'elle non plus, dit Mishak.

— Je suppose que les agneaux viennent juste de naître, John Ridley avait dit fin mars. Là-bas, ils ressemblent aux moutons de la Bible, ils sont si propres, et on les entend brouter... Et il y a plein d'hélianthèmes... et les oiseaux... » Elle secoua la tête, en vain ; parfois elle pensait que jamais ne la quitterait cette vision des herbes d'or, du ciel d'azur et des moutons blancs de la mer.

« Mais elle m'a parlé du petit chien, déclara Mishak. Elle le garde et ils l'ont appelé Daniel. Elle m'a dit de te le dire, et que tu comprendrais.

— Daniel ? Oh oui, bien sûr. » Ainsi, Miss Somerville n'avait pas révélé l'acte insensé de Ruth, lors de l'expédition aux îles Farne. « D'après le nom de la belle-fille de Wagner, tu sais, la fille de Cosima von Bülow, Daniella, sauf que là c'est un mâle, évidemment. Oui, c'est parfait, ça lui va bien, Daniel ! Gare aux lions s'il entre dans leur tanière, il est vraiment féroce ! »

Leonie, qui écoutait cette conversation avec une perplexité croissante, intervint : « Mais, Ruth, tu vois le Pr Somerville tous les jours. Pourquoi ne lui poses-tu pas toutes ces questions toi-même ? Il doit savoir si la vieille grand-mère est morte ou si les agneaux sont nés.

— Je ne veux pas lui parler de Bowmont, répondit Ruth en rougissant. Cela ne me regarde pas, et puis il travaille tout le temps, il est extrêmement occupé, ce trimestre. »

Occupé, soucieux, et pas amical du tout... Et le bruit courait qu'il allait partir.

Elle sortit ses notes de cours mais, avant qu'elle ait pu se mettre au travail, la porte s'ouvrit et Heini entra. Il était dix heures moins le quart, trop tard pour jouer du piano sans provoquer le courroux de Fräulein Lutzenholler, et il s'assit sur le canapé, désespéré, en évitant le regard de Ruth. Quinze jours s'étaient écoulés depuis leur rendez-vous chez Janet et il ne lui avait toujours pas vraiment pardonné, mais Ruth, en repoussant ses notes pour aller lui préparer un chocolat, comprit ce qu'elle devait faire. Car Mishak et Leonie n'étaient pas seuls à avoir appris quelque chose de la visite de Miss Somerville. Ruth elle-même y avait vu plus clair dans son propre esprit qu'elle ne l'aurait voulu, et maintenant il était indispensable d'agir.

Et cela signifiait changer sa manière de penser. Rejeter sa grand-mère gardeuse de chèvres et le réconfort de la foi catholique de sa mère. Dire adieu à l'Enfant Jésus dans sa crèche et aux anges consolateurs avec leurs ailes de plumes, et faire appel à son autre héritage, l'ancienne, sévère et mystérieuse foi juive, où la parole du rabbin avait force de loi, et où c'était le Dieu des dix commandements et non celui du sermon sur la montagne qui régnait en maître absolu. C'est là qu'elle trouverait la guérison de son infirmité et le chemin du retour à Heini. Elle n'avait pas voulu se reconnaître tout à fait une parenté avec ces hommes à la barbe noire, au visage fermé, portant la calotte... avec les hassidim qui erraient, misérables, dans les forêts de Pologne... avec les gamins de treize ans qui psalmodiaient comme les vieillards, et s'abîmaient les yeux à étudier. Pourtant, c'était dans les traditions de ces gens-là, et d'eux seuls, qu'elle trouverait la délivrance.

Les lois de l'Angleterre l'avaient trahie — ou c'était elle qui les avait trahies, par négligence. Mr. Proudfoot ne pouvait procurer à Heini ce dont il avait besoin, mais elle pouvait invoquer d'autres lois plus anciennes.

Il lui faudrait du courage, beaucoup de courage, mais maintenant elle savait ce qu'il lui restait à faire.

25

Elle s'efforçait de ne pas courir... de garder une démarche digne... mais c'était impossible, parce qu'il *fallait* qu'elle soit vite là-bas, à l'appartement de Quin, pendant que sa résolution tenait... Quin qui même maintenant pouvait la sauver.

Elle marchait dans une contre-allée située entre la Tamise et la chaussée où la circulation battait son plein, en cette fin de journée. Les lampadaires venaient juste de s'allumer et leurs lumières se reflétaient sur l'eau.

« Mon Dieu, je vous en prie, faites qu'il soit là, priait-elle. Faites qu'il soit là, et seul ! »

Mais de quel droit priait-elle ? Elle n'était même pas une vraie pécheresse digne de l'oreille du Tout-Puissant, elle n'était qu'une créature ratée, sans chaleur et sans générosité. Dieu haïssait les esprits mesquins, elle en était persuadée. A moins qu'il ne comprît Krafft-Ebing, Havelock Ellis et le terrifiant Eugene Feuermann. La considérerait-il comme une simple malade, et l'écouterait-il, en fin de compte ?

Il pleuvait depuis qu'elle était sortie du métro, une pluie fine, oblique, qui transperçait sa cape. Leonie avait enlevé le capuchon pour en refaire la doublure, la cape était miteuse et Ruth avait les cheveux trempés. Ce qui n'avait guère d'importance : peut-être que la pluie la purifierait.

Une plaque de rue, en face, indiquait Cheyne Walk. Ruth vit la rue en arc de cercle et ses maisons du début du XIXe siècle, et la silhouette majestueuse des arbres dans les jardins. « Henry VIII y avait un palais, lui avait dit Quin à Vienne en parlant de son domicile londonien. De ma fenêtre on voit un mûrier qui, dit-on, aurait été planté par Elizabeth Ire. C'est peu vraisemblable, mais l'idée est charmante. »

Tous les arbres des jardins de ces immenses demeures paraissaient avoir été plantés par une reine. Il y avait des traînées orange et améthyste dans le ciel et, en se retournant, on apercevait la rangée de lumières de l'Albert Bridge. C'était un beau quartier. Oh, bien sûr, Quin était riche, il pouvait habiter où il voulait, alors qu'elle et Heini avaient dû se contenter de l'appartement de Janet. C'était peut-être pour cela que tout s'était si mal passé.

Mais ça ne servait à rien de blâmer quiconque. La faute lui revenait, à elle. Peut-être pas entièrement, toutefois. Si seulement Quin faisait ce qu'elle lui demandait, cela pourrait encore s'arranger.

Elle passait devant les grilles en fer forgé des villas, les élégantes lanternes, les gracieuses fenêtres en éventail qui jetaient des demi-cercles de lumière sur les marches des perrons. Inutile de chercher le numéro de la maison. Elle avait tout de suite vu la Crossley garée devant la porte. Allons-y, se dit-elle, ensuite elle monta les quelques marches et sonna à la porte.

Quin reposa son stylo et fit la grimace. Il pensait travailler une ou deux heures avant le dîner. Lockwood étant en congé pour le week-end, il avait décroché le téléphone et prévu de finir son article pour le journal du muséum.

« Seigneur Dieu ! Ruth ! » s'écria-t-il, puis, voyant l'expression de la jeune fille : « Que se passe-t-il ? Vous avez des ennuis ? »

Elle secoua la tête comme un chien et suivit Quin à l'étage. « Oui. J'ai de très graves ennuis », dit-elle dans sa langue natale, ce qui donnait à ses mots plus de poids et de transcendance.

« Entrez et venez vous réchauffer. »

Il lui retira sa cape trempée et la conduisit au salon. Mais elle n'alla ni à la fenêtre, dont les rideaux étaient pourtant ouverts, ni près de la cheminée, où brûlait un grand feu. Elle leva les mains en un geste antique de supplication.

« Je ne peux pas rester. Je vous demande seulement de faire quelque chose pour moi. Quelque chose pour moi. Quelque chose de très important.

— De quoi s'agit-il, Ruth ? Dites-le-moi. »

Elle le regarda droit dans les yeux, d'un air implorant.

« Je veux que vous divorciez de moi. Complètement, totalement. Maintenant. *Tout de suite.* »

Il y eut un silence. Puis Quin, contrôlant son expression, dit prudemment : « Je ferai, bien entendu, tout mon possible pour vous aider. Mais je ne vois pas très bien comment je pourrais divorcer de vous *maintenant.* Dick Proudfoot est en train de...

— Non ! Cela n'a rien à voir avec Mr. Proudfoot, les papiers et tout ça. C'est beaucoup plus fondamental. Il s'agit d'abolir une malédiction.

— Je vous demande pardon ?

— Je suis désolée. Je ne veux pas dire que notre mariage était une malédiction. Mais je savais bien, quand nous avons prononcé ces paroles devant témoins... D'accord, on pourrait croire que, si quelqu'un a des cors aux pieds et fait des fentes dans ses chaussons, ça ne ressemble pas à un vrai mariage, mais les cors aux pieds n'empêchent pas que les serments comptent. Alors, vous devez me délier de ce serment. Je sais que vous pouvez le faire, j'ai demandé à Mrs. Weiss. Elle ne savait pas pour Hanukkah, mais elle était au courant pour le divorce, et Paul Ziller aussi, et de toute façon je le savais déjà avant. Il suffit que vous disiez "Je divorce de toi, je divorce de toi, je divorce de toi", trois fois. Avec votre main sur mon épaule, je crois, mais je n'en suis pas sûre. C'est une ancienne loi juive, en vérité, qui dissout le mariage sur-le-champ. Il faudrait que vous le disiez devant un rabbin, mais si vous le dites en le pensant vraiment, c'est ça qui importe. En voulant réellement me répudier et être libre. C'est *vous seul* — l'homme — qui devez le dire, parce que les anciens Juifs étaient comme ça, c'étaient les hommes qui comptaient. Et je sais que si vous le faites, cela arrangera les choses. Cela pourra même les arranger tout à fait. »

Elle se tut, à bout de souffle. Quin se taisait. « Vous allez le faire, n'est-ce pas ? supplia-t-elle. Si vous dites : "Je divorce d'avec toi, *femme*", ce sera peut-être mieux. Plus biblique. » Quin se dirigea vers la porte. « Où allez-vous ? » questionna-t-elle d'un air anxieux.

Il ne répondit pas. Elle l'entendit traverser le palier. Puis il revint avec une grande serviette de toilette.

« Venez ici, dit-il. Asseyez-vous sur le canapé. A côté du feu. »

Perplexe mais obéissante, elle fit ce qu'il lui demandait.

« Qu'allez-vous faire ?

— Penchez la tête.

— Mais...

— Pour votre mariage, vous aviez les cheveux mouillés, que pour votre divorce au moins vous les ayez secs. »

Tout en parlant, il se mit à lui essuyer la tête. Mais ce n'était pas cela qu'elle voulait. Cela n'allait pas. L'Ancien Testament ne disait pas que le mari qui allait vous répudier devait vous sécher les cheveux. Elle tenta de se dégager, mais ce contact était si apaisant, et ces mains...

Quand il lui eut frotté le crâne et se mit à lui sécher les cheveux, qui pendaient sur ses épaules, elle sentit pourtant la colère la gagner. Parce que maintenant, elle pouvait *voir* ses mains — ses mains qui lui avaient causé des problèmes depuis le début. Quand elle avait cinq ans, son père avait rapporté d'Italie un livre sur les sculptures de Donatello et, un soir où elle était malade, il lui avait montré les illustrations. « Ce n'est pas quelqu'un qui a fait ça, avait-elle dit, assise sur ses genoux. C'est trop beau. Ça doit venir d'un magasin. » Ce qu'elle regardait, c'était la main gauche de saint Jean-Baptiste, ses longs doigts dont deux étaient repliés sur un parchemin, la ligne de son poignet.

Et voilà que ça recommençait, maintenant que Quin lui essuyait les cheveux... comme au muséum quand il l'avait aidée à trier les os de l'ours des cavernes... comme dans l'*Orient-Express* quand il avait cassé une noix et l'avait déposée devant elle... et comme chaque fois qu'il tapait, bourrait, curait la pipe qu'il n'allumait presque jamais.

« Non, je vous en prie, *arrêtez.* » Elle leva le bras pour lui saisir le poignet, mais c'était une erreur. Une grosse erreur, en vérité.

Quin plia la serviette, l'emporta et revint avec un petit verre qui contenait un liquide de la couleur d'un Stradivarius.

« Allez, déclara-t-il. Buvez ça. Cela va vous réchauffer. Ensuite, vous me raconterez tranquillement de quoi il s'agit. »

Ruth prit le verre, renifla, but le Grand Armagnac. Un petit « Oh ! » appréciatif lui échappa. Elle se reprit aussitôt.

« Ce dont il s'agit, dit-elle en relevant le menton, c'est... la frigidité. »

L'expression de Quin ne changea pas, seuls ses sourcils se levèrent.

« La vraie frigidité, médicale, horrible, comme dans les livres. Comme ce que je lisais au

Grundlsee. Comme dans Havelock Ellis, Krafft-Ebing et Eugene Feuermann. Il fallait que j'aie une prémonition, sinon pourquoi aurais-je lu des ouvrages sur ce sujet, plutôt que *Heidi* ou *Les Malheurs de Sophie* ?

— On se le demande, murmura Quin.

— Je crois que c'est ce que j'ai toujours redouté le plus. D'être froide. Sans réaction. Allongée là, pareille à une bûche.

— C'est ce que vous avez fait ? »

Maintenant, il avait changé d'expression, et ses ongles s'enfonçaient dans sa paume, mais Ruth regardait le plancher.

« Pas exactement, parce que je n'étais pas *allongée.* Mais en fait, oui.

— C'est Heini, je suppose ? C'est bien de cela que nous parlons ? »

Ruth acquiesça. « Je vous ai dit que Heini a changé d'opinion au sujet de Chopin et de ses *Études.* Actuellement, il prépare un concours très important, il va jouer la *Dante Symphonie* de Liszt, entièrement consacrée à l'éternel féminin, et il voulait... l'amour. Il l'a dit le soir de Noël, et c'était très émouvant. Et comme j'avais perdu les documents pour l'annulation dans le bus, ce n'était pas la peine d'attendre qu'on se marie, alors j'ai tout organisé et Janet a eu la gentillesse de nous prêter son appartement. Elle m'a même donné une bouteille de vin, une "cuvée spéciale" de la Coop, mais il n'avait pas le goût du vin que nous avons bu dans l'*Orient-Express.*

— Non, déclara Quin d'un air grave. Sans doute

pas. Je dois dire que la cuvée spéciale de la Coop rendrait n'importe qui frigide. »

Mais il faisait un effort pour parler avec légèreté. Il avait envie d'étrangler Heini, lentement, à mains nues.

« Oh, je vous en prie, ce n'est pas drôle ! C'est un état épouvantable. Krafft-Ebing dit que les causes sont souvent psychologiques, mais comment aurai-je jamais les moyens de découvrir quelle chose horrible j'ai vue que mes parents ont faite... ? et Fräulein Lutzenholler est une femme affreuse. Pour une prétendue professionnelle, elle ne fait rien d'autre que boire du chocolat avec la peau du lait et dire des bêtises au sujet de l'amour. Et si c'est physique, c'est pire, parce que vous *savez* comme le système nerveux est complexe, et je ne veux pas me faire opérer. »

Quin s'était maîtrisé. « Écoutez, Ruth, répondit-il, la première fois qu'on fait l'amour, c'est souvent une catastrophe. C'est quelque chose qui s'apprend, et...

— Oui, mais comment est-ce *possible* ? Comment peut-on apprendre quand on est si frigide qu'il n'y a même *pas* de première fois ? Quand on enlève son pull et puis qu'on le remet et qu'on s'enfuit par l'escalier de secours ? Comment est-ce que ça peut jamais être bien, si on ne le *fait* même pas ? »

Quin se leva et alla à la fenêtre. Il songea soudain que c'était la plus belle vue du monde, et qu'il devait faire attention à ne pas sourire. « Vous voulez dire que vous n'avez pas fait l'amour du tout ?

— Non. Et c'est dramatique, parce que Heini s'est donné tant de mal pour se procurer les trucs contraceptifs dans un distributeur, et il a obtenu du chocolat à la crème, à la place, et après je me suis sauvée comme une poule mouillée. Depuis, il me parle à peine, et on ne peut pas lui en vouloir. »

Quin revint s'asseoir près d'elle sur le canapé. « Et pourquoi pensez-vous que, si je dis trois fois : "Je divorce d'avec toi", cela ira mieux ? »

Ruth contempla son verre vide, puis le tapis. « Vous comprenez, je veux être libérée et capable de donner, et bien sûr j'aime beaucoup Heini. Mais ma famille... c'est difficile de se défaire de son éducation ; ils *sont* vieux jeu, et le mariage a toujours été... le mariage. Même un mariage qui n'en est pas vraiment un, comme le nôtre. Et je me suis dit : Peut-être que ce n'est pas seulement parce que mon système nerveux est déficient, ou parce que j'ai vu quelque chose d'affreux dans une meule de foin au lac de Grundl. Peut-être qu'une part de moi-même continuera de s'enfuir par l'escalier de secours jusqu'à ce que je sois *démariée.* C'est pour ça que je vous demande, s'il vous plaît, de faire cette chose-là maintenant. C'est parfaitement valable, je vous assure. » Elle regarda autour d'elle et aperçut une paire de chandeliers en argent sur la cheminée. « Nous pourrions allumer des bougies, ajouta-t-elle, ce serait plus solennel.

— En effet », dit-il. Il se leva, alla prendre les chandeliers, les posa sur la table basse et craqua une allumette. « Voilà. »

Elle se tourna vers lui. « Maintenant, vous allez le faire ? demanda-t-elle, le souffle court.

— Eh bien, non, répondit-il avec un air d'excuse. Ce que je vais faire maintenant, ce n'est pas exactement cela. Ce que je vais faire maintenant, c'est vous embrasser. »

« Oh, pour l'amour du ciel, ne t'en va pas ! Je vais mourir *à l'instant* si tu me quittes. »

Il tourna la tête vers elle, étendue dans le lit à son côté. Le ciel nocturne s'encadrait dans la fenêtre, ainsi que les étoiles qui portaient des noms d'héroïnes : Andromède, les Pléiades... Elle appartenait désormais à leur compagnie, la valeureuse jeune fille qui avait fait son premier voyage au pays de l'amour.

« J'allais nous chercher quelque chose à manger, dit-il. Il est presque minuit. Tu dois mourir de faim. » Il fit glisser ses doigts le long de la joue de Ruth, sur sa gorge, avant de saisir une poignée de cheveux. « *Je suis lié par les liens de ses cheveux,* murmura-t-il, le visage enfoui dans le creux de son épaule.

— Miss Kenmore ne m'a pas appris cela, remarqua Ruth, mécontente de cette lacune dans son instruction.

— Non. Nous nous sommes quelque peu éloignés du domaine kenmorien. »

Beaucoup, même. Il avait manifestement décidé de ne pas la tuer en sortant du lit et elle, en se serrant contre lui, se disait qu'elle devait faire attention à ne pas *devenir* lui, ce qui ne serait pas pratique. Puis, soudain, elle s'écarta.

« Quin, il s'est passé quelque chose de terrible ! Je n'ai pas eu ma *tristesse*[1] ! » Elle le regarda, les

1. En français dans le texte. *(NdT.)*

yeux écarquillés. « Tu sais bien, le truc qu'on a, après. Le désespoir total. La tristesse post-coïtale, ça s'appelle. Tous les livres en parlent. C'est quand on réalise que, en dépit de tout, chaque être humain est tragiquement, désespérément seul. Mais je n'éprouve pas ça du tout, je me sens merveilleusement bien ! Je te l'ai *dit,* je ne suis pas comme les autres.

— Non, répondit-il d'une voix légèrement tremblante. Tu n'es absolument pas comme les autres. Si tu l'étais, les dieux descendraient tous de l'Olympe pour proclamer le Paradis sur Terre. » Puis : « Nous mangerons plus tard. »

Mais plus tard, d'un seul coup, il s'endormit et, à ses mouvements, elle imagina ses rêves : il chassait dans un paysage à la Uccello, avec des arbres vert sombre, des meutes de chiens et des chasseurs vêtus de rouge. Et elle se jura de rester éveillée, parce qu'elle ne devait rien manquer de cette nuit, pas un seul instant... Mais elle s'endormit à la fin — un sommeil bref dont elle sortit émerveillée, car elle comprenait maintenant ce que les gens voulaient dire par : « Elle a dormi avec lui. » Cela faisait partie de l'acte d'amour, ce partage de l'oubli.

Il se réveilla à son tour, brusquement. « Maintenant, tu vas manger, mon pauvre amour », dit-il d'un air contrit. Et ils allèrent tous deux à la cuisine main dans la main — elle n'était pas préparée à se séparer de lui, même pour un si court trajet. Ils firent un pique-nique de pain et de fromage, accompagné d'un vin qui n'avait pas grand-chose à voir avec la cuvée spéciale qu'elle avait bue chez Janet.

« Oh, comme j'ai *faim* ! » s'exclama Ruth qui

semblait goûter à la nourriture pour la première fois. Puis, un gros morceau d'emmenthal à la main, elle demanda : « Tu crois qu'elle va venir plus tard, la tristesse ? Le tragique, terrible désespoir ? Le sentiment que chacun est vraiment seul ?

— Je ne suis pas seul, répondit Quin en la prenant dans ses bras. Et toi non plus. Nous ne serons plus jamais seuls. »

Après avoir mangé, ils ouvrirent la fenêtre et restèrent à contempler la ville endormie et le fleuve qui ne dormait jamais. Enveloppée dans la robe de chambre de Quin, sa chaleur à lui tout contre elle, elle prenait de grandes bouffées d'air.

« *Coule doucement, belle Tamise, jusqu'à ce que mon chant prenne fin,* cita Ruth. Je ne connais peut-être pas les poèmes scabreux qui parlent de cheveux, mais Miss Kenmore m'a appris *beaucoup* de poèmes de Spenser. Je l'aime tant, ce fleuve.

— Moi aussi, dit Quin. En fait, je crois bien que je vais, moi aussi, lancer des bouteilles à l'eau. Demain j'achèterai mille bouteilles de limonade, je mettrai un billet dans chacune d'entre elles, et je les jetterai du pont.

— Et que diront-ils, ces billets ? Qu'est-ce que tu écriras dessus ? »

Il tourna la tête, surpris de son manque de perspicacité. « Ton nom, évidemment. Que veux-tu que j'y mette d'autre ? »

Toujours main dans la main, ils regagnèrent le lit. « C'est étrange, remarqua Ruth. Je pensais que l'amour, ce serait comme le mouvement lent de la *Symphonie concertante* de Mozart... ou bien comme un de ces tableaux sublimes que ma mère m'emmenait voir, avec des putti, des nuages et des rayons dorés... ou encore comme la mer. Mais il ne ressemble à rien de tout cela, n'est-ce pas ?

— Non. L'amour ressemble à l'amour.

— Oui. » Elle soupira et se blottit, tiède, souple et détendue, contre lui.

Mais lorsqu'elle déclara que, malgré sa frigidité aiguë et la tristesse qu'elle s'attendait à éprouver d'un moment à l'autre, elle avait le sentiment, pour ainsi dire, d'être *là* ; et quand il la prit dans ses bras et la serra contre lui, Quin n'utilisa aucune des paroles tendres qu'ils se disaient dans une langue comme dans l'autre.

D'une voix calme et distincte, dans l'obscurité, il prononça simplement ces mots : « Ma femme. »

26

Il avait déposé Ruth au coin de sa rue peu après le lever du jour. Maintenant, à neuf heures pile, il garait la Crossley devant l'immeuble élégant de la maison Cavour and Stattersley, bijoutiers fournisseurs de Sa Majesté le Roi depuis 1763, et montait les marches du perron.

Ça lui était venu spontanément, ce désir qui ne lui ressemblait pas, d'acheter pour elle un cadeau follement somptueux, un présent inutile et coûteux qui proclamerait son amour à la face du ciel. Cela ne lui ressemblait pas parce qu'il n'existait pas à Bowmont de tradition de ce genre — pas de diadème enfermé dans un coffre à la banque et qu'on sort pour les grandes occasions, pas de parure Somerville transmise de génération en génération. Sa grand-mère avait conservé la foi et les mœurs des quakers, et tante Frances ne possédait qu'une broche en camée qu'elle portait, légèrement de travers, sur sa robe de chenille noire, pour la Saint-Sylvestre.

Mais aujourd'hui, pour Ruth — son épouse nouvellement découverte —, il voulait faire un geste qui retentirait sur les générations à venir, une proclamation ! Il avait contre lui l'époque et sa conscience ; en passant les portes que tenait ouvertes devant lui un laquais, les orphelins d'Abyssinie, les sans-emploi tendaient vers lui des mains imaginaires, mais en vain. Plus tard, ils seraient raisonnables, lui et Ruth, ils laboureraient, sèmeraient, créeraient des droits de passage, ils parraineraient des laitiers amateurs d'opéra. Mais maintenant, tout de suite, il enverrait un cadeau inestimable, insensé à sa bien-aimée, et quand elle se lèverait, sortirait du lit, elle *saurait* !

Voilà pourquoi Quin se dirigeait d'un pas léger vers Mr. Cavour, qui se frottait les mains en le voyant venir.

« Qu'avez-vous en tête ? » dit le bijoutier quand on eut fait asseoir Quin sur une chaise de velours bleu, près d'un bureau en bois de rose. Des trésors dignes de l'Ermitage étincelaient dans les vitrines : des œufs de Fabergé, des boucles d'oreilles en perles de cristal, une broche papillon ayant appartenu à la reine d'Espagne. « Quelle sorte de pierre ? »

Quin sourit, conscient d'offrir l'image un peu absurde d'un homme prêt à se ruiner pour un cadeau dont il n'avait qu'une très vague idée. Quel genre de pierre avait-il en tête ? Des diamants ? Les diamants que Sindbad avait trouvés dans la vallée aux serpents... les diamants d'Orlov qui provenaient de l'œil d'une idole indienne... les diamants du Grand Moghol, le plus célèbre trésor de l'Antiquité... Mais les diamants convenaient-ils à Ruth, à sa vivacité, à son nez retroussé et à sa drôlerie ? N'étaient-ils pas trop froids pour elle ?

« Sinon, nous avons une parure de rubis, ajouta Mr. Cavour. Les pierres viennent des mines de Mogok, elles sont incomparables. Elles ont été vendues à un Américain par la grande-duchesse Tromatoff et elles sont revenues depuis peu sur le marché. »

Quin réfléchit. Mogok, près de Mandalay... les rizières... les temples... Il avait fait un détour par là, lors d'une précédente expédition, et il avait visité les mines. Pourquoi pas des rubis, avec leur feu intérieur ?

« Nous avons également un collier en perles et saphirs qui n'a pas son égal au monde. Quelqu'un est intéressé, mais si vous souhaitez faire une offre définitive... » Mr. Cavour fit signe à un employé. « Descendez au coffre, Ted, et apportez le n° 509. »

Quin avait l'esprit toujours en chute libre, poursuivant il ne savait quoi. La Vénus profane était toujours représentée sur les tableaux richement habillée et parée de perles. C'était la Vénus céleste qui était représentée nue car les peintres de la Renaissance savaient bien, eux, que la nudité est pure. Quant à lui, les deux lui convenaient : Ruth avec sa cape de loden, croulant sous les bijoux ; Ruth sans sa cape, à minuit, en train de manger une pêche.

On apporta l'écrin, on l'ouvrit. Le collier était splendide.

« Oui... il est très beau », dit Quin d'un air absent.

Et soudain se produisit le déclic qu'il attendait. L'image surgit à son esprit : Ruth, pieds nus, cheveux au vent, venant vers lui, sur la plage de Bowmont, quelque chose entre les mains. « Regardez ! disait-elle. Oh, regardez ! »

Il se leva, signifiant d'un geste que le collier ne l'intéressait pas. « C'est bon ! déclara-t-il. Je sais à présent ce que ce sera. Je le sais exactement. »

Sa course suivante ne lui prit pas longtemps.

Dick Proudfoot était revenu de Madère bronzé et heureux de vivre. Il avait fait quatre aquarelles dont trois seulement lui déplaisaient. Mais pour l'heure il contemplait le grand document avec ses cachets de cire — une réplique du premier — que le clerc avait apporté au moment où le Pr Somerville était arrivé à l'improviste. Puis il regarda à nouveau Quin.

« Qu'est-ce que tu dis ?

— Tu as bien entendu. Je veux que tu déchires tout ça. J'arrête la procédure d'annulation. Je reste marié. »

Proudfoot se renversa dans son fauteuil et croisa les mains sur la tête.

« Tiens, tiens. Je ne peux pas dire que ça me surprenne. Permets-moi de te féliciter », ajouta-t-il en souriant.

Il songea soudain qu'il n'avait pas vu Quin aussi détendu et heureux depuis longtemps. Son front était lisse, et le regard de ses yeux vifs et inquisiteurs était paisible. Proudfoot prit le document, le déchira et le jeta à la corbeille. « En dehors de tout le reste, c'est un grand soulagement : on était sur un terrain très épineux. Vous allez vivre à Bowmont ?

— Oui. Elle est parfaitement à sa place là-bas. Elle n'y est restée que quelques jours, et pourtant tout le monde se souvient d'elle : le berger, les domestiques... c'est étrange ! » Une ombre passa furtivement sur son visage. « L'ennui, c'est que j'ai mis sur pied cette expédition en Afrique. »

Mais, tout en parlant, Quin comprit ce qu'il allait faire. Le climat des plaines était sain, le voyage n'était pas risqué et, en cas de nécessité, Ruth pourrait toujours rester à Lindi avec le préfet et sa femme.

« Tu veux que j'écrive à Ruth ?

— Non, je vais le lui dire moi-même. Merci, Dick, tu as été parfait. Envoie ta note d'honoraires à Chelsea, je te la réglerai avant mon départ. »

Il était déjà à la porte du bureau quand Proudfoot le rappela. « Tu as une minute ? »

Malgré sa hâte de partir, Quin fit oui de la tête. Dick ouvrit le tiroir d'un secrétaire et en sortit une aquarelle ; elle représentait un tamaris très délicatement dessiné, sur un fond de géraniums d'un rouge éclatant.

« Je l'ai faite à Madère. Tu crois qu'elle lui plairait ? À Ruth ?

— Certainement.

— Je vais la faire encadrer, alors, et je la lui enverrai. »

Une fois dans la rue, Quin consulta sa montre. Ruth avait déjà dû recevoir son cadeau, maintenant, Cavour avait promis de le livrer tout de suite. Grisé par le manque de sommeil et la conviction qu'il vivrait éternellement, il prit la direction du muséum. Ce ne serait pas compliqué de réserver une cabine supplémentaire sur le bateau, mais mieux valait en aviser Milner immédiatement. Et quel plaisir de penser que, si Brille-Lamartaine cherchait à en savoir plus, il n'apprendrait rien d'autre que la vérité. Parce que, en effet, Quin emmenait une femme, une de ses étudiantes... dont il était passionnément amoureux !

Ruth ne pensait pas dormir après avoir laissé Quin. Elle ne s'était couchée qu'avec le désir de revivre en pensée toute cette glorieuse nuit, mais elle était tombée aussitôt dans un profond sommeil.

En se réveillant, elle découvrit un monde nouveau. La chambre qu'elle partageait avec tante Hilda, avec son papier peint marron à volutes, ne lui avait jamais paru un lieu où l'œil aimait s'attarder ; mais maintenant elle imaginait le plaisir qu'avait dû éprouver le dessinateur à peindre ces arabesques. Et Hilda elle-même, brossant ses cheveux clairsemés, sembla à Ruth personnifier l'universitaire idéale, qui consacrait sa vie à une tribu qu'elle n'avait jamais vue, et tombait en extase devant une pointe de flèche émoussée ou une coupe à boire. Hilda était extraordinaire, et Ruth se sentait heureuse d'être sa nièce.

Elle sauta du lit en souriant à sa vieille tante. Sous ses pieds, il y avait la boîte à biscuits contenant son alliance et son certificat de mariage. Bientôt, demain peut-être, elle pourrait les sortir de leur cachette et les montrer à sa mère. « Je suis mariée, maman, dirait-elle. Je suis mariée au Pr Somerville, je l'aime à la folie et il m'aime aussi. »

Elle enfila sa robe de chambre et s'approcha de la fenêtre. Ici également existait une beauté qu'elle n'avait pas perçue jusqu'alors. Le gazomètre était toujours là, certes, mais le sycomore aussi dans le jardin d'à côté — l'écorce était noire de suie et une des branches était morte, d'accord, mais les feuilles nouvelles, quelle merveille !

Elle rencontra Fräulein Lutzenholler sur le palier, l'air hostile, sa trousse de toilette à la main.

« Il est dans la salle de bains », dit la psychanalyste.

Inutile de demander qui. C'était toujours Heini qui était dans la salle de bains. Mais, ce matin, Ruth ne s'empressa pas de défendre Heini, trop reconnaissante à Fräulein Lutzenholler qui avait eu raison de bout en bout : elle avait dit qu'on perdait ce qu'on voulait perdre, qu'on oubliait ce qu'on voulait oublier. Et elle avait dit que la frigidité avait à voir avec le fait qu'on aimait ou pas l'autre. Ruth, dans sa fantastique non-frigidité, adressa un sourire radieux à la psychanalyste, et l'aurait volontiers embrassée s'il n'y avait eu la moustache et le fait que, sans doute, si tôt le matin, elle ne s'était pas encore lavé les dents.

« Dépêche-toi, Heini », cria Ruth.

En pensant à lui, elle se figea soudain. Heini allait être terriblement blessé, et l'appréhension assombrit un instant le bonheur de Ruth. Mais pas longtemps. Heini trouverait un autre sansonnet — des tas d'autres, dans les années à venir. C'était la musique qu'il aimait, et à juste titre. Et ce qui s'était passé la nuit précédente n'entrait pas dans la catégorie des choses que l'on pouvait regretter. Ça tenait d'une opération alchimique — la fusion du corps et de l'esprit —, cela ne se discutait pas.

Oh, *Quin*, pensa-t-elle en serrant ses bras autour d'elle. Fräulein Lutzenholler, qui attendait, furieuse, la regarda d'un air surpris et se rappela l'existence d'un sentiment qu'elle rencontrait rarement dans son métier : la joie.

Renonçant à la salle de bains, Ruth alla à la cuisine où chacun d'entre eux, depuis l'arrivée de Heini, avait une brosse à dents de rechange. Sa mère préparait le petit déjeuner et Ruth s'arrêta un moment sur le seuil pour l'observer. Leonie paraissait fatiguée, ces jours-ci, elle avait des rides depuis leur départ de Vienne, et ses cheveux grisonnaient, mais Ruth la trouvait belle. En plus de l'amour dont Ruth se sentait enveloppée, en plus de l'extase de la nuit écoulée, il y avait une immense gratitude parce que, désormais, elle pourrait aider ses parents, et oncle Mishak, elle pourrait les payer de retour.

Sa mère ne voudrait pas vivre à Bowmont. Ruth sourit en pensant à la mer démontée, au vent glacial, aux courants d'air. Ses parents viendraient la voir, mais préféreraient rester en ville, et ils pourraient y vivre dans de bonnes conditions. Elle ne serait pas une épouse exigeante : pas de grandes toilettes, de bijoux ou de colifichets, qui ne l'intéressaient nullement. Elle apprendrait à être économe et raisonnable, mais il y avait certaines choses qu'elle demanderait à Quin et qu'il lui accorderait, elle le savait. Un cottage pour oncle Mishak — Elsie lui en avait montré un, au village, qui était inoccupé —, un refuge pour les amis de Ruth, quand ils auraient besoin d'un endroit pour travailler ou se reposer... et elle pourrait lui signaler le problème de la brebis ! Elle, en échange, ne geindrait pas pour qu'il l'emmène dans ses expéditions. Elle ne voyait pas très bien comment elle pourrait vivre sans lui pendant plusieurs mois d'affilée, mais elle le ferait — elle ne savait pas comment, mais elle le ferait.

Elle embrassa sa mère qui lui dit : « Comme tu as l'air heureuse ! Tu as passé une bonne soirée, avec Pilly ?

— Oui, une excellente soirée. »

Elle rougit, mais c'était son dernier mensonge. Ils n'avaient pas arrêté de plans, la nuit dernière — c'était une nuit hors du temps — mais, lorsque ce serait fait, elle annoncerait son mariage et alors, fini les mensonges !

Ruth se coupait une tranche de pain quand elle émergea de son rêve de félicité pour se rendre compte que Leonie entrechoquait la vaisselle d'une façon qui, à Vienne, était de mauvais augure.

« Quelque chose ne va pas, maman ?

— Je suis idiote de m'étonner, dit Leonie en haussant les épaules, j'aurais dû m'y attendre de la part de cette stupide Aryenne au regard bovin ! Mais quand même, je n'aurais jamais imaginé qu'elle le traiterait ainsi, après tout ce qu'il a fait pour elle et pour sa famille de rustres. Quand je pense à la façon dont elle l'a poursuivi, à l'hôpital — une infirmière débutante, aussi plate qu'une limande — et comme elle crânait parce qu'elle était une Frau Doktor !

— Tu veux parler de Hennie ? La femme du Dr Levy ? »

Leonie fit oui de la tête. « Elle lui a écrit pour lui dire qu'elle veut le divorce pour motifs raciaux. Si tu l'avais vu, hier, il a vieilli de dix ans, et malgré cela il n'admet pas qu'on la critique. Cet homme est un saint. »

Ruth ne répondit rien. Elle mit ses mains autour de sa tasse, dans un besoin soudain de chaleur. Comment pouvait-on blesser cet homme doux et modeste, ce brillant médecin, cet ami généreux ? Elle avait paru l'aimer, pourtant, cette idiote d'Hennie qui répétait tout ce qu'il disait et était très fière du statut de son mari. La pression de sa famille, leurs idées pernicieuses avaient-elles été trop fortes ?

« Tu ne vas pas à la faculté ?

— Plus tard. »

Quin lui avait dit de prendre sa matinée, de paresser. Cela l'avait surprise, mais elle suivrait son avis. Lorsqu'elle serait à la fac, il faudrait qu'elle fasse attention à ne pas entrer en lévitation pendant le cours et à ne pas se retrouver dans ses bras. La lévitation pendant les cours ne devait pas être bien vue, et la seule façon de remercier les dieux, maintenant, c'était d'être très, très sage.

Elle était encore en train de rêver devant une seconde tasse de café quand on sonna à la porte, une sonnerie stridente, insistante. Un moment, elle crut que c'était Quin et, dans un geste inconscient de coquetterie, elle fit voler ses cheveux en arrière, comme une auréole. Mais c'était idiot, Quin en la quittant lui avait dit qu'il avait quelque chose d'important à faire. Il avait paru mystérieux, préoccupé, presque. En tout cas, jamais il ne l'aurait suivie à Belsize Park, pas avant qu'ils aient décidé quoi faire.

« Vas-y, ma chérie, dit Leonie. Ziller est sorti, il est allé au centre de soins. C'est peut-être pour la dératisation ! » ajouta-t-elle, pleine d'espoir.

Mais ce n'était pas pour la dératisation. Un garçon en livrée de groom bleu sombre et casquette à visière se tenait devant la porte. Il avait dû venir avec la camionnette garée juste à côté, également bleu sombre, avec le nom *Cavour and Stattersley* écrit en arabesques et surmonté d'une couronne.

« J'ai un paquet pour Miss Ruth Berger. A lui remettre en mains propres.

— Je suis Ruth Berger.

— Pouvez-vous me donner une preuve de votre identité ? »

Ruth, toujours en robe de chambre, poussa un soupir. « Je peux remonter chercher un papier. Mais je n'attends rien. Vous êtes sûr que c'est pour moi ?

— Oui, j'en suis sûr. C'est une livraison spéciale. A remettre personnellement, à la première heure, *et* en voiture blindée, ce qui se fait uniquement quand il s'agit de quelque chose qui vaut une fortune !

— Je pense que vous avez dû faire une erreur », dit Ruth, perplexe.

Mais à ce moment-là, le chauffeur se pencha à la fenêtre de la camionnette et déclara : « C'est bon, la description correspond. Tu peux le lui remettre, fais-la juste signer. »

Ruth prit le paquet et signa le reçu. Le garçon de courses la regarda, impressionné. « On n'a pas eu à se presser comme ça depuis le jour où il fallait livrer un diadème à la grande-duchesse de Rockingham, avant la visite officielle de je ne sais quelle grosse légume. J'aimerais bien que ce soit moi qui ouvre le paquet.

— Je suis désolée, déclara Ruth, toujours déconcertée. Je n'ai rien à vous donner. Mais merci quand même. Au fait, si c'était une erreur... ?

— Dans ce cas, prenez contact avec la maison Cavour and Stattersley. Ils peuvent peut-être vous le changer... le raccourcir, ou je ne sais quoi. Mais vous n'aurez pas envie de faire d'histoires, avec ce que vous avez là ! »

La camionnette s'éloigna. Une fois seule, Ruth ouvrit le paquet.

Elle ne réalisa pas tout de suite ce qu'elle avait sous les yeux : un collier de pierres vertes entourées de diamants et reliées par une chaîne en or. Des émeraudes, couleur de la mer, couleur des yeux du Bouddha, qui formaient un ensemble parfait.

Puis elle comprit soudain.

C'était un cadeau... un cadeau livré en toute hâte pour qu'elle le reçoive le matin d'après la nuit de noces. Un cadeau d'un prix indécent — parce que Quin était généreux et ne l'aurait jamais achetée avec un cadeau à bon marché —, mais dont la signification était indubitable.

« Ce mot vient d'une expression latine, *matrimonium ad morganaticum,* lui avait dit Quin au café du Stadtpark pour lui expliquer ce qu'était un mariage morganatique. C'est un mariage fondé sur le présent du matin, par lequel le mari se libère de tout engagement vis-à-vis de sa femme. Une épouse morganatique ne partage aucune des fonctions ni des responsabilités de son mari, et leurs enfants n'héritent pas. »

Voilà pourquoi il avait insisté pour qu'elle reste chez elle ce matin : pour qu'elle soit sûre de recevoir le cadeau, et comprenne tout de suite qu'elle n'était pas désirée à Bowmont. Une fille au sang impur pouvait partager son lit, mais pas sa maison. Une réfugiée, une étrangère, en partie juive... bien sûr, c'était impensable. Si cela pouvait arriver au Dr Levy, ce saint homme, pourquoi pas à elle ?

Elle referma l'écrin et l'enfouit dans la poche de sa robe de chambre. Dieu, qu'elle était physique, cette souffrance-là ! C'était comme d'être affreusement malade. Pourquoi ne pouvait-on arrêter ce tremblement, ce vertige ? Jusqu'à quand allaient-ils durer ? Jusqu'à la mort ?

« Regarde ! s'exclama lady Plackett. C'est scandaleux ! Le Pr Somerville doit être informé immédiatement et prendre les mesures qui s'imposent ! »

Ignorant les espérances de Verena pour l'Afrique, elle n'était plus aussi enchantée par Quin qui ne faisait rien, apparemment, pour confirmer son engagement envers sa fille.

Verena prit le journal que lui tendait sa mère et approuva. Elle n'avait rien trouvé à mettre sur le dos de Ruth, mais un certain nombre de détails la tarabustaient. Pourquoi Ruth avait-elle été emmenée dans la tour, à Bowmont, alors que personne d'autre n'avait le droit d'y pénétrer ? Quels étaient les liens exacts de l'Autrichienne avec Quin avant son arrivée ?

« Cela donne une impression de lubricité », dit-elle de sa voix nette, et une lueur de satisfaction éclaira son regard car, si le professeur éprouvait encore l'envie de protéger l'étrangère, cette photo la lui ôterait certainement.

« Je vais téléphoner tout de suite à sa secrétaire », déclara lady Plackett.

Voilà pourquoi Quin, de retour du muséum où il avait organisé le voyage de Ruth, trouva le message de lady Plackett et se rendit chez elle, toujours planant sur son nuage.

« Nous pensons que cela vous intéressera de savoir à quoi l'une de vos étudiantes consacre ses moments de loisir », lui dit lady Plackett en ouvrant le journal.

Quin ne se demanda pas comment le *Daily Echo* avait pu franchir les portes de l'auguste demeure du président de l'université. Il ne s'arrêta à aucune considération d'aucune sorte parce que la photo — publiée en pleine page au centre du journal — lui porta un coup auquel il n'était pas du tout préparé.

C'était Ruth et Heini, côte à côte, très près l'un de l'autre. Ils n'étaient pas enlacés, ni affalés sur un sofa, non, absolument pas. Heini était assis à un piano de concert et Ruth, un bras passé derrière la tête bouclée du jeune homme, présentait son visage, suivant les instructions du photographe, directement face à l'appareil. Sa grande bouche, son adorable sourire crevaient la page, elle avait l'air confiante et heureuse, et une mèche de ses cheveux caressait l'épaule de Heini qui levait sur elle un regard d'adoration.

La légende disait, évidemment : *Heini et son sansonnet.*

« Vous serez d'accord avec moi, j'en suis sûre : s'étaler ainsi dans la presse à scandales est totalement inacceptable ! ajouta lady Plackett.

— Et ce n'est pas tout, renchérit Verena. Elle a essayé de compromettre l'université. Thameside est nommément citée. Et on parle d'elle comme d'une des étudiantes les plus brillantes. »

Quin gardait le silence, déconcerté par l'effet que lui faisait la photo. Il aurait trouvé moins douloureux de voir Ruth photographiée au lit avec Heini. Les gens couchent ensemble pour toutes sortes de raisons, mais la dévotion et le respect avec lesquels elle se penchait vers le jeune homme étaient intolérables.

« Elle a dû être victime d'un journaliste peu scrupuleux », dit-il.

Il avait deviné juste. C'était après la débâcle à l'appartement de Janet que Mantella avait convoqué Ruth pour lui faire rencontrer Zoltan Karkoly, un journaliste hongrois qui travaillait alors pour le *Daily Echo.* Karkoly lui avait expliqué qu'il faisait une série d'articles sur les candidats les plus remarquables du concours de piano Bootheby et la musique qu'ils allaient jouer, et il l'avait amenée adroitement à parler de ses sujets de prédilection. Il s'était retrouvé avec un stock d'informations sur les animaux qu'avait aimés Mozart : non seulement le sansonnet acheté au marché pour trente-quatre kreutzers, mais le canari qui avait suivi, et le cheval sur lequel Mozart s'était promené dans les rues de Vienne. Le journaliste avait posé sans en avoir l'air des questions sur Ruth elle-même et sa relation avec Heini, et elle avait répondu en toute confiance. Oui, elle travaillait aux « Glycines », oui, elle se plaisait à Thameside, et oui, elle suivrait Heini au bout du monde — disait Ruth qui l'avait laissé dans un lit défait pour s'enfuir par l'escalier de secours. Oui, enfin, elle poserait pour des photos si cela devait aider la carrière de Heini.

Karkoly avait donc photographié les jeunes gens assis devant le Bechstein du Wigmore Hall ; il avait pris plusieurs photos mais n'avait publié que la dernière, sur laquelle Ruth tournait légèrement la tête pour demander si c'était fini, et où ses cheveux tombaient sur l'épaule de Heini — scène qui évoquerait, même pour le lecteur le plus idiot, *La Leçon de musique* qu'on voyait accrochée aux murs de tous les salons.

« Nous supposons que vous allez lui parler ? dit lady Plackett.

— Oui, c'est ce que je vais faire, en effet. »

En retournant chez lui en voiture, à hauteur de Waterloo Bridge Quin avait retrouvé son calme. L'article était sûrement vieux de plusieurs jours, et il connaissait bien lui-même les astuces et les manipulations des journalistes ; mais la joie et l'émerveillement de la journée s'étaient évanouis et, pour la première fois, il se rendit compte de l'invraisemblance des événements. Un homme qui a connu un grand nombre de femmes épouse une jeune fille par esprit chevaleresque, et découvre avec elle le grand amour...

Lockwood était rentré de week-end. « Il y a un message pour vous de Cavour and Stattersley, dit-il à Quin. C'est Mr. Cavour qui a téléphoné. Il a demandé que vous le rappeliez dès votre retour. Il sera là jusqu'à dix-huit heures trente. Le numéro est inscrit sur le bloc-notes.

— Merci. »

Que se passait-il ? Ils n'avaient pas pu se tromper, quand même, il avait clairement expliqué ce qu'il voulait et indiqué l'adresse de Ruth.

Il alla au téléphone, composa le numéro, s'assit — ce qu'il ne faisait pas, en général, lorsqu'il téléphonait.

« Ah, professeur Somerville. Je suis content de vous avoir au bout du fil. Il s'est produit quelque chose de très bizarre. Le collier nous a été retourné.

— Quoi ?

— À midi. Miss Berger est venue en personne nous le remettre.

— Pour des modifications ? Il est trop long ?

— Non, pas pour cela, pas pour un échange. Je pensais qu'elle préférait peut-être d'autres pierres. Certaines personnes croient que le vert porte malheur, vous comprenez. J'ai eu un client...

— Oui, oui. Dites-moi ce qui s'est passé. Qu'a-t-elle dit ?

— Elle paraissait très fâchée. Elle m'a demandé de vous dire qu'elle n'en voulait pas. Elle n'est restée dans le magasin qu'un instant. Elle avait l'air très contrariée. Nous allons le garder ici, monsieur, en attendant vos instructions. Nous le mettrons dans la chambre forte jusque-là ; simplement, voulez-vous avoir l'obligeance de nous faire signe sans tarder, une pièce de cette valeur est plus en sécurité à la banque.

— Oui. » Il faut être poli. Dire merci à Mr. Cavour. Manger ce que Lockwood a préparé pour le dîner.

Alors, c'était ça ? Cette histoire vieille comme le monde ? Se servir d'un homme expérimenté qui vous apprenne l'art de l'amour, pour vous permettre de revenir sans peur vers celui que vous aimez ? Ce n'était pas une si mauvaise idée, en fait. Elle avait dû trouver ça dans un livre.

Non, ce n'était pas vrai. Ça ne pouvait pas être vrai. « Je vais mourir si tu me quittes », lui avait-elle dit moins de vingt-quatre heures plus tôt. Mais elle avait dit d'autres choses, aussi. Elle avait dit : « Je suivrais Heini jusqu'au bout du monde. »

Il alla à la fenêtre, posa son front contre la vitre, en proie à un débat intérieur : il voulait croire, il avait besoin de croire à la bonté de Ruth, qui seule donnait son prix à la vie. Il la verrait le lendemain, elle viendrait à son cours, ils auraient une explication. Ça ne pouvait être vrai, cette descente aux Enfers.

« Mon Dieu, donnez-moi la foi ! » pria Quin, que cette angoisse inhabituelle ramenait aux prières de son enfance.

Mais Dieu était silencieux et la Tamise, comme Ruth le lui avait enjoint, coulait, coulait, coulait.

Ruth, dans le métro, regardait une publicité de l'autre côté du quai. Un bonhomme en forme de flamme vantait les mérites de la ouate thermogène.

Il aurait bien du mal à la réchauffer — c'était son cœur qui était glacé, son âme même... Après avoir rapporté le collier, elle était revenue chez elle et avait dit à sa mère qu'elle avait la migraine ; puis elle s'était couchée, avait rabattu la couverture sur sa tête et en fait elle avait dormi, parce que, quand on est disloqué de cette façon, on est extrêmement fatigué. Ce n'était pas de dormir qui était un problème, c'était de se réveiller, et toutes les heures le cycle infernal recommençait : ça ne peut pas être vrai, je n'ai pas pu me tromper sur ce qui s'est passé cette nuit-là. Et dans ses rêves le collier de pierres vertes ondulait comme un serpent.

Mais le lendemain matin, elle avait décidé d'aller à l'université.

« Ruth, tu n'es pas en état d'y aller, avait dit Leonie devant les traits tirés et le regard éteint de sa fille.

— Il le faut, maman. C'est le dernier jour du trimestre, et le dernier cours du Pr Somerville. »

Elle avait prononcé son nom. Elle avait été brave, comme une vraie Anglaise, digne de lord Nelson sur sa colonne à Trafalgar Square.

Mais, une fois dans le métro, elle avait dû affronter la vérité. Ce n'était pas du courage, c'était l'impossibilité de ne pas être là où il était ; et c'est alors, en regardant Monsieur Thermogène et les pimpantes demoiselles d'une publicité pour le téléphone, qu'elle fut à nouveau la proie de pensées abjectes, sournoises. Parce qu'elle lui avait plu un peu, elle le savait. Si elle acceptait ses conditions, si elle restait loin de Bowmont et de sa vie publique... si elle trouvait du travail, ici à Londres, et un appartement...

un petit appartement pas cher, comme celui de Janet, où il pourrait venir parfois... L'annulation prononcée, il épouserait une jeune fille de son milieu, s'il le souhaitait. Mais elle le verrait de temps en temps... elle ne serait pas obligée de subir la relégation dans le désert uniforme et gris du temps sans lui...

Non, cela ne marcherait pas. Les nids d'amour secrets sont pour les gens capables de se maîtriser, par pour ceux qui croient mourir quand l'autre sort du lit pour aller chercher un verre d'eau. Elle l'aimait beaucoup trop pour ça, elle ferait des scènes, aurait des exigences. Elle n'avait qu'une seule chose à faire : terminer sa licence et partir pour toujours.

En descendant à la station Embankment, elle s'aperçut que Kenneth Easton avait pris la même rame qu'elle. D'habitude, Kenneth était distant et copiait l'attitude de Verena, mais aujourd'hui il semblait vouloir faire le chemin avec Ruth. Elle vit qu'il était pâle et accablé, et la vitrine d'une boutique leur renvoya l'image de deux spectres, hagards, le visage verdâtre.

« Tu as l'air fatigué, dit Ruth comme ils se dirigeaient vers le pont.

— Oui. Je suis très fatigué. Je n'ai pas dormi de la nuit.

— Le trimestre a été long. Tu vas pouvoir souffler, dans deux jours. Et puis, tu as pas mal joué au squash, c'est fatigant. »

Kenneth la regarda avec gratitude, car elle lui avait tendu la perche qu'il espérait.

« Oui, j'ai beaucoup joué au squash, et c'est une activité où on se dépense énormément. C'est vrai pour d'autres choses, aussi... on peut croire que c'est facile de dire certains mots plutôt que d'autres, mais ça peut créer une grande tension, et ma mère ne comprend pas toujours. A Edgware Green, les cabinets sont les cabinets, et si tu te mets soudain à dire les toilettes, tout le monde te regarde. Mais ça n'avait pas d'importance, rien n'avait d'importance, parce que je croyais vraiment que Verena finirait par m'aimer. »

Ils étaient arrivés à la Tamise et Ruth, un instant, n'écouta plus. *J'achèterai mille bouteilles de limonade et je mettrai un billet dans chacune d'entre elles...*

Quand elle fut à nouveau capable de l'entendre, Kenneth reconnaissait sa stupidité. « Je me suis pour ainsi dire déclaré. C'était hier soir après le squash, nous sommes allés prendre un verre dans un club et c'était si sympathique. J'ai totalement oublié que mon père était un épicier. Il est mort, c'est vrai, mais ça ne fait qu'aggraver les choses. S'il était vivant, il aurait peut-être pu faire autre chose, mais maintenant il est pour toujours un épicier.

— Et Verena t'a repoussé ?

— Oui. Et elle m'a parlé du Pr Somerville, et c'était pire. Je savais qu'elle s'intéressait à lui, bien sûr, mais je pensais que c'était à sens unique, alors quand elle m'a parlé de l'Afrique, j'ai compris... »

Fixe l'eau, pensa Ruth. L'eau guérit... elle emporte la souffrance. « L'Afrique ?

— Le professeur l'emmène avec lui. Elle le savait avant mais elle ne disait rien parce que c'est un secret, et hier elle est allée à la Société de géographie et l'assistant du professeur venait de réserver une cabine spéciale. Personne n'est censé le savoir, je ne devrais pas te le dire. Tu n'en parleras pas, n'est-ce pas, Ruth ? Promis ?

— Bien sûr, Kenneth, je ne dirai rien.

— J'aurais dû comprendre. Les aristocrates restent toujours entre eux. Les gens comme nous sont bons pour l'amusement, mais quand on en vient à l'essentiel, il n'y a plus personne. Mon père est un épicier, il n'y a pas à sortir de là. Je n'ai jamais eu la moindre chance. »

Non. Moi non plus, je n'ai jamais eu la moindre chance. Mon père est quelque chose de pire qu'un épicier. Eh bien, au moins l'humiliation de s'offrir à Quin comme une sorte de concubine lui serait épargnée. L'expédition en Afrique allait être longue, et il était impensable qu'il n'épouse pas Verena à un moment ou à un autre. Elle devait un fier service à Kenneth d'avoir coupé les derniers fils d'espoir.

Elle prodigua quelques paroles de consolation à Kenneth, puis ils passèrent sous la voûte et entrèrent dans la cour de Thameside. Devant eux, comme pour confirmer tout ce que Kenneth venait de dire à Ruth, Quin et Verena étaient en grande conversation sous le noyer.

Quin leva la tête et la regarda franchement. Elle avait eu beau croire, cette nuit, que rien de pire ne pouvait arriver, elle s'était trompée. Car ce qu'elle devait faire, maintenant, c'était *ne pas* courir vers lui, ne pas se jeter dans ses bras en le suppliant de la délivrer de ce cauchemar ; et c'était pire. C'était impossible, mais elle l'avait fait : elle avait tiré Kenneth par le bras et lui disait quelque chose.

« Kenneth, j'ai décidé de ne pas aller au cours. Heini voulait que je le retrouve en salle de répétition, je crois qu'il faut que j'y aille. Tu veux bien expliquer ça au professeur et m'excuser auprès de lui ? Dis-lui que je dois être avec mon fiancé, dis-lui bien ça, et demande à Sam de me prêter ses notes. »

Kenneth, parce qu'il souffrait lui aussi, eut un geste magnanime. « Je te prêterai les miennes, Ruth. Mon écriture est bien plus lisible que celle de Sam. »

Quin l'avait vue arriver, il avait vu sa chevelure éclatante, sa silhouette magnifique sous la cape usée ; et son cœur avait bondi parce que, maintenant, en plein jour, il savait que tout ce qu'il avait pensé cette nuit était impossible, et il attendait qu'elle vienne vers lui, soulagé et heureux de retrouver la raison. Mais elle s'était arrêtée, avait tourné le dos et était partie, et avant même que Kenneth lui transmette, mot pour mot, le message de Ruth — en prononçant le mot fiancé d'une manière qui déplaisait à Verena —, la douleur le frappa, le déchira, et l'incrédulité se transforma en certitude. Il avait été utilisé et trahi.

Toutefois Quin avait une échappatoire, portée à la perfection par les hommes, mais que Ruth avait encore à apprendre. La colère. Une fureur totale, une rage qui le consumait — rage contre Heini, contre Ruth, contre lui-même pour s'être laissé duper. Une fois dans son bureau, il arracha sa toge de la patère et fonça comme un forcené vers l'amphithéâtre, laissant se déchaîner cet ouragan de fureur, tellement moins insupportable que la douleur.

27

Ruth passa les vacances de Pâques à travailler. C'était le travail, affirmait-elle à sa mère, qui était responsable des cernes sous ses yeux, de son manque d'appétit et de sa pâleur cadavérique.

« Alors, il faut que tu *arrêtes* ! » hurlait Leonie, qui ne pouvait supporter de voir sa fille chérie ressembler aux gens qu'on montrait, aux actualités, sortant des maisons bombardées de Canton ou de Madrid.

« Je ne peux pas », disait Ruth, citant — évidemment — Mozart, qui avait déclaré que travailler le fatiguait moins que de se reposer.

Si Ruth était épuisée, Heini, lui, était d'excellente humeur. Heini et Ruth s'étaient complètement réconciliés. Elle lui avait demandé pardon, et il le lui avait accordé de tout cœur.

« Ce n'est pas ta faute, ma chérie, avait-il dit. Cet appartement aurait découragé n'importe qui. Mais, Ruth, si maintenant tu m'aides, si tu es auprès de moi, je *sais* que je peux gagner ! Je ne te demanderai rien de physique, quand je serai établi nous pourrons nous marier et passer notre lune de miel dans un hôtel de luxe. Tu sais, Mantella pense qu'il pourra m'envoyer en Amérique, si tout se passe bien, et alors il faudra que tu viennes avec moi ! Il le faudra, je ne pourrai pas y aller seul.

— L'Amérique ! Oh, Heini, c'est si *loin* ! »

Il était là, debout, en bras de chemise, regardant la pluie grise qui tombait en oblique, et elle avait été profondément ébranlée par ce qu'il avait dit : « Loin ? Loin d'où ? » Elle avait alors compris ce qu'il voyait dans le pays d'adoption de Ruth : les logements minables, la pauvreté, la langue peu familière, la cuisine médiocre. Mais elle s'était quand même défendue.

« Je ne pourrais pas quitter mes parents. »

Alors, il lui avait pris les mains et l'avait regardée dans les yeux. « Ruth, tu es égoïste. Nous les ferons venir dès que je serai installé là-bas. Tout le monde dit qu'il va y avoir la guerre. Et si Londres est bombardé ? »

Oui. Il avait raison. Elle était égoïste. Ce serait la meilleure façon d'aider ses parents... et de s'aider elle-même. Cinq mille kilomètres d'océan la dissuaderaient à coup sûr de revenir lâchement se traîner aux pieds de Quin en souvenir du bonheur.

« D'accord, Heini. Si tu gagnes et que Mantella t'envoie là-bas, je viendrai. Et je t'aiderai de mon mieux. »

Cette conversation avait eu lieu quinze jours plus tôt et, de fait, Ruth aidait Heini. Elle recollait ses partitions déchirées, elle lui massait les doigts et restait près de lui quand il travaillait les redoutables arpèges de la sonate *Hammerklavier.*

Elle aidait Pilly, aussi, en rédigeant des notes de révision que son amie collait aux murs de sa chambre et de la salle de bains, si bien que même Mr. Yarrowby, qui se rasait chaque jour devant des schémas de la *Reproduction chez les spongiaires* et des tableaux de la *Répartition des dinosaures aux États-Unis,* devint un zoologue fort compétent. Et elle continuait son travail aux « Glycines ».

Juste avant Pâques, le Pr Berger, dont les fonctions à Manchester avaient été renouvelées pour trois mois, prit une chambre plus grande et demanda à Leonie de venir le rejoindre. Écartelée entre son mari et sa fille, Leonie devint anxieuse. C'est Ruth qui la poussa.

« Tu dois y aller, maman, insista-t-elle. Je vais bien. J'ai oncle Mishak et tante Hilda, et puis c'est une question de quelques semaines. Quand le concours sera fini, et les examens, nous passerons des vacances formidables. »

Leonie partit donc et Ruth, libérée des contraintes de l'amour maternel, travailla encore plus dur et fut de plus en plus malade. Puis le dernier trimestre commença.

Le cours de Quin s'était terminé à Pâques. Dans les semaines précédant les examens, il n'organisa que deux séminaires de révision, passant le reste de son temps au muséum.

Il était tout à fait prêt à affronter Ruth quand il la reverrait : à la colère avait succédé une indifférence glaciale. Le passé était le passé. Thameside même, à mesure que le jour de son départ approchait, s'estompait. En fait, l'indifférence étudiée et le salut distant qu'il avait préparés ne furent pas nécessaires. Ruth sécha les séminaires et s'arrangea pour ne jamais être là où il risquait de se trouver. Ce n'était pas le jeu de l'invisibilité qu'elle avait joué au début de l'année, mais un sixième sens dont sont doués les gens qui aiment sans retour, et qui lui faisait rarement défaut. Elle savait quand Quin était à la fac, elle le savait avant même de voir la Crossley, et elle agissait en conséquence. Son travail en souffrait, forcément, mais elle ne semblait plus guère s'en soucier. Ce qui comptait, c'était de survivre.

Ses amis, bien sûr, voyaient qu'elle avait l'air malade, qu'elle avait perdu l'appétit.

« Qu'est-ce qu'il y a, Ruth ? » interrogeait Pilly jour après jour, et jour après jour Ruth répondait : « Rien. Je vais bien. Je m'inquiète un peu pour Heini, c'est tout. »

De candidate à la mention très bien, elle devint une étudiante dont les professeurs espéraient qu'elle resterait simplement jusqu'à la fin des cours. Miss Elke voulut lui parler puis, pour des raisons bien à elle, y renonça, et Mr. Felton, qui normalement aurait eu à cœur de savoir ce qu'elle avait, traversait lui-même une période difficile ; en effet, la danseuse canadienne, à la consternation générale, avait eu des jumeaux. Les petits — un garçon et une fille — étaient adorables et Lillian, après des années de frustration, avait d'un seul coup une famille complète mais, au nombre des exploits des bébés ne figurait pas la capacité de dormir. Et nuit après nuit, le pauvre Roger arpentait sa chambre en pensant avec nostalgie à l'époque où les seuls problèmes qu'il devait affronter étaient les thermomètres de sa femme. Il savait que Ruth n'allait pas bien, que la qualité de son travail baissait, mais lui aussi se rangeait à l'opinion générale : elle était anxieuse pour Heini, et sa vie avec lui passait avant ses études à Thameside.

Ruth n'eut qu'une seule satisfaction durant ces semaines atroces, et l'origine en fut une discussion avec Leonie avant le départ de celle-ci pour Manchester.

« Ce vieux philosophe, avait dit Ruth. Tu sais, celui qui méditait sur un banc devant la Bourse. Qu'est-il devenu ?

— Oh, on l'a enfermé dans une maison, en Suisse, il y a longtemps. Il était complètement timbré. Lorsqu'on est venu débarrasser son appartement, on a trouvé partout des sous-vêtements féminins qu'il avait volés dans les magasins. Et il traitait sa gouvernante comme un chien. »

C'était entendu. Un homme pouvait être fou et l'on pouvait quand même prendre en considération ce qu'il disait. Qu'il fût fétichiste pouvait même lui être pardonné. Mais qu'il maltraite sa gouvernante, ça c'était inacceptable.

Et, sur-le-champ, Ruth abandonna son long combat pour aimer Verena.

Le résultat des premières épreuves du concours de piano ne surprit personne. Heini était retenu, ainsi que les deux Russes et Leblanc. Et, après les deuxièmes épreuves, tout le monde était d'accord pour dire que le gagnant serait l'un de ces quatre pianistes. Mais les Russes, bien qu'extrêmement doués, avaient été confinés dans leur hôtel sous la « protection » de leur escorte, et Leblanc était un homme distant, austère, difficile à aimer. Au moment de la finale à l'Albert Hall, Heini, avec sa personnalité de gagnant et son histoire d'amour, que tout le monde connaissait maintenant, était à l'évidence le préféré du public.

« J'ai tellement mal au cœur, dit Ruth, et Pilly, assise à côté d'elle, lui pressa la main.

— Il va gagner, Ruth. C'est sûr. Tout le monde le dit.

— Oui, je sais. Mais il était si nerveux. Toute la nuit, il n'a pas cessé de se réveiller. »

Et, toute la nuit aussi, Ruth était restée éveillée, avait préparé du chocolat pour Heini, lui avait caressé la tête jusqu'à ce qu'il s'endorme, mais n'avait pu elle-même trouver le sommeil. Non que cela eût beaucoup d'importance : dormir n'était pas ce qu'elle faisait de mieux, en ce moment.

Le nombre de personnes venues assister à la finale du concours Bootheby était surprenant. Sur les six finalistes, trois avaient joué la veille : un des Russes, un Suédois et Leblanc, que Heini redoutait particulièrement. Aujourd'hui — dernier jour — c'était la jolie Américaine, Daisy MacLeod, qui commencerait, avec Tchaïkovski ; le grand Russe, Selnikoff, terminerait, avec Rachmaninov ; et Heini jouerait entre les deux. Heini avait été déçu par le tirage au sort, il aurait aimé jouer à la fin ; on avait beau dire, le dernier à passer restait toujours présent à l'esprit du public.

Les musiciens entrèrent, puis le chef d'orchestre. Les organisateurs avaient réussi un beau coup en obtenant que Berthold dirige l'Orchestre symphonique de la BBC pour accompagner les concertos. Heini, en répétant avec eux le matin, avait été aux anges.

Leonie se tourna vers sa fille, assise à côté d'elle. Elle était venue de Manchester avec l'intention de rester jusqu'aux examens, la semaine suivante. Son inquiétude au sujet de Ruth, qui visiblement continuait de ne pas aller bien, se doublait d'une angoisse plus profonde, car elle savait que, si Heini gagnait, cela voulait dire l'Amérique, et l'idée de perdre Ruth pesait comme une pierre dans sa poitrine.

« Tu ne dois pas le montrer, avait dit Kurt. Tu dois souhaiter cela. Elle sera en sécurité là-bas, et c'est tout ce qui compte. »

Depuis le mois de mars où Hitler, à qui les Sudètes ne suffisaient pas, était entré dans Prague, il ne restait plus grand monde pour croire à la paix.

La rangée entière était occupée par les amis et les relations de Ruth : à côté de Pilly, Janet, Huw, Sam. L'étudiant en allemand était là aussi, et Mishak, et Hilda... même Paul Ziller était venu, ce qui était un honneur. Ziller était très préoccupé, en ce moment : le chauffeur du Northumberland le harcelait, insistait pour qu'il l'auditionne, et de toutes parts on pressait Ziller de reformer un quatuor.

Il faisait chaud, dans la salle au plafond en coupole. Leonie, habillée même à trois heures de l'après-midi comme une vraie habituée des concerts — jupe noire et chemisier blanc amidonné —, s'éventait avec le programme. Mais voilà que Daisy MacLeod entrait en scène, avec sa jolie robe bleue, ses cheveux noirs attachés dans le dos par un ruban, son sourire timide, et un tonnerre d'applaudissements l'accueillit. Tchaïkovski lui allait bien. Elle était très jeune, il y avait des passages périlleux et elle perdit deux ou trois fois la cadence, mais Berthold la remit dans le tempo, et elle fit une prestation tout à fait satisfaisante. Qu'elle gagne ou non, elle était assurée de faire carrière.

Elle eut droit à des applaudissements nourris, on lui lança des bouquets de fleurs, et les membres du jury prirent des notes, avec des hochements de tête approbateurs. Ruth aimait bien Daisy, appréciait sa façon de jouer, mais elle pria : « Oh, mon Dieu, ne la laissez pas gagner ! »

C'était maintenant le point culminant de ces semaines d'angoisse et de travail. Heini arriva sur scène de sa démarche souple et légère, salua. Ruth avait parcouru les magasins de fleurs de Hampstead pour trouver *le* camélia parfait, Leonie avait repassé le moindre pli de sa chemise, mais le charme de Heini, son séduisant sourire ne devaient rien à leurs soins. Sa façon de se tenir sur scène avait toujours été un de ses points forts, et Ruth leva les yeux vers la loge où se trouvaient Mantella et l'imprésario Jacques Fleury, qui, tout autant que le jury, détenaient les clés du Paradis ou de l'Enfer. Mantella était un homme important, mais Fleury, c'était Dieu ; il pouvait envoyer Heini aux États-Unis et faire de lui un virtuose et une star.

Berthold leva sa baguette... tous les instruments se préparèrent... les violons exposèrent lentement le thème, repris par les bois...

Et tout le monde sourit. Mantella ne s'était pas trompé. Le public était prêt pour cette musique.

Quand les anges chantent pour Dieu, ils chantent Bach, quand ils chantent pour leur plaisir, ils chantent Mozart, mais Dieu écoute en cachette.

Heini attendait, le regard sur le clavier, dans cet instant de silence que Ruth avait toujours aimé. Puis il commença, déroula le thème, avec tant de justesse, tant d'allégresse... Elle respira : il jouait divinement. De toute évidence, il avait maintenu sa nervosité dans les limites nécessaires ; à présent, il était libéré de tout, sauf de cette musique limpide, tendre, consolatrice qui le traversait, venue d'un lieu qui devait être le Paradis, si le Paradis existait quelque part. Ce miracle, il l'avait accompli pour elle la première fois qu'elle l'avait entendu jouer, et jamais elle ne s'en lasserait, jamais elle ne cesserait de lui en être reconnaissante. Tout son passé était contenu dans les notes qu'il jouait — toute sa vie dans la cité où elle avait cru rester jusqu'à la fin de ses jours. Pas étonnant qu'elle ait été punie d'avoir abandonné ce monde.

La mélodie montait, s'élançait, et Ruth s'élevait avec elle, laissant en arrière sa tristesse, les misères de son âme et de son corps... elle montait toujours plus haut. Oh, Seigneur, si seulement il était possible de demeurer là-haut, si seulement on pouvait vivre comme respire une mélodie, si seulement la musique pouvait ne jamais s'arrêter !

Le mouvement lent, ensuite. Elle avait l'âge pour

les mouvements lents, maintenant, elle avait un âge immémorial. Ce devait être possible d'aimer quelqu'un capable de tirer un tel enchantement d'un piano. C'était possible. Elle pouvait aimer Heini comme un ami, un frère, un être dont la puérilité et l'égoïsme n'étaient rien, en regard de ses dons. Mais pas comme un homme, non, jamais, maintenant qu'elle savait... et soudain la scène, Heini lui-même se brouillèrent dans un nuage de larmes ; quel étrange croix le Destin lui faisait porter, à elle qui était si ordinaire — un amour inéluctable, éternel, pour un homme aux yeux de qui elle n'était rien !

Le dernier mouvement apportait un soulagement, car personne ne pouvait demeurer trop longtemps dans la céleste gravité de l'andante. Et maintenant, le fameux thème ! Ce devait être un drôle de sansonnet qui avait chanté cette mélodie, mais quelle importance ? Seul Mozart pouvait être si drôle et si beau à la fois ! Tout le monde était heureux et Ziller hochait la tête d'un air approbateur, ce qui était significatif. Ziller n'aimait pas Heini, mais il *savait.*

Puis, soudain, ce fut fini. Heini se leva et reçut une ovation. Les gens criaient bravo et tapaient des pieds, un groupe de collégiennes lancèrent des fleurs sur la scène — il y avait toujours des collégiennes pour Heini — et Jacques Fleury était debout dans sa loge.

« Je regrette d'avoir dit qu'il passait trop de temps à la salle de bains, déclara Leonie en se tamponnant les yeux. Il y passait trop de temps, mais je regrette de l'avoir dit. »

Il avait certainement gagné. On ne pouvait pas en douter... pas vraiment.

Mais Berthold revenait, et avec lui le grand Russe, Selnikoff, pour jouer le concerto de Rachmaninov.

Et, Seigneur, il jouait bien ! Il jouait diablement bien, on sentait la formidable préparation qu'il avait reçue, et l'âme immense qui est une spécialité des Russes.

La nausée de Ruth revenait. Je vous en prie, mon Dieu... je ferai tout ce que vous me demanderez, mais accordez à Heini ce qu'il désire si éperdument.

Le dîner, comme toujours au Rules, avait été excellent ; ils avaient bu un chablis remarquable et Claudine Fleury, en petite robe légère, avait valu à Quin plus d'un regard envieux.

Elle bâilla avec grâce, comme tout ce qu'elle faisait. « C'était merveilleux, chéri. J'aurais aimé que tu rentres avec moi, mais Jacques est là pour encore huit jours.

— Bien sûr, je comprends parfaitement », dit Quin avec juste ce qu'il fallait de regret dans la voix. Le père de Claudine était connu pour sa largeur d'esprit, mais dans ce domaine il y avait des convenances à respecter. La jeune femme avait téléphoné à Quin quelques jours plus tôt en lui proposant un dîner avant qu'il ne parte pour l'Afrique, et il était disposé à passer la soirée comme elle l'entendait car il lui devait bien des heures de plaisir ; mais le retour temporaire de Jacques Fleury pour raison d'affaires était plutôt bienvenu.

« Comment va Jacques ? A-t-il mis la main sur d'autres génies ?

— En effet, oui. Il m'a appelée tout à l'heure. Il a engagé un jeune Autrichien, un pianiste qu'il va emmener à New York pour en faire une star ! Il y avait je ne sais quel concours, aujourd'hui, il voulait que je vienne, mais trois concertos en un après-midi, non merci !

— Il a gagné, alors, cet Autrichien ?

— Non. Il est arrivé ex æquo avec un Russe, ce qui n'a pas dû l'enchanter. Jacques pense que le Russe a plus de musicalité, mais on ne peut rien faire avec les Russes, ils sont trop bien gardés, tandis que le garçon autrichien peut partir presque tout de suite. Il emmène sa petite amie, aussi, une fille apparemment ravissante et toute à sa dévotion... elle a travaillé dans un café pour payer le piano de Radek, ou quelque chose comme ça. Jacques compte utiliser cette histoire, du moins jusqu'à leur mariage ; la fille est très photogénique, et il est question d'un sansonnet, aussi... »

Elle bâilla à nouveau, puis avança une main vers lui. « Je suppose qu'on ne se reverra pas avant ton départ ?

— Non, je pars dans moins de trois semaines. Et, Claudine... merci pour tout.

— Mais on dirait un adieu, chéri ! Nous nous reverrons sûrement ? demanda-t-elle en le contemplant d'un air appréciateur.

— Oui, bien entendu. »

L'espace d'un instant, il sentit les doigts de la jeune femme, légers comme un papillon, lui effleurer la main.

« Tu vas me manquer, chéri. Tu vas beaucoup me

manquer, mais je crois que tu as besoin de ce voyage. Tu en as terriblement besoin. »

En apprenant que Quin quittait Thameside — le vice-président avait reçu officiellement la lettre de démission du professeur le premier jour du dernier trimestre —, lady Plackett avait été si affectée que Verena avait jugé bon de mettre sa mère au courant de l'état réel de la situation.

« Cela ne fait aucun doute, maman, il compte m'emmener avec lui en Afrique, mais il faut que ça reste un secret pour le moment. Je sais que je peux te faire confiance. »

Lady Plackett n'avait pas montré autant d'enthousiasme que Verena l'espérait. Ce qu'elle attendait de Quin, c'était une demande en mariage, pas qu'il utilise sa fille en tant qu'assistante non rémunérée. Elle œuvrait toujours pour hausser Thameside au niveau moral voulu, et avait réussi à faire renvoyer deux étudiants de première année surpris en flagrant délit au gymnase ; alors, l'idée que sa fille accompagne un homme en expédition, même de façon platonique, était loin de lui plaire. Mais Verena avait toujours fait ce qu'elle voulait et lady Plackett, reconnaissant que l'époque avait changé, continua à être aimable avec Quin et à l'inviter chez elle.

Pendant ce temps, les préparatifs de Verena allaient bon train. Elle s'était procuré une lampe à ultra-violets, elle était allée aux Magasins de l'Armée acheter des tricots de corps et des pantalons kaki, elle se frottait tous les soirs les pieds avec de l'alcool à brûler. D'autres se seraient peut-être demandé pourquoi le professeur attendait si longtemps pour l'informer de ses projets, mais Verena n'était pas une personne à douter d'elle-même et, si elle avait éprouvé le moindre soupçon, il aurait été balayé par Brille-Lamartaine, dont les descriptions de plus en plus enfiévrées de la femme fatale qui avait séduit Somerville lui allaient comme un gant.

Pourtant, à une semaine des examens, Verena se dit qu'elle pourrait au moins faire une allusion devant le professeur. Il avait loué son dernier devoir avec tant de chaleur qu'elle en avait rougi, et la discussion intime qu'ils avaient eue au sujet des sous-vêtements à trous semblait indiquer que le temps du secret était révolu.

Quin, donc, fut invité à prendre le thé. Conscient que c'était la dernière fois qu'il remplissait des obligations sociales envers les Plackett, il décida de se montrer aimable.

C'était une belle journée de début d'été, avec un ciel pâle et un soleil voilé. Les fenêtres étaient ouvertes sur cette vue que Quin avait si souvent appréciée du temps où Charlefont vivait encore, et où les discussions étaient agréables et sans affectation — pas comme le bavardage prétentieux qu'il avait dû supporter chez les Plackett.

« Si nous allions un moment sur la terrasse ? » proposa Verena. Il fit oui de la tête et la suivit, tandis que lady Plackett restait avec tact en arrière. Quin s'appuya sur la balustrade et laissa ses pensées cheminer au rythme paresseux de la rivière.

« Vous vivez toujours au bord de l'eau, n'est-ce pas ? » lui avait dit cette idiote de Tansy Mallet ;

c'était vrai qu'il vivait autant que possible au bord de l'eau, et il y mourrait aussi, probablement, car il était toujours décidé à rejoindre la marine.

Mais ce n'était pas à Tansy qu'il pensait, maintenant, ni à aucune des femmes qu'il avait connues.

Ils avaient pas mal de rivières en commun, Ruth et lui. La Varne, qu'elle avait eu l'intention de franchir avec un sac sur le dos... le Danube, qui avait apporté à Mishak ce que désirait son cœur... et la Tamise, qu'ils avaient contemplée côte à côte, la nuit qui — croyait-il — avait scellé leur amour. Une fois de plus, il l'entendit réciter avec orgueil les vers que Spenser avait écrits pour un mariage plus ancien. Savait-elle que c'était un épithalame, un chant nuptial qu'elle citait, debout près de lui dans l'obscurité ? Miss Kenmore le lui avait-elle dit ?

Et soudain Quin fut saisi une fois de plus d'un désir si douloureux pour cette fille, avec ses contes et ses légendes, sa drôlerie et les zones d'ombre que ce mal nommé nazisme avait creusées dans son âme, qu'il crut qu'il allait en mourir.

Il luttait pour repousser cette souffrance horrible, déchirante, quand Verena se mit à parler, et pendant un instant il ne l'entendit pas. C'est seulement lorsqu'elle répéta ce qu'elle avait dit, une main posée sur son bras, qu'il saisit les mots qu'elle prononçait.

« N'est-il pas temps de le révéler à tout le monde, Quin ? demandait-elle, et il se crispa en entendant son ton de voix intime et insinuant.

— Leur révéler quoi ?

— Que vous m'emmenez en Afrique. Je suis au courant, vous savez. Brille-Lamartaine m'a dit que vous preniez une de vos étudiantes de dernière année, et Milner me l'a confirmé. Vous auriez pu me faire confiance. »

L'horreur s'empara de Quin. Il comprit, mais trop tard, la succession de malentendus qui avait abouti à cela. Encore imprégné de l'image de Ruth, il ne put faire autrement que de laisser échapper des paroles peu aimables, cruelles et sans détours.

« Grands dieux, Verena, s'exclama-t-il, vous ne croyez tout de même pas que j'ai l'intention de *vous* emmener ! »

Les examens de la licence de zoologie avaient lieu au King's Hall, un grand bâtiment de brique rouge que se partageaient les diverses facultés, un endroit laid, sinistre, dont les murs paraissaient imprégnés de l'angoisse de plusieurs générations de candidats. Des pupitres en bois sombre étaient alignés, à bonne distance les uns des autres, devant une haute tribune où s'asseyaient les surveillants. Des écriteaux interdisaient de fumer, de manger, de parler. Une grosse pendule, accrochée entre des portraits de présidents d'université rubiconds, faisait entendre son tic-tac implacable, et le plancher nu était taché.

Ruth et ses amis venaient jour après jour dans cet endroit affreux, l'estomac noué. Ils attendaient dehors, pâles d'angoisse et d'insomnie, et s'efforçaient de blaguer jusqu'au moment où la cloche sonnait ; ils se traînaient alors, portant des numéros, tels des prisonniers, jusqu'aux tristes pupitres où les attendaient les dossiers bleus et les rectangles de papier buvard qui hanteraient longtemps leurs rêves.

Mais aujourd'hui, c'était le dernier examen, le plus important sans doute. Dans trois heures, ils seraient libres ! C'était l'épreuve de paléontologie, celle où Ruth pouvait espérer avoir une excellente note, mais elle n'espérait rien d'autre, à présent, que de survivre.

« Ça va très bien se passer, Pilly. » Dans l'état lamentable où elle se trouvait, Ruth parvint à sourire à son amie, contente, même si tout le reste allait mal dans sa vie, d'avoir au moins continué d'aider Pilly. « Pense à prendre en premier la question "Exposé succinct" s'il y en a une ; on arrive toujours à obtenir quelques points. »

La cloche retentit. La porte s'ouvrit. Même en cette belle matinée de juin, en entrant dans la salle le froid vous tombait dessus. Les deux surveillants — une femme avec les cheveux tirés en chignon et un cardigan violet, et un homme aux cheveux gris — étaient des inconnus, des professeurs d'une autre faculté dont les étudiants passaient eux aussi des examens ce matin. Quin, qui embarquait dans huit jours, n'était pas là, au soulagement de Ruth. Si elle devait avoir des problèmes, comme cela s'était déjà passé, elle n'avait pas envie qu'il la voie.

« Vous pouvez retourner vos feuilles et commencer », dit la dame au chignon, d'une voix claire, haut perchée.

Un bruissement de papier parcourut la salle. « Lisez les sujets au moins deux fois, avait recommandé Mr. Felton. Ne vous précipitez pas. Choisissez. Réfléchissez. »

Mais il valait mieux ne pas passer trop de temps à réfléchir ou à choisir. Pas ce matin...

Qu'entend-on par théorie de la croissance allométrique ? Elle pouvait le faire, c'était une question à laquelle elle s'était déjà attaquée en diverses circonstances, le genre de sujet où on pouvait briller un peu. *Discutez le concept d'Osborn sur l'aristogenèse dans l'évolution des vertébrés fossiles.* C'était intéressant, aussi, mais elle ferait peut-être bien de traiter d'abord la question des cancres. *Faites un exposé succinct sur : 1) L'homme de Piltdown, 2) L'archéoptéryx, 3) Le grand animal de Maastricht...*

On mettait en général en garde les candidats intelligents contre les « exposés succincts », qui ne permettaient guère de briller ; mais elle n'était pas une candidate intelligente, désormais, elle était la candidate n° 209 et elle luttait pour sa vie.

Verena avait déjà commencé à écrire. Ruth entendait le grattement de sa plume en or. Verena l'effrayait, en ce moment, elle la regardait avec insistance, avec des yeux qui la fouillaient.

Mais peu importait Verena. Ce qui comptait, c'était d'arriver au bout de ces trois heures dont sept minutes étaient déjà écoulées.

La théorie de la croissance allométrique, qui mesure le rapport des petits animaux aux grands, écrivit Ruth, décidant de tenter sa chance.

Pilly, qui exposait ses idées sur l'homme de Piltdown — dont le crâne reconstitué était par bonheur accroché au-dessus du miroir devant lequel son père se rasait — leva les yeux, vit Ruth penchée sur sa feuille, et échangea un regard de soulagement avec Janet. Une demi-heure s'était déjà écoulée. Une question de faite, songea Ruth ; encore quatre... Les exposés succincts, alors, parce que ça commençait... ça allait plutôt mal, en réalité, mais elle lutterait, elle respirerait à fond et ça passerait. Oh, mon Dieu, j'ai travaillé tellement dur, pensa-t-elle, prise soudain de pitié pour elle-même. Ce n'est pas possible que tout cela soit gâché !

Le grand animal de Maastricht a été découvert en 1780 dans les carrières souterraines de la montagne Saint-Pierre, écrivit Ruth dont le stylo filait à toute allure. Rien ne comptait que d'écrire, pour obtenir une note. Si elle ratait cette épreuve, elle n'aurait pas sa licence... Il n'y aurait pas de seconde session, pas pour elle.

Mais impossible d'écrire assez vite. Elle sentait la sueur se former sur sa peau, le vertige... Encore une inspiration.

Ruth leva la main.

Sur l'estrade, la dame au chignon leva la tête, dit quelque chose à l'autre surveillant et s'avança avec une lenteur atroce entre les pupitres.

« Oui ?

— J'ai besoin d'aller aux toilettes.

— Déjà ? répliqua la dame, mécontente. Vous êtes sûre ? » Puis, voyant les perles de sueur sur le front de Ruth : « Très bien. Venez avec moi. »

Tout le monde avait les yeux fixés sur Ruth. C'était une procédure compliquée que de sortir de la salle d'examen, le candidat devait être accompagné, comme un prisonnier. On s'assurait que rien n'avait été caché derrière le siège des toilettes, ni une lime pour scier les barreaux ni une antisèche indiquant les couches géologiques de la croûte terrestre.

Pilly se mordit la lèvre. Huw et Sam échangèrent des regards inquiets. Ruth avait dû sortir, les autres fois, mais jamais si tôt.

Puis Verena, à son tour, leva la main.

Ce n'était pas juste une situation gênante, mais une minicrise. Aucun candidat ne pouvait sortir seul, mais un surveillant au moins devait rester dans la salle d'examen. L'homme aux cheveux gris fronça les sourcils et appuya sur une sonnette près de son bureau. Une secrétaire du service des examens apparut à la porte, et on désigna Verena qui, tout en écrivant de la main droite, tenait toujours le bras gauche levé. La secrétaire s'avança vers elle.

« Je voudrais sortir, s'il vous plaît. »

La secrétaire fit un signe de tête affirmatif et Verena se leva, sous le regard incrédule de tous ses camarades de Thameside, qui n'imaginaient même pas que Verena pût avoir des fonctions organiques.

L'aiguille en or de la grande pendule avançait... trois minutes... quatre...

Puis Verena revint. Elle avait l'air contente et dispose, et elle reprit aussitôt son stylo. De Ruth Berger, aucun signe.

Ça va aller, se répétait désespérément Pilly. Ruth avait dû sortir pendant l'épreuve de physiologie, et aussi pendant les travaux pratiques de parasitologie... mais jamais aussi longtemps que maintenant. Jamais pendant vingt minutes... une demi-heure... quarante minutes... Ruth était brillante, mais personne ne peut réussir un examen en manquant autant de temps.

La femme au chignon était revenue depuis un long moment, elle discutait avec son collègue, et tous deux regardaient la place vide de Ruth.

Trois quarts d'heure... une heure...

Puis ce fut fini. Elle n'était toujours pas revenue.

28

C'était le plus célèbre des paquebots à faire la traversée de l'Atlantique : le *Mauretania,* le roi des océans, avec ses salons, son cinéma, ses boutiques de luxe, accueillait à son bord des vedettes de l'écran, des princes arabes, de puissants hommes d'affaires. Justement, une femme portant un somptueux manteau de fourrure montait sur la passerelle, suivie par des photographes ; elle se retourna avec un sourire éblouissant. Heini, lui aussi, avait été photographié avant de monter sur le navire. Sa vie, depuis le concours, s'était complètement transformée. Grâce à son prix, il avait même quitté Belsize Park et pris une chambre à l'hôtel. Il aurait pu faire la traversée en première, mais, comme Fleury emmenait aussi Ruth, ils devaient voyager en classe touristes. Heini se sentait généreux d'avoir fait ce sacrifice, et en fait même la classe touristes était assez luxueuse. Il s'appuya au bastingage pour guetter Ruth, qui aurait déjà dû arriver, promena son regard sur l'agitation des docks — grues chargées de colis mystérieux, camions apportant le fret de dernière minute — et huma l'odeur de goudron, de corde et d'algues. Le *Mauretania* avait beau ressembler à un hôtel flottant, il n'en demeurait pas moins un bateau, et le spectacle des docks, partout dans le monde, évoque irrésistiblement l'aventure.

Sa nouvelle vie commençait, cette vie qu'il savait depuis l'enfance faite pour lui. L'Amérique et la gloire ! Et il la partagerait avec Ruth, aussi jeune qu'il fût. Beaucoup de femmes le convoiteraient — Heini, sans vanité, le savait —, mais un musicien a besoin de racines et d'une épouse. Le jeu d'Horowitz avait gagné en profondeur quand il avait épousé la fille de Toscanini, et la femme de Rubinstein protégeait son mari contre les perturbations de tout ordre. Ruth ferait de même pour lui, il en était certain.

Mais où était-elle donc ? Heini consulta sa montre, avec un début d'anxiété. Il avait respecté le souhait de Ruth, qui voulait venir seule au bateau ; en fait, il avait été plutôt patient face à ses humeurs et ses lubies, durant le mois qui avait suivi les examens. Elle n'avait pas encore les résultats, mais il comprenait sa déception. Ce n'était pas de chance d'avoir une grippe intestinale lors des examens de fin d'année, et le fait d'avoir manqué presque la totalité de la dernière épreuve était un rude coup pour une fille ambitieuse comme elle. Tout ce qu'elle pouvait espérer, c'était une équivalence pour cause de maladie, ce qui n'avait pas grande valeur, mais Heini ne pensait pas que cela avait beaucoup d'importance, maintenant que la vie de Ruth était liée à la sienne.

Plus qu'une heure avant le départ. Quelques-uns des parents et amis montés à bord redescendaient. Peut-être lui avait-il accordé trop de liberté ? Elle avait insisté pour s'occuper elle-même de son visa et là aussi il l'avait laissée faire, mais il espérait qu'elle n'allait pas devenir trop entêtée.

Une famille pauvre, de toute évidence des immigrés de l'Est — les hommes avec des chapeaux noirs à large bord, les femmes vêtues de châles —, se dirigeait vers l'entrepont ; ils se retrouveraient peut-être dans les chantiers de Brooklyn, où on les exploiterait. Deux des leurs, des vieilles femmes restées à quai, se lamentaient en agitant les mains. Il avait dû y avoir beaucoup de pleurs et de gémissements à Belsize Park pour les adieux de Ruth, et Heini était content de ne pas avoir assisté à ça. Elle était déterminée à faire venir ses parents, et il faudrait qu'il soit un peu vigilant ; il avait promis de le faire, et il le ferait, mais certaines dépenses passaient en premier : un appartement correct, un Steinway, l'assurance de ses mains...

Ah, Dieu merci, elle arrivait. Avec sa cape en loden, fermée malgré la chaleur, et son panier d'osier, elle ressemblait plus que jamais à une gardeuse d'oies. Il se demanda un instant s'il ne faisait pas une erreur... si elle cadrerait avec la vie sophistiquée qu'il était destiné à mener. Mais Mantella ne jurait que par elle, Fleury aussi... et le père de Heini l'adorait. Il n'avait jamais rencontré un homme qui n'aimait pas Ruth, et comme elle grimpait la passerelle, un marin qui descendait se retourna pour la contempler.

« Ruth !

— Heini ! »

Ils tombèrent dans les bras l'un de l'autre. Il sentait ses cheveux contre sa joue, sa chaleur familière.

« Tu as pleuré, ma chérie. » Plein de sollicitude, il essuya une larme du bout des doigts.

« Oui. Mais ce n'est pas grave. Tout va bien maintenant. Et j'ai trouvé un cadeau pour nous. Un beau cadeau. Il y avait une chance sur un million pour que j'en trouve en été, mais regarde ! »

Elle sortit de son panier un petit sachet de papier qu'elle lui mit dans les mains. Heini perçut la chaleur avant de l'ouvrir, et sourit.

« Des marrons ! Oh, Ruth, ça me rappelle le passé ! »

Il prit un marron brûlant, contempla la peau éclatée, la chair cuite, ridée, respira le délicieux parfum. Voilà qu'ils étaient tous deux à nouveau dans la ville où ils avaient grandi, ils se promenaient dans la Kärntnerstrasse, plongeaient le nez dans le sac en papier, reniflaient, partageaient... Ruth lui avait apporté les châtaignes dans son manchon, en venant le chercher au Conservatoire... Une fois, ils en avaient mangé trois paquets, en faisant de la luge dans le Prater tout enneigé.

« Je vais t'en éplucher un », dit Ruth. Elle enleva prestement la peau et lui tendit la châtaigne, du geste qu'elle avait eu pour lui offrir des fraises des bois au Grundlsee, ou un morceau de massepain chapardé dans la cuisine de sa mère.

« On va les manger en bas ? proposa Heini.

— Non, mangeons-les ici, Heini. Restons près de l'eau. »

Debout côte à côte, ils vidèrent le sac et jetèrent

les épluchures à la mer, où elles furent englouties puis rejetées par les mouettes.

« Tes bagages sont à bord ? questionna Heini. Nous partons dans moins d'une heure.

— Tout est en ordre », répondit Ruth. Elle mit ses bras autour de lui, et il sentit qu'elle pleurait de nouveau. « Mais écoute, mon chéri, il faut que je te dise quelque chose. »

Les gens n'oublièrent jamais l'endroit où ils se trouvaient le matin du 3 septembre.

Pilly, qui avait rejoint le service des auxiliaires féminines de la marine sans attendre le résultat des examens, entendit la voix chevrotante de Chamberlain à la caserne maritime de Portsmouth. Janet l'entendit au presbytère le lendemain du jour où, à la surprise générale, elle s'était fiancée au vicaire de son père.

Les habitants du 27 Belsize Close apprirent l'entrée en guerre de la Grande-Bretagne contre l'Allemagne, réunis autour du poste de radio grésillant installé dans la chambre de Ziller ; tandis qu'ils écoutaient, leurs visages prenaient tous la même expression. Ils étaient soulagés que compromis et tergiversations soient enfin terminés, et réalisaient en même temps qu'ils étaient tout à fait coupés des parents et des amis qu'ils avaient laissés en Europe.

Et de Ruth. Ruth qui, en Amérique depuis cinq semaines, n'avait pas encore écrit — ou plutôt, dont la lettre n'était sans doute pas arrivée, vu les incertitudes du moment. Et maintenant, le courrier tombait sous la menace des sous-marins allemands, et toutes les lignes téléphoniques étaient réquisitionnées pour cause de guerre.

« Oh, Kurt, dit Leonie en se rapprochant de son mari.

— Dis-toi seulement qu'elle est en sécurité. C'est la seule chose à laquelle tu dois penser : elle est saine et sauve. »

Chamberlain avait à peine fini de parler qu'il y eut une alerte ; Fräulein Lutzenholler plongea sous la table, Mishak sortit dans le jardin, pour mourir en plein air. C'était une fausse alerte, mais Leonie fut d'autant plus disposée à croire son mari. Ruth était en sécurité, le *Mauretania* était arrivé sans encombre — ils avaient téléphoné à la compagnie maritime. Elle-même avait prévenu qu'il faudrait sans doute un moment avant qu'une lettre ne leur parvienne mais, oh mon Dieu, priait Leonie, faites qu'elle écrive bientôt ! Elle savait que Kurt était très déçu des résultats de Ruth — l'équivalence qu'on lui avait accordée était pratiquement sans valeur —, et aussi d'une certaine distance que Ruth avait mise entre eux avant son départ ; mais il souffrait tout autant qu'elle d'être séparé de sa fille bien-aimée.

Quin apprit la nouvelle trois jours plus tard, d'une manière digne d'un roman d'aventures. Un cavalier arriva de la plaine au galop dans un nuage de poussière, s'arrêta devant lui et lui tendit une lettre.

« Alors, ça y est », dit Quin, et l'Africain fit oui de la tête.

Un à un, les hommes qui travaillaient sur le terrain posèrent leurs outils. Inutile de demander ce qui était arrivé. Le préfet de Lindi avait promis de les informer et il avait tenu parole.

« On rentre, alors ? » questionna Sam, et il se remplit les yeux de l'immensité bleue du ciel, des grandes étendues d'herbe, des antilopes qui évoluaient tranquillement à l'horizon.

Quin mit son bras autour des épaules du jeune homme. Sam avait prouvé ce dont il était capable, et le désir de revenir ne le lâcherait jamais.

« Oui, dit Quin. Tout de suite. »

Dans les premières semaines de la guerre, Belsize Park connut plusieurs crises, mais aucune n'était due à une action de l'ennemi. La vieille dame qui habitait deux maisons plus loin heurta un lampadaire à cause du black-out, et on l'amena au Dr Levy qui avait désormais l'autorisation d'exercer et travaillait dans un cabinet de Hampstead Hill. Miss Violet eut une crise de nerfs, à cause d'un préposé à la défense passive, trop zélé, qui était venu tambouriner à la porte de sa chambre en l'accusant d'être une espionne à la solde de l'Allemagne, parce qu'un rai de lumière était visible entre ses rideaux. Leonie, employée dans une cantine militaire derrière Trafalgar Square, fut réprimandée parce qu'elle mettait une couche de margarine trop épaisse dans les sandwiches des soldats. Les citoyens étaient inondés de prospectus leur recommandant de creuser pour la victoire, de porter en permanence leurs masques à gaz, de faire attention à ce qu'ils disaient. Les enfants évacués des faubourgs pauvres de Londres criaient dans le silence et la sécurité de leurs abris campagnards.

Sur mer, en revanche, la guerre avait commencé

pour de bon. Les bateaux se déplaçaient en convoi et dans le plus grand secret, escortés par des destroyers, ce qui n'empêchait pas les sous-marins ennemis de faire victime après victime. Et chaque bateau coulé transportait peut-être la lettre écrite par Ruth à ses parents pour leur dire qu'elle était saine et sauve.

Quand enfin la lettre tant attendue arriva de New York, cependant, elle n'était pas de Ruth, mais de Heini, et après l'avoir lue, Leonie, décomposée, dut se raccrocher à la table.

Heini les remerciait de leur hospitalité tout au long de ces années, et ajoutait un message à l'adresse de Ruth.

« Je ne veux pas lui faire de reproches, écrivait-il, je pense que c'était honnête de sa part de me dire qu'elle ne m'aimait pas et ne désirait pas partager ma vie. Mais vous pouvez imaginer ce que j'ai éprouvé, à voyager seul à destination d'une terre inconnue. Heureusement, dès mon arrivée tout s'est très bien passé. Les Américains sont aussi chaleureux qu'on l'assure, et mes débuts au Carnegie Hall ont été un triomphe. Voulez-vous dire cela à Ruth, et aussi qu'il y a maintenant quelqu'un d'autre dans ma vie, une femme très musicienne, un peu plus âgée, qui use de son influence pour m'aider et qui a insisté pour que je m'installe dans son appartement, un endroit de rêve avec des fenêtres panoramiques qui donnent sur Central Park. Ruth ne doit donc pas se sentir coupable, mais elle ne doit pas penser non plus que je recommencerai avec elle. Je penserai toujours à elle avec tendresse, comme à vous tous, mais le passé est le passé. »

Leonie, écroulée sur un siège, tentait de maîtriser les tremblements de son corps. « Mon Dieu, Kurt, que s'est-il passé ? Où est-elle ? Pourquoi ne nous a-t-elle rien dit ?

— Chhhut... Calme-toi. Il doit y avoir une explication. » Mais, tout en caressant le dos de sa femme, le Pr Berger avait lui-même bien du mal à se maîtriser. Sa fille bien-aimée ne pouvait pas être perdue une seconde fois aux Enfers.

« Nous devons prévenir la police. Ils doivent la retrouver, affirma Leonie.

— Nous verrons d'abord ce que nous pouvons découvrir par nous-mêmes. »

Mais ils ne découvrirent rien. Pilly, à qui ils télégraphièrent, n'avait pas de nouvelles de Ruth, Janet non plus, et tout le monde à Thameside croyait qu'elle avait embarqué sur le *Mauretania*. Une fois de plus, Leonie étouffa ses sanglots sous l'oreiller et fit à Dieu la promesse lugubre d'être bonne, mais avant qu'elle ait pu se rendre vraiment malade, une lettre arriva au courrier de l'après-midi ; c'est Hilda qui l'apporta aux « Glycines » où Miss Maud et Miss Violet, fenêtres obturées et portes renforcées par des sacs de sable, continuaient comme d'habitude.

« Ça vient d'arriver, c'est l'écriture de Ruth, j'en suis sûre. »

Le silence se fit dans le salon de thé.

« Elle est en sécurité, déclara enfin Leonie. En Angleterre. A la campagne. Et elle a un travail.

— Pourquoi faites-vous cette tête, alors ? demanda von Hofmann. Pourquoi ne dansez-vous pas sur les tables ? »

Les choses allaient bien pour lui, depuis la déclaration de guerre. On tournait une quantité de films antinazis, et il avait décroché un rôle d'officier SS qui proférait toutes sortes d'injures et périssait d'une mort affreuse.

« Elle veut être seule, dit Leonie, aux prises avec cette idée inconcevable.

— Comme Greta Garbo ? » questionna la dame au caniche.

Leonie secoua la tête. « Je ne comprends pas... elle dit qu'elle doit être indépendante... qu'elle doit apprendre à grandir par elle-même. Plus tard elle reviendra, mais pour le moment elle doit découvrir qui elle est. Deux fois, elle dit cela : découvrir qui elle est.

— Tout le monde passe par là, affirma Ziller. Il y a une période où on a besoin de se chercher. C'est naturel. »

Mrs. Weiss n'était pas d'accord. « Alors, elle cherche qui elle est ? » répliqua-t-elle en enfonçant sa fourchette dans son gâteau. « Et qu'est-ce que ça va lui apporter ? Moi, je trouve que c'est déjà dur d'être ce que je suis ; mais le chercher, ça non ! »

Curieusement, Miss Maud et Miss Violet partageaient son avis ; selon elles, cela ne servait pas à grand-chose de fouiller en soi-même, mais elles pensaient que cela ne durerait pas.

« Vous verrez, affirma Miss Maud, elle sera bientôt de retour. C'est le sentiment de vous avoir déçus à cause de ses résultats d'examens, peut-être, et d'avoir rompu avec Heini.

— Il n'y a pas d'adresse, constata Leonie d'un ton lamentable. Et je n'arrive pas à lire ce qu'il y a sur le timbre. Mais à la poste ils pourront me le dire. Il *faut* que nous la recherchions, Kurt, il le faut ! »

Le Pr Berger reposa la lettre dans laquelle sa fille réclamait leur compréhension. « Non, rétorqua-t-il d'un ton sec. Nous respecterons ses souhaits.

— Oh, Seigneur, je ne veux pas respecter ses souhaits, je veux la retrouver ! s'écria Leonie en pleurant.

— La discussion est close », conclut le Pr Berger. Leonie le regarda et se tut, devant l'évidence d'une blessure encore plus profonde que la sienne.

« Pas maison, dit Thisbe d'un air implorant quand Ruth ramena la poussette sur le chemin plein d'ornières.

— Thisbe, nous devons rentrer à la maison. C'est l'heure du thé. »

Le visage de la petite fille se contracta et elle poussa un gémissement. Ruth se pencha sur elle. Le vent se levait, le sommet des montagnes se couvrait de brume. Même si elle et Thisbe préféraient de beaucoup être dehors, il y avait des limites. La région des lacs était belle en automne, mais pas très adaptée à la vie en plein air.

« Pas soupe », implora alors l'enfant.

Ruth soupira. Elle se sentait solidaire de Thisbe qui redoutait le retour au foyer, à la minuscule maison de berger avec son sol en pierre glacial, au chaos et aux cris de ses frères rentrant de l'école. L'éducation moderne ne convenait pas à cette enfant de trois ans, qui ne posait aucun problème tant qu'elle et Ruth se promenaient dans la campagne, parlaient aux moutons, cueillaient des baies, discutaient assises sur un mur de pierre, mais qui à la maison était intenable.

Cela faisait deux mois que Ruth vivait chez la tisserande progressiste dont elle avait gardé les enfants à Hampstead Heath. Penelope Hartley était plutôt gentille, en fin de compte ; offrir le vivre et le couvert à Ruth pour qu'elle s'occupe des enfants était généreux, vu les circonstances. Devant l'imminence de la guerre, elle avait transporté son métier à tisser dans le Cumberland, et Ruth était venue avec elle. Il y avait beaucoup de laine, assurément, par ici ; Penelope la ramassait sur les haies — souvent dans un état peu ragoûtant —, la cardait, la teignait. Et, de ce désordre effroyable dans lequel elle travaillait, surgissaient — ô surprise — des tapis plutôt jolis et parfois vendables.

Dans la petite maison sombre, avec ses lampes à huile et sa vue sur des éboulis à pic, une mixture innommable bouillonnait sur le feu. Pas un ragoût de mouton, car Penelope ne mangeait pas de viande, mais l'équivalent végétal, un mélange de betteraves, de vieilles carottes et de choux de Bruxelles victimes des premières gelées.

« Pas soupe ! répéta Thisbe en se couchant par terre, prête à piquer une colère.

— Non, on va chercher du pain et du beurre. »

Le rationnement ne touchait pas encore la région, si éloignée des villes ; il y avait de la nourriture en abondance dans le Cumberland — du moins lorsqu'on avait de l'argent pour en acheter — et les villageois ne tournaient pas tous le dos à Ruth : quelques-uns avaient apporté leur aide. Mais, bien sûr, Penelope croyait à la « Nature » et ignorait à quel point l'agriculture est peu naturelle. Trois poules qui ne pondaient pas se promenaient dans la maison et souillaient le dallage ; du lait dégoulinant à travers une mousseline jaunie échouait lamentablement à se transformer en fromage.

Les garçons — Peter, à qui Ruth avait fait plaisir autrefois en lui donnant une tape sur la jambe, et Tristram — rentrèrent de l'école en faisant du tapage.

« Oh non, dit Tristram, pas les cochonneries de maman. J'en mangerai pas, rien à faire. »

Ruth le rassura et prit dans le garde-manger du beurre de cacahuètes et des pommes. Si seulement il n'avait pas fait nuit si tôt. Les premiers temps, elle pouvait sortir avec les garçons après le dîner, et ils jouaient au ballon ou ramassaient des marrons ; mais maintenant, il fallait affronter une interminable soirée, assis autour de la lampe qui fumait. Malgré tout, elle s'en sortait tant que Penelope restait dans la pièce d'à côté avec son métier à tisser. Ils jouaient aux dominos ou aux petits chevaux, du moins quand les éléments n'en étaient pas une fois de plus égarés — elle était moins agile qu'avant pour se mettre à quatre pattes à la recherche des jouets, une fois les enfants couchés.

Mais Penelope, soucieuse de son rôle maternel, s'en mêla, bien sûr, et dans les minutes qui suivirent, les garçons se bagarraient comme des chiffonniers et Thisbe, allongée par terre, martelait le sol avec ses talons. Trop de sages avaient laissé leur marque sur l'esprit de Penelope : Rudolf Steiner, qui disait que les enfants ne devaient pas apprendre à lire avant d'avoir perdu leurs dents de lait ; le guide soufi qui lui avait appris à méditer plutôt qu'à faire la vaisselle ; A. S. Neill et son éducation centrée sur l'enfant. Les pauvres enfants de Penelope Hartley étaient tellement centrés sur eux-mêmes qu'ils implosaient presque, chaque soir, entre les quatre murs de la petite maison. Et ce soir, comme souvent, Ruth, qui était censée finir son travail à sept heures, emmena Thisbe en haut, lui mit une couche et resta près d'elle jusqu'à ce que l'enfant s'endorme.

Puis commença la longue soirée, dans sa chambre sous les combles où au moins elle était seule, à regarder la nuit et la pluie, à penser avec nostalgie à sa mère, au monde et aux certitudes de sa propre enfance, au berceau en bois peint, maintenant en morceaux, où aurait dû reposer son bébé.

Mais elle ne fléchirait pas. Ce ne serait plus très long : moins de deux mois. Elle irait seule jusqu'au bout. *Pas d'où je suis, mais qui je suis, voilà ma quête...* Les vers d'un poème à moitié oublié lui revenaient à l'esprit.

Mais qui était-elle ? Quelqu'un qui avait aimé et avait été rejeté, une fille qui avait causé à ses parents déception et chagrin... et, bientôt, une mère qui ne savait rien.

Pourtant, elle n'avait pas de regrets. Elle ne blâmait personne, pas même Verena qui lui avait asséné son ultimatum, dans les toilettes, menaçant de révéler son état si elle ne quittait pas Thameside à l'instant et pour toujours. En un sens, Verena lui avait rendu service, en lui faisant prendre conscience du mépris et du dégoût avec lesquels on la considérerait désormais. Si son père, si strict, si droit, s'était détourné d'elle comme d'une femme déchue, Ruth n'aurait pas pu le supporter ; elle aurait alors révélé son mariage, et le processus se serait enclenché... on serait allé trouver Quin, on l'aurait mis au courant... on aurait réclamé une place dans sa vie... Et Verena avait de son côté tenu son engagement : personne à l'université ne savait ce qui s'était passé ni où était Ruth.

Et Quin n'avait pas agi avec inconscience. Il avait dit : « Attends, il y a des choses auxquelles il faut faire attention. » Il l'avait dit avec beaucoup de douceur et d'amour, en lui prenant le visage à deux mains, mais d'un ton ferme. Il avait commencé à se retirer, mais c'est elle qui l'avait retenu en déclarant : « Non, non, reste... » parce que même en cet instant elle ne pouvait se séparer de lui. « C'est absolument sans risque, avait-elle affirmé, c'est ma période sans danger. Je le *sais* à cause de la femme de Mr. Felton et des thermomètres. Il n'y a aucun risque ! »

Elle n'avait pas menti, elle le croyait et il l'avait crue. Seulement, rien n'était sans risque, par les temps qui couraient, et le monde entier s'écroulait. Elle s'était trompée d'une semaine dans ses calculs, et c'était un point de plus pour Fräulein Lutzenholler et le Pr Freud. D'habitude, elle était précise sur les dates ; c'était ce fichu truc, bien au-dessous du niveau de la conscience, qui ne voulait qu'une seule chose : appartenir à cet homme-là.

Et même maintenant, alors qu'elle était une « fille mère » dont se détournaient les gens du village, alors que Quin l'avait indiscutablement rejetée, il y avait au plus profond d'elle-même, au-delà de l'angoisse et de la peur du futur, un inextinguible sentiment de joie, parce qu'elle portait l'enfant de cet homme.

Mais, ces jours-ci, l'enfant l'avait déconcertée. Cet être inachevé, encore incapable de respirer ou de se nourrir par lui-même, avait manifesté une volonté propre. Ruth n'avait pas besoin des médecins du service de consultation prénatale, où elle se rendait en car tous les quinze jours, pour savoir que son bébé était en parfaite santé. Mais son état mental ? son obstination ? Il n'était pas du tout d'accord avec les projets de Ruth, et se désintéressait complètement de sa quête d'elle-même.

Bowmont est à moins de cent kilomètres, disait-il en lui envoyant joyeusement des coups de pied. *Tu* es peut-être une réprouvée et une paria, mais *moi* je suis Somerville pour moitié.

Je veux, ajoutait-il, ma maison.

À la fin du mois de novembre, Leonie reçut la visite de Mrs. Burtt, qui avait quitté le salon de thé « Les Glycines » — où les clients la regrettaient beaucoup — pour aller travailler dans une usine de munitions. Vêtue avec élégance d'un manteau neuf et d'un chapeau à plume, elle portait un petit paquet enveloppé dans du papier d'argent et avait l'air timide et gauche, ce qui ne lui ressemblait guère.

« Je suis désolée de vous déranger, dit-elle, mais... bon, je pensais que ça ne vous gênerait pas, que vous ne le prendriez pas mal.

— Mais voyons, protesta Leonie, je suis très heureuse de vous voir. »

Elle fit entrer Mrs. Burtt au salon, où l'on pouvait à nouveau s'asseoir maintenant que le piano n'était plus là, et elle lui offrit du café. Mrs. Burtt refusa.

« Je ne veux pas être indiscrète, déclara-t-elle après avoir demandé, bizarrement, si on ne les dérangerait pas. Mais, bon, je l'aime vraiment beaucoup, vous savez, et les gens disent des choses, parfois, mais je sais que Ruth est une fille bien. Et partir, comme ça, pour l'avoir seule... ça c'est elle tout craché. Pour n'embêter personne. Mais je veux qu'elle sache que, quoi qu'elle ait fait, je sais que c'est une bonne fille, et j'aimerais que vous lui donniez ça de ma part. Après. Pas avant, parce que ça porte malheur, mais quand tout sera fini. Je l'ai tricoté moi-même. »

Elle posa le paquet sur la table et Leonie, qui avait du mal à respirer, tendit la main. « Je peux voir ? » demanda-t-elle.

Mrs. Burtt défit le papier. Un éclair de fierté passa sur son visage. « Ça m'a pris des heures, pour sûr. Il était difficile, ce modèle ! À cause des festons, vous voyez ? Mais finalement il n'est pas mal, non ? Je l'ai fait en blanc, par précaution, mais elle pourra ajouter un ruban bleu ou rose, ensuite. »

Leonie avait encore du mal à reprendre son souffle. « Merci, dit-elle, elle sera ravie. C'est un paletot superbe. Je veillerai à ce qu'elle l'ait... et qu'elle sache... ce que vous avez dit.

— Je ne veux pas en savoir plus, maintenant, affirma Mrs. Burtt en hochant la tête. Ça ne me regarde pas. Je veux juste savoir qu'elle est en sécurité et que le bébé va bien. »

Leonie, ravalant l'intolérable souffrance que sa fille lui avait infligée, questionna : « Vous l'a-t-elle dit... elle-même... à propos du bébé ?

— Ah ça non. Elle n'est pas du genre à bavarder. Mais j'ai eu trois sœurs, et j'ai maintenant trois filles. J'ai deviné assez vite. Il y a une façon d'être malade quand on a un truc intestinal, et puis il y a une autre façon. Et elle avait l'air tellement fatiguée. J'ai fini par lui dire, et je crois qu'elle était soulagée de pouvoir en parler avec quelqu'un.

— Et... où est-elle allée ?... quels étaient ses projets ? Elle vous l'a dit ?

— Non. Et je ne le lui ai pas demandé. Je savais que ce n'était pas Heini le père, alors je n'avais rien d'autre à dire.

— Comment le saviez-vous ? questionna Leonie en relevant la tête.

— Eh bien, ça se voyait qu'elle ne l'aimait pas, non ? Elle faisait trop d'efforts pour ça, tout le temps... Et si ce n'était pas lui, je n'allais pas faire la curieuse.

— Je n'ai pas été... aussi perspicace que vous », avoua Leonie du fond de son désespoir.

La main de Mrs. Burtt — une main rêche, usée par les travaux — se posa un instant sur celle de Leonie. « Vous étiez trop proches, toutes les deux, déclara-t-elle. Vous l'aimiez tant. L'amour, ça peut faire vraiment des dégâts, vous savez. »

Une fois seule, Leonie resta là, immobile comme une statue, tenant à la main le ravissant et minuscule vêtement. Ruth ne lui avait pas fait confiance.

Elle s'était ouverte à une femme qui faisait la vaisselle, et pas à elle. Elle était partie seule.

Quand le Pr Berger rentra, il la trouva encore en état de choc.

« Que s'est-il passé, Leonie ? Qu'est-ce que tu as là ?

— C'est un vêtement de bébé, répondit-elle en passant machinalement la main sur les délicats festons du col. Mrs. Burtt l'a apporté pour Ruth. »

Elle observa le visage de son mari, dont l'expression passa de l'incrédulité à la consternation, puis à la colère.

« Bon Dieu, quelle crapule, ce Heini ! Je le *forcerai* à l'épouser, s'exclama-t-il, furieux.

— Oh, Kurt, ce n'est pas l'enfant de Heini. Sinon, elle serait partie avec lui. »

C'était pire. Sa fille qu'il aimait tant, qu'il avait toujours protégée, devenue une femme réprouvée, portant l'enfant d'un inconnu. En le voyant arpenter la pièce, Leonie le plaignait mais n'avait pas l'énergie de le sortir de cet enfer moral de l'honneur outragé. Qu'est-ce que je n'ai pas compris ? songeait-elle. Qu'est-ce qui a raté ? Et si j'avais raison, comment cela a-t-il pu arriver ?

La sonnette de l'entrée retentit, insistante, stridente. Les Berger ne bougèrent pas.

« Que vas-tu faire ? demanda le professeur, et le désarroi soudain de cet homme fier toucha Leonie.

— Je vais te dire ce que je vais faire. »

Deuxième coup de sonnette... on entendit s'ouvrir la porte de Fräulein Lutzenholler, et les pas furieux de la psychanalyste résonnèrent dans l'escalier. L'assouplissement des lois vis-à-vis des réfugiés, au début des hostilités, lui permettait maintenant d'exercer sa profession et, si incroyable que cela pût paraître, des gens venaient chez elle et payaient pour qu'elle les écoute. Répondre à la sonnette exaspérait cette personne importante.

Elle remonta, aussi mécontente que Leonie s'y attendait, en compagnie d'un homme au visage rubicond qui portait une espèce d'uniforme.

« C'est le service de dératisation », dit Fräulein Lutzenholler et, comme Leonie regardait d'un air absent cet homme qu'elle avait follement attendu durant des mois : « Il vient pour les souris, précisa la psychanalyste.

— Ah, oui... merci... » Leonie se leva et essaya de reprendre ses esprits. « Je vous en prie, commencez par où vous voudrez. Il y en a partout. Dans la cuisine surtout... et la chambre du fond.

— Très bien, madame. Je m'y mets. J'ai l'impression que vous en avez beaucoup, ici. Je vais peut-être devoir enlever quelques lames de parquet. »

L'homme sortit du salon et ils l'entendirent passer d'une pièce à l'autre, taper contre les murs, ouvrir les placards.

« Je vais te dire ce que je vais faire, répéta alors Leonie en se tournant vers son mari. Je vais porter la lettre de Ruth à la poste pour qu'ils me disent d'où elle vient, et après j'irai chercher Ruth là où elle est. Et quand je l'aurai retrouvée, je la ramènerai ici et je m'occuperai d'elle et de mon petit-fils ou de ma petite-fille. Je le ferai même si le père est un ramoneur. » Elle avala sa salive. « Je le ferai même si c'est un ramoneur *nazi,* parce que, si Ruth s'est donnée à lui, c'est qu'elle l'aimait, et elle est mon sang, et le tien aussi, et je te demanderai de *ne pas...* »

On frappa à la porte et l'homme du service de dératisation apparut.

« J'ai trouvé ça sous le plancher de la chambre du fond », dit-il en posant sur la table une grande boîte à biscuits en fer-blanc, couverte de crottes de souris et ornée d'un portrait des princesses Elizabeth et Margaret Rose en train de caresser un chien.

Elle était venue en car jusqu'à Alnwick, mais il lui restait encore douze kilomètres avant d'arriver à Bowmont. Elle l'aurait fait aisément à pied autrefois, mais pas maintenant, et elle dépensa une partie de ses maigres économies pour prendre un taxi qui l'amena au village. Il aurait été plus raisonnable de se faire déposer juste devant la maison, mais elle ne pouvait s'y résoudre. Elle venait chercher asile à Bowmont, pas réclamer ses droits.

Le chauffeur était ennuyé — elle avait une valise, il faisait gris et froid —, mais elle le rassura.

« Cela ira, j'ai besoin d'un peu d'air. »

Elle avait certainement besoin de quelque chose, songea le chauffeur en faisant demi-tour et en regardant la jeune femme emmitouflée dans sa cape usée grimper la colline.

Il n'y avait personne dans les parages, heureusement ; elle voulait, avant de parler à quiconque, connaître d'abord son sort. Et son sort dépendait d'une vieille femme féroce, connue pour son caractère difficile, sa rigueur et ses idées vieux jeu.

« J'espère que tu es satisfait », dit-elle avec amertume, en s'adressant à son enfant pas encore né. Elle avait livré une longue bataille, opposant son orgueil et son indépendance à la force aveugle, obstinée qui poussait l'enfant vers ce qu'il considérait comme sa maison, et elle avait perdu. Maintenant, tout en gravissant péniblement la colline, elle essayait d'imaginer les conséquences d'un rejet. Où irait-elle si on la renvoyait ? Il commençait à faire nuit, elle ne pourrait pas retourner chez Penelope dont elle n'avait pas écouté les conseils... et qu'elle avait, en un sens, laissée en plan. Elle était folle de venir ici, comme cela, à la onzième heure.

« Oh, pourquoi t'ai-je écouté ? » pensait-elle, car elle avait pris conscience de ce dialogue entre elle et son enfant dès le début.

Mais elle savait bien pourquoi. Même en cette journée glaciale de décembre, avec un ciel chargé de nuages et un crépuscule qui annonçait l'interminable nuit d'hiver, elle avançait dans un paysage d'une beauté inouïe. Les arbres qui se balançaient dans le vent, les vagues qui cognaient contre la falaise, la tour de Bowmont qui se détachait sur le ciel pourpre amenèrent des larmes dans ses yeux — ce qui n'était ni raisonnable ni pratique, car il fallait qu'elle trouve son chemin sans trébucher, puisqu'elle n'était pas seule.

Pourtant, alors qu'elle franchissait la dernière portion de route, les souvenirs vinrent malgré elle l'affaiblir davantage. L'incroyable clarté des étoiles, l'étincelante mer d'argent le premier matin où elle avait marché sur la plage, la tiédeur et la senteur inattendues, enveloppantes du jardin. Et elle se dit que, si on la chassait de nouveau, elle ne saurait comment faire face.

Elle avait atteint l'allée de gravier sans rencontrer personne. Une fois sur le perron, elle posa sa valise et sut avec certitude que sa quête allait échouer. Tante Frances détestait les réfugiés, les étrangers, elle était d'une autre époque. Ruth ne trouverait ici ni asile, ni sécurité, ni espoir.

Elle entendit le timbre métallique de la sonnette résonner dans la maison. Turton allait-il seulement annoncer Ruth, en voyant son état ? Elle était faite pour l'entrée de service, ou pour ces sombres peintures de genre où l'on voit des femmes bannies marcher dans la nuit en chancelant.

Le verrou fut tiré lentement... si lentement qu'elle aurait eu le temps de redescendre le perron.

« Oui ? Qu'est-ce que c'est ? »

Ce n'était pas Turton qui se tenait sur le seuil, ni aucun des domestiques. C'était tante Frances en personne qui barrait le passage, ne montrant aucun signe de bienvenue ni l'intention de laisser entrer quiconque, même quand elle eut reconnu la visiteuse.

« Que diable faites-vous ici ? s'exclama-t-elle, horrifiée. Ce n'est pas un endroit pour vous ! »

Ruth prit une inspiration, releva la tête. *Ce n'est pas pour moi, c'est pour toi...* Elle devait se battre pour son enfant. Mais les mots qui sortirent de sa bouche étaient hésitants, inadéquats ; elle était soudain si épuisée qu'elle pouvait à peine tenir debout.

« S'il vous plaît... je vous en supplie... puis-je rester ?

— Rester ici ! Rester *ici* dans votre état ! Vraiment, Ruth, je sais que tous les étrangers sont fous, mais cela dépasse l'entendement ! Bien sûr que non, vous ne pouvez pas rester !

— Il y a une explication... il y a une raison.

— Il n'y a pas d'explication qui tienne. Vous ne pouvez pas rester ici, il n'en est pas question un seul instant, inutile de discuter. »

Ruth regarda cette femme farouche, au visage émacié, en qui elle avait malgré tout espéré avoir une amie. Lorsqu'elle resserra sa cape sur elle, saisie par un froid mortel, les premiers flocons de neige commençaient à tomber.

29

L'ambition de Pilly, en rejoignant les auxiliaires féminines de la marine, était d'être employée comme cuisinière, mais la licence sans mention, qui impressionnait si peu les milieux universitaires, lui valut un statut qu'elle ne cherchait pas vraiment. On la prit comme conductrice et, dès la fin novembre, elle transportait des ordres et des officiers supérieurs.

Mais l'officier qu'elle avait pour mission d'aller chercher au destroyer *Vigilantes* pour l'amener à un poste d'amarrage isolé, situé à une quinzaine de kilomètres de la base, n'était qu'un simple enseigne de vaisseau ; et mieux valait ne pas demander pourquoi il avait droit à une voiture, ni pourquoi le navire, censé faire partie des convois de l'Atlantique, allait être réparé dans ce bassin de la côte sud, modeste et mal situé. Il y avait beaucoup de questions qu'on ne posait pas, en ce premier hiver de guerre.

C'était un après-midi glacial de décembre. Le quai était désert, à part deux marins qui gardaient l'entrée, mais Pilly, debout près de la voiture, attendait, l'air content. Les instructions étaient claires, le passager allait venir.

Mais quand en effet il arriva et qu'elle le salua, le résultat fut inattendu.

« Grands dieux, Pilly ! » Quin s'approcha, scrutant l'obscurité. « C'est bien vous ?

— Oui, monsieur.

— Eh bien, quelle surprise ! » Il lança son sac de marin sur le siège arrière et monta devant. « Je ne savais pas que vous étiez des nôtres. Cela vous plaît ?

— Je suis absolument ravie ! »

Quin sourit devant l'enthousiasme de Pilly et devant le changement survenu chez la jeune fille nerveuse qui contemplait avec tristesse les échantillons, aux travaux pratiques. Pilly avait minci, l'uniforme lui allait bien et, quand ils s'enfoncèrent dans les terres, il constata qu'elle maniait la grosse voiture avec habileté et confiance.

« J'ai ordre de vous amener à la station navale, lui dit-elle, mais il ne faut qu'une minute pour aller au mess, si vous voulez prendre votre courrier.

— Non, merci. »

Le courrier ne l'intéressait pas, maintenant. Il avait mis son passé entre parenthèses. Il avait quarante-huit heures avant sa prochaine mission, et il comptait les passer dans une auberge du Dorset, à marcher, manger et dormir. Dormir, surtout.

« Janet est dans les auxiliaires territoriales bien qu'elle doive se marier prochainement, dit Pilly qui savait qu'elle ne devait rien demander de personnel à Quin. Huw est dans l'armée, et Sam a rejoint la Royal Air Force. »

Quin tourna brusquement la tête. « Il aurait pu obtenir un sursis, avec sa licence ès sciences. Je le lui ai dit.

— Oui, mais il voulait s'engager. Il hait vraiment les nazis, et pas seulement parce qu'il aimait beaucoup Ruth. »

Elle changea de vitesse et ils commencèrent à grimper la pente des Downs. Bon, c'était inévitable qu'une fille qui avait suivi Ruth comme son ombre mentionne son nom. Impossible, maintenant, de ne pas continuer.

« Vous avez des nouvelles de Ruth ?

— Oui, j'en ai eu il y a quinze jours.

— Et elle se plaît en Amérique ? »

Pas de réponse. Ils étaient arrivés au sommet de la colline, et Pilly tourna sur la gauche. Pensant qu'elle avait besoin de se concentrer sur cette portion de route qu'assombrissaient les arbres, il attendit. Mais comme elle ne répondait toujours pas, il répéta sa question.

Pilly se décida. « Elle n'est pas en Amérique.

— Vous devez vous tromper. » Les efforts de Quin pour garder un ton neutre n'aboutirent qu'en partie. « Elle a embarqué avec Heini sur le *Mauretania* fin juillet.

— Non. Heini est parti, mais Ruth non. Elle me l'a dit dans sa lettre.

— Où est-elle, alors ? »

Autre décision à prendre... La nouvelle Pilly, forte d'une assurance toute neuve, la prit. « Elle est quelque part dans le nord de l'Angleterre et travaille comme aide maternelle.

— Quoi ! Non, vous avez dû mal comprendre.

— Non, répondit Pilly en secouant la tête. Et je suis très préoccupée à son sujet. Je ne comprends pas ce qui s'est passé. Elle n'arrête pas de dire qu'elle va bien, mais ce n'est pas vrai, je le sais. Elle est malheureuse et déboussolée... et je pense qu'elle est en train de faire l'idiote.

— Que voulez-vous dire ? »

Pilly, qui avait stoppé à un croisement, tenta de s'expliquer. « J'adore Ruth, déclara-t-elle. Vraiment, je l'adore. C'est grâce à elle si j'ai eu ma licence, mais ce n'est pas pour ça. Elle m'a fait voir — elle nous a fait voir à tous — la vie en grand. Mais parfois, elle se comportait soudain comme une héroïne de roman ou d'opéra. Par exemple, quand elle a voulu se donner à Heini. Toute cette histoire de ressembler à la Traviata ou à cette fille avec son manchon. L'amour, ce n'est pas de l'opéra. » Pilly sourit, car elle avait rencontré un officier de marine qui avait promis de l'épouser et de la délivrer des sciences pour toujours.

Ils roulèrent quelques minutes avant que Quin se remette à parler.

« Vous avez son adresse ?

— Non. Elle ne me l'a pas donnée dans sa lettre. C'est ce qui me fait penser qu'elle se prend à nouveau pour un personnage de roman. Une sorte d'héroïne victorienne marchant dans la neige. » Pilly jeta un coup d'œil à son passager. C'était un scientifique de renom et, s'il survivait à la guerre, ce serait sans doute en héros et avec une médaille, mais il n'en était pas moins homme, et Pilly ne pouvait lui révéler les soupçons qu'elle et Janet avaient formés. « Ce n'est pas le fait qu'elle ne soit pas partie avec Heini qui m'inquiète. De toute évidence elle ne l'aimait pas.

— Ah bon ? Ce n'était pas mon impression. »

Seigneur Dieu, pourvu que ça ne recommence pas, songeait-il en regardant les arbres dépouillés. Il n'y avait plus de rage à invoquer, ces temps-ci, mais juste un implacable sentiment de deuil, lourd et funeste, au-delà de sa conscience.

« Je vais essayer de la retrouver », dit Pilly. Elle avait allumé les phares, et bifurquait sur la route qui menait à la station navale. « Le problème, c'est que ma prochaine permission n'est que dans trois mois.

— Comment pouvez-vous la retrouver, sans adresse ?

— Je crois qu'elle est dans le Cumberland, il me semble que le cachet de la poste indique Keswick. » Elle s'arrêta à un feu et se tourna vers Quin. « La lettre est dans mon casier, au quartier général, si vous aviez le temps d'y jeter un coup d'œil, vous savez bien déchiffrer. Et si c'est Keswick, ce n'est pas *très* loin de Bowmont, n'est-ce pas ? Alors, si vous allez dans le Nord...

— Mais je n'y vais pas. J'ai exactement quarante-huit heures, et il faut une journée entière pour y aller, vous le savez bien. »

Pilly soupira. Miss Elke s'était sans doute trompée. Pilly elle-même s'était sans doute trompée. « Si c'était une dent de dinosaure, vous iriez à sa recherche, répliqua-t-elle. Mais ce n'est pas une dent de dinosaure, c'est *Ruth.* »

Pilly arrêta la voiture devant la station navale. Quin attrapa son sac... puis le laissa retomber sur le siège arrière.

« D'accord, Pilly, vous avez gagné. Nous allons regarder votre enveloppe. »

Mais quand Pilly revint vers le mess des officiers avec la lettre, elle comprit que la cause de Ruth était perdue. Quin, le visage blême, fixait des yeux un télégramme.

« Heureusement que nous sommes passés ici, dit-il. Ma tante est malade. Il faut que j'aille la voir tout de suite. »

Il lui tendit le télégramme qu'il avait trouvé avec le courrier du *Vigilantes.*

VIENS IMMÉDIATEMENT SALLE TROIS HÔPITAL NEWCASTLE URGENT SOMERVILLE

Impossible de dormir dans le train bondé, plongé dans l'obscurité. Rien à boire ni à manger. Rien que de longues heures pour se rappeler soudain, et en détail, les fonctions accomplies par sa tante durant sa vie, et prendre conscience du coup que sa mort lui porterait.

Le train arriva à Newcastle à dix heures du matin. Quin, dans son uniforme fripé, se lava et se rasa en vitesse dans les toilettes de la gare avant de sauter dans un taxi. Il avait envoyé un télégramme avant de partir et, quand il donna son nom au bureau d'accueil de l'hôpital, on le dirigea aussitôt vers le premier étage.

Au moment où il entrait dans la salle, la sœur vint vers lui. « Ah oui, nous vous attendions. Ce n'est pas l'heure des visites, mais je comprends que les circonstances sont exceptionnelles. Je vais vous conduire à votre tante. »

Quin se prépara à affronter ce qui l'attendait et suivit la religieuse, qui ouvrit la porte d'une petite pièce de repos.

Tante Frances n'était pas malade, et certainement pas morte. En le voyant, elle se leva et vint vers lui. Elle riait. Ce n'était pas le sourire contraint qu'elle jetait parfois sur les travers de l'humanité, mais un rire franc qui traduisait un amusement intense.

« Oh, bonté divine ! s'exclama-t-elle en embrassant Quin, les épaules toujours secouées par le rire. Mais... ne t'inquiète pas. Quelques jours seulement, et cela disparaîtra. Cela disparaîtra complètement, n'est-ce pas, ma sœur ? »

La religieuse acquiesça.

« Qu'est-ce qui disparaîtra ? demanda Quin, ahuri.

— La ressemblance. Seigneur, je n'aurais jamais imaginé ! Va voir ! Elle est dans le dernier lit sur la gauche. »

Quin traversa la salle comme dans un rêve. Des jeunes femmes étaient assises dans leurs lits, certaines bavardaient, d'autres tricotaient, mais toutes le regardèrent passer.

Puis soudain il vit Ruth, les cheveux étalés sur les épaules. Ruth telle que dans son souvenir... vivante... féminine... un mélange de triomphe et d'incertitude.

Mais il ne s'approcha pas tout de suite d'elle. Au pied du lit — comme au pied de tous les lits — il y avait un berceau. Et dans ce berceau il y avait... le vice-amiral « Cogneur » Somerville.

Le bébé ne *ressemblait* pas au Cogneur. *C'était* le Cogneur, en réduction, un peu plus fripé, mais identique : le nez beethovénien, le visage rouge, coléreux, le double menton et la moue de la bouche.

Quin, incapable de parler, regardait fixement son fils ; le bébé remua sa tête de vieillard ridé, ouvrit un œil — un œil insondable, bleu marine, dépourvu de cils — et tordit la bouche en une amorce de sourire.

Et c'en fut fait de Quin. En un instant, cet être dont il ignorait l'existence cinq minutes plus tôt le réclama corps et âme. Au même moment, il sut qu'il pouvait mourir maintenant, que cela n'aurait pas d'importance parce que l'enfant était là, vivant.

Seulement, il ne faudra pas que je le retienne, songea-t-il. Lui, c'est lui. Je jure de le laisser aller son propre chemin.

Puis il regarda Ruth, qui l'observait en silence. Mais pas elle, pensa-t-il, rempli d'allégresse. Pas elle ! Je ne la laisserai jamais. Il s'approcha d'elle, tel un aveugle, et la prit dans ses bras.

La religieuse avait dit : « Une demi-heure mais pas plus, puisque vous êtes en permission. » Elle avait tiré les rideaux du lit, des rideaux d'un bleu dur auquel le timide soleil de décembre apportait son or. A l'intérieur, c'était la barque de Cléopâtre, la conque de Vénus.

« Je ne peux pas le croire, dit Quin en caressant le visage et les cheveux de Ruth. Je ne peux pas croire que tu aies été aussi sotte. Je voulais simplement t'offrir un cadeau très beau et très précieux.

— Je sais... J'ai été stupide. Je pense que je croyais ne pas pouvoir être heureuse alors qu'il y avait tant de souffrance sur Terre. Et puis, il y avait Verena. Elle a raconté à tout le monde que tu l'emmenais en Afrique.

— Ah oui. Quelle femme déplaisante ! Elle va épouser Kenneth Easton et lui apprendre les belles manières. Tu le savais ? »

Ruth aimait cette idée. Beaucoup, même. Mais Quin était encore ébranlé d'avoir pris des risques avec elle cette nuit-là. « Quand je pense que tu as traversé seule toutes ces épreuves.

— En fait, non, répliqua Ruth avec une pointe d'amertume. Pas à la fin. Ce que je peux dire, c'est que si ta tante t'a laissé seul autrefois, moi elle ne m'a pas abandonnée ! »

Et elle raconta le moment où tante Frances était apparue sur le seuil de la maison, à Bowmont, lui barrant apparemment le passage. « Elle m'a dit que je ne pouvais pas rester, et j'étais désespérée. Mais elle voulait dire : au cas où nous serions isolés à cause de la neige, et que l'ambulance ne puisse pas passer. Elle m'a poussée dans la voiture et m'a emmenée chez Mrs. Bainbridge à Newcastle et, même quand mes parents sont venus me voir, elle ne me quittait pas des yeux. Je crois qu'elle était inquiète à cause de ce qui est arrivé à ta mère. »

Quin lui prit la main et mêla ses doigts aux siens. « Grâces soient rendues à tante Frances », dit-il d'un ton léger, bien qu'il fût toujours préoccupé d'avoir été négligent, cette nuit-là à Chelsea. Mais était-ce de la négligence ? Aurait-il cru une autre femme que Ruth ? N'avait-il pas désiré, en un sens, être engagé de façon aussi irrévocable qu'il l'était maintenant ?

Mais Ruth lui posait une question, en s'accrochant à lui pour qu'il ne s'enfuie pas, au cas où sa demande lui déplairait.

« Quin, quand tu donneras Bowmont au Trust, crois-tu qu'il serait possible de garder juste un tout petit...

— Quand je ferai *quoi* ? demanda Quin, abasourdi.

— Quand tu donneras Bowmont au Trust. Tu comprends...

— Le donner au Trust ? Tu es folle ? Ruth, tu as vu ce bébé, tu as vu les poings qu'il a ? Crois-tu sérieusement que j'oserais donner sa maison ? »

Ruth parut trouver cela drôle. Très drôle. Et ses remarques sur les aristocrates anglais étaient si peu flatteuses que Quin, légèrement offensé, voulut lui clore les lèvres avec un baiser. Mais, en écartant ses cheveux, il vit qu'elle avait le front plissé par une nouvelle inquiétude.

« Quin, lui dit-elle à l'oreille, je suis devenue mère un peu vite, mais je tiens beaucoup à être... tu comprends... une véritable *amourette.* Le genre de femme capable de reconnaître un bon cigare ou un bon vin. »

Il était dans un trouble complet, entre autres à

cause de la façon dont elle perdait le contrôle de sa langue d'adoption.

« Oh, tu le seras, ma chérie. Tu seras une *amourette,* tu battras Cléopâtre à plate couture. Tu l'es déjà ! Nous nous aimerons dans des lits, dans des barques, sous des charmilles, et dans l'*Orient-Express.* Il nous doit bien ça, ce train ! »

Il la prit contre lui, avec le sentiment que jamais il ne serait rassasié d'elle, mais à ce moment-là l'enfant se mit à pleurer. Quin desserra aussitôt son étreinte et se domina. Il fallait qu'il lâche Ruth alors qu'il allait la quitter bientôt, peut-être pour toujours. Il fallait qu'il prenne la seconde place, car telle était la loi de la vie.

Mais telle n'était pas la loi de Ruth. Quin la sentit réagir au vagissement du bébé... il sentit le cordon qui la reliait à l'enfant — et la relierait à lui toute sa vie. Cependant, lorsqu'elle étendit la main, ce fut pour appuyer sur la sonnette à la tête du lit.

« Voulez-vous l'emmener à la nursery un moment ? demanda Ruth à l'infirmière. Il ne peut pas avoir déjà faim, et mon mari n'a pas... beaucoup de temps. »

Il eut le sentiment qu'elle lui avait donné là une promesse dont il devrait être digne jusqu'à la fin de ses jours. Il posa sa tête contre la joue de Ruth et sentit ses larmes.

« Quin... pour ce qui est de nager...

— Oui ?

— Je veux dire, tu es bon nageur, n'est-ce pas ? Très bon ? Alors, quoi qu'il arrive, même si... enfin, c'est juste l'Atlantique, ou le Pacifique. Ce n'est qu'un océan. Tu pourras continuer à la nage, n'est-ce pas ? Parce que, où que tu échoues — rivage, île ou récif de corail —, je serai là à t'attendre. Je te le jure, Quin. Je le jure sur la tête de Mozart. »

Il fallut un moment à Quin avant de maîtriser sa voix. Puis il répondit : « Bien entendu. Tu peux absolument y compter. Après tout, ce n'est pas comme si je portais un sac sur le dos. »

Après quoi ils restèrent enlacés sans rien dire jusqu'à l'heure de son départ.

ÉPILOGUE

C'était une journée d'une extraordinaire beauté ; le temps s'accordait à la perfection à l'humeur des citoyens britanniques qui célébraient la fin de la guerre en Europe. Le bleu du ciel de mai était sans nuages, les arbres déployaient leurs feuilles d'un vert tendre. Les gens s'embrassaient dans les rues sans se connaître, les enfants faisaient la fête, on avait allumé des feux de joie et la foule dansait sur les places bombardées, autour de la cathédrale Saint-Paul.

Certaines personnes, bien sûr, préféraient se réjouir de façon moins spectaculaire. A Bowmont, Frances et oncle Mishak passaient la journée à travailler au jardin et à discuter des plants d'asperges. Par nécessité de nourrir la population, Mishak avait eu le droit de planter des asperges dans un carré situé au-dessous du mur sud, que Frances voulait récupérer maintenant pour ses belles-d'un-jour. Non que l'issue fît le moindre doute : tout le monde savait à Bowmont que le vieux monsieur aux jambes arquées et à la parole rare menait Miss Somerville par le bout du nez.

Mais au salon de thé « Les Glycines », tout n'était que festivités et joie. Ruth voulait célébrer le jour de la victoire à Bowmont, mais son fils de cinq ans en avait décidé autrement.

« Je pense que je dois aller à Londres pour voir le roi et la reine », avait-il dit.

Quand on le questionna, Jamie expliqua qu'à son avis les souverains avaient bien agi en restant à Buckingham Palace tout le temps des bombardements et en continuant à passer les troupes en revue, et il voulait aller le leur dire.

« Mais, mon chéri, il y aura des milliers et des milliers de gens qui attendront qu'ils se mettent au balcon. Tu ne pourras pas les voir seul. »

James répondit que ça lui était égal. Ce beau petit garçon, qui avait les yeux sombres et les cheveux clairs et abondants de sa mère, n'avait gardé qu'un seul trait de son grand-père : la volonté de fer de l'indomptable Cogneur.

Ils allèrent donc à Londres, et la petite sœur de James, Kate, qui le suivait partout, fut aussi du voyage. Réalisant que ce serait l'occasion d'une grande réunion, Ruth accepta l'idée de Miss Maud et Miss Violet d'organiser une fête aux « Glycines ». Londres était une gigantesque fête en ce jour merveilleux : des tables à tréteaux étaient installées sur les trottoirs de Belsize Square, Belsize Lane et Belsize Avenue, alors pourquoi pas aux « Glycines » ? Et Mrs. Burtt, bien qu'étant désormais une personne importante — elle était chef de groupe à l'usine de munitions —, avait proposé de venir avec son fils Trevor donner un coup de main.

Pourtant Mrs. Weiss, en arrivant au salon de thé, n'était pas contente du tout.

« *Mein Gott,* dit-elle d'un air dégoûté. Tous ces enfants ! »

Il y avait beaucoup d'enfants, en effet. Six années de guerre avaient eu des conséquences étonnantes sur le taux de natalité. Roger Felton avait emmené ses jumeaux dans l'expédition à Buckingham Palace avec le Pr Berger et Jamie, mais Janet, qui était venue de la campagne, avait laissé aux « Glycines » son fils de deux ans, un gamin bagarreur, pour aller voir la foule. Le Dr Levy, maintenant médecin spécialiste à l'hôpital de Hampstead, était de garde mais sa nouvelle et jeune épouse berçait leur fille, tandis que Thisbe, de retour du Cumberland, trottait sur les talons de Ruth. Et, bien en sécurité dans le giron de sa grand-mère, Katy Somerville observait l'agitation ambiante.

« C'est donc pour cela que la Lutzenholler n'est pas venue », dit Mrs. Weiss d'un air fâché, en se dirigeant, appuyée sur deux cannes, vers sa table habituelle près du portemanteau ; puis elle sortit sa bourse en crin de cheval, car la seule façon de supporter ce qui allait suivre était de faire comme s'il s'agissait d'une réunion ordinaire au salon de thé.

Cependant elle était médisante vis-à-vis de la psychanalyste. Que les gens continuent à payer pour parler de leurs problèmes à la tortionnaire de légumes de Belsize Park surprenait tout le monde, mais c'était ainsi. Installée dans un coin chic de St. John's Wood, même en ce jour historique elle s'occupait de patients incapables d'affronter le monde sans une séance sur son canapé.

Il y avait d'autres absents. Von Hofmann avait si bien joué les rôles d'officier allemand qu'il les jouait maintenant à Hollywood, et la dame au caniche soignait un chihuahua malade qui avait succédé au caniche, mort de vieillesse. Sinon, presque tout le monde était là et Ruth, dans son rôle de serveuse, ne cessait d'aller et venir.

« Et Pilly ? » questionna Leonie quand sa fille passa près d'elle, le bébé de Janet sur la hanche, un plateau de pâtisseries à la main. « Va-t-elle venir ?

— Elle a dit qu'elle ferait son possible. Sam va la chercher à Portsmouth. Mais, je t'en prie, maman, ne joue pas les marieuses !

— Et pourquoi pas ? » rétorqua Leonie, convaincue que l'attachement grandissant de Sam et de Pilly était à mettre à son compte. Elle avait ouvert sa maison à tous les amis de Ruth et transformé le dernier étage en un appartement confortable. L'année où l'officier de Pilly avait disparu en mer et où Huw était mort à el-Alamein avait été rude, et elle avait bien vu que ces deux-là étaient faits pour s'entendre.

Elle attrapa un gâteau sur le plateau de Ruth et le mit dans la main de sa petite-fille. Les angoisses de Quin et de Ruth à l'idée de laisser trop de liberté à leurs enfants n'affectaient pas Leonie. Les enfants, peut-être ; les petits-enfants, non.

Mais à trois heures de l'après-midi, Ruth tendit le bébé à Miss Maud et monta à l'appartement pour honorer son rendez-vous avec les quatre hommes qui, pendant toute la durée de la guerre, avaient voyagé, dans l'uniforme kaki des pionniers, pour apporter la musique aux soldats dans des casernes lointaines, aux employés de bureau fatigués, aux ménagères durant le Blitz... et qui jouaient aujourd'hui dans l'église en ruine d'une ville dévastée au cœur de l'Angleterre, afin de célébrer la paix.

Elle tourna le bouton du poste de radio. Ils jouaient le quatuor de Schubert qu'elle avait entendu à Thameside, le jour où elle avait cru qu'un miracle s'était produit et que Biberstein était toujours vivant.

Et pourtant... Peut-être avait-il eu lieu, ce miracle. C'était le chauffeur du Northumberland qui reprenait maintenant la mélodie jouée par Ziller, mais, tandis que cette musique sublime emplissait la pièce, Ruth crut voir un homme à la silhouette rebondie et au visage encadré de cheveux bouclés se pencher par-dessus le ciel, lever l'archet de son Amati pour saluer... et sourire.

En revenant à la cuisine, elle regarda du côté de l'entrée, et porta la main à sa poitrine. Il arrivait ! Il n'avait pas été sûr de pouvoir venir, mais voilà qu'il traversait la place, et elle sut qu'il ne pouvait y avoir plus grand bonheur au monde que de le voir avancer ainsi vers elle.

Mais elle n'était pas la seule à avoir remarqué l'arrivée du commandant Somerville. Katy descendit des genoux de Leonie et alla tirer sur la jupe de sa mère ; même les enfants firent silence. Ruth n'avait pas cru nécessaire de garder pour elle les exploits de son mari. Tout le monde savait que les galons dorés sur la manche de son uniforme indiquaient un grade élevé ; qu'il avait été torpillé deux fois ; qu'il hébergeait à Bowmont douze orphelins juifs et une brebis de laboratoire ; et qu'il avait été décoré.

Un tel héros méritait quelque chose et Mrs. Weiss désapprouvait les effusions familiales qui ne manqueraient pas de se produire. Arrêtant Ruth d'un geste de la main, elle se mit debout toute seule et, lorsque Quin entra, elle pointa sur lui le bout de sa canne.

« Je vous offre un gâteau ? » dit Mrs. Weiss.

Composition réalisée par S.C.C.M. (groupe Berger-Levrault) Paris XIVe

IMPRIMÉ EN FRANCE PAR BRODARD ET TAUPIN
6304V – La Flèche (Sarthe), le 04-02-1999
Dépôt légal : février 1999

POCKET – 12, avenue d'Italie - 75627 Paris cedex 13
Tél. : 01.44.16.05.00